Maribeth hat Abstriche gemacht, hat Kompromisse geschlossen, versucht, ihren eigenen Ansprüchen zu genügen, alles so gut wie möglich zu machen – für die Kinder, die Ehe, den Job. Aber dabei bleibt vieles auf der Strecke, auch das Gefühl für sich selbst.
Erst als ihr Körper ein Ultimatum stellt und sie weiß, dass sie so nicht weitermachen kann, ist sie bereit, sich eine Chance zu geben und ein großes Wagnis einzugehen.

Ein Roman, der große Fragen stellt und uns mitnimmt bis dorthin, wo sich Liebe und Leben treffen.
Ein Buch, das ehrlicher, aufwühlender und lebensbejahender nicht sein könnte.

Gayle Forman, geboren 1971, begann ihre journalistische Karriere beim ›Seventeen Magazine‹ und arbeitete dann für große Zeitschriften wie ›Cosmopolitan‹, ›Glamour‹ und ›Elle‹, bevor sie anfing, Romane zu schreiben. Inzwischen hat sie etliche Bestseller veröffentlicht. Sie lebt mit ihrer Familie in Brooklyn, New York.

Weitere Informationen finden Sie auf www.fischerverlage.de

GAYLE FORMAN

Manchmal musst du einfach leben

ROMAN

Aus dem Amerikanischen von
Stefanie Schäfer

FISCHER Taschenbuch

MIX
Papier aus verantwortungsvollen Quellen
FSC® C083411
FSC
www.fsc.org

Erschienen bei FISCHER Taschenbuch
Frankfurt am Main, August 2018

Satz: Pinkuin Satz und Datentechnik, Berlin
Druck und Bindung: CPI book GmbH, Leck
Printed in Germany
ISBN 978-3-596-03660-8

Für Willa und Denbele

New York City

1

Maribeth Klein saß noch spät im Büro und wartete darauf, den letzten Fahnenabzug der Dezemberausgabe durchgehen und freigeben zu können, als sie einen Herzinfarkt erlitt.

Die ersten Stiche in ihrer Brust glichen eher einem Druckgefühl als einem Schmerz, weshalb sie nicht sofort *mein Herz* dachte. Sie hielt sie für Verdauungsstörungen, hervorgerufen durch das fettige Gericht vom Chinesen, das sie vor einer Stunde am Schreibtisch gegessen hatte, oder für einen Ausdruck ihrer Sorge wegen der Länge ihrer To-do-Liste für morgen. Vielleicht regte sie sich auch über das Gespräch mit ihrem Mann, Jason, auf, der, als sie anrief, noch nach acht mit Oscar und Liv eine Tanzparty veranstaltete, obwohl sich ihr Nachbar von unten, Earl Jablonski, darüber beschweren würde, und obwohl es durch das späte Zubettgehen sehr wahrscheinlich war, dass einer der Zwillinge nachts aufwachte (und damit auch sie).

Aber an ihr Herz dachte sie nicht. Sie war vierundvierzig Jahre alt. Überfordert und übermüdet – aber welche berufstätige Mutter war das nicht? Außerdem gehörte Maribeth Klein nicht zu den Frauen, die bei Hufklappern an Zebras dachten, oder zumindest an Pferde. Sie ging davon aus, dass jemand den Fernseher zu laut gestellt hatte.

Als ihr Herz zu krampfen begann, kramte Maribeth also lediglich eine Schachtel *Rennie* aus der Schreibtischschublade und kaute ein paar Tabletten, während sie hoffte, Elizabeths Bürotür würde sich öffnen. Doch die Tür blieb geschlossen, hinter der Elizabeth und Jaqueline, Creative Director von *Frap*, darüber debattierten, ob sie das Cover ändern sollten, nachdem jetzt im Internet Sexfilme von der jungen Schauspielerin aufgetaucht waren, die es zierte.

Eine Stunde später war die Entscheidung gefallen, die letzten Abzüge waren freigegeben und an den Drucker geschickt. Bevor sie nach Hause ging, schaute Maribeth in Elizabeths Büro, um auf Wiedersehen zu sagen, was sie sofort bereute. Nicht nur, weil Elizabeth auf die Uhr blickte, bemerkte, wie müde Maribeth aussähe und ihr vorschlug, ein Taxi auf Firmenkosten zu nehmen – ein freundliches Angebot, das Maribeth beschämte, jedoch nicht in dem Maße, dass sie es ablehnte –, sondern weil Elizabeth und Jaqueline bei Maribeths Erscheinen sofort ihr intensives Gespräch über Dinnerpläne unterbrachen, so als redeten sie von einer Party, zu der sie nicht eingeladen war.

Zu Hause fiel sie in einen unruhigen Schlaf. Als sie erwachte, lag Oscar quer auf dem Bett neben ihr und Jason war bereits fort. Und obwohl sie sich noch schlechter fühlte als am Abend zuvor – erschöpft und als müsse sie brechen, von dem wenigen Schlaf und dem chinesischen Essen, wie sie annahm, mit einem Kiefer, der aus unerfindlichen Gründen schmerzte, was, wie sie später erfuhr, alles Anzeichen ihres fortschreitenden Herzinfarkts waren –, schleppte sie sich aus dem Bett, schaffte es irgendwie, Liv und Oscar anzuziehen und lief die zehn Blocks bis zum BrightStart-Kindergarten, wo sie sich Mühe gab, die kühle Herablassung der anderen Mütter zu ignorieren, mit der sie, wie sie vermutete, geächtet wurde, weil sie die Kinder nur freitagmorgens brachte. Die anderen Tage übernahm Jason – wofür ihn die anderen Mütter förmlich vergötterten –, damit Maribeth früh genug ins Büro kam und um halb fünf Schluss machen konnte.

»Nur ein paar Stunden am Tag«, hatte Elizabeth versprochen. »Freitags frei.« Das war vor zwei Jahren gewesen, nachdem Elizabeth zur Chefredakteurin von *Frap* ernannt worden war, einem neuen (und finanziell gutaufgestellten) Promi- und Lifestyle-Magazin. Mit diesen Versprechungen hatte sie Maribeth zurück in einen Vollzeitjob geködert – nun ja, mit diesen und dem üppigen Gehalt, das sie und Jason brauchten, um künftig die Kindergartengebühren für die Zwillinge bezahlen zu können, die, wie Jason gescherzt hatte, »exorbitant hoch zwei« waren. Damals hatte Maribeth freiberuflich von zu Hause aus gearbeitet, aber nicht mal annähernd ein Vollzeitgehalt verdient. Was Jasons Job bei einem gemeinnützigen Musikarchiv betraf, so hätten allein die Kindergartenkosten schon sein halbes Jahresgehalt aufgefressen. Maribeth hatte von ihrem Vater geerbt, doch obwohl die Summe großzügig gewesen war, hätte sie nur das erste Jahr abgedeckt und was, wenn sie keinen Platz im städtischen Kindergarten bekamen (wo man noch weniger Chancen hatte reinzukommen als nach Harvard, wie behauptet wurde)? Sie brauchten das Geld wirklich.

Doch in Wahrheit hätte Maribeth wahrscheinlich die Stelle auch dann angenommen, wenn der Kindergarten kostenlos gewesen wäre, wie es angeblich in Frankreich der Fall war, um endlich eine Möglichkeit zu haben, Seite an Seite mit Elizabeth zu arbeiten.

Die paar Stunden am Tag stellten sich als acht heraus und wurden vor Redaktionsschluss noch wesentlich mehr. Und die freien Freitage erwiesen sich als die geschäftigsten Tage der Woche. Die Arbeit Seite an Seite mit Elizabeth war auch nicht so, wie sie es erwartet hatte. Gar nichts war so, um ehrlich zu sein, außer vielleicht, was den Kindergarten anging. Der war genauso teuer, wie sie angenommen hatten.

Als es Zeit für den Lesekreis wurde, schlug Maribeth das

Buch auf, das Liv sorgfältig für heute ausgewählt hatte, *Lilly und der Lieblingslehrer*, und blinzelte, weil die Wörter über die Seite tanzten. Heute früh, nachdem sie Galle in die Toilette gewürgt hatte, hatte sie ihrer Tochter vorgeschlagen, das Vorlesen vielleicht besser auf den nächsten Freitag zu verschieben und damit bei Liv einen Wutanfall ausgelöst. »Du kommst nie in den Kindergarten!« hatte ihre Tochter aufgeheult. »Was man versprochen hat, muss man auch halten!«

Maribeth kämpfte sich durch das ganze Buch, obwohl sie an Livs verkniffenem Gesicht sah, dass ihre Darbietung enttäuschend war. Nach dem Lesekreis verabschiedete sie sich von den Zwillingen und fuhr mit dem Bus die zehn Blocks zurück nach Hause, wo sie ihre E-Mails checkte, anstatt sich etwas hinzulegen, wie sie es so unglaublich gern getan hätte. Ganz oben im Posteingang fand sie eine Nachricht von Elizabeths Assistentin Finoula, an ihre Privat- und ihre Büro-E-Mail-Adresse geschickt, mit der Frage, ob sie schnell den angehängten Artikel redigieren könne. Als Nächstes kam die To-do-Liste, die Maribeth sich selbst am Abend zuvor von der Arbeit aus gemailt hatte. Sie umfasste zwölf Punkte, dreizehn, wenn man den Artikel hinzuzählte, den Finoula gerade geschickt hatte. Obwohl es Maribeth ansonsten vermied, Dinge vor sich her zu schieben – denn wenn sie es tat, metastasierten ihre Listen nur –, ordnete sie in Gedanken den Tag noch einmal neu. Sie setzte Prioritäten (Gynäkologin, Steuerberater, Andrea treffen) und überlegte, was warten konnte (Anruf bei Oscars Logopädin, Reinigung, Post, Autoinspektion), und was sie an Jason delegieren konnte, den sie im Büro anrief.

»Hallo, ich bin's«, sagte sie. »Meinst du, du könntest dich heute ums Abendessen kümmern?«

»Wenn du keine Lust hast zu kochen, dann lass uns doch was bestellen.«

»Geht nicht. Heute ist doch das Zwillingselterntreffen bei uns. Und da bringt jeder etwas mit«, erinnerte sie ihn. Denn obwohl es im Kalender stand, obwohl sie Anfang der Woche schon einmal mit ihm darüber gesprochen hatte, und obwohl diese Treffen nun schon seit über vier Jahren alle zwei Monate stattfanden, kamen sie für ihn jedes Mal überraschend. »Außerdem geht's mir nicht so gut«, fügte sie hinzu.

»Dann sag doch ab«, erwiderte er.

Sie hatte gewusst, dass er das sagen würde. Jason machte es sich gerne einfach. Doch bisher war ein solches Treffen erst einmal abgesagt worden, vor zwei Jahren, gleich nach dem Hurrikan Sandy. Maribeth wusste natürlich, dass es nicht Jasons Ding war, aber sie hatte sich der Gruppe angeschlossen, als die Zwillinge gerade einmal sechs Wochen alt waren. Sie war fix und fertig vor Erschöpfung und unglaublich einsam gewesen, weil sie den ganzen Tag allein mit ihnen zu Hause gehockt hatte. Natürlich waren manche Eltern nervtötend (zum Beispiel Adrienne, deren Kinder Clementine und Mo ständig irgendetwas anderes nicht essen durften, je nachdem, welche Ernährungsstudie Adrienne gerade in der *Times* gelesen hatte – keine Milchprodukte, kein Gluten, aktuell aßen sie nach der Paleo-Diät). Aber diese Leute waren ihre ersten Elternfreunde gewesen, und auch wenn sie sie nicht alle gleichermaßen mochte, so waren sie doch ihre Verbündeten.

»Ich bin einfach kaputt«, sagte sie zu Jason. »Und es ist zu spät abzusagen.«

»Es ist nur, dass mein Tag auch völlig wahnsinnig ist«, entgegnete Jason. »Wir müssen vor dem Datenbank-Upgrade Zehntausende Dateien migrieren.«

Maribeth stellte sich eine Welt vor, in der ein wahnsinniger Tag sie dazu berechtigen würde, sich nicht um das Abendessen zu kümmern. Sie berechtigen würde, sich um nichts zu kümmern. In so einer Welt würde sie gerne leben. »Kannst du nicht irgendetwas kochen? Bitte!« *Sag mir nicht, ich soll Pizza bestellen*, dachte Maribeth, und ihre Brust krampfte, nicht vor Stress, wie sie glaubte, sondern weil sich das Blut mühsam durch ihr verengtes Herzkranzgefäß zwängte. *Bitte sag nicht, dass ich Pizza bestellen soll.*

Jason seufzte. »In Ordnung. Ich mache das Hühnchen mit Oliven. Das mögen alle.«

»Danke.« Vor Dankbarkeit, nicht in der Verantwortung zu sein, kamen ihr fast die Tränen, und zugleich war sie wütend, weil sie immer in der Verantwortung war.

Sie brauchte eine Viertelstunde, um die drei Straßen bis zu dem Café zu laufen, in dem sie sich mit Andrea Davis verabredet hatte, einer ehemaligen Kollegin bei der *Rule.* Sie hätte das Treffen gerne abgesagt, aber Andrea – geschieden, zwei pubertierende Kinder –, war zur Zeit arbeitslos, weil das Shopping-Magazin, bei dem sie gearbeitet hatte, pleitegegangen war. So wie die *Rule* damals Pleite gemacht hatte. Und wie so viele andere Zeitschriften, bei denen sie gearbeitet hatten.

»Was für ein Glück du hast, bei der *Frap* zu arbeiten, zusammen mit Elizabeth«, sagte Andrea über ihren Kaffee hinweg zu Maribeth, der schon vom Geruch übel wurde. »Der Markt ist gnadenlos.«

Ja, das wusste Maribeth. Der Markt war gnadenlos. Sie hatte Glück.

»Was waren das für Zeiten bei der *Rule*«, fuhr Andrea fort. »Weißt du noch, als wir nach dem 11. September die ganze Ausgabe umgeschmissen und alles neu gemacht haben? Wie wir bis in die Nacht hinein geackert haben, alle gemeinsam, während der Geruch von verbranntem Plastik in der Luft lag? Manchmal denke ich, dass das die besten Tage meines Lebens waren. Ist das nicht krank?«

Maribeth wollte erwidern, dass sie manchmal genauso dachte, aber sie war in dem Moment so kurzatmig, dass sie kaum sprechen konnte. »Ist dir nicht gut?«, fragte Andrea.

»Nein, nicht besonders«, gab Maribeth zu. Sie kannte Andrea nicht so gut, was es ihr leichter machte, ihr die Wahrheit zu sagen. »Merkwürdige Symptome. Wie Schmerzen. In meiner Brust. Ich habe Angst, es könnte …« Sie konnte nicht weitersprechen.

»Das Herz sein?«, fragt Andrea.

Maribeth nickte, während das genannte Organ sich erneut verkrampfte.

»Ich renne mindestens einmal im Jahr in die Notaufnahme, weil ich überzeugt bin, einen Herzinfarkt zu haben. Ich habe dann Schmerzen in meinem Arm und alles.« Andrea schüttelte den Kopf. »Na ja, es ist nichts. Okay, nicht nichts, nur Sodbrennen. Also, bei mir jedenfalls.«

»Sodbrennen?«

Andrea nickte. »Sodbrennen. Kommt alles vom Stress. Na ja, wem sage ich das.«

Natürlich, Stress. Das klang logisch. Andererseits hatte die *Frap* gerade das Porträt einer 27-jährigen Sitcom-Schauspielerin gebracht, bei der MS diagnostiziert worden war. »Es kann jeden treffen«, hatte die Schauspielerin in dem Artikel gesagt. Vor zwei Wochen hatte dann Maribeths Mutter angerufen und erwähnt, dass die 36-jährige Tochter ihrer Freundin Ellen Berman Brustkrebs im vierten Stadium hätte. Obwohl Maribeth weder Ellen Berman noch deren Tochter jemals kennengelernt hatte, hatte es ihr schrecklich leidgetan und ihr einen solchen Schrecken eingejagt, dass sie gleich einen Termin bei ihrer Gynäkologin vereinbart hatte (und sie musste wirklich dringend zur Mammographie, das schob sie seit Jahren vor sich her). Die Schauspielerin hatte recht: Es konnte jeden treffen.

Und tatsächlich – Maribeth wusste nicht, dass ihr Herzgewebe inzwischen bereits durch den Sauerstoffmangel abzusterben begann. Also spulte sie weiter ihr Tagesprogramm ab. Versprach Andrea, Elizabeth nach offenen Stellen oder Aufträgen zu fragen und nahm dann ein Taxi zum Büro des Steuerberaters, wo sie die Quittungen aus dem letzten Jahr ablieferte, damit die – schon seit April verlängerte – Abgabe ihrer Steuererklärung nächste Woche noch fristgerecht über die Bühne gehen konnte. Dann nahm sie ein Taxi zur Praxis von Dr. Cray, denn obwohl ihr jetzt schwindelig war und sie sich nichts sehnlicher wünschte, als sich zu Hause hinzulegen, wäre ihre jährliche Vorsorge schon vor sechs Monaten fällig gewesen, und sie wollte nicht so enden wie Ellen Bermans Tochter.

Und weil sie nicht wusste, dass ihre Erschöpfung auf Sauerstoffmangel durch die verringerte arterielle Blutversorgung beruhte, behauptete sie Dr. Crays Arzthelferin gegenüber, ihr ginge es gut, obwohl diese feststellte, dass ihr Blutdruck anormal niedrig sei und fragte, ob sie möglicherweise dehydriert sei. Vielleicht war sie das. Vielleicht lag es daran. Also ließ sie sich ein Glas Wasser geben.

Sie dachte noch immer nicht an ihr Herz, und hätte es vielleicht auch nie getan, wenn Dr. Cray sie nicht gefragt hätte, ob es ihr gutginge.

Die Frage an sich war pro forma. Aber Dr. Cray – die Oscar und Liv zur Welt gebracht und Maribeth in so vielen schweren Situationen beigestanden hatte – stellte sie genau dann, als sie gerade sanft ihre linke Brust abtastete, genau über ihrem Herzen, das inzwischen nicht mehr schmerzte, sondern sich so gespannt anfühlte wie eine Trommel, ein Gefühl, das Maribeth an ihren schwangeren Bauch erinnerte und sie unwillkürlich erwiderte: »Also, ehrlich gesagt …«

2

Zwei Stunden später geriet Maribeth in Panik.

Dr. Cray hatte sie zwar beruhigt, es sei wahrscheinlich nichts, sie aber trotzdem mit dem Taxi in die nächste Notaufnahme geschickt und vorher dort angerufen, um sie anzukündigen. »Nur vorsorglich, damit wir auf der sicheren Seite sind.« Bei ihrer Ankunft war Maribeth mit einem Armband versehen, an Monitore angeschlossen und auf die kardiologische Überwachungsstation gebracht worden, wo sie von einer schier endlosen Reihe von Ärzten beobachtet wurde, von denen keiner alt genug aussah, um schon Alkohol trinken, geschweige denn praktizieren zu dürfen.

Im Taxi auf dem Weg zum Krankenhaus hatte sie Jason bei der Arbeit angerufen und nur seine Mailbox erreicht. Ihr fiel ein, dass er gesagt hatte, er würde heute die meiste Zeit nicht im Büro sein, also rief sie ihn auf dem Handy an und erreichte auch nur die Mailbox. Typisch. Er ging so gut wie nie ans Telefon. Sie hatte sich nicht die Mühe gemacht, ihm eine Nachricht zu hinterlassen. Schließlich saß sie in einem Taxi ähnlich jenem, das sie am Abend zuvor von der Arbeit nach Hause gebracht hatte. Es war ihr also nicht unwahrscheinlich vorgekommen, dass die ganze Sache schon in ein bis zwei Stunden vorüber sein würde.

Sie schrieb eine SMS an Robbie, die auf die Zwillinge aufpasste, seitdem sie ein Jahr alt gewesen waren und Maribeth endlich genügend Aufträge als Freiberuflerin hatte, um es sich leisten zu können, jemanden einzustellen. Damals war Robbie eine süße, kreative Studentin mit Hauptfach Theater an der New Yorker Uni gewesen; jetzt war sie eine fertigausgebildete Schauspielerin mit unregelmäßigem Terminplan. Daher war Maribeth nicht weiter überrascht, als Robbie ihr zurückschrieb: *Kann nicht. Bin angerufen worden!!!!!!*, begleitet von einer Reihe Emojis, um ihre Aufregung zu unterstreichen. Und dann hatte sie noch ein *Sorry* hinzugefügt mit traurig aussehenden Emojis, um ihr Bedauern auszudrücken.

Es ging inzwischen auf halb drei zu; bald mussten die Zwillinge vom Kindergarten abgeholt werden, aber es war niemand da, um das zu übernehmen. Maribeth versuchte es noch einmal bei Jason, erreichte aber wieder nur seine Mailbox. An diesem Punkt hatte es wirklich keinen Sinn mehr gehabt, ihm eine Nachricht zu hinterlassen. Er würde den Kindergarten ohnehin nicht mehr rechtzeitig erreichen können. Außerdem hatten sich auf Jasons Mailbox unabgehörte Nachrichten angesammelt, die bis zur Zeit der letzten Präsidentenwahl zurückreichten.

Also rief Maribeth im Kindergarten an. Die Sekretärin, hübsch wie ein Model aber hoffnungslos inkompetent, so dass sie regelmäßig Formulare und Schecks verbummelte, meldete sich. Maribeth fragte, ob es in Ordnung sei, wenn Oscar und Liv heute Nachmittag ein wenig länger im Kindergarten blieben.

»Es tut mir leid, aber wir bieten keine Spätbetreuung an«, erwiderte die Sekretärin, als sei Maribeth irgendeine Fremde und keine Mutter, deren Kinder seit gut einem Jahr diesen Kindergarten besuchten.

»Ich weiß, aber ich … bin unerwartet aufgehalten worden und kann unmöglich kommen.«

»Die BrightStart-Statuten besagen eindeutig, dass die Kinder spätestens bis fünfzehn dreißig abgeholt sein müssen«, sagte die Sekretärin. Man konnte sie kaum verstehen; der Empfang im Taxi war miserabel.

»Ich kenne die Regeln, aber es handelt sich um einen …« Maribeth zögerte. Notfall? War es denn wirklich ihr Herz und nicht eher eine kolossale Zeitverschwendung? »Eine unausweichliche Situation. Ich werde es definitiv nicht schaffen, um fünfzehn Uhr dreißig am Kindergarten zu sein, und auch mein Ehemann und der Babysitter können nicht kommen. Ich weiß, dass die Erzieherinnen länger bleiben. Könnten Oscar und Liv nicht einfach still in einer Ecke spielen? Ich kann mir nicht vorstellen, dass ich die erste Mutter bin, der je so etwas passiert ist.« Oder doch? Vielleicht war sie die Erste. Das Tribeca-Viertel, in dem der Kindergarten lag und wo Maribeth seit über zwei Jahrzehnten ein mietpreisgebundenes Loft bewohnte, war zu einer der wohlhabendsten Gegenden im ganzen Land geworden. Manchmal kam es ihr vor, als hätten die Kinderfrauen hier sogar Kinderfrauen.

Die Sekretärin stieß einen unschönen Laut aus und drückte Maribeth in die Warteschleife. Einige Minuten später meldete sie sich wieder mit der Nachricht, eine andere Mutter habe angeboten, die Zwillinge mitzunehmen.

»Oh, gut. Wer denn?«

»Niff Spenser.«

Niff Spenser war eigentlich gar keine BrightStart-Mutter, zumindest momentan nicht. Ihre älteren beiden gingen schon zur Grundschule und ihr drittes Kind würde erst nächstes Jahr in den Kindergarten kommen. Niff leistete jedoch in dem »Brückenjahr«, wie sie es nannte, Freiwilligenarbeit im Kindergarten, um »auf dem Laufenden« zu bleiben, als wäre das Lernpensum dort so hoch, das man ansonsten unweigerlich den Anschluss verpasste. Maribeth konnte die Frau nicht ausstehen.

Aber Jason meldete sich nicht, und Robbie hatte zu tun. Eine Sekunde lang dachte sie an Elizabeth, aber es kam ihr unpassend vor, nicht so, als würde sie eine Freundin, sondern als würde sie eine Chefin anrufen.

Sie ließ sich von der Sekretärin Niffs Nummer geben und schrieb ihr eine SMS mit Jasons Kontaktdaten und dem Versprechen, dass er die Kinder vor dem Abendessen abholen würde. Dann schickte sie Jasons Niffs Nummer, erklärte ihm, dass sie aufgehalten worden sei und bat ihn, sich mit Niff in Verbindung zu setzen. *Bitte bestätige mir, dass Du die SMS bekommen hast*, schrieb sie.

Alles klar, kam zurück.

Und einfach so schien ohne ihr Zutun eine Entscheidung gefallen zu sein. Sie würde Jason nicht sagen, warum sie aufgehalten worden war, bis alles vorüber war. Wenn es sich als falscher Alarm erwies, würde sie ihm vielleicht gar nichts sagen. Die Wahrscheinlichkeit war groß, dass er nicht nachfragen würde.

Maribeth begutachtete das Messgerät an ihrem Finger. Ein Pulsoximeter. Sie erinnerte sich daran, dass ihr Vater nach seinem Schlaganfall so einen getragen hatte. Die Elektroden auf ihrer Brust juckten; bestimmt würde sie heute Abend ganz schön schrubben müssen, um den Kleber abzukriegen. »Entschuldigen Sie«, fragte sie eine der Assistenzärztinnen, eine stylische junge Frau, die teure Schuhe trug und affektiert redete. »Können Sie mir sagen, wie lange es wohl noch dauert?«

»Ich glaube, Ihnen soll noch mal Blut abgenommen werden«, antwortete die Ärztin.

»Noch mal? Weshalb? Ich dachte, mein EKG sei normal gewesen.«

»So ist das Procedere.«

Hier ging es entweder darum, sich abzusichern oder die

Rechnung in die Höhe zu jagen. Maribeth hatte einmal eine Enthüllungsstory über profitgetriebene Krankenhäuser redigiert.

Das erinnerte sie an den Artikel, den Finoula ihr geschickt hatte. Den konnte sie ja wenigstens schon mal abarbeiten und von ihrer Liste streichen. Sie rief den Text auf ihrem Smartphone auf. Es war ein interessantes Stück über Promis, die soziale Netzwerke für philanthropische Zwecke nutzen. Maribeth erinnerte sich dunkel daran, das Thema bei einem Meeting vorgeschlagen zu haben. Leider war der Artikel stümperhaft geschrieben. Normalerweise erkannte Maribeth schon beim ersten Lesen die Probleme in der Struktur, Logik oder Stilistik eines Texts und wusste sofort, wie sie sie lösen konnte. Doch sie las den Artikel ein zweites und dann ein drittes Mal und sah den Wald vor lauter Bäumen nicht; sie hatte keine Ahnung, wie sie ihn besser machen konnte.

Das lag am Krankenhaus. Ganz sicher kein besonders inspirierender Ort zum Arbeiten. Sie musste nach Hause. Es war schon fast Abendessenszeit. Jason war jetzt bestimmt schon mit den Kindern zurück. Womöglich machte er sich noch keine Sorgen, aber er fragte sich bestimmt, wo sie blieb. Maribeth schloss den Artikel und sah, dass sie mehrere Anrufe von ihrer Festnetznummer zu Hause verpasst hatte. Sie rief an und Jason meldete sich praktisch sofort. »Maribeth?«, fragte er. »Wo bist du?«

Der Klang von Jasons gleichmäßiger, sonorer Stimme ließ etwas in ihr aufbrechen. Vielleicht, weil seine Stimme am Telefon seiner Radiostimme glich, besaß sie noch immer die Macht, sie um fünfundzwanzig Jahre in der Zeit zurückzuversetzen, zu jenen Abenden, als Maribeth und ihre Freundinnen im Studentenwohnheim seine Sendung gehört und sich gefragt hatten, wer sich wohl hinter dieser Stimme verbarg (im Radio nannte er sich Jinx) und was für ein Typ er wohl war. »Ich wette, er ist potthässlich«, hatte ihre Mitbewohnerin Courtney gesagt. »Sexy Stimme, abstoßendes Gesicht.« Maribeth, die für die Collegezeitung arbeitete, hatte keine Meinung zu seinem Aussehen, hielt ihn aber für einen genauso unerträglichen Snob wie die Kunst- und Musikredakteure, die sie kannte. »Du solltest ihn interviewen und es herausfinden«, hatte Courtney ihr vorgeschlagen.

»Wo bist du?«, wiederholte Jason und jetzt hörte sie auch, wie gereizt er war. Und dann hörte sie, warum. Im Hintergrund ertönten die Stimmen von Erwachsenen und Kindern. Von vielen, vielen Kindern.

Das Elterntreffen. Heute Abend. Mist!

»Ich dachte, du wolltest, dass ich das Hühnchen mache, aber wir haben keins im Haus und inzwischen ist der Besuch da«, erklärte Jason. »Bist du einkaufen?«

»Nein. Tut mir leid. Ich hab's vergessen.«

»Du hast es vergessen?« Jetzt klang Jason richtig sauer. Irgendwie konnte sie ihn verstehen, aber sofort krampfte ihre Brust wieder. Denn, ganz ehrlich: Wie oft hatte Jason etwas vergessen und es ihr überlassen, die Suppe auszulöffeln?

»Ja, ich hab's vergessen«, erwiderte sie schnippisch. »Ich hatte anderes im Kopf, weil ich nämlich den ganzen Nachmittag in der Notaufnahme verbracht habe.«

»Wie bitte? Was? Warum?«

»Ich hatte Schmerzen in der Brust, also hat mich Dr. Cray zur Kontrolle hergeschickt«, erklärte sie.

»Was verdammt?« Jetzt klang Jason wütend. Richtig wütend. Aber er klang jetzt anders als vorher. So, als würde er sie vor irgendeinem brutalen Fiesling beschützen wollen.

»Wahrscheinlich ist es nichts, einfach nur Stress«, erwiderte Maribeth. Sie ärgerte sich darüber, dass sie es ihm gesagt hatte, und noch mehr, dass sie nicht schon früher offen zu ihm gewesen war. »Sie halten mich schon seit Stunden unter Beobachtung.«

»Warum hast du mich nicht angerufen?«

»Ich hab's versucht, aber du bist nicht ans Telefon gegangen, und außerdem dachte ich, ich wäre um die Zeit schon längst wieder hier raus.«

»Wo bist du?«

»Im Roosevelt.«

»Soll ich kommen?«

»Nein, nicht jetzt, wo alle da sind. Sag ihnen einfach, ich hätte länger arbeiten müssen, und bestell Pizza. Bestimmt lassen sie mich bald gehen.« Sie schlug sich mit der Faust auf die Brust, in der Hoffnung, so den erneut aufkommenden Schmerz vertreiben zu können.

»Soll ich nicht lieber doch bei dir sein?«

»Bist du hier bist, bin ich längst entlassen. Bestimmt war es nur ein Fall von schlimmem Sodbrennen.« Im Hintergrund hörte sie, wie Oscar zu weinen anfing. »Was ist denn los?«

»Ich glaube, Mo hat sich Gruselbärchen geschnappt.«

Gruselbärchen war ein entstellter Teddy, ohne den Oscar nicht schlafen konnte. »Dann nimm ihn Mo lieber weg«, sagte Maribeth zu Jason. »Kannst du mir Oscar mal geben? Oder Liv?«

Während Jason versuchte, die Kinder an den Apparat zu holen, verkündete Maribeths Handy mit einem klagenden Laut, dass der Akkustand niedrig war, um nach ein paar Sekunden mit einem weiteren traurigen Geräusch auszugehen.

»Ich komme bald nach Hause!«, rief sie, aber sie konnten sie schon nicht mehr hören.

Später erschien ein väterlich wirkender Arzt mit gepunkteter Fliege. Er stellte sich Maribeth als der diensthabende Kardiologe Dr. Sterling vor. »Eines Ihrer EKGs weist eine Anomalie auf«, erklärte er, »deswegen haben wir die zweite Blutuntersuchung angeordnet. Dabei wurden erhöhte Troponinwerte festgestellt.«

»Aber das erste EKG war doch normal.«

»Das ist nicht ungewöhnlich«, erwiderte er. »Ich vermute, dass Sie die Art von Infarkt hatten, die wir auch als ›stotternden Infarkt‹ bezeichnen.«

»Einen was?«

»Mangelnde Durchblutung des Herzens, unter Umständen schon während der letzten vierundzwanzig Stunden. Dazu passen die diffusen Symptome und wiederkehrenden Schmerzattacken. Ihre Blutwerte deuten auf einen vollständigen Verschluss eines Ihrer Herzkranzgefäße hin.«

»Oh«, sagte Maribeth und versuchte krampfhaft zu begreifen. »Ich verstehe.«

»Wir schicken Sie jetzt rauf ins Katheterlabor zur Untersuchung Ihrer Herzkranzgefäße auf Verschlüsse. Wenn wir einen Verschluss entdecken, setzen wir Ihnen gleich einen Stent ein.«

»Wann soll das gemacht werden?«

»Sofort. Sobald oben frei ist.«

»Jetzt gleich?« Maribeth warf einen Blick auf die Uhr. Es war schon nach sieben. »Es ist Freitagabend.«

»Haben Sie vor, tanzen zu gehen?« Dr. Sterling amüsierte sich über seinen eigenen Witz.

»Nein. Ich frage mich nur, ob wir diese Stent-Sache nicht auch nächste Woche machen können?«

»O nein. Das müssen wir machen, bevor noch weitere Schädigungen entstehen.«

Schädigungen. Das hörte sich nicht gut an. »Okay. Wie lange dauert das? Ich meine, wann werde ich wohl hier wieder raus sein?«

»Meine Güte, sind Sie immer so in Eile?«, fragte er. Wieder

lachte er, aber diesmal schwang etwas mit, eine unterschwellige Botschaft, als wolle er ihr sagen: *Ich sehe, wie Sie sich in diese Lage gebracht haben.*

Doch gerade jetzt, in diesem Moment, tobten zwölf Vierjährige zu Hause in ihrer Wohnung herum. Irgendjemand würde das hinterlassene Chaos aufräumen müssen: die Cracker suchen, die Mo immer in den Schränken versteckte, die schmutzigen Windeln rausbringen, die Tashi jedes Mal in den Küchenmüll warf (weil Ellery bis heute nur in die Windel kackte). Irgendjemand würde Schokoladenstreusel-Pfannkuchen für das Samstagmorgenfrühstück backen und vorher sicherstellen müssen, dass alle Zutaten im Küchenschrank vorhanden waren.

Und das war nur heute Abend. In den nächsten Tagen musste irgendjemand die Kinder zur Ballettstunde, zum Fußballtraining, zur Logopädie, zu den Verabredungen mit Freundinnen und Freunden und zu den Geburtstagspartys bringen. Jemand würde mit ihnen Halloweenkostüme kaufen, sie beim Kinderarzt gegen Grippe impfen lassen und sie zur Zahnreinigung begleiten müssen. Jemand musste die Mahlzeiten planen, das Essen kaufen, die Rechnungen bezahlen und die Ausgaben im Blick behalten. Jemand musste all das machen, und zwar neben der regulären Arbeit.

Maribeth seufzte. »Es ist nur, dass ich ein Haus voller Vierjähriger habe und am Wochenende sehr viel zu tun ist.«

Er starrte sie eine ganze Weile lang stirnrunzelnd an. Maribeth erwiderte seinen Blick, und er war ihr bereits unsympathisch, noch bevor er sagte: »Ist Ihnen eigentlich klar, dass Sie einen Herzinfarkt hatten?«

Vom Telefon im Schwesternzimmer aus rief sie Jason an und erreichte wieder nur die Mailbox. So ruhig wie möglich erklärte sie ihm, was jetzt passieren würde: die Untersuchungen, dass sie über Nacht im Krankenhaus bleiben musste, wahrscheinlich sogar das ganze Wochenende. Das Wort *Herzinfarkt* sagte sie nicht. Sie brachte es nicht über die Lippen. Und sie gestand ihm auch nicht, dass sie Angst hatte. Sie sagte nur: »Bitte komm her, so schnell du kannst.« Das alles sagte sie der Mailbox.

Die Wartezeit verbrachte sie damit, die Aufnahmeformulare auszufüllen. Das hatte etwas Beruhigendes, vielleicht, weil es ihr vertraut war. Sie hatte solche Formulare auch vor ihrem Kaiserschnitt und Oscars Paukenröhrchenoperation ausgefüllt. Name, Adresse, Versicherung, Sozialversicherungsnummer. Wiederholung. Das hatte etwas Zenartiges. Bis sie zu »Familienvorgeschichte« kam.

Sie wusste nie, wie sie diesen Punkt ausfüllen sollte. Mit acht Jahren hatte sie erfahren, dass sie adoptiert worden war, aber damals hatte sie das lediglich wie eine zusätzliche identifizierende Information über sich aufgenommen: Sie wohnte in der Maple Street. Sie fuhr ein blaues Schwinn-Fahrrad. Sie war in der dritten Klasse die Beste im Buchstabieren. Sie war adoptiert. Das Thema hatte sie so lange nicht weiter beschäftigt, bis sie selbst versucht hatte, schwanger zu werden und plötzlich vor zahlreichen offenen Fragen stand: Hatte sie irgendwelche portugiesischen Vorfahren? Jüdische, kreolische? Hatte es in ihrer Familie Fälle von Down-Syndrom gegeben? Gaumenspalte? Huntington-Krankheit? Unfruchtbarkeit? Nun ja, Letzteres konnte sie beantworten, jedenfalls in Bezug auf ihre leibliche Mutter, doch alles andere blieb ein Rätsel.

Dann wurden ihre eigenen Kinder geboren und das Rätsel wurde noch größer. Oscar war eine getreue Kopie seines Vaters: die gleichen grünbraunen Augen, das gleiche fliehende Kinn, doch Liv hatte mit sechzehn Monaten lange blonde Haare, mandelförmige, grüne Augen und eine heftige, manchmal diktatorische Art, die Jason scherzhaft als Anzeichen einer zukünftigen Führungspersönlichkeit wertete, die einer Sheryl Sandberg oder sogar Hillary Clinton. Schon mehr als einmal hatten Leute gewitzelt, ihr sei wohl die falsche Eizelle eingepflanzt worden.

Solche Scherze trafen Maribeth, denn schließlich hatte sie tatsächlich keine Ahnung, woher Liv dieses Prinzessinnenhaar oder diese Augen hatte, geschweige denn diesen stechenden Blick. Wenn sie das kleine genetische Puzzle betrachtete, das ihre Tochter war, dann wurde Maribeth zwar nicht unbedingt traurig, spürte aber unterschwellige Besorgnis. Viel Zeit, darüber nachzudenken, hatte sie jedoch nicht. Schließlich hatte sie Zwillinge.

Sie ließ den Punkt auf dem Formular unausgefüllt.

Jason stürmte um kurz vor zehn herein. »Oh, Lois«, sagte er und benutzte einen alten Kosenamen, den er seit Jahren nicht mehr verwendet hatte, was für Maribeth ein erster Hinweis darauf war, dass auch er Angst hatte. Sie kannten einander schon ihr halbes Leben lang, und trotz einer zwischenzeitlichen Pause von zehn Jahren fanden sie blind ihre empfindlichen Stellen. Außerdem wusste Maribeth, dass es Jason verstörte, wenn sie im Krankenhaus lag. Auch vor ihrem Kaiserschnitt war er aufgewühlt gewesen, obwohl er ihr gegenüber später zugegeben hatte, dass ihn weniger die konkrete Operation als seine Albträume beunruhigt hätten, in denen sie während der Geburt starb.

»Hey, Jase«, erwiderte sie leise. Sie hätte gerne *Ich liebe dich* gesagt oder *Danke, dass du gekommen bist*, aber sie befürchtete, dass sie dann anfangen würde zu weinen. Also fragte sie ihn, wo die Kinder waren.

»Bei Earl.«

Im Kampf der Gefühle siegte die Gereiztheit über die Sentimentalität. »Jablonski? Du machst Witze, oder?«

»Es war spät.«

»Du hast sie bei unserem menschenfeindlichen, wahrscheinlich alkoholabhängigen Nachbarn gelassen? Hast du ihnen vorher Schilder mit der Aufschrift ›Missbrauch mich‹ umgehängt?«

»Komm schon. Earl ist zwar mürrisch, aber kein schlechter Kerl.«

»Mein Gott, Jason! Warum hast du sie nicht mit den Wilsons gehen lassen?« Die Wilsons waren eine der Familien aus der Elterngruppe, die in der Nähe wohnten.

»Das ist mir in dem Moment nicht eingefallen«, erwiderte Jason. »Sie waren müde, deshalb habe ich Earl gebeten hochzukommen. Ich könnte es jetzt bei den Wilsons versuchen, aber wahrscheinlich schlafen sie schon.«

»Vergiss es.«

Er setzte sich zu ihr auf die Bettkante. »Wie geht es dir?«

»Gut. Ich wünschte nur, es wäre schon vorbei.« Sie hielt inne. »Vielleicht könntest du die Wilsons bitten, sie morgen zu nehmen. Liv und Tess haben zusammen Ballett.«

»Stimmt. Ballett.«

»Und Oscar muss zum Fußball.«

»Wir kriegen das schon irgendwie hin.«

»Wie denn? Ich kann nichts übernehmen. Du wirst Hilfe brauchen.«

»Okay, ich rufe die Wilsons an.« Er griff nach seinem Handy.

»Jetzt ist es schon zu spät. Schreib ihnen morgen früh eine SMS oder eine E-Mail, oder ruf sie an.«

Er nickte. »Was ist mit Sonntag?«

Sie waren am Sonntag zu einem Geburtstag eingeladen. Vorher musste Liv zu einer Freundin und Oscar zur Logopädin gebracht werden. Maribeth wollte jetzt nicht darüber nachdenken. »Ich weiß es nicht, Jason.«

»Wir könnten sie übers Wochenende zu Lauren schicken.« Lauren war Jasons jüngere Schwester, die mit Mann und Kindern in der Nähe von Boston wohnte.

»Und wie kommen sie dahin? Und wieder zurück?«

»Ich könnte Lauren bitten, sie abzuholen. Sie weiß, was los ist.«

»Du hast es ihr erzählt?«

»Nun, ja. Ich habe sie vom Taxi aus angerufen. Sie war bei unserem Vater, als er seinen Herzinfarkt hatte.« Jasons Vater, Elliott, hatte einen Herzinfarkt erlitten, als er über siebzig war, in einem Alter also, in dem man mit so etwas rechnen musste. »Also, wie findest du die Idee? Mit Lauren?«

Maribeth stützte den Kopf in die Hände. Die Logistik ihrer Wochenenden verlangten ihr generell das Geschick eines Fluglotsen ab, aber im Moment fühlte sie sich nicht in der Lage, die Maschinen auch nur in der Luft zu halten. »Ich weiß nicht. Kannst du mich da raushalten? Bis das vorbei ist?«

Er tat mit seinen Händen so, als bestünde ein Kraftfeld um sie herum. »Fühl dich wie in einer Blase.«

Ein Pfleger und eine Krankenschwester kamen mit einer Transportliege. »Möchten Sie ein leichtes Beruhigungsmittel?«, fragte die Schwester.

»Lieber ein starkes«, sagte Maribeth trocken.

Als sie zum Transport bereitgemacht wurde, drückte Jason ihre Hand und bat sie, sich keine Sorgen zu machen, alles würde gut werden. Das sagte er immer. Maribeth glaubte das nie wirklich, obwohl sie diesen gelassenen Optimismus zu schätzen wusste. Er bildete ein Gegengewicht zu ihrem Hang, ständig mit dem Schlimmsten zu rechnen.

In diesem Augenblick wollte sie daran glauben. Ganz fest.

Aber als Jason sich über sie beugte und sie auf die Stirn küsste, spürte sie, wie er zitterte, und fragte sich, ob er tatsächlich so optimistisch war, wie er vorgab zu sein.

Doch dann setzte die Wirkung des Beruhigungsmittels ein und alles wurde so angenehm leicht und gedämpft. Sie hörte Jason sagen: »Ich liebe dich«, und sie erwiderte, sie liebe ihn auch. Jedenfalls glaubte sie, es gesagt zu haben. Vielleicht hatte sie es sich auch nur eingebildet.

Im Katheterlabor herrschte lockere Partystimmung, passend zu dem späten Freitagabend. Die Radiologen und Krankenschwestern schäkerten und Maribeth beobachtete sie durch ihren narkotischen Nebel hindurch. Sie spürte einen leichten Druck, als der Katheter eingeführt wurde, aber nicht, wie er bis hinauf zu ihrem Herzen geschoben wurde. Als das Kontrastmittel gespritzt wurde, empfand sie ein seltsames Wärmegefühl, das aber nicht ganz unangenehm war.

»Könnten Sie bitte für mich husten, Maribeth?«, fragte jemand.

Sie hustete.

»Sehr gut.«

Dann spürte sie etwas, was seltsam war. Hatte man ihr nicht gesagt, sie würde gar nichts von der Untersuchung merken?

»Was ist jetzt los?«, hörte sie jemanden fragen.

»Ihr Blutdruck fällt ab!«

Die Stimmung veränderte sich so plötzlich, als hätte sich eine Wolke vor die Sommersonne geschoben. Alles passierte jetzt viel schneller. Es gab ein Durcheinander von Alarmtönen, eine zerrende Bewegung. Man stülpte ihr eine Maske über das Gesicht. In diesem letzten Moment, bevor alles dunkel wurde, dachte Maribeth – eher verwundert als furchtsam –, wie schnell doch alles vorbei sein konnte.

3

Sie öffnete die Augen. Sie konnte nicht atmen. Und doch atmete sie. Aber es fühlte sich an, als könne sie nicht atmen.

Grelles Licht schien ihr ins Gesicht. Sie blinzelte. Sie versuchte zu sprechen, konnte aber nicht.

Träumte sie?

Es fühlte sich nicht an, als träume sie. Sie fror. Hatte jemand die Klimaanlage angelassen? Warum lief die Klimaanlage? Sie glaubte nicht, dass Sommer war.

Wieder erwachte sie. Das grelle Licht war immer noch da.

Sie konnte immer noch nicht sprechen.

War sie tot?

Sie hoffte, dass sie nicht tot war, denn sie fühlte sich entsetzlich.

Vielleicht war das die Hölle.

Dabei glaubte sie gar nicht, dass es die Hölle gab.

Ihre Wange juckte. Ihr Kiefer schmerzte. Sie spürte ein diffuses Pochen im Bein. Im linken. Nein, im rechten. Sie war verwirrt. Sie fror.

Da war etwas in ihrem Hals. Sobald sie sich des Fremdkörpers bewusst wurde, musste sie würgen.

Eine Frau beugte sich über sie. Braune Haut, aufmerksamer Blick. Sie strich Maribeth über die Stirn. »Das ist das

Beatmungsgerät. Entspannen Sie sich und versuchen Sie, nicht dagegen anzukämpfen.«

Ein Beatmungsgerät? Hatte sie einen Unfall gehabt? Wo waren die Zwillinge? Panik stieg in ihr auf. Sie versuchte zu atmen, aber es gelang ihr nicht. Wieder würgte sie. Und dann wurde alles dunkel.

Jemand rief ihren Namen. Sie kannte die Stimme. Jason. Es war Jason.

Erleichterung.

Sie versuchte, seinen Namen zu sagen.

Sie konnte es nicht.

»Schwester! Sie ist wach!«

Jason. Große Erleichterung.

»Sie muss würgen. Können Sie ihr nicht etwas zur Beruhigung geben?«, fragte er.

Nein! Bitte kein Beruhigungsmittel, dachte Maribeth. Sie fühlte sich ohnehin schon so benebelt. Sie musste wach bleiben. Sie wollte nicht wieder abdriften.

»Aber nur ein leichtes«, erwiderte die Schwester. »Sie muss wach bleiben, damit wir sie vom Beatmungsgerät nehmen können. Es wird ihr bessergehen, sobald der Schlauch raus ist. Also, Maribeth, bitte haben Sie noch etwas Geduld, der Chirurg kommt gleich.«

Chirurg? Was war hier los? Sie sah Jason an, aber er bemerkte es nicht. Sie versuchte es mit der Krankenschwester.

»Sie hatten eine Bypassnotoperation.«

Maribeth verstand die Worte, aber nicht ihre Bedeutung.

»Bei der Herzkatheteruntersuchung ist etwas schiefgegangen«, erklärte Jason. »Sie haben deine Arterie verletzt, deswegen mussten sie sofort eine Notoperation durchführen.«

»Können Sie mir sagen, wie stark Ihre Schmerzen sind?«,

fragte die Schwester und zeigte ihr eine Skala von eins bis zehn. Die Eins war ein glückliches Gesicht, die Zehn ein sehr trauriges.

Die Schmerzen waren anders als alles, was sie bis dahin empfunden hatte, allumfassend und dennoch irgendwie weit weg. Sie konnte sie nicht einordnen.

»Dann sagen wir mal, es ist eine Fünf«, spekulierte die Schwester.

Maribeth fühlte, wie etwas Warmes, Prickelndes in ihre Hand gespritzt wurde. Danach spürte sie gar nichts mehr.

Wieder erwachte sie, und ein unbekannter Arzt beugte sich über sie. »Guten Morgen, wir werden jetzt den Schlauch herausziehen«, sagte er.

Das Kopfteil ihres Bettes wurde aufgestellt, und bevor sie begriff, was passierte, hatte man ihr aufgetragen, kräftig auszuatmen. Sie versuchte es, aber es war, als hätte sie vergessen, wie das ging.

»Auf drei«, sagte der Arzt. »Eins, zwei …«

Es war ein Gefühl, als würde sie in Zeitlupe erbrechen. Als der Schlauch herausglitt, schluckte sie Luft und würgte gleichzeitig. Sie hielt sich die Hände vor den Mund, um das Erbrochene aufzufangen, das gar nicht kam.

»Sie haben nichts im Magen, dank dem hier«, erklärte der Arzt und berührte einen weiteren Schlauch, der in ihre Nase führte. Maribeth ließ sich zurücksinken. Krankenschwestern hantierten geschäftig um sie herum. Eine ließ sie einen Schluck Wasser durch einen Strohhalm trinken, während der Arzt in ihrer Akte las.

»Wo ist? Mein? Arzt?«, krächzte Maribeth.

»Ich bin Ihr Arzt. Dr. Gupta«, antwortete er und erklärte ihr, er sei ihr Thoraxchirurg. Er war gerufen worden, um ihre

Notfallbypassoperation durchzuführen, als der Katheter ihre Arterie durchdrungen hatte. »Das kommt nur ganz selten vor. Bis jetzt erst mein zweiter Fall, und die andere Dame war wesentlich älter als Sie. Sie sind ziemlich außergewöhnlich«, sagte er, als sei das etwas Gutes.

»Mein Mann?«, keuchte sie.

»Ich weiß nicht, wo er ist.« Er fuhr fort, ihr von der Operation zu erzählen, einem doppelten Bypass. »Neben der verletzten Arterie war noch eine weitere Ader schwer geschädigt, und da Ihr Brustkorb bereits geöffnet war, haben wir Ihnen eine aus dem Bein transplantiert. Langfristig ist das eine bessere Lösung als ein Stent, Sie haben also Glück im Unglück gehabt.«

Juhu!

Er fuhr damit fort, ihr zu erläutern, was sie zu erwarten hatte – Beschwerden im Bein, dort, wo ihr eine Arterie entnommen worden war, und im Brustbein, das sie hatten durchsägen müssen, um an ihr Herz zu gelangen. Außerdem kognitive Symptome, etwa das Postperfusionssyndrom, auch *pump head* genannt, ausgelöst durch den Anschluss an die Herz-Lungen-Maschine.

»Die was?«

»Die Herz-Lungen-Maschine. Durch die wir Ihr Blut gepumpt haben, damit es mit Sauerstoff angereichert wird, als Ihr Herz stillstand.«

Er sagte es so beiläufig. *Als Ihr Herz stillstand.* Und mit einem Mal riss es sie aus dem Nebel.

Sie legte ihre verkabelte Hand auf ihre verbundene Brust. Sie spürte ihr Herz schlagen, wie immer schon, seit sie ein Baby war, ja, sogar ein Embryo im Bauch einer Mutter, die sie nie gekannt hatte. Doch es hatte stillgestanden. Sie wusste nicht genau, warum, aber sie hatte das Gefühl, eine Grenze übertreten und alles zurückgelassen zu haben, was sie auf der anderen Seite gekannt hatte.

4

Eine Woche später wurde Maribeth entlassen. Sie fühlte sich nicht ansatzweise fit genug. Doch so war es auch beim letzten Mal gewesen, als sie aus dem Krankenhaus gekommen war, mit den Zwillingen, aber damals hatten sie und Jason zusammengehalten. »Sie lassen uns ganz allein mit ihnen!«, hatte Jason gescherzt. Diesmal war sie ganz allein.

»Ich muss dir etwas sagen«, begann Jason. Maribeth saß in einem Rollstuhl, und sie warteten auf das Taxi. Sein Tonfall alarmierte sie irgendwie. Wenn sie nicht gerade nach einer Operation am offenen Herzen aus dem Krankenhaus entlassen worden wäre, hätte Maribeth vielleicht gedacht, er wolle ihr eine Affäre beichten.

»Was denn?«, fragte sie misstrauisch.

»Du weißt doch, dass ich dir versprochen habe, dich in einer Blase zu lassen, als du im Krankenhaus warst, damit du dir um nichts Gedanken zu machen brauchtest?«

»Ja.«

»Also, ich habe ein paar Dinge arrangiert. Während du in der Blase warst.«

Es dauerte einen Moment, bis Maribeth verstand, was er meinte. Sie war sich ziemlich sicher, dass ihr eine Affäre lieber gewesen wäre. Sie schüttelte den Kopf. »Nein!«

»Ich habe sie immerhin davon abgehalten, dich im Krankenhaus zu besuchen«, fuhr Jason fort. »Ich habe dir nicht einmal etwas davon erzählt.«

»Du hast es dir leichtgemacht. So wie immer.«

»Leichtgemacht? Ich habe um Hilfe gebeten.«

»Inwiefern soll meine Mutter eine Hilfe sein?«

»Zwei Hände mehr. Und die Zwillinge lieben sie.«

»Wunderbar. Die Zwillinge können sich eine schöne Zeit mit Oma machen, und ich engagiere eine dritte Person, die sich um sie kümmert.« Eine vierte, hätte sie beinahe gesagt, tat es aber nicht.

Als das Taxi in Richtung Innenstadt losfuhr, hätte Maribeth sich viel lieber umgedreht und wäre ins Krankenhaus zurückgekehrt. Sogar an einem guten Tag brauchte sie sämtliche seelischen Reserven, um mit ihrer Mutter umzugehen. Und dies war kein guter Tag.

Jason berührte sie vorsichtig an der Schulter. »Bist du okay?«

»Du fragst mich doch immer, warum ich ständig mit dem Schlimmsten rechne«, sagte sie.

Er nickte.

»Genau deswegen.«

Willkommen zu Hause, Mama! Gute Besserung!, stand auf dem Schild aus Packpapier, das an der Eingangstür klebte.

Gleich würde sie ihre Kinder wiedersehen. Sie hatte sie seit einer Woche nicht gesehen, außer auf den Handyvideos, die Jason jeden Tag für sie aufgenommen und ihr gezeigt hatte. Sie vermisste sie auf eine schmerzhafte, fundamentale, animalische Weise. Doch als sie nun vor der Wohnungstür stand, fühlte sie sich vor Angst wie gelähmt. Vielleicht hätte sie Jason lieber doch nicht bitten sollen, sie an diesem Tag nicht in den Kindergarten zu bringen.

Jason öffnete die Tür.

Auf der Ablage im Flur stand eine Vase mit Lilien neben einem riesigen Stapel Post. Die Angst wurde größer.

»Maribeth, bist du das?«, hörte sie ihre Mutter rufen.

Und die Angst wurde noch größer.

»Ja, ich bin's«, sagte sie.

»Liv, Oscar, habt ihr gehört? Mama ist wieder da!«

Maribeths Mutter erschien. Sie hatte sich schick gemacht und trug ein Kleid von Chico's in den aktuellen Herbstfarben. Vorsichtig umarmte sie Maribeth, trat dann zurück, um sie anzusehen und legte dabei eine Hand auf ihr eigenes Herz. »Mein armes Mädchen!«

In dem Moment kam Oscar angerannt, sprang auf sie zu und rief: »Mami!«

Sie wollte nicht zurückzucken. Aber ihre Brust war so empfindlich und Oscar so welpenhaft tapsig. Sie hielt ihn ein klein wenig auf Abstand, vergrub ihr Gesicht in seinen Haaren und atmete diesen schwitzigen Kleiner-Junge-Geruch ein, der niemals ganz verschwand, nicht mal nach einem Bad.

»Hallo, Mami.« Als Liv sich näherte, mit vorsichtigen Ballettschritten, alles an ihr kontrolliert und damenhaft, erhaschte Maribeth einen Blick auf die Frau, zu der ihre vierjährige Tochter eines Tages heranwachsen würde. Es machte sie auf eine unerklärliche Art traurig.

Maribeth wappnete sich gegen eine weitere Umarmung, doch Liv küsste sie nur zart auf die Wange und trat dann zurück. Als Maribeth im Jahr zuvor eine Magenverstimmung gehabt hatte, hatte Liv sie distanziert behandelt, bis sie wieder die Alte gewesen war.

»Schon gut, Schätzchen«, sagte sie. »Ich bin's, deine Mama.«

Liv rümpfte die Nase, als könne sie das nicht ganz glauben. Maribeth war sich auch nicht sicher, ob es stimmte.

5

Die Entlassung aus dem Krankenhaus, die Fahrt durch die Stadt, die Ankunft zu Hause, all das hatte Maribeth sehr angestrengt, und sie entschuldigte sich, um sich ein wenig hinzulegen. Als sie erwachte, war es ungewöhnlich still im Loft, obwohl es keine richtigen Wände gab, um die Familiengeräusche zu dämpfen.

Sie rief nach Jason, der diese Woche von zu Hause aus arbeitete.

»Hey.« Er lächelte. »Schön, dass du wieder zu Hause bist, Lois.«

»Ich bin auch froh, wieder hier zu sein. Wo sind denn die anderen?«

»Deine Mutter und Robbie sind mit den Kindern auf den Spielplatz gegangen. Kann ich dir irgendetwas bringen?«

Maribeth sah auf die Uhr. »Ich glaube, die Krankenschwester kommt um drei. Vielleicht etwas zu essen?«

»Gerne. Wir haben Pizza bestellt. Aus dem Steinofen. Ein paar Stücke sind noch übrig.«

»Nein, keine Pizza.«

»Stimmt, du musst ja aufpassen. Wir haben in den letzten Tagen meistens etwas Fertiges bestellt, aber ich kümmere mich gleich mal darum, dass wir Lebensmittel geliefert bekommen. Willst du mir eine Einkaufsliste schreiben? Wir könnten bei FreshDirect bestellen.«

»Okay, mache ich«, sagte sie. »Jetzt würde mir etwas Suppe gut tun.«

»Ist Dosensuppe okay?«

»Da ist zu viel Salz drin. Soll ich nicht essen.«

»Ich kann schnell zum Laden an der Ecke laufen.«

»Schon okay. Ich schau mal nach, was noch im Kühlschrank ist.«

»Wir haben hier alles mit Bonbons und Kaugummi zusammengehalten«, entschuldigte sich Jason. »Bald läuft alles wieder wie gewohnt.«

Maribeth beendete gerade ihr Mittagessen, das aus Joghurt, einem Apfel und etwas Erdnussbutter bestand, als die Schwester vom ambulanten Pflegedienst eintraf. Ihr Name war Luca. Sie war angenehm mollig und begrüßte sie mit dem schiefen Grinsen einer Komplizin.

Luca kontrollierte die Verbände um Maribeths Brust und Bein. »Das heilt schön«, sagte sie.

»Na, dann freu ich mich schon auf die Narben«, sagte Maribeth.

»Einige Frauen betrachten ihre Narben als Auszeichnung. Ich habe mit Brustkrebspatientinnen gearbeitet, die sich für eine Tätowierung anstelle einer Brustrekonstruktion entschieden haben. Sie könnten sich ein hübsches Tattoo am Bein stechen lassen, so wie das hier.« Sie zog ihr Hosenbein hoch und zeigte Maribeth eine Gänseblümchenkette rund um ihren Knöchel.

»Lustig. Mein Mann hat immer gesagt, dass Narben wie Tätowierungen sind, nur dass sie die besseren Geschichten erzählen.«

»Das kann ich gut verstehen. Und was die Brust angeht«, sie klopfte sich auf ihren eigenen üppigen Ausschnitt, »wird die

Narbe so verblassen, dass sie wie das Dekolleté eines Tops aussehen wird. Sehr sexy.«

»Dann wissen Sie ja jetzt, warum ich so scharf auf eine Bypassoperation war«, erwiderte Maribeth.

Luca lachte. »Sinn für Humor können Sie jetzt gut gebrauchen.«

»Das und etwas Richtiges zu essen, und ich will nicht meckern.« Wie auf ein Stichwort hin knurrte ihr Magen.

Luca begutachtete den Joghurtbecher und das Apfelkerngehäuse. »Was haben Sie heute sonst noch gegessen?«

»Haferflocken im Krankenhaus.«

»Es ist schon kurz vor vier.«

»Wirklich?«

Luca sah kurz von ihrem iPad auf, in den sie etwas eintippte. »Sie müssen gut auf sich achtgeben.«

»Ich werde morgen ein paar Lebensmittel nach Hause liefern lassen.«

Luca runzelte die Stirn. »Auf sich zu achten bedeutet auch, um Hilfe zu bitten.«

»Ich werd's versuchen.«

Luca schloss Maribeth erst an ein Blutdruck- und dann an ein tragbares EKG-Messgerät an. Alle Daten wurden direkt auf ihr iPad übertragen. »Sieht gut aus«, sagte sie. »Ruhen Sie sich aus. Essen Sie. Bald werden Sie sich schon wieder viel besser fühlen.«

Genau in dem Moment öffnete sich die Wohnungstür und die Kinder sprangen herein, begleitet von Maribeths Mutter.

»Ist Mommy da?«, rief Liv.

»Sie ist in ihrem Zimmer«, antwortete Jason.

»Mommy?«, schrie Oscar. »Ich will zu Mommy!«

Auf einmal war die ruhige Wohnung von Lärm erfüllt. Es dauerte nur Sekunden, bis Oscar auf das Bett sprang und Maribeths verletztem Bein gefährlich nahe kam.

Luca zog eine Augenbraue hoch und packte ihre Sachen zusammen.

»Bringst du uns heute Abend ins Bett?«, fragte Oscar. »Oma kann keine Stimmen nachmachen und Daddy weiß nicht, wie man Livs Albträume fängt.«

»Ich muss mich noch schonen«, erwiderte Maribeth und blickte sich hilfesuchend zu Luca um, aber sie war bereits leise hinausgeschlüpft.

»Du hast uns schon ewig keine Geschichte mehr vorgelesen«, beklagte sich Liv. »Und Oma hat versprochen, dass du das heute machen würdest.«

»Ich habe gesagt, vielleicht«, wandte Maribeths Mutter ein.

»Wie wäre es, wenn ich euch ins Bett bringe und Daddy euch vorliest?« Sie bat Jason mit einem Blick um Unterstützung, aber er stand einfach nur da und lächelte. Als sie damals erfahren hatte, dass sie Zwillinge erwartete – keine besonders große Überraschung bei einer künstlichen Befruchtung –, dachte sie, sie würden damit zurechtkommen, kein Problem. Zwei von ihnen, zwei von uns. Aber die Gleichung schien nie wirklich aufzugehen. Es war wie eine Divisionaufgabe in der fünften Klasse – immer blieb ein Rest.

Sie versuchte noch einmal, Jason wortlos ein SOS-Signal zu senden.

Doch er sagte nur: »Ich kann gut verstehen, dass sie dich vermisst haben. Du hast uns allen gefehlt.«

Maribeth ersehnte nichts mehr, als dass sich jemand um sie kümmerte, sie zudeckte und ihr eine Geschichte mit Happy End vorlas. Aber alle standen nur da und sahen sie an: ihre Mutter, Jason, Oscar, Liv. Also versprach sie den Zwillingen, dass sie sie heute Abend ins Bett bringen würde.

6

Kaum war sie zu Hause, setzte ein Besucherstrom ein. Es kamen Leute, die sie eigentlich gar nicht sehen wollte, wie Niff Spenser, Adrienne und die Wilsons. Sie brachten ihr selbstgekochtes Essen mit, das sie entweder nicht essen durfte (fettige Eintöpfe) oder nicht essen mochte (Was war so toll an diesen essbaren Kunstwerken?). Ihre Mutter behandelte sämtliche Gäste wie Würdenträger, bot ihnen umständlich Kaffee und Tee an und ließ anschließend das schmutzige Geschirr in der Spüle stehen. Maribeth fand die Besuche quälend und anstrengend. Jedes Mal, wenn jemand kam, fühlte sie sich verpflichtet, die Gastgeberin zu spielen, obwohl sie nichts anderes wollte, als die ganze Zeit im Bett zu bleiben. Doch als sie andeutete, dass Jason bitte die Leute davon abhalten sollte vorbeizukommen, erwiderte er, sie müsse lernen, Hilfe anzunehmen.

Und dann kam Elizabeth. Eines Abends während ihrer ersten Woche zu Hause. Sie brachte ein geschmackvolles und offensichtlich teures Bouquet mit, dem Maribeth sofort ansah, dass es von dem Floristen stammte, bei dem sie die Blumen für die Prominenten bestellten.

»Elizabeth!«, rief Maribeths Mutter aus. »Wie wunderbar, dass du gekommen bist. Und diese Blumen! Sind das Pfingstrosen? Im Oktober? Sie müssen ein Vermögen gekostet haben!«

»Hallo, Mrs Klein.«

»Bitte nenn mich Evelyn«, korrigierte sie Maribeths Mutter, wie sie es seit zwanzig Jahren bei jeder Begegnung tat. »Du siehst phantastisch aus! Dieser Mantel ist wunderschön. Ist er aus Wolle? Maribeth, Elizabeth ist hier!«

»Das sehe ich«, erwiderte Maribeth.

Elizabeth schlüpfte aus ihren Stiefeln, eine ebenfalls Jahrzehnte alte Angewohnheit. Bevor er sich über den Lärm von Maribeths Kindern beschwerte, hatte sich Earl Jablonski, der unter ihnen wohnte, immer über die klappernden Absätze von Maribeth und Elizabeth auf dem Holzfußboden aufgeregt. »Wie geht's Earl?«, erkundigte sich Elizabeth.

»Frustriert wie immer.«

»Und wie geht es dir?«

Maribeth war müde. Die Zwillinge verübelten ihr, dass sie nicht schnell genug gesund wurde, sie nicht oft genug zu Bett brachte, sie nicht zum Kindergarten begleitete. Und auch Jasons Ungeduld spürte sie in jeder Hinsicht. Morgens kuschelte er sich eng an sie, so dass sie seinen erigierten Penis im Rücken spürte. Es erinnerte sie an die Zeit nach ihrem Kaiserschnitt, als er so voller aufgestautem Verlangen war, dass sie es fast als bedrohlich empfunden hatte.

Jason war gerade mit den Kindern losgezogen, um Halloweenkostüme zu kaufen, eine Aufgabe, die er sichtlich als Herausforderung empfand. Liv hatte einen Wutanfall bekommen, als Maribeth gesagt hatte, sie würde nicht mitgehen. »Du hast es versprochen!«, hatte sie geschrien. Dabei hatte Maribeth es nicht versprochen, oder wenn, dann vor ihrer Operation. Sie war in Versuchung geraten, ihr Schlafanzugoberteil aufzureißen, die Narbe auf ihrer Brust zu zeigen und Liv (und auch Jason) zu sagen, dass ihr Herz aufgehört hatte zu schlagen. Ob sie verstehen würden, was das bedeutete?

Aber sie hatte es nicht getan. Sie war ja nicht verrückt. Und außerdem hatte sie sich so große Mühe gegeben, die Kinder mit ihrer Erkrankung nicht zu belasten, dass sie sie jetzt nicht auf diese Weise damit konfrontieren wollte.

»Es geht mir gut«, sagte sie zu Elizabeth.

»Kaffee oder Tee?«, fragte Maribeths Mutter. »Wir könnten auch ein Glas Wein trinken. Es ist schon kurz vor sechs.«

»Nein danke. Ich möchte im Moment nichts.« Elizabeth legte die Blumen auf den Esszimmertisch und ging ins Wohnzimmer.

»Neue Sofas?«, fragte sie und deutete auf die Ledercouches, die Jason und Maribeth angeschafft hatten, nachdem Oscar die alten Polstermöbel mit Filzstift vollgekritzelt hatte.

»Nein, nicht direkt. Wir haben sie vor etwa zwei Jahren gekauft.« War Elizabeth so lange nicht mehr bei ihnen gewesen?

»Von Ikea, unglaublich, oder?«, fügte ihre Mutter hinzu. »Rate mal, was sie gekostet haben? Weniger als tausend Dollar pro Stück.«

Warum musste ihre Mutter das jetzt unbedingt erwähnen? Ausgerechnet bei Elizabeth? In deren Büro ein Barcelona-Ledersofa für fünftausend Dollar stand? Es war nicht so, dass Maribeth Wert auf Designermöbel legte, aber diese Diskrepanz schien nur noch zu betonen, wie weit sie und Elizabeth sich voneinander entfernt hatten, aus Gründen, die ihr nicht ganz klar waren.

Und dann fragte Elizabeth auch noch: »Erinnerst du dich noch an unseren Trip zu Ikea? Als der Bus eine Panne hatte?«

Es war kurz nachdem sie in das Loft gezogen waren, das Elizabeth aufgetan hatte, die eine Nase für solche Dinge hatte – Verkäufe von Designer-Musterstücken, kleine Restaurants, die kurz vor ihrem ersten Michelin Stern standen, mietpreisgebundene Hundertsiebzig-Quadratmeter-Lofts im Stadtteil Tribeca.

Das Loft war damals noch nicht richtig ausgebaut gewesen;

es hatte weder Wände noch eine richtige Küche gegeben. Kurz nachdem sie den Mietvertrag unterschrieben hatten, waren sie mit dem Bus zu Ikea in New Jersey gefahren, um neue Küchenschränke zu kaufen, fast wie ein junges Paar. Sie rannten durch alle Gänge, hüpften auf den Betten in der Ausstellung herum und taten so, als tränken sie Kaffee in den Ausstellungsküchen, während sie sich das Leben ausmalten, zu dem sie gemeinsam aufbrachen. Genauso war es, wenn sie sich manchmal nach der Arbeit zu Happy Hour-Drinks und Burgern trafen und sich vorstellten, wie sie konkurrierende, aber befreundete Zeitschriften leiten würden, *Newsweek* und *Time*, *Vogue* und *Harper's Bazaar.* (Das war damals, bevor die Zeitschriften wie die Fliegen starben und damit auch jegliche Idee von sportlicher Konkurrenz.) Das Leben, das sie heraufbeschworen, war reine Phantasie, aber das Glück, das sie aus diesen geteilten Tagträumen schöpften, war aufregend real und greifbar gewesen.

Auf dem Weg zurück in die Stadt war der Bus auf dem New Jersey Turnpike liegen geblieben. Die Leute beschwerten sich und motzten den überforderten Fahrer an. Doch Elizabeth und Maribeth ließen sich in ihrem Glück nicht stören, futterten Zimtschnecken und malten sich ihre Zukunft in den buntesten Farben aus.

Plötzlich schämte sich Maribeth für die Ikea-Sofas. Elizabeth war jetzt Chefredakteurin. Sie lebte zusammen mit ihrem Hedgefonds-Manager-Ehemann Tom Bishop (und mit dessen halbwüchsigen Kindern, wenn sie aus dem Internat nach Hause kamen) in einem Backsteinhaus an der Upper East Side, während Maribeth nach wie vor zur Miete in dem Loft wohnte, in dem sie schon vor zwanzig Jahren mit Elizabeth zusammengelebt hatte. Sie wäre gerne umgezogen, in ein eigenes Haus irgendwo in Brooklyn, aber der New Yorker Immobilienmarkt war ein Hochgeschwindigkeitszug, den sie schon vor langer

Zeit verpasst hatte. Sie wünschte, sie wäre vorausschauender gewesen, wie Elizabeth, die damals, als Maribeth beschlossen hatte, mit Jason zusammenzuziehen, angeboten hatte auszuziehen und eine spottbillige Wohnung im Meatpacking District gekauft hatte, deren Wert sich vervierfacht hatte, bis sie sie verkauft und mit Tom zusammengezogen war.

»Mommy! Ich muss dir unbedingt mein Kostüm zeigen!«

Liv und Oscar platzten herein, gefolgt von einem fix und fertig aussehenden Jason. Als sie Elizabeth sahen, blieben sie stehen. Sie kannten sie inzwischen fast nur noch von den Fotos auf dem Computer.

»Als was verkleidest du dich?«, fragte Elizabeth Liv.

»Als hübsche Hexe«, erwiderte Liv.

»Wie sieht denn eine hübsche Hexe aus?«, fragte Maribeth.

»Warte, ich zeig's euch.« Liv rannte in ihr Zimmer.

»Ich auch!«, rief Oscar und folgte seiner Schwester.

Elizabeth stand auf. »Jason«, sagte sie und begrüßte ihn mit einem herzlichen Kuss auf die Wange.

»Elizabeth, schön, dich zu sehen«, erwiderte er.

Jason ging, um seine E-Mails zu checken. Liv kehrte in ihrem Kostüm zurück, das weniger nach hübscher als nach nuttiger Hexe aussah. Außerdem war es ihr fünf Nummern zu groß, so dass es geändert werden musste. Gut gemacht, Jason.

»Sie sieht wie eine von diesen schrecklichen Kinder-Schönheitsköniginnen aus«, flüsterte Maribeth, als Liv sich im Spiegel bewunderte.

»Ich dachte eher an eine kleinwüchsige Prostituierte«, entgegnete Elizabeth.

»O Gott, du hast recht.«

Und für einen Augenblick lachten sie so unbeschwert wie früher.

»Mommy ist operiert worden und sie hat gesagt, dass ihr das

Lachen weh tut«, ermahnte sie Oscar. Er war als Polizist verkleidet, was seine schützende Haltung noch niedlicher machte.

»Ist schon in Ordnung, Osci. Das ist Elizabeth. Kannst du dich an sie erinnern?«, fragte Maribeth.

»Sie ist Mommys beste Freundin und leitet die Zeitschrift, bei der Mommy arbeitet«, erklärte Maribeths Mutter, die mit Wein zurückkehrte. Sie wandte sich an Elizabeth. »Es war so großzügig von dir, ihr diese Stelle zu geben.«

»Ach was, ich musste sie mir schnappen, bevor es ein anderer getan hätte«, erwiderte sie. »Sie ist die Beste in der Branche.«

Seit jeher bewunderte Maribeth Elizabeth dafür, wie gut sie mit ihrer Mutter umzugehen verstand. So wie jetzt. Maribeths Mutter stellte ein Weinglas vor Elizabeth auf den Tisch, und Elizabeth deckte es mit ihren Fingern ab, bis Maribeths Mutter Anstalten machte, den Wein auf ihre Hand zu gießen, woraufhin Elizabeth den Wein annahm, als hätte sie darum gebeten.

»Könntest du uns bitte etwas Mineralwasser bringen, Mom?«, bat Maribeth.

»Natürlich!«, zirpte ihre Mutter.

»Apropos Arbeit, ich kann wahrscheinlich nächste Woche wieder anfangen«, sagte Maribeth, obwohl das optimistisch war, denn bisher empfand sie sogar das Duschen als unglaublich anstrengend. »Für den Anfang könnte ich vielleicht von zu Hause aus arbeiten.«

»Bitte mach dir darüber keine Gedanken.«

»Ich weiß, dass ihr ganz schön viel zu stemmen habt, aber ich glaube, bis nächste Woche habe ich mich wieder aufgerappelt.«

»Denk gar nicht darüber nach. Nimm dir so viel Zeit, wie du brauchst.« Elizabeth winkte ab. Eine perfekte Noblesse-oblige-Geste.

Wenn Elizabeth so redete, hatte Maribeth jedes Mal das Gefühl, sie überhaupt nicht mehr zu kennen. Elizabeth war früher genauso mittellos und ehrgeizig gewesen wie sie selbst, doch inzwischen schien sie die Arbeit eher als Vergnügen denn als Notwendigkeit zu betrachten, so wie ein Hobby. Obwohl das vielleicht ungerecht war. Elizabeth nahm ihr Hobby wahrscheinlich ernster als Maribeth ihren Job.

»Nächste Woche«, wiederholte Maribeth. »Ich habe auch schon eine Idee, wer vorübergehend für mich einspringen könnte, und ich glaube, ich könnte die Schlussredaktion jetzt schon wieder selbst machen.«

»Das ist schon alles geklärt.« Elizabeth klang jetzt zwar nicht unbedingt abweisend, aber definitiv autoritär, wie eine Vorgesetzte, und Maribeth fühlte sich zurechtgewiesen.

Elizabeth sah sie an und fügte sanfter hinzu: »Damit will ich doch nur sagen, dass es jetzt am allerwichtigsten ist, dass du wieder gesund wirst.«

»Ich weiß das zu schätzen, aber ich muss trotzdem meine Rechnungen bezahlen, Elizabeth.«

Sie hasste sich dafür, dass sie das sagte. Sie klang armselig und so, als sei sie auf Elizabeths Leben neidisch, auf ihr Geld, auf den Job. Doch wenn sie auf irgendjemanden neidisch war, dann auf ihr altes Ich, die alte Maribeth, diejenige, die mit voller Berechtigung Elizabeth als ihre beste Freundin bezeichnen konnte. Diejenige, die noch ehrgeizig und zielstrebig gewesen war, und nicht die ganze Zeit so abgehetzt. Diejenige, deren Herz gleichmäßig schlug.

Elizabeth sah so beschämt aus, dass Maribeth im ersten Augenblick befürchtete, sie könnte etwas Schreckliches tun, etwa, ihr einen Kredit anzubieten. Doch sie flüsterte nur: »Bitte mach dir keine Sorgen.«

Liv kehrte in ihrer normalen Kleidung zurück und brachte Anziehpuppen aus Papier mit. »Möchtest du mit mir spielen?«, fragte sie Elizabeth.

Früher war Elizabeth regelmäßig zu Besuch gekommen und den Zwillingen vertraut gewesen. Doch in den letzten drei Jahren, in denen sich Oscar und Liv allmählich in menschliche Wesen verwandelten, hatte sich Elizabeth zurückgezogen. Daher war Maribeth nicht besonders überrascht, als sie aufstand und Liv erklärte, sie würde das zwar liebend gerne tun, müsse aber zurück zur Arbeit.

Als sie weg war, bot Maribeth Liv an, mit ihr und den Anziehpuppen zu spielen. Liv sah sie an, als sei sie der Trostpreis, so wie Maribeth im Grunde jede Freundin empfand, die sie seit Elizabeth gewonnen hatte. Aber Liv war einverstanden.

7

Eine Woche nach ihrer Entlassung hatte Maribeth einen Termin zur Nachuntersuchung bei Dr. Sterling. Ihre Mutter bot ihr an, sie hinzubringen, aber allein der Gedanke daran, gleichzeitig mit den Übergriffen von ihrer Mom und Dr. Grandpa fertigwerden zu müssen, war mehr, als sie ertragen konnte. Dennoch war ihr klar, dass sie nicht allein hinfahren sollte, oder vielmehr nicht allein hinfahren konnte. Was, wenn sie kein Taxi nach Hause bekam? Was, wenn die Aufzüge nicht funktionierten? Dinge, über die sie früher nie nachgedacht hatte, hielten sie jetzt die ganze Nacht wach.

»Meinst du, du könntest mich vielleicht hinbringen?«, fragte sie Jason am Abend vor dem Termin. Er hatte bisher von zu Hause aus gearbeitet, aber das fieberhaft und bis spätabends, denn noch immer überwachte er die Migration Zehntausender Dateien im Vorfeld des geplanten Datenbank-Upgrades. Maribeth stellte fest, dass sie wie eine Bittstellerin klang. Es machte sie wütend, ohne genau zu wissen auf wen. »Du könntest deinen Laptop mitnehmen.«

»Klar«, sagte Jason.

Da spürte sie es: die Dankbarkeit, den Groll, scheinbar widerstreitende Emotionen, die sich in diesen Tagen ineinanderschlangen wie die Stränge einer DNS.

Sie war froh, ihm vorgeschlagen zu haben, seinen Laptop

mitzubringen, denn obwohl sie einen Termin hatte, mussten sie fast zwei Stunden auf Dr. Sterling warten. Die ganze Zeit über kochte Maribeth vor Wut und fragte sich gleichzeitig besorgt, ob das nicht schädlich für ihr Herz war, was sie wiederum noch wütender machte. Sollte ein Kardiologe nicht umsichtiger mit seinen Patientinnen umgehen?

Dr. Sterling war ihr von dem Moment an unsympathisch gewesen, als sie ihm in der Notaufnahme zum ersten Mal begegnet war, und sein Verhalten ihr gegenüber hatte sich in der Woche ihres stationären Aufenthalts nicht gebessert. Er behandelte sie herablassend und sprach ständig davon, dass er »Mommy« wieder nach Hause zu ihren Babys bringen würde. Jason hatte schon befürchtet, sie würde ihn verklagen wollen, aber Dr. Sterling hatte die Angiographie nicht durchgeführt und zudem Maribeths Arterien für den Riss verantwortlich gemacht – sie seien in einem schlimmen Zustand, sagte er –, und überhaupt hatte alles andere gut geklappt, und sie wollte niemanden verklagen. Aber sie musste einen neuen Arzt finden, einen, den sie selbst auswählen und dem sie nicht einfach nur zugewiesen werden würde.

Als die Krankenhausangestellte sie endlich aufrief, sah sie Jason an, der pausenlos etwas in sein Laptop tippte. Er fragte: »Möchtest du, dass ich mit reinkomme?«

Während ihrer Schwangerschaft hatte er sie zu all ihren Vorsorgeterminen begleitet. Nach den Ultraschalluntersuchungen schrieb er manchmal die Buchstaben ihres aktuellen Lieblingsnamens in das Gel, bevor er es von ihrem Bauch wischte.

»Schon gut«, sagte sie. »Arbeite ruhig weiter.«

Zwanzig Minuten später saßen sie in einem Taxi nach Hause. Dr. Sterling hatte erklärt, alles würde wunderbar verheilen und sie mit einem Stapel Informationsbroschüren nach Hause geschickt. Obwohl sie eine Liste mit Fragen mitgebracht hatte, hatte sie am Ende keine davon gestellt, weil sie merkte, dass er gehetzt war (wer war jetzt in Eile?), und auch, weil er ihr schon im Krankenhaus jedes Mal, wenn sie ihm zu beschreiben versuchte, wie sie sich tatsächlich fühlte – haltlos, irgendwie so, als sei ihr Herz nicht mehr Teil ihres Körpers –, dazu geraten hatte, sich nicht zu viele Gedanken zu machen.

Jasons Handy klingelte. Sie wusste, dass es wichtig war, weil er sofort antwortete und mehrere Minuten lang mit einem seiner Kollegen in dem unverständlichen Jargon seiner Branche redete. Nachdem er das Gespräch beendet hatte, wandte er sich ihr zu. »Der Arzt hat also gesagt, dass alles gut verläuft?«

Schon im Aufzug hatte sie ihm einen Überblick über alle Nachuntersuchungen gegeben. »Ja. Alles in Ordnung.«

Jason zögerte einen Moment. »Meinst du, es ist okay, wenn ich morgen wieder ins Büro gehe? Wir sind momentan wirklich in der heißen Phase.«

»Es tut mir leid, dass mein Herzinfarkt zu einem so unpassenden Zeitpunkt kam.«

»Das hat doch niemand gesagt.« Der Taxifahrer machte eine Vollbremsung, als ein unachtsamer Fußgänger, den Blick nur aufs Handy geheftet, auf die Fahrbahn trat. Der Druck des Anschnallgurtes verursachte Maribeth einen heftigen Schmerz, der ihr durch Mark und Bein ging.

»Tut mir leid. Du hast ja recht«, sagte sie.

»Es ist also okay, wenn ich wieder ins Büro gehe?«

Nein. Es war nicht okay. Sie hatte am ganzen Körper Schmerzen. Sie war noch nicht bereit dazu, mit ihrer Mutter und den Kindern allein gelassen zu werden. Sie hatte Angst.

»Natürlich ist es okay«, antwortete sie.

»Gut.« Als er lächelte, bildeten sich kleine Fältchen um seine Augen, und er sah aufrichtig glücklich aus, und irgendwie machte es das alles noch schlimmer. »Aber ich glaube, deine Mutter sollte noch eine Woche bleiben, bis es dir wirklich bessergeht.«

Maribeth sackte noch weiter in sich zusammen. »Noch eine Woche?«

»Sie ist hilfreich. Auf ihre Art. Zwei Hände mehr. Und sie ist, du weißt schon, umsonst.«

Maribeth sah aus dem Fenster. Sie fuhren nach Hause. Ihr ging es gut. Der Arzt hat es gerade gesagt. Warum war ihr dann zum Heulen zumute? Warum hätte sie sich am liebsten in Jasons Arm vergraben und ihn angebettelt, nicht wieder ins Büro zu gehen?

Jason küsste sie auf die Schläfe. »Ich habe dir doch gesagt, alles wird gut. Noch ein oder zwei Wochen, und alles läuft wieder normal.«

8

Maribeths Mutter stimmte begeistert zu, noch ein wenig zu bleiben. »Ich finde es so schön, mit euch allen zusammen zu sein!«

Maribeth rang sich ein Lächeln ab. Sagte danke.

»Und wenn ich dazu beitragen kann, dass ihr euer sauer verdientes Geld nicht für Babysitter ausgeben müsst, umso besser. Vor allem, weil du im Moment nicht arbeiten kannst. Ich weiß noch genau, wie sich trotz der Versicherung die Rechnungen türmten, als dein Vater krank war.«

»Ich bekomme weiter mein Gehalt, Mom«, erwiderte Maribeth. »Ich bin krankgeschrieben.« Doch in Wahrheit war sie nicht ganz sicher, ob das stimmte. Hatte sie Urlaub? War sie krankgeschrieben? Vielleicht sollte sie mal in der Personalabteilung nachfragen.

»Ja, aber schließlich arbeitest du nicht in Vollzeit«, erwiderte ihre Mutter. »Und mit Jasons Gehalt …«

Jason war leitender Archivar eines Musikarchivs. Es war sein Traumjob – er war extra deswegen von San Francisco hierhergezogen –, aber die Bezahlung war miserabel, jedenfalls nach Manhattan-Standards. Einmal hatte sich Maribeth bei ihrer Mutter darüber beklagt, dass sie nicht verstehen konnte, warum eine Firma sich die Mühe machte, jemandem den Umzug von weit her zu organisieren, nur um ihm dann ein Gehalt zu bezahlen, von dem er kaum leben konnte. Seitdem hatte ihre Mutter immer so getan, als wären sie und Jason nur einen Schritt von der Sozialhilfe entfernt.

»Weißt du«, plapperte ihre Mutter weiter, »deswegen war es mir so wichtig, dass dein Vater sein Testament macht und dir einen Teil seines Vermögens hinterlässt. Drei Monate vor dem Infarkt, fast, als hätte ich es geahnt.«

Maribeth lächelte weiter tapfer vor sich hin. Sie hatte das Gefühl, eine Gipsmaske zu tragen.

»Ich hatte gehofft, du würdest das Geld dazu verwenden, ein hübsches Haus zu kaufen«, fuhr ihre Mutter fort. »Vielleicht etwas außerhalb, in einem netten Vorort, wie die Tochter von Ellen Berman.«

»Die mit dem Brustkrebs?«

»Daran ist aber nicht der Vorort schuld.«

»Wir wollen aber nicht in einem Vorort wohnen, Mom.«

»Vielleicht könntest du in Zukunft etwas weniger arbeiten. Ich bin sicher, Elizabeth würde eine Möglichkeit finden. Sie war immer so großzügig dir gegenüber.«

»Danke, dass du mich wie einen Sozialfall darstellst.«

»Aber so meine ich es doch gar nicht. Es wäre mir nur lieber, wenn du etwas kürzertreten würdest.« Sie hielt inne und runzelte die Stirn. »Ich nehme an, ich habe gehofft, dass du den Infarkt als einen Warnschuss sehen würdest.«

»Einen Warnschuss?«

»Herb Tucker hatte einen Herzinfarkt und hat daraufhin fünfzehn Kilo abgenommen und angefangen zu meditieren.«

»Ich soll also fünfzehn Kilo abnehmen und anfangen zu meditieren?«

»Nein, du bist schon immer zu dünn gewesen. Aber du solltest mal dein Leben überdenken. Deine Prioritäten.«

Maribeth wusste, dass ihre Mutter eine Version ihres eigenen traurigen Liedes sang: vom ewigen Hamsterrad, das ihr

Leben war. Doch als sie das Lamento ihrer Mutter hörte, fühlte sie sich nicht unterstützt, nur angeklagt.

»Meine Prioritäten sind völlig in Ordnung«, erwiderte sie.

»Ich möchte doch nur, dass du das nicht noch einmal durchmachen musst«, fügte ihre Mutter hinzu.

»Ich auch.«

Ihre Mutter neigte sich zu ihr, als wolle sie ihr ein schlüpfriges Geheimnis verraten. »Jason meinte, es könne genetisch bedingt sein.« Sie sah Maribeth bedeutungsvoll an. »Also kannst du mich nicht dafür verantwortlich machen.«

Wie konnte sie nur so etwas sagen! Es erinnerte Maribeth an damals, als sie und Jason mit den Fruchtbarkeitsbehandlungen begonnen hatten, und ihre Mutter seltsamerweise fast glücklich darüber gewesen war. »Es ist, als hätte ich dir doch etwas vererbt«, hatte sie gesagt. Dass dieser Gedanke sowohl unwillkommen als auch unpassend war – die Ärzte hielten keineswegs medizinische Gründe für die Ursache von Maribeths Unfruchtbarkeit, sondern eher ihr Alter –, schien ihrer Mutter nie in den Sinn gekommen zu sein.

»Warum sollte ich dich dafür verantwortlich machen?«, fragte Maribeth.

Ihre Mutter wandte den Blick ab. Dann klatschte sie in die Hände, als wolle sie offiziell die Diskussion beenden. »Was möchtest du heute Abend essen? Vielleicht können wir uns Rinderbrust aus dem jüdischen Supermarkt holen.«

»Rinderbrust ist ziemlich fettig«, erwiderte Maribeth.

Ihre Mutter stützte die Hände auf die Hüften. »In meinem Alter zähle ich keine Kalorien mehr.«

»Ich meine wegen mir. Ich soll mageres Fleisch essen.«

»Oh, für dich könnten wir eine leckere Graupensuppe besorgen. Oder ein Truthahn-Sandwich. Hast du eine Speisekarte?«

»Nein. Wir bestellen online.«

»Ich kenne mich nicht mit Computern aus.«

»Dann sag mir doch mal genau, was du haben möchtest, und ich kümmere mich darum.«

»Wunderbar.«

Jason arbeitete lange, deswegen brachte Maribeth an jenem Abend beide Kinder zu Bett. Oscar war bereits eingeschlafen und Maribeth las Liv noch ihr Buch zu Ende vor, als ihre Tochter völlig unerwartet fragte: »Wenn du stirbst, wird Grandma dann unsere Mommy?«

Maribeth war erschüttert. Sie hatte geglaubt, sie hätten erfolgreich die Ernsthaftigkeit dessen, was geschehen war, vor den Kindern verheimlicht. Mommy war krank, aber die Ärzte würden sie wieder gesund machen, so in der Art. Es war das erste Mal, dass das T-Wort gefallen war.

»Ich werde noch sehr lange nicht sterben, Schätzchen«, erwiderte sie.

»Aber wenn du stirbst, kann Robbie dann unsere Mommy sein?«

»So funktioniert das nicht. Und ich werde nicht sterben.«

Oscar wachte auf. »Ich will nicht, dass du stirbst«, flehte er schläfrig.

»Ich werde nicht sterben«, wiederholte Maribeth. *Noch nicht*, dachte sie. *Bitte, lass mich noch nicht sterben.* »Und jetzt schlaft schön, meine Süßen.«

Eine Minute später hörte sie Oscar schnarchen. Liv dagegen war hellwach, blinzelte mit ihren riesengroßen Augen und drehte an einem Zipfel ihres Nachthemds. »Wenn du stirbst, sag Daddy, er soll jemand Nettes heiraten. Ich will keine böse Stiefmutter, so wie Aschenputtel.«

Maribeth spürte eine beklemmende Enge in ihrer Brust.

Aber von früheren Unterhaltungen mit Liv wusste sie, dass es nichts mit ihrem Herzen zu tun hatte, sondern mit der unfehlbaren Treffsicherheit ihrer Tochter, die wunden Punkte zu treffen. Denn daran hatte sie jeden Tag gedacht, seit sie von ihrer Bypassoperation wieder aufgewacht war. Was würde mit den Zwillingen passieren, wenn ihr etwas zustieße?

Sie schaltete das Licht aus und sagte: »Schlaf jetzt.«

9

Jetzt, wo Jason wieder ins Büro ging, arbeitete er länger als je zuvor. Er begründete es mit dem Datenbank-Upgrade, aber Maribeth verdächtigte ihn, förmlich Gründe zu suchen, um nicht nach Hause kommen zu müssen. Wenn sie gekonnt hätte, hätte sie dasselbe getan.

Die Wohnung war ein einziges Chaos. Ihre Mutter war keine gute Hausfrau und Saubermachen war auch noch nie Robbies Stärke gewesen. Der Berg Schmutzwäsche wuchs von Tag zu Tag, was unangenehm war, aber es war das schmutzige Geschirr in der Spüle, das wahrscheinlich bald jede einzelne Kakerlake im Umkreis von fünfhundert Metern anziehen würde, das Maribeth Sorgen machte.

Also begann sie, das Geschirr zu spülen. Und Wäsche zu waschen. Und weil sie das Essen vom Lieferservice nicht mehr ertragen konnte, begann sie auch, einfache Mahlzeiten zuzubereiten. Diese kleinen Arbeiten raubten ihr jegliche Energie, die sie gerade erst wieder gewonnen hatte. Wenn Jason von der Arbeit nach Hause kam, schimpfte er mit ihr, weil sie zu viel machte, aber dennoch blieb er weiterhin lange im Büro.

Eines Morgens während ihrer zweiten Woche zu Hause ging Maribeth in die Küche, um sich eine Tasse Kaffee zu kochen und fand zusätzlich zum Frühstückschaos schmutziges Geschirr vom Abendessen vor. Als hätte es auf sie gewartet.

Verdammte Scheiße, dachte sie. Ins Büro zu gehen, würde nur halb so anstrengend sein. Sie dachte an das Versprechen, das sie Elizabeth letzte Woche gegeben hatte – und an das sie, wie Elizabeth es ihr geraten hatte, kaum noch gedacht hatte –, und startete ihren Laptop. Während sie darauf wartete, dass sich ihr Büro-E-Mail-Account öffnete, krampfte sich vor Angst ihr Magen zusammen.

Sie diagnostizierte das Gefühl als Nachurlaubsangst. Im Sommer vor zwei Jahren, kurz nachdem Maribeth bei der *Frap* angefangen hatte, hatte Elizabeth sie, Jason und die Kinder eingeladen, gemeinsam in Toms Haus (das inzwischen auch ihr Haus war) oben in den Bergen zu fahren, um dort ein verlängertes Wochenende zu verbringen. In letzter Minute hatte Elizabeth Bescheid gesagt, dass sie und Tom nicht kommen könnten, hatte Maribeth aber bekniet, trotzdem zu fahren. Sie hatten mit einer rustikalen Hütte gerechnet, aber stattdessen ein großes Haus im Kolonialstil mit privatem Teich vorgefunden. Das einzig Rustikale daran war, dass es abgelegen und absichtlich von der modernen Kommunikation abgeschnitten war. Kein Kabelfernsehen, kein Internet. Nur Festnetz. Man musste bis nach Lenox fahren, um Handyempfang zu haben. Aber es war schön gewesen. Maribeth hatte ihr Telefon ausgeschaltet und zusammen mit den Zwillingen eine sorgenfreie Zeit mit der Suche nach vierblättrigen Kleeblättern und dem Beobachten von Kaulquappen verbracht. Aber auf der Heimfahrt hatte ihr Handy dann unablässig eingegangene E-Mails und SMS gemeldet. Sie hatte das Gefühl gehabt, Wichtiges verpasst zu haben und dafür bezahlen zu müssen. Und genauso fühlte sie sich auch jetzt.

Aber nein, es gab nichts Wichtiges. Mehr noch: Ihr Postfach war so gut wie leer. Merkwürdig. An jedem anderen beliebigen Tag hatte sie mindestens hundert neue Nachrichten, von Mitteilungen aus der Produktion an alle Mitarbeiter und Ankündigungen von Meetings bis hin zu der Korrespondenz zwischen ihr und diversen Redakteuren und Autoren. Maribeth sah ihr Postfach durch und stellte fest, dass der Nachrichtenstrom abrupt abgerissen war, und zwar ungefähr zum Zeitpunkt ihrer Operation. Außerdem waren mehrere Nachrichten, die noch vorher eingegangen waren, gelesen worden. Aber nicht von ihr.

Sie wechselte zur Webmailversion, falls es sich um eine Computerstörung handelte, aber dort war es genau dasselbe. Sie checkte ihren persönlichen Account, um zu überprüfen, ob irgendetwas mit dem E-Mail-Programm nicht stimmte, aber alles war in Ordnung. Seltsam. Sie rief Elizabeths Assistentin Finoula an.

»Finoula, hallo, hier ist Maribeth Klein.«

»Hi, Maribeth! Wie geht es dir?«

»Super. Na ja, super nicht, aber besser. Ich kann nicht klagen.«

»Freut mich. Keine leichte Sache, das Herz. Meine Oma hatte auch eine Bypassoperation, aber inzwischen schiebt sie wieder ihre riesige Schubkarre durch den Garten.«

»Das klingt beruhigend. Apropos: Ich bin jetzt wieder so weit, dass ich langsam anfangen kann zu arbeiten. Ich wollte meine E-Mails durchgehen, aber da ist nichts.«

»Stimmt.«

»Stimmt?«

»Anordnung von Elizabeth.«

»Elizabeth?«

»Sie hat den IT-Leuten gesagt, sie sollten dich aus dem System nehmen.«

»Das hat sie getan?«

»Ja.«

»Ach so. Aber irgendjemand hat meine E-Mails gelesen.«

»Wahrscheinlich Andrea Davis. Sie vertritt dich im Moment.«

»Seit wann?«

»Weiß nicht genau, als du im Krankenhaus warst«, erwiderte Finoula. »Ich kann nachsehen, wenn du möchtest.«

»Nein, schon gut.«

»Andrea macht das super. Sie wusste sofort, was zu tun ist.«

»Ja, ein echter Profi«, bemerkte Maribeth.

Schweigen trat ein.

»Gleich fängt ein Planungsmeeting an. Möchtest du, dass ich versuche, dich noch schnell zu Elizabeth durchzustellen?«

»Nein, danke, nicht nötig.«

»Mach's gut, Maribeth.«

»Du auch, Finoula.«

Maribeth legte auf und klappte ihren Laptop zu. Zum ersten Mal seit Jahren drückte keine Aufgabe, hing keine drohende Deadline wie ein Damoklesschwert über ihrem Kopf. Sie hätte erleichtert sein sollen, fühlte sich aber stattdessen hintergangen.

Mach dir keine Sorgen, hatte Elizabeth gesagt. Und unterdessen hatte sie schon Andrea eingestellt. Schon bevor sie sie besucht hatte. Sie hatte kaum abgewartet, dass Maribeths Bürostuhl kalt geworden war.

Mach dir keine Sorgen.

Das passierte also, wenn sie sich keine Sorgen machte.

Sie wollte den Laptop mit dem Fuß ans Bettende schieben, aber er rutschte über die Kante und fiel mit einem dumpfen Geräusch zu Boden. Sie war nicht gefeuert. Sie wusste, dass Elizabeth das niemals tun würde. Außerdem wäre das wahrscheinlich rechtlich gar nicht möglich. Aber sie hatte sie ersetzt, und wenn sie es sich recht überlegte, war Elizabeth schon seit Jahren dabei, sie zu ersetzen. Jetzt hatte sie Nägel mit Köpfen gemacht.

Jason kam an diesem Abend erst um neun nach Hause. Die Zwillinge waren noch auf, weil Maribeth keine Kraft gehabt hatte, sie zu Bett zu bringen und ihre Mutter schon früh eingeschlafen war.

»Warum sind die Kinder noch wach?«, fragte Jason.

»Ich nehme an, das Sandmännchen ist heute an unserem Haus vorbeigeflogen.«

Er stellte seine Tasche ab. »Alles in Ordnung?«

Sie konnte nicht mal mehr antworten.

Noch einmal schaute er auf die Uhr und warf dann einen Blick zum Zimmer der Zwillinge.

»Wage es ja nicht, mich zu kritisieren.«

»Wollte ich gar nicht«, erwiderte er abwehrend. »Die Datenbank …«

»Klar, die Datenbank«, unterbrach sie ihn. »Ich weiß. Ganz Tribeca weiß inzwischen, wie viel du mit deinem Datenbank-Upgrade zu tun hast.«

»Was ist denn los mit dir?«

»Was los ist? Ich bin hier den ganzen Tag alleine mit meiner Mutter und den Kindern und ich fühle mich immer noch beschissen.« Sie hielt inne und wartete darauf, dass Jason etwas erwiderte, aber er sagte nichts. »Du bist nie da. Keine Ahnung, ob du dich einfach vor dem Nachhausekommen drückst oder ob du glaubst, dass eine Woche Krankenhaus, eine Woche Erholung, genug Luxus für die gute alte Maribeth ist.«

»Wovon redest du?«

»Du hast mir eine Blase versprochen«, sagte sie und ihre Stimme brach.

»Ich versuche es ja, Maribeth. Aber dich in einer Blase zu lassen, mich um den Haushalt zu kümmern und im Job volle Leistung zu bringen, ist keine einfache Sache.«

»Dann weißt du ja jetzt, wie es mir an jedem beschissenen Tag meines Lebens geht.«

Jasons Kiefermuskeln zuckten. »Hör mal«, sagte er mühsam beherrscht, »ich weiß, dass du Schlimmes durchgemacht hast und immer noch Schmerzen hast, aber könntest du bitte aufhören, auf Leuten herumzuhacken, die auf deiner Seite stehen?«

»Wenn ich diesen Leuten jemals begegne, werde ich versuchen, mich daran zu erinnern.«

»Weißt du was, du bist wirklich …«

Kindisch. Sie dachte, er würde kindisch sagen.

»Egoistisch.«

Egoistisch! Sie, egoistisch? Sie kümmerte sich doch um jeden! Zum ersten Mal in ihrem Leben brauchte sie Fürsorge, und das war alles, was sie bekam? Tränen der Wut stiegen ihr in die Augen, aber sie unterdrückte sie. Jason konnte sie mal, sie würde nicht vor ihm weinen!

Egoistisch?

Jason. Elizabeth. Ihre Mutter. Die konnten sie alle mal!

10

Als Maribeth am nächsten Morgen erwachte, fühlte sie sich leer und erschöpft und ihr tat alles weh, als wäre sie in der Nacht von einem Lkw angefahren worden. So schlecht war es ihr seit ihrem Krankenhausaufenthalt nicht mehr gegangen. Es hätte ihr gutgetan, spazieren zu gehen, aber draußen regnete es. Aus Angst, sich im Regen zu erkälten, hatte ihre Mutter die Kinder nicht zum Kindergarten bringen wollen, so dass Jason sie bringen musste. Deshalb war er zu spät für ein großes Meeting außerhalb der Firma losgekommen und war ungehalten gewesen.

Maribeth rief bei Dr. Sterling an. Die Krankenschwester fragte nach ihren Symptomen. Maribeth erklärte, die Brust täte ihr weh, und sie hätte Gliederschmerzen.

»Bei körperlicher Aktivität?«, fragte die Krankenschwester.

»Nein, im Ruhezustand.«

»Ich sage dem Doktor, er soll Sie zurückrufen.«

Fünf Minuten später klingelte das Telefon. Aber es war nicht Dr. Sterling. Es war das Büro ihres Steuerberaters, das von ihr wissen wollte, ob sie die Formulare zur Prüfung erhalten und unterschrieben hätte. »Bei uns sind die Formulare leider noch nicht wieder eingegangen«, sagte die Mitarbeiterin.

»Welche Formulare?«, fragte Maribeth.

»Die, die wir für die endgültige Bearbeitung Ihrer Unterlagen brauchen. Wir haben Sie Ihnen per Express zugeschickt«, erklärte die Mitarbeiterin. »FedEx bestätigt, dass Ihnen die Sendung am Dreizehnten zugestellt wurde.«

Zu der Zeit hatte sie im Krankenhaus gelegen. Sie sagte der Mitarbeiterin, dass sie sie zurückrufen würde und ging zur Ablage im Flur. Normalerweise kümmerte sie sich um die Post, sortierte Werbesendungen aus und bezahlte die Rechnungen. Seitdem sie ausgefallen war, war alles liegen geblieben.

Rasch sortierte sie die Kataloge und Kreditkartenangebote aus und warf sie in den Recyclingmüll. Dann legte sie die Grußkarten mit Besserungswünschen, die Kontoauszüge und die Rechnungen auf verschiedene Stapel. Vom Steuerberater fand sie nichts.

Dann entdeckte sie einen dicken FedEx-Umschlag, der zwischen Ablage und Wand geschoben war. EILT!, stand in großen Buchstaben darauf. Sie riss ihn auf. Im Inneren befanden sich die Formulare des Steuerberaters mit einem Begleitschreiben, in dem sie und Jason gebeten wurden, zu unterschreiben und die Unterlagen bis zum Fünfzehnten zurückzuschicken.

Sie kontrollierte noch einmal das Datum auf dem Umschlag. 12. Oktober. Das Päckchen hatte hier über zwei Wochen lang gesteckt, in einem FedEx-Expressumschlag, adressiert an sie beide, mit EILT! gekennzeichnet, und Jason war es nicht in den Sinn gekommen, es zu öffnen.

Sie rief die Mitarbeiterin des Steuerbüros zurück, um sie zu fragen, was sie jetzt tun solle, aber die Frau war gerade in einem Meeting. Sie rief Jason bei der Arbeit an. Er meldete sich nicht. Ihr fiel wieder ein, dass er nicht in der Firma war, deswegen schrieb sie ihm eine E-Mail und eine SMS mit der Bitte, sie schnellstmöglich zurückzurufen. Dringend!, schrieb sie.

Das Telefon klingelte. Es war Dr. Sterling.

»Was gibt es für ein Problem?«, fragte er.

»Oh, hallo. Als ich heute Morgen aufgewacht bin, ging es mir sehr schlecht.«

»Inwiefern?«

»Ich war schlapp und alles tat mir weh. Meine Brust schmerzt.«

»Wenn Sie sich bewegen oder im Ruhezustand?«

»Im Ruhezustand.«

»Ist es dasselbe Gefühl wie während Ihres Herzinfarkts?«

»Nein, eher ein pochender Schmerz.«

»Kurzatmigkeit?«

»Nein, das nicht gerade.

»Schwindel?«

»Nein, schwindelig ist mir nicht, aber ich fühle mich … unsicher. Und müde. Schlimmer als je zuvor.«

»Ich würde mir keine Sorgen darüber machen. Und die Schmerzen in der Brust kommen sehr wahrscheinlich von den Knochen.«

»Was ist mit den Gliederschmerzen? Und der Erschöpfung? Kopfschmerzen habe ich auch.«

»Klingt nach einem Virus.«

»Ist das nicht gefährlich? Ich meine, kann mir etwas passieren? Ich habe zwei vierjährige Kinder.«

»Eine Infektion der oberen Atemwege ist momentan zwar nicht ideal, wird Sie aber nicht umbringen.«

»Wie beruhigend.«

»Wenn Ihre Kinder genauso sind wie meine, sind sie wahrscheinlich andauernd erkältet.«

»Sie sind die reinsten Bazillenschleudern.«

»Wenn Sie sich wirklich Sorgen machen, bringen Sie sie für ein paar Tage anderswo unter. Aber es klingt tatsächlich so, als hätten Sie sich einen stinknormalen Schnupfen eingefangen, und die Schmerzen in der Brust sind ganz normal während des Heilungsprozesses.«

»Aber ich fühle mich wirklich nicht wohl«, drängte Maribeth weiter. »Sind Sie sicher, dass ich nicht vorbeikommen sollte?«

»Wenn Sie glauben, es sei dringend, gehen Sie in die Notaufnahme. Ansonsten stelle ich Sie jetzt zur Rezeption durch. Sie können morgen reinkommen.«

»Ich rufe an, wenn es bis dahin nicht besser ist.«

»Das klingt vernünftig, Maryann.«

»Maribeth«, korrigierte sie. Aber er hatte das Gespräch schon beendet.

Ihre Mutter steckte den Kopf zur Tür herein. »Habe ich richtig gehört? Hast du mit dem Arzt telefoniert?«

»Ja. Mir geht's nicht so gut.«

»Was hat der Arzt gesagt?«

»Er war keine Hilfe.«

Ihre Mutter schürzte die Lippen und schüttelte den Kopf. »Die Ärzte haben doch keine Ahnung. Ich rufe Herb Tucker an. Er hatte die gleiche Operation wie du.«

»Nein, bitte tu das nicht.« Maribeth konnte sich nicht vorstellen, dass Herb Tucker, achtundsiebzig Jahre alt, Rentner, irgendetwas Hilfreiches über ihr Leben hätte sagen können.

»Sei nicht albern. Ich bin hier, um zu helfen.«

Nachdem ihre Mutter verschwunden war, um Herb anzurufen, fiel Maribeth ein, mit wem sie tatsächlich gerne geredet hätte: Elizabeth. Mit der alten Elizabeth, diejenige, die damals, als Maribeth mit vierundzwanzig Jahren an Windpocken erkrankt war, sämtliche Cary-Grant-Filme für sie ausgeliehen und ihr ein paar Kaschmirfäustlinge gekauft hatte, damit sie sich beim Kratzen keine Narben zuzog. Die Elizabeth, die sie letzte Woche besucht hatte, erschien ihr ebenso wenig hilfreich für ihr Leben wie Herb Tucker.

Dann dachte sie an Luca, die Krankenschwester vom Pflegedienst. Die Versicherung bezahlte ihre Besuche nur in der ersten Woche, aber einen weiteren Besuch konnte sie aus eigener Tasche bezahlen.

Sie kehrte zum Poststapel zurück und zog einen Kontoauszug heraus. Auf dem Sparkonto, das sie eingerichtet hatte, nachdem sie das Geld von ihrem Vater geerbt hatte, waren 52 000 Dollar. Das reichte zwar nicht für eine Anzahlung und die Maklerkosten für ein Haus (ja, nicht mal für ein Apartment), das irgendwie in der Nähe von Brooklyn lag, aber es genügte jedenfalls für ein, zwei weitere Besuche von Schwester Luca.

Maribeth rief den Pflegedienst an. Sie versprachen, gleich am nächsten Morgen jemanden zu schicken und notierten, dass sie sich Luca wünschte.

Draußen goss es in Strömen, was bedeutete, dass das Wasser zum Küchenfenster hereinkommen würde. Maribeth suchte in der Speisekammer nach dem Eimer und stellte ihn unter die undichte Stelle im Rahmen. Ihre Mutter saß mit einer Tasse Tee am Tisch und unterhielt sich am Telefon, wahrscheinlich mit Herb Tucker. Allerdings schienen sie nicht über postoperative Pflege zu reden. Irgendwann blickte ihre Mutter auf. »Das Telefon piept.«

»Wahrscheinlich ist der Akku gleich leer.«

Dann klingelte ihr eigenes Telefon. Es war Jason.

»Was ist denn los?«, fragte er.

»Wir haben unsere Steuern nicht bezahlt«, erklärte Maribeth.

»Wie bitte?«

»Die Steuern. Die Formulare, die dringend an den Steuerberater hätten zurückgeschickt werden müssen, haben auf der

Ablage im Flur gelegen, zusammen mit der ganzen anderen Post, um die du dich nicht gekümmert hast.«

»Verdammt, Maribeth, und deswegen jagst du mir einen solchen Schrecken ein? Ich dachte, es wäre etwas Schlimmes passiert!«

»Aber es ist etwas Schlimmes passiert! Wir haben unsere Steuern nicht bezahlt!«

»Mit etwas Schlimmem meine ich etwas Irreparables. Hör bitte auf, einen solchen Wirbel um Kleinigkeiten zu machen!«

»Steuern sind keine Kleinigkeiten!«, fauchte Maribeth.

»Jetzt reg dich doch nicht so auf!«, erwiderte Jason. »Bleib mal auf dem Boden!«

Auf dem Boden? Dann schau dir mal den Boden an! In Gedanken schlug sie Jason mit der Faust ins Gesicht.

»Wir werden sicher nicht gleich ins Gefängnis wandern, nur weil wir eine Frist verpasst haben«, fuhr Jason fort. »Wir werden irgendeine Strafe zahlen oder so. Ist doch alles halb so wild.«

»Alles halb so wild? Hast du dich in letzter Zeit mal umgesehen?«

»Ja, klar.«

»Und, sieht es so aus, als wäre alles halb so wild?«

»Ja, das tut es.«

»Falls es dir noch nicht aufgefallen ist, ich hatte eine Herzoperation!«

Erst sagte er nichts. Dann erwiderte er: »Ich weiß. Und du erholst dich davon.«

»Ich erhole mich?« Sie schrie jetzt ins Telefon. »Nein! Mir geht es immer schlechter!«

»Der Arzt hat gesagt, alles würde gut verheilen. Du regst dich einfach zu sehr auf.«

Sie regte sich zu sehr auf? Sie hatte das Gefühl, auf einem

Surfbrett zu balancieren und dabei mit Messern zu jonglieren, während alle um sie herum so taten, als wäre alles ganz normal und so wie immer. Aber für sie war nichts mehr so wie immer. Sie hatte eine Operation am offenen Herzen hinter sich. Und egal, was Jason und Dr. Sterling sagten, ihr ging es nicht besser. Und was, wenn es ihr nie mehr besserging? … Wie würden sie zurechtkommen? Wenn Jason nicht mal die gottverdammten Steuern rechtzeitig zahlen konnte!

»Ich hasse dich!«, schrie sie, schaltete das Telefon aus und warf es quer durch das Zimmer. Dann steckte sie den Kopf unter ihr Kissen und weinte sich in den Schlaf.

11

Sie träumte von Wasser. Sie konnte es hören. Das gleichmäßige Rauschen des Wellenschlags.

Ping! Jetzt spürte sie es auch. Es regnete in ihrem Traum. *Ping!* Und in ihrem Zimmer.

Dann wackelte das Bett und Liv neben ihr quietschte: »Mommy, wach auf! Wir haben Läuse! Wach sofort auf!«

Sie zwang sich, die Augen zu öffnen. Liv stand am Bett, daneben Oscar und neben ihm Niff Spenser. Alle drei waren tropfnass.

»Wir hatten eine Untersuchung im Kindergarten«, erklärte Niff. »Wir haben versucht, dich anzurufen, aber immer nur den Anrufbeantworter gekriegt, deswegen habe ich vorgeschlagen, die Kinder nach Hause zu bringen.«

Das Piepen in der Leitung. Sie hatten versucht, sie zu erreichen, während ihre Mutter telefoniert hatte.

»Wo ist Oma?«

»Schläft«, sagte Oscar.

»Die Wohnungstür war offen, deswegen sind wir einfach reingekommen«, erklärte Niff.

Maribeth blinzelte und schaute auf den Wecker. 12:13 Uhr.

»Läuse?«

»Leider haben sowohl Oscar als auch Liv welche.« Niff senkte die Stimme. »Ziemlich schlimm, hat die Lehrerin gesagt.«

»Und was soll ich jetzt machen?«, fragte Maribeth. »Dieses Läuseshampoo benutzen?«

»O nein, nicht dieses chemische Zeug, das ist doch das reinste Gift!«, erwiderte Niff.

Oscar konnte nicht einschätzen, wenn jemand übertrieb. Er schob die Unterlippe vor, ein sicheres Zeichen für nahende Tränen.

»Hier wird niemand vergiftet«, beruhigte ihn Maribeth und wollte ihm schon über den Kopf streichen, überlegte es sich aber anders und legte ihm stattdessen ihre Hand auf die Schulter.

»Es gibt Leute, die die Nissen professionell entfernen, aber ich habe gelernt, wie man es selbst machen kann«, erklärte Niff. »Es gibt Videos im Internet. Man muss aber sehr sorgfältig vorgehen, um die Nissen vollständig zu erwischen. Die Kinder werden untersucht, bevor sie wieder zurück in den Kindergarten dürfen, und es ist strengstens verboten, morgen auf der Halloweenparty Hüte oder Perücken zu tragen.«

Mist! Halloween war erst am Freitag, aber aus irgendeinem Grund fand die Party bereits morgen statt.

»Wir dürfen auf keinen Fall die Halloweenparty verpassen«, sagte Oscar und schob jetzt das ganze Kinn vor.

»Du machst alles kaputt!«, schrie Liv Maribeth an.

»Liv! Benimm dich!«, mahnte Niff entsetzt. Sie wandte sich an Maribeth. »Ich kann dir helfen, wenn du möchtest.«

»Vielen Dank«, erwiderte Maribeth. »Wir kommen schon zurecht.«

Nachdem Niff gegangen war, suchte Maribeth die Telefonnummer einiger Entlausungsspezialisten im Internet heraus. Keiner konnte heute noch kommen und außerdem kosteten sie vierhundert Dollar allein für die Zwillinge, und noch mehr, wenn sie auch die Erwachsenen im Haushalt überprüfen sollten.

Ihre Mutter, die inzwischen aufgewacht war, kam auf Socken ins Schlafzimmer getappt. »Ich dachte, ich hätte die Zwillinge gehört?«

»Sie wurden vom Kindergarten nach Hause geschickt, weil sie Läuse haben«, erklärte Maribeth. »Und die müssen wir so schnell wie möglich loswerden.«

»Nimmt man dazu nicht Petroleum?«

»Nein, heutzutage nicht mehr. Wir benutzen ein spezielles Läuseshampoo und einen Läusekamm, hier, so einen.« Maribeth zeigte ihn ihrer Mutter auf dem Bildschirm. »Könntest du bitte für mich zum Drogeriemarkt gehen?«

Der Blick ihrer Mutter huschte zum Fenster. Draußen fiel ein heftiger, grauer Herbstregen. »Bei diesem Wetter? Besser nicht.«

»Irgendjemand muss es tun.«

»Frag Jason.«

»Er hat heute einen Außentermin und kommt erst spät nach Hause.«

»Kann man sich hier nicht alles liefern lassen?«

»Der Drogeriemarkt liefert nicht.«

»Kannst du die Sachen nicht am Computer bestellen?«, fragte Maribeths Mutter und zeigte auf den Bildschirm.

»Könnte ich, aber sie würden nicht rechtzeitig ankommen. Ich muss die Läuse und die Eier rauskämmen, bevor die Kinder morgen in den Kindergarten gehen. Sie dürfen erst wieder hin, wenn sie komplett läusefrei sind.«

»Kann Jason den Kamm nicht heute Abend mitbringen und du machst es morgen früh?«

»Morgen ist die Halloweenparty!«, brüllte Liv vom anderen Ende des Lofts herüber.

»Wir dürfen sie auf keinen Fall verpassen«, motzte Oscar.

Maribeth seufzte. »Dann gehe ich den Kamm holen.«

»Ich finde nicht, dass du bei diesem Wetter rausgehen solltest«, entgegnete ihre Mutter. »Es ist nicht das Ende der Welt, wenn sie diese eine Party verpassen.«

Als sie das hörten, fingen die Zwillinge an zu weinen.

Maribeth griff nach ihrem Mantel.

Während sie durch den Regen trottete, fragte sich Maribeth mehrmals, ob sie vielleicht wirklich träumte. Es war ein tröstlicher Gedanke, denn dann passierte das alles hier nicht wirklich. Sie war gar nicht draußen im Regen unterwegs zum Drogeriemarkt. Als der Laden, der bei ihnen um die Ecke lag, keine Läusekämme vorrätig hatte, wäre sie fast in Tränen ausgebrochen. Die Angestellte hatte Mitleid mit ihr und rief bei der Filiale von der Konkurrenz an, die ein Stück weiter auf der anderen Straßenseite lag, und dort gab es, was sie brauchte.

Maribeth trug mit Mühe alles nach Hause. Der Einkauf, der in der Zeit vor ihrer Erkrankung eine Viertelstunde gedauert hätte, hatte sie fast eine Stunde gekostet. Sie war durchnässt, bis auf die Knochen durchgefroren und so erschöpft, als hätte sie ihre gesamte Energie verbraucht.

Zu Hause suchten sie einen Film aus – *Verwünscht* – und setzen sich zu dritt aufs Sofa. Maribeth begann mit Oscar, in der richtigen Annahme, dass er geduldiger wäre. Er nickte im Takt zur fröhlichen Musik, während Maribeth die widerlichen Viecher eines nach dem anderen aus seinen Haaren zog. Eine halbe Stunde später kamen immer noch Nissen und Eier zum Vorschein.

»Wann bin ich dran?«, fragte Liv.

»Ich hab keine Lust mehr«, beschwerte sich Oscar.

»Wechselt euch doch ab«, schlug Maribeths Mutter vor. Sie hatte sich zu ihnen gesellt und schaute jetzt auch den Film, als wäre das ein gemütlicher Familienfernsehabend.

Maribeth wusch den Kamm aus und leerte den Wassereimer unter dem undichten Fenster. Sie nahm sich vor, den Hausmeister anzurufen, damit er eine weitere Schicht Dichtmasse auftrug, auch wenn es wahrscheinlich ohnehin nichts nützen würde.

Sie feuchtete Livs Haare an und begann, die Knoten herauszubürsten. »Aua!«, schrie Liv und bäumte sich derart heftig auf, dass sie Maribeth beinahe einen Kopfstoß verpasst hätte. »Du tust mir weh!«

So sanft sie konnte, versuchte es Maribeth erneut. Liv schnellte herum. »Ich habe gesagt, du tust mir weh!«

»Komm, wir tragen die Spülung auf«, schlug Maribeth müde vor und spritzte etwas davon auf Livs Haare.

»Das ist kalt!«

»Es wird gleich wärmer.«

Maribeth zog den Kamm durch das Haar. »Aua!«, kreischte Liv.

»Sei ruhig!«, fuhr Maribeth sie an.

»Sei du ruhig!«, schrie Liv völlig unlogisch zurück.

Maribeth lehnte sich zurück. Sie erinnerte sich an die Fernsehwerbung für ein Schaumbad aus ihrer Kindheit.

Gönn dir eine wohltuende Auszeit, dachte sie.

»Warum hörst du auf?«, kreischte Liv.

Maribeth verteilte die Spülung in Livs Haar. Dann teilte sie eine Strähne ab und kämmte sie durch. Heraus kamen vier fette Insekten. Sie kämmte dieselbe Strähne weiter durch, weitere Läuse. Noch einmal, noch mehr Läuse.

Liv war vollkommen verlaust. Sie hatte sie mit Sicherheit angeschleppt. Wahrscheinlich waren sie alle inzwischen befallen.

Ihr Kopf fing jetzt auch an zu jucken.

Wieder kämmte sie die Haarsträhne durch und weitere Läuse und die verräterischen, eierähnlichen Nissen kamen heraus.

Wieder und wieder und immer mehr von dem Zeug kam zum Vorschein. Es nahm kein Ende.

»Du tust mir weh!«, schrie Liv jedes Mal, wenn Maribeth mit dem Kamm durch ihre Haare fuhr.

»Ich kann gar nichts verstehen!«, beklagte sich Oscar jedes Mal, wenn Liv schrie.

»Sei still!«, rief Liv jedes Mal, wenn sich Oscar beschwerte.

»Mom«, sagte Maribeth nach mehreren Runden dieses Spiels. »Könntest du dich bitte zwischen sie setzen?«

»Oh, was für eine nette Idee. Kommt, rückt mal ein Stück für Oma.«

Livs Haar war vollkommen verfilzt. Als sich der Kamm in einem besonders dicken Knoten verfing, schrie Liv auf und wirbelte herum. »Ich hasse dich!«, kreischte sie. Und dann stieß sie Maribeth heftig gegen die Brust.

Es tat weh. Es raubte ihr den Atem. Doch vor allem schockierte es sie. Und noch mehr schockierte sie, was sie tat. Sie schlug zurück. Nicht so fest, dass es ihr weh getan haben konnte, aber doch fest genug, um ihr Vertrauen zu erschüttern.

Livs Mund rundete sich zu einem erstaunten O, als sie erfasste, was gerade geschehen war. Erst, nachdem sich Maribeth entschuldigt hatte, fing sie an zu schluchzen.

Es war der Teil des Films, bei dem die Comicfiguren sich in echte Menschen verwandelten. Maribeths Mutter glaubte, dass Liv weinte, weil sie sich fürchtete und sagte: »Weine nicht, Schätzchen. Die böse Hexe stirbt am Ende.« Als wäre der Tod etwas Beruhigendes für ein vierjähriges Kind!

Liv hörte nicht auf zu weinen und irgendwann fing auch Oscar an. Maribeths Mutter schlug vor, einen anderen Film einzulegen.

Maribeth entschuldigte sich und ging in ihr Zimmer, wo auch sie in Tränen ausbrach.

12

Am nächsten Morgen kam Jean, die Babysitterin der Wilsons, um sieben Uhr vorbei, um die Haare der Zwillinge auszukämmen. Offenbar hatte sie ihnen aufgetragen, mit einer Art von Öl und einer Duschhaube zu schlafen, was Maribeth als Lösung viel zu einfach erschien, aber so war Jason nun mal. Nach dem gestrigen Weinkrampf hatte Maribeth ihm telefonisch die Nachricht überbracht, dass die Kinder Läuse hätten. »Kümmere du dich gefälligst darum!«, hatte sie auf seine Mailbox geschnauzt. Und er hatte die Wilsons angerufen. Unfassbar!

Jean hatte angeboten, die Zwillinge zusammen mit Mariberths Mutter zum Kindergarten zu bringen. »So, gebt Mommy noch ein Abschiedsküsschen.«

Widerwillig drehte sich Liv um und spitzte die Lippen, und ein Teil in Maribeth hätte ihr den Kuss am liebsten verweigert. Ihr war klar, dass sie die Mutter war und sich erwachsen verhalten musste, aber konnte man ihr nicht ausnahmsweise mal eine Pause gönnen?

Offenbar nicht. Jason hatte auf einer Luftmatratze im Kinderzimmer geschlafen. Ziemlich viel Aufwand, um seine Verachtung für sie auszudrücken. Maribeth dagegen hatte kein Auge zugetan.

Oscar, der Polizist, schlurfte ebenfalls zu ihr und küsste sie, und dann machten sich die Zwillinge zusammen mit Jean und

Maribeths Mutter auf den Weg. Jason, der eigentlich schon vor einer Stunde zur Arbeit gemusst hätte, blieb vor dem Bücherregal stehen und fragte: »Hast du vor, heute aufzustehen?«

»Wenn ich Lust dazu habe«, erwiderte Maribeth schnippisch.

»Meinst du vielleicht, es würde dir irgendetwas nutzen, wenn du dich über jeden Mist so furchtbar aufregst?«, fragte er, als sei er hier derjenige, dem Unrecht geschehen sei.

»Nein«, erwiderte Maribeth leise.

»Dann lass es sein«, sagte er.

Um elf klingelte es. Als Maribeth die Haustür öffnete, und Luca vor ihr stand, brach sie in dicke Tränen aus.

»O nein! Das ist nicht gut«, sagte Luca und brachte Maribeth hinüber ins Wohnzimmer. Sie setzte sich aufs Sofa und fragte: »Was ist los?«

Maribeth erzählte von den Tagen seit ihrer Entlassung aus dem Krankenhaus und dass sie das Gefühl habe, es ginge ihr immer schlechter anstatt besser. Und dass ihre Familie unablässig an ihr zerre.

Luca hörte ihr geduldig zu. »Ich wünschte, ich könnte behaupten, Sie wären die erste Frau, der das so geht«, sagte sie schließlich.

»Bin ich das nicht?«, erwiderte Maribeth, getröstet, weil sie nicht die Einzige war und genau aus diesem Grund auch zugleich entmutigt.

Luca lächelte schief. »Würde es Sie überraschen, wenn ich Ihnen erzählte, dass der größte Traum aller Frauen ein langer Krankenhausaufenthalt ist?«

»Das ist doch absurd.«

»Nein, überlegen Sie doch mal. Die erschöpfte Multitasking-Frau. Da erscheint ein Krankenhausaufenthalt wie der ultimative Urlaub. Endlich einmal versorgt und gepflegt zu werden, anstatt diejenige zu sein, die sich ständig kümmern muss. Und dann auch noch ganz ohne schlechtes Gewissen!«

»Aber ich war im Krankenhaus, wegen einer sehr ernsten Sache, und nichts hat sich verändert.«

Das stimmte nicht ganz. Alles hatte sich verändert, aber nicht so, wie sie es gebraucht hätte.

»Deswegen ist es ja auch nur ein Traum«, erwiderte Luca.

»Ich weiß nicht, was ich tun soll. Ich weiß nicht, wie ich so je wieder gesund werden soll. Ich habe eher das Gefühl, dass es mit mir bergab geht, und am Ende …«

Sie konnte es nicht aussprechen. Brauchte sie auch nicht. Luca nickte verständnisvoll. Dann begann sie, ihre Tasche auszupacken. »Na, dann wollen wir uns Sie mal ansehen.«

Luca untersuchte sie. »Das EKG ist einwandfrei und Ihr Herz und Ihre Lunge klingen ganz normal. Ihr Puls ist etwas schwach, was eventuell auf Eisenmangel hindeutet. Lassen Sie sich beim nächsten Nachsorgetermin darauf untersuchen. Aber alles in allem wirken Sie ganz gesund. Sie sind sichtlich erschöpft, aber nicht akut gefährdet, soweit ich feststellen kann.«

»Ich nehme an, das sind gute Nachrichten«, sagte Maribeth und fing dann wieder an zu weinen.

»Ja, das ist wirklich positiv, Maribeth.« Luca drückte ihr die Hand. »Sie sollten glücklich darüber sein.«

Doch wie konnte sie glücklich sein, wenn sie sich mit jedem Tag, an dem sie eigentlich stärker – gesünder – werden sollte, mehr fürchtete? Vorher war das Gespenst des Todes für sie abstrakt gewesen, ja, selbst nach dem Herzinfarkt und sogar, als sie das Bild ihres Herzens auf dem Monitor im Katheterlabor gesehen hatte. Aber inzwischen war es real. Es hatte eine ebenso körperliche und fordernde Präsenz wie ihre Zwillinge. Vielleicht hätte sie deswegen Oscar und Liv am liebsten in sich absorbiert und sie zur gleichen Zeit so weit wie möglich von sich weggeschleudert.

»Gibt es noch irgendwelche anderen Probleme?«, fragte Luca. Inzwischen war sie schon zweimal so lange da wie eigentlich vorgesehen.

»Nein«, antwortete Maribeth. »Ich meine, ich bin wahrscheinlich einfach nur fix und fertig, wie Sie schon gesagt haben.«

Luca packte ihre Sachen zusammen. Bevor sie ging, umarmte sie Maribeth. Dann hielt sie sie auf Armeslänge von sich weg und sah sie an, als müsse sie eine Entscheidung treffen.

Dann sagte sie: »Ich glaube, dass Sie ein gesundes Herz haben. Die Ärzte haben gute Arbeit geleistet. Aber wenn es Ihnen bessergehen soll, wirklich besser, dann müssen Sie selbst etwas für sich tun.«

Pittsburgh

13

Es war erstaunlich einfach gewesen.

Maribeth war die Treppe hinuntergegangen und hatte ein Taxi angehalten. Sie trug nur eine hastig gepackte Reisetasche mit etwas Wechselwäsche und ihren Medikamenten bei sich. Ihr Handy, ihren Computer, eigentlich so gut wie alles hatte sie zu Hause zurückgelassen. Nichts davon schien sie noch zu brauchen. Sie hatte Jason eine E-Mail geschickt. Eine Entschuldigung? Eine Erklärung? Sie war sich nicht sicher. Als sie im Taxi saß, waren die Einzelheiten ihrer Nachricht bereits verblasst.

»Penn Station«, sagte sie zum Fahrer. Sie hatte nicht gewusst, dass sie dorthin wollte, bis die Worte aus ihrem Mund kamen.

Zwanzig Minuten später war sie am Bahnhof. Auf der gegenüberliegenden Straßenseite gab es eine Filiale ihrer Bank. Maribeth wollte schon Bargeld am Automaten abheben, aber dann ging sie doch hinein und fragte einen Bankangestellten, wie viel Bargeld sie auf einmal abheben könne.

Fünfundzwanzigtausend Dollar erwiesen sich als überraschend leicht tragbar. Sie passten bequem in ihre Reisetasche.

Ganz einfach.

Als sie die muffige Katakombe der Penn Station erreichte, war ihr noch immer nicht klar, wohin ihr Weg sie führen würde. Vielleicht zu einer hübschen Küstenstadt in New England. Dann warf sie einen Blick auf die Tafel mit den Abfahrtszeiten.

Sie kaufte eine Fahrkarte für den Zug, der in den Bundesstaat Pennsylvania fuhr, und anschließend in einem Handyladen ein Wegwerfhandy. Der Angestellte gab ihr ein einfaches Klapphandy und Maribeth erstand eine Karte mit hundert Minuten Telefonzeit dazu. Sie ging in eine Drogerie und kaufte eine Flasche Wasser, eine Packung Kaugummi und Läuseshampoo, nur zur Sicherheit. Dann stieg sie in den Zug.

Ganz einfach.

Als der Zug die Sumpfgebiete New Jerseys erreichte und Manhattan in der Nachmittagssonne glitzerte, fand Maribeth, dass es aussah wie in einem Film. Und so kam sie sich auch vor: Als geschähe das alles einer Schauspielerin auf der Leinwand. Sie war nicht Maribeth Klein, eine Mutter, die ihre beiden kleinen Kinder verließ. Sie war eine Frau in einem Film, die ganz normal verreiste, vielleicht geschäftlich.

Im Zug überkam sie Erschöpfung, auf eine andere Art als die verstörende Lethargie, die sie zu Hause gequält hatte. Diesmal war es die schlappe, befriedigende Müdigkeit, die einen nach einem langen Tag des Nichtstuns in der Sonne erfasst. Sie benutzte ihre Reisetasche als Kopfkissen und schlief ein.

Ganz einfach.

Als sie aufwachte und in den Speisewagen ging, um sich etwas zu essen zu holen, fand sie eine zurückgelassene Tageszeitung von Pittsburgh auf einem der Tische. In der Mitte gab es einen kleinen Immobilienteil mit nur wenigen Anzeigen, aber eine davon war für eine Einzimmerwohnung in einem Stadtteil namens Bloomfield. Maribeth rief aus dem Zug die angegebene Telefonnummer an und sprach mit dem Vermieter, einem offenbar schon älteren Mann mit starkem Akzent (Italienisch? Osteuropäisch?), der sagte, das Apartment sei noch frei und nicht nur das, es sei auch möbliert. Die Miete betrug achthundert Dollar pro Monat. Für weitere fünfzig Dollar konnte sie schon einige Tage vor Monatsbeginn einziehen. Maribeth nahm es ungesehen.

Ganz einfach.

Ihre erste Nacht in Pittsburgh verbrachte sie in einem schäbigen Motel in der Nähe des Bahnhofs. Am nächsten Morgen nahm sie ein Taxi zu ihrer neuen Wohnung und gab dem Besitzer, Mr Giulio, die erste Monatsmiete sowie eine Monatsmiete Kaution und unterzeichnete einen monatlich kündbaren Mietvertrag. In Pittsburgh wurden keine Sicherheiten verlangt wie in New York City. Auch keine Maklergebühr in Höhe von fünfzehn Prozent der Jahresmiete. Nur sechzehnhundertfünfzig Dollar. Als sie bar bezahlte, zuckte Mr Giulio nicht mit der Wimper.

Ganz einfach.

Und wenn sie daran dachte, dass sie Jason und ihre Kinder verlassen hatte, hörte sie immer Lucas Worte: Sie müssen selbst etwas für sich tun.

Eine Aufgabe, die anderen übertragen worden war, war wieder auf sie zurückgefallen. In gewisser Weise war das tröstlich.

Sie zu verlassen war nicht wirklich einfach. Aber der Anfang war gemacht.

14

Das Letzte, was sie wollte, waren noch mehr Ärzte. Aber Maribeth brauchte einen Kardiologen. Oder einen Chirurgen. Sie würde ihren nächsten Nachsorgetermin bei Dr. Gupta verpassen, also suchte sie vor dem Auschecken im Motel nach den Gelben Seiten. Sie fand sie in der Nachttischschublade neben der Bibel und riss ein paar Seiten raus. Sie hatte Gewissensbisse, weil sie das Buch kaputt machte, aber, mal ehrlich, alle hatten doch ein Smartphone. Na ja, alle, außer ihr.

Sie verbrachte den Halloweenmorgen in ihrer neuen Wohnung damit, Praxen für Kardiologie abzutelefonieren. Es gab mehrere; Pittsburgh war eine Medizinstadt. Ihre neue Wohngegend lag zwischen zwei riesigen Krankenhäusern, was Maribeth gleichermaßen tröstlich und alarmierend fand. Die meisten Ärzte nahmen keine Patienten mehr an, aber nach ungefähr einem Dutzend Anrufe fand sie eine Praxis, die gerade eine kurzfristige Absage für Montag erhalten hatte.

Während sie auf das Taxi wartete, das sie zu ihrem Termin bringen sollte, wünschte sie, sie hätte die Gelben Seiten komplett mitgehen lassen. Fast das ganze Wochenende über hatte sie sich eingeigelt, geschlafen, ferngesehen und sich von Minestrone und Joghurt aus dem kleinen italienischen Lebensmittelgeschäft an der Ecke ernährt. Jetzt, wo sie sich stabiler fühlte, musste sie sich um einiges kümmern. Wo gab es einen richtigen

Supermarkt? Eine Apotheke? Wo konnte sie bessere Bettwäsche herbekommen als die fleckige, die zur Ausstattung des Apartments gehörte? Ohne das Internet, ohne Google jederzeit befragen zu können, wusste sie nicht, wie sie irgendetwas finden sollte.

Eine struppige Tigerkatze strich ihr um die Beine, verlor dann das Interesse an ihr und schnupperte an einem kunstvoll geschnitzten Kürbis, der schon anfing zu vergammeln. Maribeth hielt ihn für das Werk der Nachbarn im Stockwerk über ihr, einem jungen Pärchen, die außer ihr die einzigen Mieter in dem kleinen Fertighaus waren. Das oberste Stockwerk, so wusste sie, stand leer. Mr Giulio hatte ihr angeboten, ihr die kleine Dachwohnung zu zeigen, aber sie hatte mit der Begründung abgelehnt, sie könne die Miete für die Erdgeschosswohnung durchaus aufbringen. (Was sie nicht aufbringen würde, war die Kraft, die beiden Treppen hinauf ins Dachgeschoss zu steigen.)

Die Tür ging auf und ein junger Mann mit dichtem, platinblondem Haar kam heraus. Er bückte sich und wollte die Katze streicheln, aber sie lief davon.

»Ist das Ihre?«, fragte Maribeth.

»Nein, wir dürfen keine Haustiere halten«, erwiderte er.

»Oh. Das wusste ich nicht. Ich bin gerade in die Erdgeschosswohnung gezogen.« Sie deutete hinüber. »Aber glücklicherweise habe ich ohnehin kein Haustier.« Sie merkte selbst, dass sie dummes Zeug redete und hielt inne.

»Willkommen in unserer wunderschönen Gegend«, sagte er mit einem Grinsen und deutete mit einer raumgreifenden Geste auf den trostlosen, baumlosen Wohnblock.

»Danke. Ach, Sie haben nicht zufällig die Gelben Seiten im Haus?«

»Gibt's die noch?«

Maribeth fühlte sich plötzlich uralt neben diesem jungen

Mann, während sie auf einen Taxifahrer wartete, der sie zu einem Arzt bringen sollte.

»Sunny!«, rief der Mann über seine Schulter. »Haben wir die Gelben Seiten?«

Eine junge Asiatin, vermutlich Sunny, erschien. Sie hatte tiefe Grübchen, einen Pferdeschwanz und trug Leggins mit einem Oversize-Sweatshirt. »Haben wir die nicht letzten Sommer als Türstopper benutzt?«

Jetzt fühlte sich Maribeth 482 Jahre alt. Zum Glück fuhr in dem Moment ihr Taxi vor. »Vielleicht ein andermal«, sagte sie.

Wie gebeten kam sie zehn Minuten früher in die Praxis, um vor dem Termin noch den Papierkram erledigen zu können. Stichwortartig füllte sie die Rubrik »Krankengeschichte« aus und ließ die Versicherungsbögen leer. Bis jetzt war es ihr gelungen, nur mit Bargeld durchzukommen. Sie hatte das nicht geplant – sie hatte nichts von alldem geplant –, aber nachdem sie so viele Jahre lang ständig für alle verfügbar gewesen war, wollte sie jetzt gerne bei Barzahlung bleiben.

»Entschuldigen Sie, Ma'am«, sagte die Empfangsdame, nachdem Maribeth ihr die Unterlagen gegeben hatte. »Wir brauchen noch Ihre Versicherungskarte.«

»Das ist in Ordnung so«, erwiderte Maribeth. »Ich zahle bar.«

»Sie zahlen bar?« Die Frau sah Maribeth an, als hätte sie gerade verkündet, sie wolle mit Pokémon-Karten zahlen.

»Ja«, sagte Maribeth.

»Sind Sie nicht versichert?«

»Ich zahle bar«, wiederholte Maribeth nur.

»Wenn Sie sich keine Krankenversicherung leisten können«, entgegnete die Empfangsdame, »können wir Ihnen helfen, eine zu beantragen. Sie wäre sehr günstig, falls Sie für Medicaid in Frage kommen. Und wir bieten auch Rabatte für Bedürftige an.«

Für Bedürftige? Sie hatte sich heute Morgen wegen des Termins geduscht und sogar ihr Haar gewaschen, wenn auch mit Läuseshampoo, wodurch es strohtrocken geworden war. Und sie hatte vergessen, Spülung zu kaufen, weshalb sie vielleicht wirklich ein bisschen ungepflegt aussah. Aber sie hatte sich durchaus Mühe gegeben, einen guten Eindruck zu machen.

»Ich zahle bar«, sagte Maribeth zum dritten Mal.

Die Empfangsdame überflog die Unterlagen. »Sie kommen zu einer postoperativen Untersuchung und zahlen bar?«

»Richtig.«

»Und wie haben Sie für Ihre Operation bezahlt? Auch in bar?«

Maribeth wurde allmählich ungehalten. Doch dann erinnerte sie sich an Elizabeths Rat für solche Situationen: Verhalte dich, als gehöre dir die Welt.

Sie atmete tief durch. »Wie ich für meine Operation bezahlt habe, tut doch jetzt nichts zur Sache. Ich muss zu einem Arzt und ich kann bar zahlen. Im Voraus. Sie brauchen nicht einmal eine Rechnung auszustellen.« Sie klang überheblich, überhaupt nicht wie sie selbst.

Es schien zu funktionieren. Die Empfangsdame ging die Bürochefin holen.

Maribeth setzte sich und wartete, mit einem Gefühl, als hätte sie etwas ausgefressen und als würde gleich nicht die Bürochefin erscheinen, sondern ihr Schuldirektor. Oder Jason.

»Ms Goldman?«

Maribeth brauchte ein paar Sekunden, um zu begreifen, dass sie die angesprochene Ms Goldman war. M. B. Goldman lautete der Name, den sie in die Formulare eingetragen hatte. Ihr alter Spitzname, der Mädchenname ihrer Mutter.

»Ja. Das bin ich.«

Die Bürochefin, eine attraktive, übergewichtige Frau in einem roten Hosenanzug, lächelte. »Wie ich gehört habe, möchten Sie für Ihre Untersuchungen gerne bar zahlen.«

»Ja«, antwortete Maribeth.

»Die Sache ist die«, fuhr die Bürochefin fort, »dass das gegen unsere Praxisvorschriften verstößt.«

»Ich verstehe nicht, warum das ein Problem ist.« Durch den Kaiserschnitt und Oskars Paukenröhrchen-OP wusste Maribeth, was für ein Dschungel der Papierkram für die Versicherungen war. Sollten sie nicht dankbar sein, dass sie ihnen die Mühe ersparte?

»Möglicherweise wollen die Ärzte weitere Tests machen lassen. Außerdem sollte aufgrund der neuen Gesetzgebung heutzutage jeder krankenversichert sein. Besonders Sie als Herzpatientin.«

»Ist das nicht meine Sache?«

»Ich versuche ja nur, Ihnen unsere Vorschriften zu erklären.« Sie hielt inne. »Vielleicht sollten Sie in die Notaufnahme eines Krankenhauses gehen?«

»Ich muss nicht in die Notaufnahme«, erwiderte Maribeth. »Ich habe Geld. Ich kann eine Kaution hinterlegen.«

Die Miene der Bürochefin drückte aufrichtiges Bedauern aus. Trotzdem schüttelte sie den Kopf.

»Könnten Sie mich nicht wenigstens an einen Kardiologen überweisen, der mich annehmen würde?« Sie klang nicht länger wie eine Frau, der die Welt gehörte, sondern wie eine, die sich einen Teelöffel davon borgen wollte.

»Was ist mit Dr. Grant?«, fragte die Empfangsdame.

Die Bürochefin runzelte die Stirn.

»Ist Dr. Grant Thoraxchirurg?«, fragte Maribeth.

»Nein, er ist Kardiologe. Einer der Gründer dieser Praxis«, erklärte die Empfangsdame und zu gleicher Zeit sagte die Bürochefin: »Nein, nein. Nicht Dr. Grant.«

»Warum nicht? Würde er Bargeld akzeptieren?«, fragte Maribeth.

»Ich gehe mal davon aus«, meinte die Empfangsdame.

»Ich weiß nur nicht, ob er noch neue Patienten annimmt«, unterbrach die Bürochefin und warf der Empfangsdame einen warnenden Blick zu.

»Sie können mir also niemanden empfehlen?«, fragte Maribeth.

»Niemanden, der Sie ohne Versicherung behandeln würde«, erklärte die Bürochefin.

Maribeth sah die Empfangsdame an, die jetzt zu Boden blickte.

Und sie hatte gedacht, es wäre so leicht. Sie hatte gedacht, sie hätte einen guten Lauf.

Bedrückt nahm sie ihre Sachen und wollte gehen. Sie war schon fast zur Tür hinaus, als die Empfangsdame sie noch einmal antippte. »Stephen Grant«, flüsterte sie. »Rufen Sie ihn an.«

15

Als sie nach Hause kam, zog sie den geklauten Teil der Gelben Seiten hervor. Zahlreiche Praxen und Ärzte hatten darin inseriert. Nicht Dr. Grant. Sein Eintrag umfasste nur eine Zeile. Als das Freizeichen ertönte, dachte Maribeth an den seltsamen, beinahe warnenden Blick der Bürochefin. Eine Frauenstimme meldete sich. Sie sagte, sie hätten am nächsten Tag einen Termin frei. Maribeth zögerte. Doch schließlich war es nur eine Untersuchung. So schlecht würde er schon nicht sein.

Dr. Stephen Grants Praxis lag in einem Viertel namens Friendship, nicht weit von Maribeths neuer Wohnung entfernt. In ihrem alten Leben wäre sie zu Fuß hingegangen. In ihrem neuen Leben war das undenkbar.

Unterwegs im Bus blickte sie aus dem Fenster hinaus auf die eleganten Backsteinhäuser, an denen Pittsburgh so reich zu sein schien. Schon als sie vor ein paar Tagen mit dem Taxi vom Motel am Bahnhof zu ihrer neuen Wohnung gefahren war, hatte sie erstaunt festgestellt, wie schön es hier war. Dabei hatte sie sich Pittsburgh immer als, na ja, potthässlich vorgestellt. Aber das war es nicht. Überall sah sie zierliche, ausladende Bäume in herbstlichen Farben, stattliche Häuser mit Bleiglasfenstern, kunstvolle Backsteinbauten und gepflegte Gärten. Als das Taxi sie schließlich vor ihrem trostlosen Gebäude mit PVC-Verkleidung abgesetzt hatte, war sie fast erleichtert gewesen. Wegzulaufen war schon schlimm genug, aber irgendwo zu landen, wo es ihr womöglich Freude gemacht hätte zu leben, wäre ihr obszön erschienen.

Dr. Grants Praxis lag unmittelbar neben einem der großen Krankenhäuser, jedoch nicht in einem der modernen Anbauten, wie die erste Praxis, in der sie es versucht hatte. Sie befand sich im Nebengebäude eines der großen Backsteinhäuser, die sie so bewunderte. Zweimal ging sie an der Praxis vorbei – sie war leicht zu übersehen, nur ein kleines Schild an der Eingangstür wies darauf hin –, und als sie eintrat, schien es ihr, als platze sie in ein privates Wohnzimmer.

Doch stattdessen befand sie sich in einem winzigen Vorzimmer; zwei Stühle und eine Empfangstheke, besetzt von einer älteren schwarzen Frau mit einer kunstvoll aufgetürmten Flechtfrisur. Sie gab Maribeth denselben Stapel von Formularen zum Ausfüllen wie die Dame in der anderen Praxis, und Maribeth reichte ihn zurück, ohne die Fragen nach der familiären Krankheitsvorgeschichte und ihrer Versicherung beantwortet zu haben.

Als die Empfangsdame sie nach ihrer Versichertenkarte fragte, erwiderte sie: »Ich zahle bar« und wappnete sich innerlich gegen eine Diskussion, die jedoch ausblieb.

»Hundertfünfzig Dollar«, erklärte die Frau. »Zahlbar vor der Konsultation.«

Hundertfünfzig Dollar? Maribeth hatte mit mindestens dem Doppelten gerechnet, eventuell noch mehr für Laborkosten. Zur Sicherheit hatte sie fünfhundert aus ihrem Vorrat genommen (oder besser: aus ihren Vorräten, denn sie hatte das Geld an verschiedenen Stellen in der Wohnung versteckt, in der Hoffnung, dass ihr bei einem Einbruch nicht alles gestohlen würde).

»Und wenn Laboruntersuchungen nötig werden?«, fragte Maribeth.

»Hundertfünfzig Dollar«, wiederholte die Empfangsdame.

Maribeth zählte das Geld ab und reichte es ihr. Die Frau druckte eine Quittung aus, füllte sie von Hand aus und hielt sie Maribeth hin.

»Danke«, sagte Maribeth. »Ich brauch sie nicht.«

Die Empfangsdame zog eine Augenbraue hoch. »Ich lege sie mal zu Ihren Unterlagen.«

»Danke.«

Maribeth wollte sich setzen, doch die Empfangsdame bat sie, gleich mitzukommen.

In einem kleinen Untersuchungsraum maß die Empfangsdame, die offensichtlich auch Arzthelferin war, Maribeths Blutdruck und Puls. Dann reichte sie ihr einen blauen Untersuchungskittel, den sie statt ihrer Kleidung überziehen sollte. »Dr. Grant kommt gleich.«

Als Maribeth mit einer Gänsehaut in dem dünnen Kittel dasaß und auf den Arzt wartete, kamen ihr Zweifel daran, ob es wirklich klug gewesen war, diesen Dr. Grant zu konsultieren, der sofort einen Termin freigehabt hatte und nur eine Angestellte beschäftigte, die Mädchen für alles war. Sie hatte den vagen Verdacht, dass er irgendetwas angestellt hatte, weshalb er von der Gilde der Kardiologen verstoßen worden war. Sie stellte ihn sich wie den gebeugten, schurkischen Bösewicht aus schlechten Gerichtsserien vor.

Doch als Dr. Grant hereinkam, ihre Unterlagen durchblätternd, wirkte er kein bisschen niederträchtig, sondern wie ein ziemlich attraktiver Mann am oberen Ende der mittleren Jahre.

»Ms Goldman«, sagte er und streckte ihr die Hand hin. »Ich bin Stephen Grant.«

»Hi, ich bin M. B., M. B. Goldman.« Maribeth stolperte

über den Namen, als sei sie eine Betrügerin. Aber es war ihr Name und der, den sie auf den Formularen angegeben hatte.

»Wie ich sehe, hatten Sie vor gut drei Wochen eine Bypassoperation am Herzen.«

Maribeth nickte und wartete auf irgendeinen Kommentar, dass sie eigentlich noch zu jung für eine solche Operation sei, dass sie Glück gehabt habe, mit nur einem doppelten Bypass davongekommen zu sein.

»Also, was führt Sie zu mir?«

»Na ja, wie Sie gerade selbst gesagt haben, wurde ich vor drei Wochen operiert und …« Sie hielt inne. Sie hätte beinahe gesagt, dass sie ihren Nachsorgetermin bei ihrem Chirurgen versäumen würde, aber das hätte unweigerlich zu heiklen Fragen geführt. Doch im Moment wollte sie nichts anderes als die Bestätigung irgendeines Arztes, dass alles in Ordnung war und damit basta. »Ich dachte, es sei sinnvoll, während meines Aufenthaltes hier einen Kardiologen aufzusuchen.«

Sein Blick huschte zwischen den Formularen und ihr hin und her. »Sie sind nicht von hier?«

»Nein, nicht direkt.«

»Wo sind Sie operiert worden? Am UPMC?«

»Nein, nicht hier in Pittsburgh.«

»Wo dann?«

»Das möchte ich lieber für mich behalten.«

Wieder sah er sie an, diesmal forschend. Seine Augen hatten eine ungewöhnliche Farbe, fast wie Bernstein. Vielleicht machte das seinen Blick so verwirrend.

»Wer hat sie durchgeführt?«

»Auch das möchte ich lieber nicht sagen.«

Er fuhr sich mit der Hand über sein Gesicht. »Aber nicht hier in Pittsburgh?«

»Nein.«

»Sie sind drei Wochen nach Ihrer Herzoperation umgezogen?«

Er klang überrascht, und Maribeth spürte, wie sich die Härchen in ihrem Nacken aufrichteten. Über den Zeitpunkt der OP und die Frist, die seitdem verstrichen war, hatten sie doch nun gesprochen. Konnten sie nicht zur Untersuchung übergehen?

»Die Wunde scheint sich zu schließen. Der Verband hat sich gelöst.« Sie tippte auf den Schnitt in ihrer Brust.

Doktor Grant kam näher, um sie zu untersuchen. Er hatte schmale, zierliche Finger, die Maribeth eher dazu geeignet schienen, Klavier zu spielen, als einen Brustkorb abzutasten. »Es verheilt gut«, stellte er fest.

»Mein Bein ist immer noch ziemlich geschwollen.« Sie begann, ihren Stützstrumpf hinunterzurollen, aber er war schon wieder zu ihren Unterlagen zurückgekehrt, blätterte sie durch und las sie jetzt sorgfältig. Maribeth fühlte sich nackt in ihrem dünnen Hemd. Als läse er nicht nur in ihren Unterlagen, sondern auch in ihr.

Ein Blatt aus den Akten flatterte zu Boden: Es war die Quittung. Er hob sie auf und überflog sie, und sie beobachtete, wie er die Fakten checkte – Bargeld, keine Versicherung. Jeden Moment würde er die Behandlung verweigern.

Er sah sie an, und sie spürte, wie er über sie urteilte. *Haben Sie es immer so eilig?*, hörte sie Dr. Sterling fragen. Plötzlich wallte Abneigung gegen diesen Dr. Grant in ihr auf. Sie wusste, dass es Übertragung war, dass ihr eigentlicher Zorn Sterling galt und dass auch dieser teilweise auf Übertragung beruhte. Doch sie hatte es so satt, dass sie alle Gott spielten! Sie hatte sie nicht gebeten, über ihr Leben, ihre Entscheidungen und ihre Prioritäten zu urteilen. Sie wollte nichts weiter, als dass sie ihr Herz untersuchten.

»Wissen Sie, es ist meine Entscheidung, nicht Ihre«, sagte Maribeth.

Erstaunt blickte Dr. Grant auf. »Verzeihung?«

»Es ist meine Sache, ob ich Sie als meinen Arzt auswähle. Nicht umgekehrt.«

Sie klang wie ein aufmüpfiger Teenager, der sich wegen einer Dummheit verteidigte, einer lila Haarsträhne oder einer schrecklichen Band, die er verehrte.

Dr. Grant wirkte verwundert. Er setzte sich wieder an seinen Schreibtisch und legte ihre Akte vor sich. »Ich bin davon ausgegangen, dass Sie mich ausgewählt haben, als Sie bei mir einen Termin vereinbart haben«, erwiderte er.

»Nicht ganz. Ich war zuerst in der Praxis, in der Sie früher praktiziert haben, aber dort wollte man mich nicht als Patientin annehmen, weil ich meine Versicherung nicht in Anspruch nehme. Allerdings hat man mir geraten, mich an Sie zu wenden.«

Sein Gesicht verdüsterte sich. Irgendetwas Schlimmes musste in der alten Praxis vorgefallen sein. Er erhob sich, und auch Maribeth stand auf, in der Erwartung, dass er ihr die Tür weisen würde. Doch stattdessen nahm er das Stethoskop vom Hals und kam zu ihr. »Wollen Sie jetzt, dass ich Ihr Herz untersuche, oder nicht?«, fragte er.

»Natürlich will ich das. Sehen Sie mal nach, ob ich noch eines habe.«

Nach der Untersuchung, nach dem EKG, nachdem er alles gründlich überprüft hatte – so gründlich, dass er ihr von einer Blutuntersuchung abriet, denn ohnehin müsse nach sechs Wochen kontrolliert werden, ob sich ihre Cholesterinwerte stabilisiert hätten und dann könne er auch gleich ihre Eisenwerte überprüfen, falls sie sich noch immer Sorgen mache –, bat er sie, alles Weitere mit Louise zu klären.

Sie hatte gewusst, dass hundertfünfzig Dollar nicht reichen würden.

»Wie viel bin ich Ihnen noch schuldig?«, fragte sie Louise, die jetzt wieder am Empfang saß, obwohl keine weiteren Patienten mehr gekommen waren.

»Sie haben doch schon im Voraus bezahlt.«

»Schon, aber er hat noch einige Tests gemacht, und dazu das EKG.«

»Die Konsultation kostet hundertfünfzig Dollar.«

»Dr. Grant hat aber gesagt, ich solle noch einmal mit Ihnen sprechen.«

»Ja. Er möchte Sie nächste Woche gern noch einmal sehen. Die Praxis hat montags, dienstags und freitags geöffnet.«

Nächste Woche? Dr. Sterling hatte sie nicht vor ihrer Sechswochenuntersuchung sehen wollen. Wollte Grant sie melken? Ärzte waren ja dafür bekannt, dass sie die Rechnungen mit unnötigen Behandlungen in die Höhe trieben.

Aber Dr. Grant hatte nicht einmal etwas zusätzlich für die Tests berechnet, die er durchgeführt hatte. Er hatte ihr sogar von einer Blutsenkung abgeraten, wegen der Kosten. Er versuchte nicht, sie auszunehmen.

Dennoch fand sie ihn irgendwie merkwürdig. Es sollte sie misstrauisch machen – vielleicht hatte er sich einen Kunstfehler zuschulden kommen lassen –, aber irgendwie war es eher beruhigend. Er konnte also nicht allzu gottähnlich sein. Nicht, wenn auch er Tiefpunkte in seinem Leben hatte erfahren müssen.

In diesem Moment traf sie ihre Entscheidung. Er würde ihr Arzt sein. Nicht, weil er der Einzige gewesen war, der sie angenommen hatte, sondern weil sie sich für ihn entschieden hatte.

Sie machte einen Termin für den kommenden Montag aus.

16

Maribeth begann, ihre neue Umgebung zu erkunden. Sie fragte Mr Giulio, wo es die nächste Bibliothek gab (in Lawrenceville), und fand heraus, welcher Bus dorthin fuhr. In der Bibliothek musste es Computer geben, und damit auch Internet, so dass sie dort alles andere würde googeln können, was sie wissen musste.

Sie überlegte auch, in der Bibliothek eine E-Mail an die Zwillinge zu schreiben. Doch sie hatte keine Ahnung, was sie ihnen hätte sagen können. Wie hätte sie erklären sollen, was sie getan hatte? Wie konnte man schreiben und es nicht erklären?

Die Bibliothek befand sich ungefähr eine Meile von ihrer Wohnung entfernt. Die Straße führte zunächst einen steilen Hügel hinunter und dann einen kleineren wieder hinauf. Dies war eine weitere Überraschung in Bezug auf Pittsburgh gewesen, wie hügelig, ja bergig es war. Eine ziemliche Herausforderung für eine frisch operierte Herzpatientin. Im Bus überlegte Maribeth, dass es ein Zeichen ihrer Genesung wäre, wenn sie irgendwann den Weg zur Bibliothek zu Fuß zurücklegen könnte. Vielleicht konnte sie dann nach Hause zurückkehren. Ob sie das Oscar und Liv schreiben sollte? Kinder mochten es, wenn Erwachsene Klartext redeten. Du darfst drei Plätzchen essen. Du darfst dir eine Folge deiner Lieblingssendung ansehen.

Doch als sie die Bibliothek erreichte, hielt irgendetwas sie davon ab, sich dem Computertisch auch nur zu nähern, obwohl mehrere Terminals frei waren. Sie hatte bereits das wichtigste Versprechen einer Mutter gebrochen – ihre Kinder niemals zu verlassen. Sie konnte kein weiteres Versprechen brechen. Sie könnte ihnen nicht sagen, wann sie zurückkehren würde, weil sie keine Ahnung hatte, wann das sein würde.

Also ging sie in die Zeitschriftenabteilung, in der Absicht, eine Zeitung oder irgendetwas Erbauliches zu lesen, um ihre freie Zeit sinnvoll zu nutzen. Ausgaben der *Pittsburgh Post-Gazette* und der *New York Times* lagen dort auf einem Holztisch und daneben mehrere Zeitschriften, einschließlich einer alten Ausgabe der *Frap*.

Sie war vom letzten August und enthielt ein Feature über prominente Impfgegner. Über diesen Artikel hatte sie sich mit Elizabeth bei der Konferenz vor allen anderen gestritten.

Für Maribeths Gefühl war der Artikel, jedenfalls in der ursprünglich beabsichtigten Form, zu schmeichelhaft gewesen. Wenn sie schon einen Artikel über prominente Impfgegner bringen wollten, musste er kritisch sein, darauf bestand sie. Es sollte zur Abwechslung mal ein ernsthaftes Stück Journalismus werden. »Es geht um ein Gesundheitsthema, das alle betrifft!«, hatte sie Elizabeth entgegengehalten.

»Wie dem auch sei, aber wir müssen im Ton respektvoll bleiben«, hatte diese erwidert.

»Und was soll das bitte schön heißen?«, hatte Maribeth gefragt.

Nicht zum ersten Mal, seitdem sie bei der *Frap* eingestiegen war, hatte sie das Gefühl gehabt, Elizabeth nicht richtig zu kennen, obwohl sie früher beste Freundinnen und Vertraute gewesen waren, praktisch von dem Moment an, in dem sie sich getroffen hatten. Vor mittlerweile über zwei Jahrzehnten, in diesem Gebäude, genauer gesagt auf der Damentoilette zwei

Stockwerke unterhalb des Konferenzraums, in dem sie sich jetzt stritten.

Maribeth war noch am Beginn ihrer Karriere, und es war kein besonders vielversprechender Start gewesen. An dem Tag, an dem sie Elizabeth zum ersten Mal begegnet war, hatte sie sich in einer Toilettenkabine eingeschlossen und geweint. Sie hatte gerade mit Courtney telefoniert, ihrer früheren Mitbewohnerin am College, und sie hatte ihr erzählt, dass Jason eine neue Freundin hatte. Sie und Jason hatten sich in gegenseitigem Einvernehmen getrennt, nachdem sie über zwei Jahre zusammen gewesen waren. Aber das war erst drei Wochen her. Das Tempo, mit dem sie ersetzt worden war, hatte ihr den Boden unter den Füßen weggezogen.

Sie hatte in dieser Toilette so leise geschluchzt, wie sie nur konnte, aber offensichtlich nicht leise genug, denn auf einmal hörte sie jemanden draußen sagen: »Es geht mich zwar nichts an, aber kann man dir da drin vielleicht irgendwie helfen?«

Maribeth öffnete die Tür. Und da stand Elizabeth und putzte sich an einem der Waschbecken die Zähne.

»Nein, mir geht's gut«, antwortete Maribeth, der es keineswegs gut ging.

Elizabeth feuchtete zwei Papiertücher an und hielt sie ihr hin. Wie ein scheuer Hund, der auf ein Leckerli zuging, näherte sich Maribeth dem Waschbecken.

»Weißt du, wir haben gerade die Story einer Frau gebracht, die ihrem untreuen Ehemann einen Profikiller auf den Hals gehetzt hat«, sagte Elizabeth und spuckte vorsichtig Zahnpasta aus. Sie redete mit Maribeths Spiegelbild, vielleicht, weil sie sich im Grunde noch gar nicht kannten. Maribeth arbeitete als Redaktionsassistentin bei der Zeitschrift, bei der Elizabeth bereits eine Festanstellung hatte. »Sie sitzt jetzt zehn Jahre in San Quentin ab«, fuhr Elizabeth fort. »Keine Ahnung, ob es das am Ende wirklich wert war. Ich will damit nur sagen, dass es möglich ist.«

Maribeth musste unter Tränen lachen. »Er ist kein Fremdgänger, nur ein Arschloch.«

Jetzt musste auch Elizabeth lachen. »Das hört sich für mich schon besser an!«

»Ehrlich gesagt habe ich mit ihm Schluss gemacht. Unsere Fernbeziehung hat einfach nicht funktioniert.«

Elizabeth lächelte, als gefiele ihr, was Maribeth gesagt hatte. »Dann schlage ich vor, anstatt zu weinen vielleicht lieber einen Cocktail zu trinken. Ich kenne einen Barkeeper, der großzügig Cosmopolitans spendiert. Ich bin übrigens Elizabeth.«

»Ich bin Maribeth.«

»Zwei Beths.«

»Stimmt.«

An diesem Abend waren sie zusammen etwas trinken gegangen, und danach folgten viele weitere gemeinsame Abende. Bis sie und Jason zehn Jahre später wieder zusammengekommen waren – und vielleicht sogar noch danach –, war Elizabeth Maribeths engste Vertraute gewesen. Und Maribeth die von Elizabeth. Doch in diesem Konferenzraum war sie ihr vorgekommen wie eine wildfremde, herrschsüchtige Chefredakteurin, eine Person, die Maribeth nicht kannte und die sie auch gar nicht kennen wollte, und die Maribeth anwies, einen Artikel über prominente Impfgegner »respektvoll« abzufassen.

»Soll das ein Witz sein?«, hatte Maribeth wütend erwidert. »Diese Leute sind Idioten.«

»Nein, das sind keine Idioten«, hatte Elizabeth erwidert. »Und ich mache keine Witze.«

»Wenn du Kinder hättest, würdest du das anders sehen.« Kaum waren die Worte heraus, bereute Maribeth sie, und nicht nur deswegen, weil die Temperatur im Konferenzraum plötzlich um zehn Grad zu fallen schien. Manchmal fragte sie sich, ob die Kinder einen Keil zwischen sie und Elizabeth getrieben hatten, obwohl Elizabeth nie ernsthaft Kinder gewollt hatte und in den ersten ein, zwei Jahren Maribeths Zwillinge ziemlich gern zu haben schien.

Elizabeth hatte die Augen verdreht, was Maribeth bei ihr schon tausendmal gesehen hatte, aber selten ihretwegen. »Und wenn du Chefredakteurin dieser Zeitschrift wärst, würdest du das anders sehen.«

Maribeth legte die Zeitschrift zurück, ohne sie aufzuschlagen. Die *Frap* hatte ihr nie besonders viel bedeutet, doch jetzt glich sie in ihrer Vorstellung genau wie Elizabeth Pompeji – etwas, was der Vergangenheit angehörte und von Asche verschüttet worden war.

17

Als Maribeth in der Nähe ihrer Wohnung aus dem Bus stieg, wurde ihr klar, dass sie vergessen hatte, das einzig wirklich Wichtige in der Bibliothek zu erledigen, nämlich eine Pittsburgher Version von FreshDirect ausfindig zu machen, einem Supermarkt, der lieferte.

Sie versuchte, die Information über ihr Handy abzurufen, aber sie kannte sich nicht gut genug in Pittsburgh aus, um zu wissen, was in der Nähe lag und was nicht. Sie ging die Treppe hinauf und klopfte bei ihren Nachbarn an. Der Typ mit den platinblonden Haaren öffnete.

»Oh, Sie wollten ja ein Telefonbuch haben. Habe ich ganz vergessen.«

»Schon okay. Ich suche nur einen Supermarkt, der nach Hause liefert. Aber weil ich hier neu bin, weiß ich nicht, was in der Nähe liegt und was nicht.«

Er legte den Kopf ein wenig schief und sah sie mit großen Augen an, als hätte sie ihn nach einem Geschäft gefragt, das Pferdefleisch verkauft. »Sunny!«, rief er in die Wohnung hinein. »Liefert der Bioladen?«

»Der Bioladen?«, kam die Antwort. »Hast du im Lotto gewonnen?«

»Nein, die neue Nachbarin möchte es wissen.« Er sah Maribeth an. »Wie heißen Sie eigentlich?«

»M. B.«

»Wofür ist das die Abkürzung?«

»Für M. B.«

Er lächelte schief und rief dann noch einmal über die Schulter: »M. B., unsere geheimnisvolle neue Nachbarin, fragt nach einem Supermarkt, der liefert.«

»Ach, da dürfen Sie Todd nicht fragen.« Die junge Frau erschien an der Tür und schüttelte den Kopf. »Er ist ziemlich eigen in solchen Dingen. Ich bin übrigens Sunita. Es gibt einen ShurSave auf der Liberty. Man kann ihn zu Fuß erreichen.«

Vielleicht konnten ihn Leute zu Fuß erreichen, denen es nicht verboten war, irgendetwas zu tragen, was mehr als fünfhundert Gramm wog. »Und liefert er?«, fragte Maribeth.

»Und wenn Channing Tatum die Lebensmittel ausliefern würde, halbnackt auf einem Einhorn, würde ich trotzdem nicht bei ShurSave einkaufen«, erwiderte Todd.

»Wissen Sie jetzt, was ich meine?« Sunita verdrehte die Augen. »Wenn ShurSave nichts für Sie ist, dann vielleicht der Giant Eagle, und der hat rund um die Uhr geöffnet, wenn Sie irgendetwas suchen, was bis spätabends aufhat.«

»Nein, es liegt nicht an den Öffnungszeiten. Ich habe im Moment kein Auto.«

Todd und Sunita wechselten einen Blick, als wären sie überrascht, dass eine Frau in Maribeths Alter nicht motorisiert war.

»Oh. Na ja, vielleicht können wir Sie mitnehmen«, schlug Sunita vor. »Oder, Todd?«

Bevor Todd antworten konnte, wandte sich Sunita wieder an Maribeth. »Wir haben zwar auch kein Auto, aber Todds Daddy leiht uns seines, wann immer wir es brauchen.«

»Nenn ihn gefälligst nicht Daddy!«, erwiderte Todd.

»Tut mir leid. Ist dir Sugar Daddy lieber?«

»Nein, mir ist Boss lieber, denn das ist er nämlich.«

»Ein Boss mit gewissen Vorzügen?«

Maribeth räusperte sich. »Wann hattet ihr gedacht zu fahren?«

»Bald!«, antwortete Sunita. »Wir haben nur noch Reiskekse und saure Gurken im Haus. Todd, könntest du Miles bitte fragen, ob wir das Auto haben können?«

»Ich schreibe ihm heute Abend«, antwortete Todd ergeben. »Dann können wir morgen fahren.«

»Ist das okay für Sie, M. B.?«, fragte Sunita.

Komisch. Diesmal zögerte sie nicht. Sie wusste sofort, dass sie es war, die mit M. B. gemeint war. Erstaunlich, wie schnell man zu jemand anderem werden konnte.

»Ja, das passt.«

Als sie an diesem Abend nach ihrem Taschenkalender griff, um eine Einkaufsliste zu schreiben, fiel das entwertete Zugticket nach Pittsburgh heraus. Sie blätterte zur letzten Seite, wo sie hastig ein Foto der Zwillinge hineingeschoben hatte, bevor sie gegangen war. Seitdem hatte sie sich nicht in der Lage gefühlt, es anzusehen.

Mit dem entwerteten Ticket in der Hand dachte sie daran, wie sehr sie im Zug ganz im Reinen mit sich gewesen war, als sie nicht Maribeth Klein, die desertierte Mutter, sondern eine Frau auf Geschäftsreise gewesen war. Als diese Frau hatte sie die Kinder verlassen können. Vielleicht konnte sie als diese Frau auch ihre Gesichter ansehen. Schließlich war sie nur eine Mutter auf Reisen, die liebevoll ein Bild ihrer Kinder betrachtete.

Rasch warf sie einen Blick auf das Foto und stellte fest, dass es sie emotional nicht aus der Bahn warf. Sie legte das Foto weg und dann kam ihr eine Idee. Sie blätterte zu einer leeren Seite ihres Kalenders, und anstatt eine Einkaufsliste zu erstellen, begann sie, einen Brief zu schreiben.

Lieber Oscar, liebe Liv, Mommy hatte in den letzten Tagen sehr viel zu tun.

Sie schrieb ihnen einen Brief, wie ihn in ihrer Vorstellung eine Frau auf Geschäftsreise geschrieben hätte. Keine gequälten Erklärungen oder zweifelhaften Aufzählungen ihrer Aktivitäten, stattdessen knappe Beschreibungen ihres Tages im Postkartenstil. Sie schrieb über einen Hundewelpen im Trenchcoat, den sie auf ihrem Spaziergang gesehen hatte, und wie sie sich an damals erinnert fühlte, als sie einmal eine ältere Frau gesehen hatten, die einen Pudel in einem Puppenkinderwagen vor sich her schob. *Weißt Du noch, Liv, wie Du anschließend nicht mehr in den Buggy wolltest und stattdessen Deine Puppe Clifford reingesetzt hast? Du hast Dich mit Händen und Füßen gesträubt mitzufahren und behauptet, Clifford brauche den Sitz.*

Oscar war noch ein ganzes Jahr im Buggy geschoben worden, und weil Liv nicht schnell laufen konnte, dauerte es manchmal zehn Minuten von einer Querstraße zur nächsten. Jason schlug vor, Liv einfach dazu zu zwingen, sich in den Buggy zu setzen, aber dieses eine Mal war es Maribeth, die zur Geduld riet. Auch wenn sie langsamer als eine Schar Times-Square-Touristen waren, so bewunderte sie doch die Entschlossenheit ihrer Tochter.

Sie beendete den Brief, riss ihn vorsichtig aus dem Kalender und legte ihn auf ihren Nachttisch. Sie wusste, dass sie ihn nicht abschicken würde. Das brachte sie nicht fertig. Doch in diesem Augenblick schien das keine Rolle zu spielen.

18

Am Donnerstagabend traf sich Maribeth unten vor dem Haus mit Todd und Sunita. Todd fuhr einen alten Volvo-Kombi; Sunita saß auf dem Beifahrersitz. Maribeth stieg hinten ein.

»Vorsicht, da ist alles voller Hundehaare«, warnte Sunita. »Todds Daddy kutschiert seine Köter mit dem Auto rum.«

»Köter? Also hör mal! Er züchtet preisgekrönte Rassehunde. Und hör endlich auf, ihn meinen Daddy zu nennen!« Todd warf Maribeth im Rückspiegel einen Blick zu. »Aber hinten ist tatsächlich alles voller Jack-Russell-Haare. Ich habe einen Fusselroller dabei, wenn Sie möchten.«

»Schon okay.«

Sie schlängelten sich durch den abendlichen Verkehr und fuhren an mehreren Supermärkten vorbei. Maribeth musste ihr Erstaunen anzusehen gewesen sein, denn nach einer Weile drehte sich Sunita um und erklärte es ihr. »Todd mag nur den Giant Eagle in East Liberty.«

»Stimmt gar nicht!«, erwiderte Todd. »Aber der im Market District ist teurer. Wie dem auch sei, wir fahren zu diesem hier, weil er in der Nähe des indischen Lebensmittelladens liegt und Sunny an ihr ethnisches Erbe anknüpfen will.«

»*Sunita*«, verbesserte ihn Sunita wie eine genervte Mutter, die diese Diskussion schon tausendmal geführt hatte.

»Sag ich doch«, sagte Todd.

»Ist Sunita dein vollständiger Name?«, fragte Maribeth.

»Ja, und so wurde ich bis zu meinem sechsten Lebensjahr auch genannt. Aber dann kam der 11. September und damit die Fremdenfeindlichkeit gegenüber den Pakistanis. Wir sind Inder, aber meine Eltern befürchteten, man könne uns für Terroristen halten, deswegen begann ich die Grundschule als Sunny. Meine Eltern glaubten, dadurch käme niemand auf die Idee, dass wir aus Südasien stammen.«

Maribeth wurde nachdenklich. Dass jemand am 11. September erst sechs Jahre alt gewesen war!

»Als ich aufs College gegangen bin, habe ich mich wieder Sunita genannt. Ich bin jetzt fast fertig.« Sie warf Todd einen Seitenblick zu.

»Was soll ich sagen?«, erwiderte Todd. »Für mich wirst du immer Sunny bleiben.« Er schwieg einen Moment. »Außer, du hast deine Tage.«

»Ach, sei still«, erwiderte sie.

Sie bogen auf den Parkplatz ein und tauschten ihre Handynummern aus. (Maribeth musste ihre nachschauen, sie hatte in letzter Zeit Schwierigkeiten, sich Dinge zu merken.) Sie vereinbarten, sich in einer halben Stunde wieder am Auto zu treffen.

Der Supermarkt war genau so wie die, die sie aus ihrer Kindheit im Vorort kannte, mit breiten Gängen – hier hätte sie keine Probleme gehabt, mit einem Doppel-Kinderwagen durchzukommen –, in denen es alles gab, vom importierten Käse bis hin zu Taschenbüchern.

Todd und Sunita wandten sich sofort nach links in die Lebensmittelabteilung. Maribeth ging geradeaus zu den Kühlregalen. Sie hatte eine vage Vorstellung davon, was sie kaufen wollte, dasselbe wie immer. Sie ernährte sich gesund, aber als sie nach ihrer Lieblingsjoghurtmarke griff, tat sie etwas, was sie noch nie zuvor getan hatte: Sie las das Etikett.

Acht Gramm Fett. Fünfundzwanzig Prozent ihrer täglich erlaubten Menge.

Das schien sehr viel zu sein, aber andererseits war Joghurt sehr proteinreich. Vielleicht war es mit dem Joghurt so wie mit den Avocados, viel Fett und trotzdem gesund. Zum Vergleich griff sie nach einer anderen Marke. Diese enthielt null Gramm Fett.

Wieder verglich sie die Angaben mit denen auf dem Etikett ihres Lieblingsjoghurts. War es vollfetter Joghurt? Hatte sie die ganze Zeit *vollfetten* Joghurt gegessen? Sie überflog die Packung auf der Suche nach den Worten Vollfett oder Vollmilch, begleitet von einer ominösen Warnung, dass der Inhalt lebensgefährlich sei, wie auf Zigarettenpackungen. Doch sie fand nichts dergleichen. Auf dem Etikett stand lediglich, er sei französisch.

Mein Gott! Sie war eine gebildete Frau. Sie hatte bei einer Zeitschrift gearbeitet, die zahllose Artikel über Fett veröffentlicht hatte. Und zugleich hatte sie Joghurt mit acht Gramm Fett gegessen!

Sie stellte den Joghurt zurück und suchte nach einem Ersatz. Es gab Dutzende, die Auswahl war riesig. 0 % Fett. Fettarm. Griechisch. Probiotisch. Auf Sojabasis. Vielleicht sollte sie Veganerin werden. Hatte sich nicht Bill Clinton nach seiner Bypassoperation vegan ernährt?

Sie ließ den Joghurt links liegen und schob den Einkaufswagen einige Meter weiter zur Milch und Butter. Butter kam natürlich gar nicht in Frage. Aber was war mit Margarine? Augenblick mal. Verursachte Margarine nicht Krebs bei Ratten? Was war das kleinere Übel? Herzinfarkt oder Krebs?

Sie zog Milch in Betracht, die sie ansonsten kaum verwendete, nur mit Müsli und im Kaffee. Normalerweise zweigte sie einfach ein wenig von der Vollmilch der Zwillinge ab oder nahm

Kondensmilch für den Kaffee. Wieder las sie die Etiketten. Kondensmilch: ein Esslöffel 2 g Fett. Vollmilch, nicht viel besser. Im Laufe eines Tages trank sie ungefähr vier Tassen Kaffee (ohnehin zu viel, das war ihr klar), was gleichbedeutend mit vier Esslöffeln Kondensmilch war. Acht Gramm Fett. Dies und ein Joghurt enthielten die Hälfte dessen, was ihr täglich an Fett erlaubt war.

Sie schob ihren immer noch leeren Wagen in den sicheren Hafen der Brot- und Frühstücksflockenabteilung und griff nach dem Granola-Müsli, ein weiteres ihrer Lieblingsprodukte. Auch dieses Etikett las sie. Fünfundzwanzig Gramm Zucker pro Portion. Sie verglich es mit Choco Krispies. Die hatten weniger Zucker! Weniger als Granola. Dem knusprigen hippiehaarige-Achseln-Granola! Und zugesetzter Zucker, das wusste sie inzwischen, erhöhte das Risiko für Herzerkrankungen.

Gemüse! Gemüse war garantiert ungefährlich. Fünf Portionen am Tag, am besten roh, Smoothies waren gepfuscht. All das wusste sie inzwischen. Und Grünkohl! Grünkohl war *das* Wundermittel. Und Blaubeeren. Voller Antioxidantien. Warum hatte sie sich nicht täglich mit Grünkohl und Heidelbeeren vollgestopft, anstatt mit vollfettem Joghurt?

Als Todd ihr schließlich *Fertig?* schrieb, enthielt ihr Wagen eine traurige Mischung aus Grünkohl, Mandeln und Kaffee, und sie war am Rande eines kapitalen Nervenzusammenbruchs.

Sie kam sich so dumm vor. Sie hatte immer geglaubt, alles richtig zu machen. Ihr Leben lang hatte sie Listen angelegt, alles durchgezogen, unter Kontrolle gehalten, um ganz sicher zu gehen, dass so etwas niemals passieren würde.

Und wo hatte es sie hingeführt? Verdammte Scheiße, wohin?

19

Maribeth hatte nur drei Sets Wechselkleidung eingepackt, und nach einer Woche in Pittsburgh wurde ihr klar, dass das nicht reichen würde, wenn sie länger bliebe. Bei Family Dollar, einem Billigladen, erstand sie Unterwäsche und Socken, in einem Secondhandladen die Straße runter mehrere Jeans, Pullover und ein paar Stiefel, weil die Wettervorhersage bereits den ersten Schnee ankündigte. Sie machte sich nicht die Mühe, in dem Krempel nach hübschen, wertvollen Sachen zu suchen, obwohl sie und Elizabeth früher Profi-Secondhand-Käuferinnen gewesen waren, die bei Lagerverkäufen Prada und Versace zu Modediscounterpreisen aufgetrieben hatten. So war sie gewesen, bevor sie begonnen hatte, bei Family Dollar zu kaufen.

Am Ende besaß sie einen soliden Grundstock praktischer, unprätentiöser Garderobe, der für mehrere Monate reichen würde. Eine passive Entscheidung, die ihrem Vorhaben, nach einer bestimmten Zeit wieder nach Hause zurückzukehren, zu widersprechen schien. Denn sie fühlte sich nicht mehr krank. Sie konnte inzwischen wieder eine Treppe hinaufsteigen, ohne unterwegs stehen bleiben zu müssen, und duschen, ohne dass ihr schwindelig wurde. Sie hatte ihre Spaziergänge ausgedehnt und wichtige Stützpunkte in ihrer Umgebung entdeckt: ein Café, einen Obst- und Gemüseladen, ein Antiquariat. Dennoch hatte sie genügend Kleidung gekauft, um damit den Herbst zu überstehen.

Sie hatte zwei weitere Briefe an die Zwillinge geschrieben, doch als sie in die Bibliothek ging, um sie dort abzuschreiben und an Jason mit der Bitte zu mailen, sie ihnen vorzulesen, war sie nicht dazu in der Lage gewesen.

Sie dachte an das bisher einzige Mal, wo sie länger weggewesen war, als ihr Vater seinen Schlaganfall erlitten hatte. Jedes Mal, wenn sie zu Hause angerufen hatte, hatten die Zwillinge geweint. Jason hatte gesagt, alles sei in Ordnung gewesen, bis sie angerufen und die Kinder dadurch daran erinnert hatte, dass sie nicht da war. Vielleicht würden auch ihre Briefe die Kinder nur wieder an ihre Abwesenheit erinnern und alles nur noch schlimmer machen.

Anstatt ihnen zu mailen, kaufte sie einen gelben Block und schrieb weiterhin Briefe an sie als Frau auf Geschäftsreise.

Lieber Oscar, liebe Liv,
heute Abend soll es anfangen zu schneien. Nicht viel. Nicht genug, dass es liegen bleibt, aber es heißt, es käme der erste Schnee für diesen Winter.

Maribeth fragte sich, ob auch in New York der erste Schnee fiel und ob sich in diesem Fall irgendjemand außer ihr an ihre Gewohnheit erinnern würde, zu dem teuren Süßwarenladen zu gehen und zur Feier des Tages heiße Schokolade zu sechs Dollar die Tasse zu trinken.

Sie fragte in ihren Briefen nicht nach. So etwas würde eine Frau auf Geschäftsreise nicht tun. Stattdessen erinnerte sie die Zwillinge nach ihrer Bemerkung über das Wetter wieder an früher, als sie klein gewesen waren, wie sie es bereits in ihren vorherigen Briefen getan hatte.

Ich weiß nicht, ob Ihr Euch noch daran erinnern könnt, aber im Januar hat es einen schlimmen Blizzard gegeben. Der Kindergarten ist ausgefallen, und ich bin nicht zur Arbeit gegangen. Die Straßen waren menschenleer, und wir konnten mitten auf der Church Street laufen, weil keine Autos fuhren. Du, Liv, bist vorausgerannt und quietschend vor Freude in die Schneewehen gesprungen. Du, Oscar, warst vorsichtiger und hast dauernd gerufen: »Yiv, Yiv, Osci warten! Osci warten!«

Liv, Oscar, Mommy warten.

20

Als Maribeth zu ihrem zweiten Termin bei Dr. Grant erschien, stellte sie fest, dass das Honorar gesunken war.

»Fünfundsiebzig Dollar«, verkündete Louise.

»Ich dachte, hundertfünfzig«, erwiderte Maribeth.

»Für die Erstuntersuchung. Sie kommen heute zur Folgeuntersuchung.«

»Ist das so was wie ein spezieller Barzahlungspreis?«

Louise antwortete mit einem unbestimmten *hmm, hmm*, und Maribeth war sofort beunruhigt. Letzten Monat hatte sie einen Artikel über die Spa-Geheimnisse von Prominenten redigiert, in dem von Pedikürebehandlungen für weit mehr als fünfundsiebzig Dollar die Rede gewesen war. Welcher Arzt berechnete so wenig? Vielleicht ein Internist in einer innerstädtischen Klinik, aber wer hätte je von Schnäppchen-Kardiologie gehört? Auch diese Woche waren keine anderen Patienten im Wartezimmer, genau wie in der Woche davor.

Du hast ihn dir ausgesucht, sagte sie sich, während Louise die Quittung ausstellte.

Louise bat sie in den Behandlungsraum. Diesmal gab es keinen Kittel. »Soll ich mich nicht umziehen?«, fragte Maribeth.

»Nicht nötig«, antwortete Louise.

Maribeth fragte sich unwillkürlich, ob ihnen das Geld für Kittel ausgegangen war.

Dr. Grant kam fast sofort. Bei einigen wenigen Gelegenheiten hatte sie Dr. Sterling ohne Kittel gesehen, aber er hatte immer wie ein Arzt gewirkt, mit Fliege und voller salbungsvoller Platituden. Selbst mit Kittel wirkte Dr. Grant nicht so, obwohl sein Äußeres keineswegs unprofessionell erschien, abgesehen vielleicht von den Jeans. Und dann seine Attraktivität. Durften Kardiologen wie George Clooney aussehen, auch wenn sie nicht in Fernsehsendungen mitspielten?

Er hörte Maribeths Herz und Lunge ab und schloss sie an das EKG-Gerät an. Er überprüfte ihr Gewicht. »Sie haben abgenommen, aber ansonsten sieht alles gut aus. Kommen Sie doch mit in mein Büro, da können wir uns in Ruhe unterhalten.«

Maribeth wusste aus Erfahrung, dass eine Einladung in ärztliche Privaträume nie ein gutes Zeichen war. In seinem Allerheiligsten hatte Dr. Simon, ihr IVF-Arzt, ihnen jedes Mal die schlechte Nachricht überbracht, dass die Eizelle sich nicht eingenistet hatte. Obwohl Maribeth es immer schon vorher gewusst hatte. Sie hatte es beim Ultraschall selbst erkannt.

»Was ist los?«, fragte sie Dr. Grant.

»Nichts Besonderes. Ich bin in einer Minute bei Ihnen. Möchten Sie eine Tasse Tee?«

»Nein.« Es klang schroff. Sie versuchte es etwas freundlicher: »Nein, vielen Dank.«

Als sie in seinem Büro auf ihn wartete, nutzte sie die Gelegenheit, sich umzuschauen. An der Wand hingen Diplome von der Northwestern Medical School und eines von der Universität Pittsburgh. Das war beruhigend. Er besaß nicht nur eine Urkunde von irgendeiner unbekannten Universität in der Provinz.

Auf dem Bücherregal lagen mehrere rosafarbene Brustkrebsschleifen und auf seinem Schreibtisch stand das Foto einer jungen, lächelnden, hellhäutigen Afroamerikanerin in einem Kanu. Seine Tochter? Seine Ehefrau? Angesichts seines Alters und seines Berufs konnte sie nur seine zweite Frau sein. Seine Trophäe.

»Entschuldigen Sie, dass ich Sie habe warten lassen.«

Ertappt drehte sich Maribeth um, als Dr. Grant eintrat, eine Tasse Tee mit beiden Händen umfassend, eine Geste, die seltsam mönchisch wirkte. »Ich werde unleidlich, wenn ich meine Vier-Uhr-Stärkung nicht bekomme.« Mit einem Nicken wies er auf die beiden Stühle vor seinem Schreibtisch. Maribeth nahm auf dem einen, er auf dem anderen Platz.

»Was ist los?«, fragte Maribeth wieder.

Er stellte seine Tasse auf einen Untersetzer und fragte, noch immer lächelnd: »Warum machen Sie den Eindruck, als rechneten Sie ständig mit dem Schlimmsten?«

»Ein Herzinfarkt mit vierundvierzig«, antwortete sie. »Eine durchstochene Arterie bei der Einführung des Herzkatheters. Doppelter Bypass. Sie werden verstehen, dass ich vor dem Schlimmsten auf der Hut bin.«

Sie wartete darauf, dass er die üblichen Arztfloskeln von sich geben würde: Dass sie sich nicht aufregen solle, dass Stress alles nur noch schlimmer mache, dass sie das Härteste schon hinter sich habe. Doch stattdessen sagte er nur: »Ja, ich verstehe, warum Sie das sind.«

»Weil ich vorher kein bisschen achtsam war. Ich wusste nicht einmal, dass ich einen Herzinfarkt hatte«, sagte sie. »Ich dachte, das chinesische Essen wäre schlecht gewesen.«

Er blies in seinen Tee. Maribeth roch den Duft von Bergamotte. Earl Grey. »Das ist nicht ungewöhnlich.«

»Ach, wirklich? Also machen alle das Hühnchen Kung Pao verantwortlich?«

»Schweinefleisch süßsauer gilt als noch schlimmer.«

»Wer Schweinefleisch süßsauer isst, ist selbst schuld.«

»Ach, wirklich?«

»Ja, lesen Sie das Kleingedruckte. Es steht auf der Speisekarte.«

Er lachte.

Maribeth wurde ganz warm. Ihr war, als hätte sie einen Zwanzigdollarschein in der Tasche eines alten Mantels gefunden. Es war so lange her, dass sie jemanden zum Lachen gebracht hatte.

»Wenn es Sie beruhigt«, fuhr Dr. Grant fort, »dann sollten Sie wissen, dass insbesondere Frauen ihren Herzinfarkt häufig mit Blähungen verwechseln.«

»Kein Satz, in dem das Wort ›Blähungen‹ vorkommt, wird mich jemals beruhigen«, erwiderte sie.

Wieder lachte er. Und da erinnerte sich Maribeth wieder daran, dass sie früher einmal lustig gewesen war. In der Redaktion war sie für ihren schlagfertigen Witz bekannt gewesen, jedenfalls, bis sie bei der *Frap* begonnen hatte und zu viele ihrer Bemerkungen wirkungslos verpufft waren. Sie erinnerte sich an eine Teambesprechung ganz zu Anfang, bei der es um eine ausgemergelte Schauspielerin ging, die in der Coverstory behauptet hatte, sie äße wie ein Schwein, und Maribeth hatte daraufhin bemerkt, es müsse sich um das geheimnisvolle luftfressende Schwein handeln, verwandt mit dem fliegenden Schwein. Elizabeth hatte schmallippig gelächelt, anstatt wie sonst laut zu lachen. Die übrigen Redakteurinnen hatten sie entsetzt angesehen.

Als Dr. Grant lachte, musste Maribeth auch lachen. Es schmerzte, aber nur ein bisschen.

»Aber mal etwas anderes«, sagte Dr. Grant. »Wenn mit Mitte vierzig Herzkrankheiten auftreten, ohne dass erkennbare Risikofaktoren vorliegen, hängt es in der Regel mit einer Hyperlipidämie zusammen, einer genetisch bedingten erhöhten

Konzentration des Cholesterins. Sie haben das wahrscheinlich geerbt. Also seien Sie nicht zu streng mit dem Kung-Pao-Hühnchen.«

Es war genau wie einer ihrer Witze bei der *Frap.* Bam! Eisiges Schweigen.

»Ich sage das nur, weil es, wenn es erblich ist …«, er griff nach ihrer Krankenakte und schlug das Blatt mit der familiären Vorgeschichte auf. Registrierte, dass die Rubrik unausgefüllt war. »Oha.«

»Ich bin adoptiert«, erklärte Maribeth so beiläufig wie irgend möglich. »Also selbst wenn ich meiner Mutter die Schuld geben wollte, könnte ich es nicht.«

»Oder Ihrem Vater. Herzkrankheiten sind geschlechtsneutral.«

»Wie fortschrittlich von ihnen.« Sie hielt inne.

Diesmal lachte keiner.

»Sie wissen nichts über Ihre biologische Herkunft?«, fragte er.

»Nein.« Maribeth hatte einen säuerlichen Geschmack im Mund. Wie waren sie an diesen Punkt gekommen? Von kleinen Scherzen über chinesisches Essen auf dieses Thema?

»Haben Sie mal daran gedacht, Nachforschungen anzustellen?« Er hob die Hände, wie um sich zu verteidigen. »Ich will ja nicht persönlich werden, aber Sie sind nicht die erste Patientin, die in eine solche Situation geraten ist. Eine gesundheitliche Krise nehmen viele zum Anlass, nach Informationen zu suchen.«

»Ich hatte schon genug Drama und lege keinen Wert auf mehr.«

»Tut mir leid. Es geht mich ja auch nichts an«, sagte er.

»Genau«, erwiderte sie gereizt.

Natürlich war es eine Lüge gewesen.

Nicht die Aussage, dass sie nicht noch mehr Drama wollte, sondern die Behauptung, sie hätte nicht nach ihren biologischen Eltern gesucht. Tags zuvor war sie in der Bibliothek gewesen und hatte sich endlich durchgerungen, ins Internet zu gehen, aber nicht etwa, um ihre E-Mails zu checken, sondern um nach BurghBirthParents.org zu suchen, einer Seite, die sie nach der Geburt der Zwillinge entdeckt hatte. Sie war nicht weitergekommen als bis zur Startseite, die randvoll war mit Testimonials von Adoptierten und deren leiblicher Eltern, die zueinander gefunden hatten. Doch sie ahnte, dass sie jetzt weiterkommen würde. Warum sonst war sie hergekommen?

21

Maribeth hatte seit dem desaströsen Ausflug zum Supermarkt kaum noch Kontakt zu den Nachbarn gehabt. Als sie sich an der Kasse getroffen hatten, hatte Todd stirnrunzelnd auf den traurigen Inhalt ihres Einkaufswagens geschaut: »Das hätten Sie tatsächlich auch im ShurSave kaufen können.«

Vor dem asiatischen Lebensmittelladen war sie lieber im Auto sitzen geblieben. Sie wollte keine weitere Panikattacke riskieren. Erst, nachdem Todd und Sunita hineingegangen waren, wurde ihr klar, wie provinziell – oder, schlimmer noch, rassistisch – sie möglicherweise dadurch wirkte. Auf der Heimfahrt hatten sich die beiden vorne miteinander unterhalten, während Maribeth schweigend auf dem Rücksitz gesessen hatte. Sie hatte keinen guten ersten Eindruck hinterlassen.

Aber dann hatte sie eine SMS von Todd erhalten, er könne das Auto am Mittwoch wieder haben und ob sie mit einkaufen fahren wolle.

Ja!, schrieb sie zurück. Dieses Mal würde sie vorbereitet sein. In der Bibliothek hatte sie einige Kochbücher herausgesucht. Sie wusste jetzt, was sie essen sollte. Fisch. Fettarme Fleischsorten. Tofu. Bohnen. Pasta. Eier (nur das Eiweiß). Grünes Blattgemüse. Und fettfreien Joghurt.

Sie trafen sich um fünf. »Sie können vorne sitzen«, sagte Todd. »Sunny ist mit Freundinnen ins Kino gegangen.«

Auf der Fahrt war Todd schweigsam und trommelte mit den Fingern auf dem Lenkrad herum.

»Alles okay?«, fragte Maribeth.

»Ja, alles gut«, antwortete er. »Sunny hat mir eine Einkaufsliste mitgegeben, aber ich habe ihr gesagt, dass wir auf keinen Fall in den Asia-Laden gehen, wenn sie nicht mitkommt. Ich bin doch nicht ihr Laufbursche.« Er schnaubte. »Sie meint, sie hätte schon ganz gut kochen gelernt, aber, o Mann, ich würde lieber Gras fressen.«

»Verstehe«, sagte Maribeth.

»Das Einzige, was sie noch weniger kann als kochen, ist saubermachen. Sie sollten mal ihr Zimmer sehen. Es ist eine Katastrophe!« Er bog abrupt auf die Liberty ab. »Ich wohne nur mit ihr zusammen, um ihren Eltern einen Gefallen zu tun.«

»Wirklich?«, fragte Maribeth.

»Ja. Sunnys Vater wurde letztes Jahr zurück nach Indien versetzt und wollte, dass Sunny ins Studentenwohnheim zieht, aber sie hat sich dagegen gesträubt. Also war ich der Kompromiss. Ihre Familie kennt mich schon ewig, und ich bin zwar ein Typ, aber schwul und damit ungefährlich. Und jetzt habe ich sie am Hals.«

All das erzählte er mit einer solch augenrollenden Beiläufigkeit, dass Maribeth die Ursache seiner Empörung erkannte. In jeder Beziehung, egal, wie harmonisch sie von außen wirkte, gab es jemanden mit mehr Power, mehr Charisma, mehr irgendetwas. Es war schwer, die zweite Geige zu spielen.

»Ich hatte auch mal so eine Freundin«, bemerkte Maribeth.

»Eine Schlampe?«

»Nein, keine Schlampe. Ich meinte, eine Freundin, der ich sehr nahe war. Wir haben auch zusammengewohnt.«

»Und, war's ätzend?«

Sie wechselten einen Blick, kurz, aber bedeutungsvoll. »Nein. Im Gegenteil. Es war einfach toll.«

Todds Wut schien zu verfliegen. Er hörte auf, auf dem Lenkrad herumzutrommeln und sackte in seinem Sitz zusammen. Dann sagte er mit einer anderen, sanfteren Stimme: »Weißt du, das Einzige, was mir nicht daran gefällt, mit Sunny zusammenzuleben, ist zu wissen, dass ich es eines Tages nicht mehr tun werde.«

Maribeth berührte ihn leicht an der Schulter.

»Obwohl sie wirklich überhaupt nicht kochen kann«, fügte er hinzu.

22

Lieber Oscar, liebe Liv,
heute habe ich eine Ein-Mann-Band auf der Straße gesehen. Ein einzelner Mann spielte gleichzeitig Banjo, Mundharmonika und Schlagzeug. Man sollte meinen, das würde furchtbar klingen, aber es klang ganz toll. Ich bin stehen geblieben und habe ihm zugehört, bis ich meine Zehen nicht mehr spüren konnte und dann habe ich zwei Fünfdollarscheine in seinen Korb gelegt, einen von jedem von Euch.
Ich musste an Euch denken und an die Lieder, die Ihr manchmal erfindet. Wisst Ihr noch, das mit den Fliegen? Das ist mein Lieblingslied. Ich glaube, es ging so:
Manche Leute mögen Hunde
Manche Leute mögen Ziegen
Manche Leute mögen Katzen,
aber keiner Fliegen.

Jason hatte den Song aufgenommen und ihn als Proto-Menschenrechtshymne bezeichnet, und Maribeth hatte ihn auf ihrem Handy. Jetzt wünschte sie, sie hätte eine Kopie davon bei sich. Nicht nur, um ihre hohen Stimmen zu hören (auch wenn Livs schrecklich schief klang), sondern auch, weil es sie beruhigt und ihr Halt geboten hätte. Oscar spielte immer ein und denselben Akkord auf der Gitarre, Liv erfand niedliche

Reime dazu. Die Musikalität hatten sie von Jason, den Sinn für Sprache von ihr.

Ob die Zwillinge das wohl später, wenn sie älter wären, auch so sehen würden? Würden sie, wenn sie Jason und sie oder auch einander später ansahen, erkennen können, woher sie kamen und was sie verband? Und würden sie es als Trost empfinden? Oder als Fluch?

23

»Was haben Sie vor Ihrem Herzinfarkt gewogen?«, fragte Dr. Grant. Es war Maribeths dritter Termin in weniger als drei Wochen, und diesen hatte sie voller Panik vereinbart, als ihr die Jeans in Größe 36, die ihr noch gepasst hatte, als sie sie vor einer Woche im Secondhandladen gekauft hatte, von den Hüften gerutscht war. Plötzlicher Gewichtsverlust, so wusste sie, war ein schlechtes Zeichen.

»Ich weiß nicht genau. Siebenundfünfzig Kilo. So ungefähr.«

»Sie wiegen jetzt nur noch zweiundfünfzig.«

Zweiundfünfzig Kilo. So wenig hatte sie seit ihrer Teenagerzeit nicht mehr auf die Waage gebracht. »Stimmt irgendetwas nicht? Sollten wir eine Blutuntersuchung machen?«

»Vielleicht. Aber zuerst sagen Sie mir doch mal, was Sie in den letzten Tagen gegessen haben?«

Sie aß, was sie essen sollte. Vollkorn. Grünes Blattgemüse. Hühnerbrust. Fettarm. Salzarm. Geschmacksarm.

Obwohl ihr bei ihrem Ausflug zum Supermarkt mit Todd vor der Metzgertheke das Wasser im Mund zusammengelaufen war und sie quasi jedes einzelne Steak noch einmal auf der Zunge schmeckte, das sie je gegessen hatte: die Hüftsteaks, die ihr Dad auf dem Grill knusprig-dunkel werden ließ, das *Côte de bœuf*, das sie sich in einem Pariser Bistro mit Elizabeth geteilt hatte, das T-Bone-Steak, das sie für Jason nach ihrer Wiedervereinigung gebraten hatte.

Ein zweites Mal wäre sie beinahe in der Tiefkühlabteilung schwach geworden, wo sie ganz deutlich den Geschmack der Eiscreme-Sandwiches wieder auf der Zunge hatte, die sie als Kind jeden Abend zum Nachtisch gegessen hatte. Zuerst kam das hartgefrorene Erdbeereis, dann das schon etwas weichere Vanilleeis in der Mitte, und wenn sie schließlich zur Schokolade gelangte, waren Eis und Waffeln schon ganz matschig und köstlich. »Du kannst froh sein, dass du so einen guten Stoffwechsel hast und praktisch alles essen kannst, was du willst«, hatte ihre Mutter immer gesagt und ihren löslichen Kaffee getrunken, während sie Maribeth beim Eisessen zusah.

»Haferflocken mit Heidelbeeren zum Frühstück«, sagte sie. »Grünkohlsalat zum Mittagessen. Hühnerbrust zum Abendessen.« Schon die Aufzählung verdarb ihr den Appetit. Kein Wunder, dass sie abnahm. »Ich bin sehr vorsichtig.«

»Vorsichtig?«, fragte Dr. Grant

»Ja, um ganz sicherzugehen, dass ich nicht wieder das Falsche esse.«

»Die Ernährung spielt tatsächlich eine wichtige Rolle, besonders, wenn man übergewichtig ist oder ständig bei McDonald's isst. Doch wie wir bereits besprochen haben, würde ich in Anbetracht Ihres Alters, Ihres Gewichts, Ihrer Ernährung und anderer Risikofaktoren darauf tippen, dass Sie an einer Hyperlipidämie leiden und Ihr Körper bestimmte Blutfette nicht richtig verarbeiten kann. Sie haben nichts falsch gemacht. Sie können die Zügel wieder locker lassen.«

»Da bin ich aber erleichtert.« Sie tat, als ließe sie die Zügel schießen und lehnte sich im Sessel zurück.

»Ich weiß nicht, was Sie schlechter können, Pantomime oder lügen.«

»Das nehme ich persönlich«, erwiderte Maribeth. »Ich bin eine exzellente Pantomimin.« Sie tat so, als berühre sie eine Wand vor sich.

Er lachte. Dann sah er auf die Uhr. Er war einer der Männer, die noch eine Armbanduhr trugen.

»Haben Sie eine Stunde Zeit?«, fragte er.

»Alles, was ich habe, ist Zeit.«

»Gut. Dann kommen Sie mit.«

Sie fuhren zu einem Gourmet-Eiscafé in Shadyside. Dr. Grant bat Maribeth, sich zu setzen, und ging zur Theke. Er kehrte mit zwei Eisbechern und vier Löffeln zurück.

»Geschmackstest«, verkündete er.

»Was ist das?«, fragte sie misstrauisch.

»Das ist Vanilleeis mit Feigen und Balsamico«, sagte er und deutete auf den einen Eisbecher. »Und das ist Mintchips mit heißer Karamellsauce und Schlagsahne. Eins yuppie, eins klassisch. Okay?«

»Sie sind der Arzt«, antwortete sie.

Sie starrte das Eis an.

»Es wird sie nicht umbringen«, sagte er.

Sie nahm einen Löffel. »Sind Sie ganz sicher?«

»Ja.«

Sie tauchte den Löffel in den Feigen-Balsamico-Becher. »Ist das Teil meiner offiziellen Behandlung?«

»Ja.«

»Zahlt das die Versicherung?«

»Sie sind nicht versichert. Sie zahlen bar«, entgegnete er. »Obwohl ich bezweifle, dass Sie für das da bar bezahlt haben.« Er deutete auf ihre Brust. »Allmählich frage ich mich, ob Sie eine entflohene Gefangene aus Cambridge Springs sind.«

»Ich mache Ihnen einen Vorschlag: Sie fragen mich nicht

nach meiner Versicherung, und ich frage Sie nicht, warum Sie genügend freie Zeit haben, um Patientinnen zum Eisessen einzuladen.«

Irgendetwas zeigte sich in seinem Gesicht. Es war kein Zorn oder Widerwille, nicht mal Verlegenheit, sondern etwas anderes. Es war, als hätte sich ein Schleier darüber gelegt. »Es tut mir leid«, sagte sie.

»Das muss es nicht«, erwiderte er und streckte ihr die Hand hin. »Wir haben eine Abmachung. Und jetzt nehmen Sie brav Ihre Medizin.«

Sie schüttelten sich die Hände. Vorsichtig kostete Maribeth. Das Eis schmeckte wirklich gut.

»Sehen Sie?«, sagte er. »Sie sind nicht tot.«

»Warten Sie noch ein paar Minuten«, erwiderte sie.

»Wenn wir genügend Minuten warten, sind wir alle tot.«

»Hat Ihnen mal jemand gesagt, wie taktvoll Sie mit Patienten umgehen?«

»Hier, probieren Sie auch das andere.«

Er schob ihr den Mint-Chip-Becher hinüber. Sie kostete. Auch dieses Eis schmeckte köstlich.

»Das hier«, sagte er und deutete auf den Yuppie-Eisbecher, »ist aus veganer Milch gemacht. Ohne gesättigte Fettsäuren. Das andere«, fuhr er fort und schob sich einen Löffel Mintchip in den Mund, »enthält normale Milch. Beides schmeckt köstlich. Und in Maßen genossen, ist beides vollkommen unschädlich.«

»Aber dieser hier ist voller Cholesterin!«, erwiderte sie, deutete auf den Mintchip-Becher und stellte sich vor, wie das Eis ihre Speiseröhre hinunterrann und das Fett von dort aus unmittelbar in ihre Blutbahn diffundierte. Sie schob den Becher von sich. »Ich werde nie mehr einfach so Eis essen können wie ein normaler Mensch, oder?«

»Könnte sein. Könnte ein sinnvolles Ziel sein, es wieder zu lernen.« Er schob ihr den Mintchip-Becher wieder zu.

Sie aß einen kleinen Löffel und versuchte dabei, nicht an verstopfte Arterien zu denken, was dazu führte, dass sie noch intensiver an verstopfte Arterien dachte. Vielleicht sollte sie heute Abend besser eine doppelte Dosis Statin einnehmen.

»Wissen Sie, was mich die ganze Zeit beschäftigt?«, fragte sie.

»Nein, was?«

»Was passiert wäre, wenn ich an diesem Tag nicht ohnehin zum Arzt gegangen wäre. Hätte ich dann einfach fröhlich weiter Eis gegessen, einen weiteren Herzinfarkt erlitten und wäre tot umgefallen?«

Er zuckte mit den Schultern. »Nicht unbedingt. Vielleicht hätten sich Ihre Brustschmerzen gelegt, und Sie hätten keinen zweiten Infarkt erlitten. Oder Ihre Brustschmerzen hätten sich verschlimmert, und Sie wären irgendwann von selbst in die Notaufnahme gegangen. Oder die Brustschmerzen hätten sich verschlimmert oder auch nicht verschlimmert, und Sie hätten so oder so einen zweiten Infarkt erlitten und wären, wie Sie gesagt haben, tot umgefallen.«

»Da zeigt sich wieder Ihr taktvoller Umgang mit Patienten.«

»Ich habe nicht den Eindruck, als wären Sie eine Frau, die in Watte gepackt werden möchte.«

»Und an dem Punkt irren Sie sich. Ich wünsche mir, in Watte gepackt zu werden«, erwiderte sie. »Nur belügen lasse ich mich nicht gerne.«

»Manchmal schließt sich beides gegenseitig aus.«

Maribeth nickte. »Mein Vater, mein Adoptivvater, wusste nichts von seiner Herzerkrankung, und eines Tages hatte er einen Schlaganfall, fiel ins Koma und starb zwei Wochen später. Ich weiß nicht, was besser ist, das Damoklesschwert über sich schweben zu fühlen oder in gnädiger Unwissenheit zu leben, bis man stirbt.«

Sie erwartete, dass er sagen würde, es sei besser, Bescheid zu wissen. Schließlich war das sein Broterwerb, dass er den Leuten so etwas eröffnete, und sie heilte, wenn er konnte. Doch stattdessen sagte er: »Ich glaube, es ist wie mit den meisten Dingen im Leben. Für Wissen muss man Opfer bringen; das kann der Seelenfrieden, das Gefühl der Unbesiegbarkeit oder etwas weniger leicht Fassbares sein.«

»Wahrheit macht frei, aber vorher haut sie dich um«, zitierte sie den einzigen Spruch von einem Poster aus ihrer Highschool-Zeit, an den sie sich erinnern konnte.

»Ganz genau.«

24

Am nächsten Tag in der Bibliothek loggte sich Maribeth auf der Seite von BurghBirthParents.org ein und klickte »Finde deine leiblichen Eltern« an. Es öffnete sich ein Fragebogen – Name, Geburtsdatum, Religion, die Namen der Adoptiveltern, Kontaktdaten.

Als sie das Formular ausfüllte, erschien es ihr zunächst nicht anders als irgendein x-beliebiges anderes Onlineformular, etwa, um die Zwillinge für irgendeinen Kurs anzumelden oder eine Großbestellung Windeln aufzugeben.

Als die Felder mit den Kontaktdaten sichtbar wurden, gab sie ihre neue Handynummer ein, zögerte aber, bevor sie ihre E-Mail-Adresse hinschrieb. Sie hatte sich nicht mehr in ihren Account eingeloggt, seitdem sie fortgegangen war. Jetzt stellte sie sich die Seiten voller Nachrichten vor, die auf sie warteten – Schimpftiraden von Jason, kunstvoll abgefasste, sorgenvolle Briefe von Elizabeth, Vorwürfe, als Mitgefühl verpackt von den Eltern der Zwillingsgruppe, ganz zu schweigen von den üblichen Briefen des Kindergartens und den Infos der diversen E-Mail-Verteiler, die sie abonniert hatte –, und erschauerte. Sie konnte nicht wieder dahin zurückkehren. Also ließ sie diesen Teil des Formulars unausgefüllt.

Sie zögerte einen Moment, und ihr Finger schwebte über dem Sendebutton.

»Du willst sie wirklich nicht finden?«, hatte Jason sie im College gefragt, als seine Eltern sich scheiden ließen. Er hatte sie wieder gefragt, als einer seiner guten Freunde nach Südkorea flog, um dort seine leiblichen Geschwister kennenzulernen. Und er hatte sie noch einmal gefragt, nachdem die Zwillinge geboren worden waren. »Willst du wirklich nichts über deine Familie in Erfahrung zu bringen?

»Du bist meine Familie«, war ihre Standardantwort gewesen.

Sie fragte sich, ob das immer noch stimmte.

Sie klickte auf Senden.

25

Maribeth klopfte bei den Nachbarn an. Sie war ein wenig nervös. Sie hatte überlegt, ihnen die Einladung per SMS zu schicken, aber das war ihr ein wenig zu unpersönlich erschienen. Was irgendwie lächerlich war. Schließlich lud sie nicht zu einem Weihnachtsempfang ein, sondern nur zum Abendessen.

Sie hatte in der Nähe der Bibliothek einen Fischhändler entdeckt und Lust auf Paella bekommen. Doch das viele Geld für die Meeresfrüchte, ganz zu schweigen von all der Arbeit, war ihr irgendwie zu übertrieben für eine Person erschienen. Außerdem hatte ihr das Eisessen mit Dr. Grant Spaß gemacht – nicht nur wegen der Eisbecher, sondern auch wegen der Unterhaltung. Sie brauchte mehr Gesellschaft, und Todd und Sunita waren die Einzigen, die dafür in Frage kamen.

Sie war erleichtert, als Sunita die Tür öffnete. Obwohl sie beim letzten Mal, als sie mit Todd alleine einkaufen gewesen war, einen Augenblick des Einvernehmens mit ihm geteilt hatte, fand sie ihn ein wenig einschüchternd. Daher überraschte es Maribeth, als Sunita auf ihre Einladung hin so heftig mit dem Kopf schüttelte, dass ihr Pferdeschwanz hin und her schlug.

»O nein, das geht gar nicht!«, antwortete sie. »Tut mir leid, aber das geht auf keinen Fall!«

Maribeth spürte, wie ihr die Hitze in die Wangen stieg. Was hatte sie sich dabei gedacht? Todd und Sunita waren Anfang zwanzig, sie Mitte vierzig. Sie hatte ihre Freundlichkeit mit Freundschaft verwechselt, obwohl sie für sie nur eine alte Dame war, der sie über die Straße halfen.

»Oh! Okay, dann eben nicht«, antwortete Maribeth und trat einen Schritt zurück.

»Es ist nur, weil morgen Montag ist«, erklärte Sunita, und in Reaktion auf Maribeths verständnislosen Gesichtsausdruck fügte sie hinzu: »Montagabend kommt Football! Wir spielen gegen die Titans.«

»Ach so, Football«, erwiderte Maribeth. Football gehörte zu den Dingen, die sie nur ganz am Rande registrierte. Auch Jason konnte sich nur gelegentlich für Sportereignisse begeistern, aber Maribeths Schwiegervater war ein glühender Fan von einer der New Yorker Mannschaften. Den Giants? Oder waren es die Jets?

»Wir werden sie fertigmachen!«, fügte Sunita hinzu.

»Oh.« Maribeth wusste nicht, was sie sagen sollte. »Na ja, dann viel Glück dabei.«

»Augenblick. Was wolltest du denn kochen?«, fragte Sunita. »Es ist lange her, dass jemand für mich gekocht hat.«

»Ich habe an Paella gedacht.«

»Todd ist allergisch gegen Jakobsmuscheln«, sagte Sunita.

»In dieses Rezept gehören keine Jakobsmuscheln.«

»Vielleicht könntest du die Paella zu uns raufbringen? Falls du dir vorstellen kannst, dir mit uns zusammen das Spiel anzusehen.«

»Meinst du wirklich?«

»Kickoff ist um halb acht, aber du könntest schon früher kommen, dann könnten wir noch ein bisschen zusammen abhängen.«

Abhängen. »Gerne!«

»Aber ich muss dich warnen: Todd ist absolut kategorisch,

er redet über nichts anderes als Football, wenn das Spiel läuft.« Sie verdrehte die Augen, als wollte sie sagen: *Männer.*

Maribeth lächelte. »Dann bin ich also um sieben da.«

Das Kochen machte ihr richtig Spaß, denn das Rezept war eine Herausforderung. Sie musste von den Muscheln den Bart entfernen und die Garnelen entdarmen, die Zutaten hacken und kleinschneiden. Sie ging methodisch und ganz in Ruhe vor, neben sich ein Glas Rotwein (das sie laut Dr. Grant unbedingt mit gutem Gewissen genießen sollte). Sogar Fischköpfe hatte sie gekauft, um selbst den Fond zuzubereiten.

Während salziger Meeresduft das Apartment durchzog, überlegte Maribeth, wie lange es her war, dass das Kochen für sie mehr Luxus als lästige Pflicht gewesen war. Diesmal brauchte sie sich nicht den Kopf darüber zu zerbrechen, wie sie in dem schmalen Zeitfenster zwischen ihrer Heimkehr von der Arbeit und einem Nervenzusammenbruch vor Erschöpfung (meistens von einem der Kinder, aber nicht immer) eine Mahlzeit kochen, auftischen und danach die Küche wieder saubermachen sollte. Sie brauchte sich nicht zu fragen, ob Liv in dieser Woche Tomatensauce, Reis oder Brokkoli aß oder nicht. Sie brauchte sich keine Gedanken darüber zu machen, ob Oscar durch den Anblick der Shrimps mit Köpfen traumatisiert werden könnte. Sie brauchte keine Kosten-Nutzen-Analyse der gleichzeitigen Zubereitung mehrerer Gerichte im Dampfgarer durchzuführen: Schmackhaftigkeit des Essens in Relation zum Aufwand des Saubermachens.

Sogar das anschließende Aufräumen der Küche war erfüllend. Ein Schneidebrett war schmutzig. Sie wusch es ab. Jetzt war es sauber. Es gab ihr ein befriedigendes Gefühl. Es machte sie auf eine sehr elementare Weise glücklich, genau wie es das Redigieren früher getan hatte.

Um sieben Uhr trug sie das dampfende Gericht nach oben. Sunita öffnete die Tür in einem übergroßen Footballpullover und mit schwarzer Schminke um die Augen, wie Footballspieler sie aus für Maribeth unerfindlichen Gründen manchmal trugen. Todd erschien, in genau derselben Aufmachung. Maribeth hatte Sunita schon oft in Sportpullovern gesehen, Todd dagegen war sonst eher der elegante Typ.

»Das bringt Glück«, erklärte Todd, als er ihren Blick sah. »Sonst verlieren die Steelers.«

»Stimmt«, pflichtete Sunita ihm bei. »2011 haben wir den Superbowl verloren, weil Todd sich einem Typen zuliebe schick gemacht hat.«

»Damals war ich noch jung und dumm«, seufzte Todd kopfschüttelnd.

»Entschuldigt, aber das ist ziemlich schwer«, unterbrach sie Maribeth und deutete mit dem Kinn auf die Pfanne.

»Ach ja, natürlich. Stell es einfach auf den Tisch«, sagte Todd.

»Die Pfanne ist heiß. Habt ihr einen Untersetzer?«

»Sunny, hol mal einen Katalog oder so«, sagte Todd.

Sunita nahm eine Zeitschrift vom Poststapel. Es war eine neue Ausgabe der *Frap*.

»Die habe ich noch nicht gelesen«, protestierte Todd.

»Du hast nicht viel verpasst«, scherzte Maribeth.

»Du liest die Frap?« Todd zog die Augenbrauen hoch, und Maribeth nahm an, dass sie damit erneut bei ihm gepunktet hatte.

»Ja, früher ab und zu.«

»Siehst du?«, sagte Todd zu Sunita, und fuhr an Maribeth gewandt fort: »Sunita zieht mich immer damit auf, obwohl sie jedes einzelne Harry-Potter-Quiz auf BuzzFeed löst, das sie finden kann.«

»Du kannst doch nicht Harry Potter mit deinen blöden Zeitschriften vergleichen!«

»Ach, hör doch auf. Es steht zwei gegen eins. M. B. liest die *Frap*, und sie ist klug. Bestimmt hat sie hier eine Gastprofessur oder so.«

Maribeth warf einen Blick auf die *Frap*, deren Cover bereits vom Paella-Dampf durchweicht war. »Ich bin Beraterin.«

»Siehst du, eine *Beraterin* liest die *Frap*«, sagte Todd. »Also hör auf, mich zu nerven.«

»Aber das ist mein Lebensinhalt!«, protestierte Sunita. »M. B., wie wär's mit einer Schlossführung vor dem Spiel?«

»Gerne.«

»Ich habe sie schon vorgewarnt, wie schlampig du bist«, bemerkte Todd und tauschte einen verschwörerischen Blick mit Maribeth.

Das Apartment war ihrem sehr ähnlich, die gleichen betagten Haushaltsgeräte in der Küche, der gleiche schmutzige Teppichboden im Wohnzimmer, der gleiche Plastiktisch mit Eichendekor. Dennoch sah sie vollkommen anders aus, bewohnter vielleicht. Eine Peperonilichterkette wand sich um einen Fensterrahmen, ein Bücherregal bog sich unter Bergen von Taschenbüchern und Lehrmaterial. Und es gab auch eine Art Schrein für die Footballmannschaft: die eingerahmte Titelseite einer Zeitung, auf der ein Superbowlgewinn gefeiert wurde, ein paar Wackelkopffiguren und ein Plakat, auf dem stand: *Ich blute Schwarz und Gold.* An den Wänden hingen zahlreiche gerahmte Fotografien von den beiden, jünger, mit weicheren Gesichtszügen und rührend linkisch.

Sunitas Zimmer war, wie Todd angekündigt hatte, ein einziges Chaos: ein Durcheinander von Dekokissen, Wandmosaiken in leuchtenden Farben und einem Haufen Klamotten, der aus dem Kleiderschrank quoll.

Todds Zimmer war im Vergleich dazu spartanisch: ein Bett, das jeder militärischen Inspektion standgehalten hätte, ein gerahmtes Poster des Periodensystems der Elemente im Warhol-Stil und eine Riesenpinnwand voller abgerissener Kinokarten, die kunstvoll zu einer Blüte arrangiert waren. Maribeth trat näher und sah sie sich an.

»Wir gehen oft ins Kino«, erklärte Todd. »Und ich dachte, wenn ich schon das viele Geld ausgebe, dann will ich auch hinterher etwas davon haben.«

»Gehst du gern ins Kino?«, fragte Sunita.

»Ja, aber ich komme leider nicht oft genug dazu.« Als sie den Job bei der *Frap* angenommen hatte, hatte Maribeth gehofft, sich freitags wenigstens ab und zu in eine Frühvorstellung schleichen zu können. Doch dazu war es nie gekommen. Nicht ein einziges Mal. Sie betrachtete die Kinokarten, die größtenteils von Filmen stammten, von denen sie nicht einen gesehen hatte: *Skyfall. Pitch Perfect. American Hustle. Voll abgezockt. Die Tribute von Panem. Ted. Harold und Maude.*

»Harold und Maude?«, fragte sie überrascht.

»O ja«, sagte Sunita. »Todd hat mich reingeschleppt. Ein merkwürdiger Film. Hast du ihn gesehen?«

Nicht seit dem College. Nicht seit dem ersten Abend mit Jason.

Nachdem Maribeth von Courtney die Aufgabe übernommen hatte, Jason zu interviewen und einen Artikel für die Collegezeitung über ihn zu schreiben, hatte sie sich ins Büro des Radiosenders aufgemacht, innerlich darauf vorbereitet, exakt eine Stunde mit irgendeinem hässlichen Musiksnob zu verbringen.

Doch nachdem sie mit ihm gesprochen hatte, fand sie einen Grund, das Interview am nächsten Tag fortzuführen. Und dann bestand er darauf, dass sie bei seiner Sendungen mit im Studio saß. Um die Erfahrung mal selbst zu machen, wie er sagte.

Es stellte sich heraus, dass alles, was Maribeth über Jinx vermutet hatte, falsch war. Okay, als sie zum ersten Mal zugegeben hatte, dass sie Nirvana nicht mochte, hatte er sie ein wenig aufgezogen – »Da ist bei dir ja richtig was schiefgelaufen« –, aber auf nette Art. Maribeth begriff sofort, dass Jason andere Leute nicht nach ihren Interessen beurteilte; er fand es viel wichtiger, dass sie sich überhaupt für irgendetwas interessierten. Bei ihm drehte sich alles um seine Liebe zur Musik. Er war nicht DJ geworden, um cool zu wirken oder sich mit seinen Kenntnissen hervorzutun, sondern nur, um diese große Liebe zu zeigen.

Und er war nicht hässlich. Überhaupt nicht. Als sie ihn im Büro des Radiosenders zum ersten Mal sah, fand sie ihn süß: dichtes Wuschelhaar, grünbraune Augen, volle Lippen. Wenn er sich für einen Song begeisterte, den er ihr vorspielte – denn sobald sie eine Band nicht kannte, von der er ihr vorschwärmte, zerrte er sie in ein leeres Studio, um ihre Wissenslücke zu schließen –, machte er die Augen zu und biss sich auf die Lippen, und Maribeth reagierte darauf, indem sie über ihre leckte. Am dritten Tag des Interviews, nachdem sie ihn Platten in seiner Sendung hatte auflegen sehen, hatte sie ihr Urteil von »süß« zu »wahnsinnig attraktiv« revidiert. Bis dahin waren ihre Lippen schon ganz aufgesprungen gewesen, so oft hatte sie darüber geleckt.

Normalerweise quälte sich Maribeth beim Schreiben von Artikeln – deswegen redigierte sie lieber –, aber den Artikel über Jason schrieb sie in einem Rausch der Inspiration herunter und schickte ihn sofort ab. Als sie ihn am nächsten Tag gedruckt sah, wurde ihr klar, was sie da geschrieben hatte. Keinen Artikel, sondern einen Liebesbrief, Auflage: 11500 Exemplare.

»An einem normalen Collegetag bewegt sich Jason Brinkley unerkannt über den Campus, eine Art Clark Kent in Jeans und T-Shirt. Doch sobald er das Studio des Senders WLXR betritt, verwandelt er sich in Jinx, einen musikalischen Superman«, las sie Courtney in ihrem Studentenzimmer vor. Fassungslos überflog sie den Artikel. Dann kam der Clou: »In einer Ära des praktizierten Zynismus, in der jeder so tut, als wäre er zu cool für Gefühle, ist Brinkley eine seltene Ausnahme, denn er beweist Gefühl – und ist deswegen umso cooler.« Maribeth warf die Zeitung auf den Boden. »Warum hast du mich das machen lassen? Ich hasse dich! Nein, ich hasse mich.« Sie legte den Kopf in die Hände. »Töte mich. Auf der Stelle.«

»Ist doch irgendwie süß«, erwiderte Courtney. »Die vernünftige Maribeth, die in aller Öffentlichkeit für den DJ schwärmt.«

Maribeth zerknüllte die Zeitung und warf sie in den Papierkorb. »Ich bleibe heute zu Hause. Ich darf ihm auf keinen Fall über den Weg laufen.«

Als Courtney abends zurückkam, versteckte sie sich noch immer im Wohnheim. Courtney überredete sie aber schließlich, mit ihr ins Kino zu gehen. »Eine Spätvorstellung von *Harold und Maude.* Da geht doch eh keiner rein.«

Fast keiner – außer Jason Brinkley, der alleine in einer Reihe saß, eine Tüte Popcorn und eine Schachtel Weingummis neben sich. Das Treffen war nicht arrangiert – Courtney hatte Jason nie kennengelernt –, aber Maribeth spürte ein Kribbeln im Magen, als sei hier irgendwie das Schicksal am Werk. Sie war zu befangen, um während des Films und auf den Weg zurück zur Uni auch nur ein Wort mit ihm zu wechseln. Stattdessen hörte sie zu, wie er und Courtney vom Soundtrack des Films schwärmten.

Vor dem Wohnheim blieben sie stehen. Courtney warf den beiden einen Blick zu und ging dann weiter. »Ich hätte da mal eine Frage an die Journalistin, hat mit Sprache zu tun«, sagte Jason zu Maribeth.

»Okay?«, erwiderte sie verhalten.

»Ich gebe meinen Mixtapes gerne Titel. Das ist ein wichtiger Teil des Prozesses. Ich arbeite gerade an einem, das ich eigentlich ›Zu cool für Gefühle‹ nennen wollte, und jetzt frage ich mich, ob der inhärente Widerspruch klar genug rauskommt, oder ob es zu dick aufgetragen ist.« Er warf ihr ein verschmitztes Grinsen zu, das ihr in den nächsten Jahren vertrauter werden sollte als ihr eigenes Lächeln. In dem Moment wurde Maribeth klar, für wen das Tape bestimmt war, und dass, wenn ein überschwänglicher Artikel die Liebeserklärung einer Reporterin war, das Mixtape die eines DJs sein würde.

»Nein, es klingt schön mehrdeutig«, bemerkte Maribeth.

»Noch eine Frage«, sagte er, immer noch grinsend. »Wenn ich Superman bin, bist du dann Lois Lane?«

Eine Welle des Glücks durchfuhr sie. Es kam so selten im Leben vor, dass alles genauso ablief, wie man es sich in seiner Phantasie erträumt hatte. »Nur, wenn du jetzt still bist und mich küsst«, erwiderte sie.

»Ich habe *Harold und Maude* gesehen«, sagte Maribeth zu Sunita und Todd. »Aber das ist eine Million Jahre her.«

Die Vorbereitungen fürs Spiel begannen. Sunita brachte eine Platte mit scharf gefüllten Eiern, deren Eiweiß unappetitlich grau aussah. »Steelers-Eier«, erklärte sie. »Du musst mindestens zwei essen, oder wir verlieren.«

Maribeth hatte ihre Panik nicht verbergen können, denn Todd lachte. »Ich glaube, das gilt nur für Steelers-Fans.«

»Da müsst ihr wohl große Fans sein.«

»Von Geburt an«, bestätigte Todd und klopfte sich auf die Brust.

»Ich auch«, fügte Sunita hinzu. »Als mein Vater damals hierhergekommen ist, wurde er Steelers-Fan, und er hat erzählt, dass ihn das amerikanischer gemacht hat als die Staatsbürgerschaft.« Sie schüttelte den Kopf. »Als er gehört hat, dass er nach Indien zurückversetzt werden soll, war er zuerst um mich besorgt. Und dann darüber, wie er dort die Spiele sehen sollte.«

»Gut, dass es Satelliten gibt«, sagte Todd.

»Ja, oder?«, pflichtete Sunita ihm bei. »Manchmal ruft er an, wenn er mit einem Schiedsrichterspruch nicht einverstanden ist.«

»Manche Dinge ändern sich nie«, sagte Todd und erklärte Maribeth: »Wenn man aus Pittsburgh kommt, liegt einem die Liebe zu den Steelers im Blut. Ganz egal, ob man echter Pittsburgher, Inder oder schwul ist.«

Maribeth hätte beinahe etwas gesagt. Nämlich, dass sie auch von hier stammte.

Im Fernsehen ertönte eine Melodie. »Oh! Gleich ist Kickoff!«, verkündete Sunita.

»Hast du M. B. die Regeln erklärt?«, fragte Todd.

Sunita nickte. »Während des Spiels wird nur über das Spiel geredet.«

»Verstehe«, sagte Maribeth.

Sie luden sich Paella auf die Teller und machten es sich vor dem Fernseher gemütlich. Während der Werbepausen erklärten sie Maribeth die Feinheiten des Spiels und schwärmten von dem Quarterback, in den sie beide verliebt waren. »Wenn er mal aufhört, sind wir erledigt«, meinte Todd.

»So'n Quatsch!«, erwiderte Sunita und schlug ihn mit einem Sofakissen. »Das ist schließlich eine Mannschaft! Dasselbe haben die Leute früher über Terry Bradshaw gesagt.«

»Genau, und als er zurückgetreten ist, was ist dann passiert?«, entgegnete Todd. »Hoffen wir einfach, dass das unser Jahr wird.«

Es war angenehm entspannt. Das Essen, der Wein, die

kleinen Wortgefechte, das Gebrabbel der Kommentatoren, die ständigen Wiederholungen. Bis zur Halbzeit fühlte sich Maribeth warm und müde und während des letzten Spielviertels fiel sie in einen unruhigen Schlaf. Vielleicht lag es an der Erinnerung an *Harold und Maude*, denn als Todd sie sanft wachrüttelte, glaubte sie für einen kurzen Moment, sie sei wieder zu Hause auf dem Sofa, und Jason wecke sie, um sie ins Bett zu bringen.

26

Maribeth war unterwegs zum Antiquariat auf der Liberty, um ein neues Buch zu kaufen, was sie so regelmäßig tat, dass der Buchhändler dazu übergegangen war, ihre gelesenen Bücher von ihr zurückzukaufen, wodurch der Laden quasi zu ihrer Privatbibliothek geworden war. Das war praktisch, weil die echte Bibliothek ohne örtliche Anmeldebestätigung keinen Mitgliedsausweis ausstellte. Die besaß Maribeth jedoch nicht und konnte sie auch nicht bekommen, ohne ihre Anonymität aufzugeben.

Am Vormittag hatte sie einen Thriller ausgelesen, der im Jahr zuvor erschienen war – sie erinnerte sich daran, ihn oft in der U-Bahn gesehen zu haben –, und wollte ihn jetzt, falls er noch da war, gegen den heiteren englischen Roman eintauschen, den sie immer schon einmal hatte lesen wollen, aber nie dazu gekommen war, obwohl der Verlag ihr mehrere Exemplare geschickt hatte. Zu Hause in New York hatte sie nur vor dem Schlafengehen Zeit zum Lesen. (In der U-Bahn schaffte sie es gerade so, alle beruflichen E-Mails zu lesen, wozu sie im Büro nicht kam.) Wenn sie dann endlich im Bett lag, fielen ihr nach zwei, drei Seiten die Augen zu, egal, wie gut das Buch war, und sie erwachte erst am Morgen wieder, oder mitten in der Nacht, wenn einer der Zwillinge schlecht träumte. Das Buch stand dann wieder auf dem Nachttisch, mit einem Lesezeichen zwischen den Seiten, das vermutlich Jason hineingelegt hatte, damit sie bei ihren gletscherhaft langsamen Fortschritten nicht den Faden verlor.

Doch hier verschlang sie die Bücher, las so begierig wie seit Jahren nicht mehr. An manchen Tagen setzte sie sich in ein Café und las stundenlang. An anderen Tagen ging sie in die Bibliothek von Lawrenceville, nahm sich ein Buch aus dem Regal, setzte sich in die Leseecke am Fenster und schlug Seite um Seite um, während das Nachmittagslicht verblasste.

Sie war gerade auf die Liberty eingebogen, als ihr Handy klingelte. Es klingelte ein paarmal, bevor Maribeth klarwurde, dass es ihres war. Obwohl sie das Telefon bereits seit fast drei Wochen besaß, hatte es bisher noch nie geklingelt. Nur Todd und Sunita hatten ihre Nummer, aber von ihnen bekam sie nur Textnachrichten. Auch Dr. Grants Praxis hatte sie, aber niemand dort würde sie je anrufen, um beispielsweise Termine zu bestätigen.

»Hallo?«, meldete sie sich.

»Hallo, ich würde gerne mit Maribeth Klein sprechen.«

Es klang so vertraut, dass es einen Augenblick dauerte, bis sie erkannte, wie unlogisch die Aussage war. Niemand, der diese Nummer hatte, konnte nach dieser Person fragen.

»Spreche ich mit Maribeth Klein?«, wiederholte die Stimme. Es war die einer etwas älteren Frau.

»Wer ist da?« Warum rief eine Frau sie an? War sie eine Privatdetektivin? Hatte Jason eine Detektei damit beauftragt, sie zu suchen? Würde Jason so etwas tun?

»Oh, bitte entschuldigen Sie. Hier ist Janice Pickering von BurghBirthParents.«

Maribeth atmete auf, nicht sicher, ob sie erleichtert, enttäuscht oder beides war.

»Ich rufe wegen Ihres Onlineformulars an. Haben Sie einen Moment Zeit?«

»Ja, Augenblick bitte.« Draußen auf der Straße war es so laut, dass Maribeth in den Eingang einer Apotheke schlüpfte.

»Ach so. Entschuldigen Sie. Hallo. Und, haben Sie etwas herausgefunden?«

Janice Pickering lachte. »O nein. So weit sind wir noch nicht. Aber ich kann Ihnen helfen, falls Sie nach Ihren leiblichen Eltern suchen möchten. Ich bin eingehend vertraut mit dem Prozess.«

»Können Sie mir sagen, wie so etwas vor sich geht?«, fragte Maribeth.

»Es ist ein wenig zu kompliziert, um es am Telefon zu erklären.«

»Okay. Soll ich zu Ihnen ins Büro kommen?«

Eine Apothekerin im weißen Kittel fragte Maribeth, ob sie ihr helfen könne, sah dann, dass sie telefonierte und blickte sie vorwurfsvoll an. *Entschuldigung*, sagte Maribeth lautlos.

»Es wäre besser, wir würden uns bei Ihnen zu Hause oder in einem Café verabreden«, erwiderte Janice.

»In einem Café«, schlug Maribeth vor.

»Ich habe heute Nachmittag frei. Was ist näher für Sie, Mount Lebanon oder Squirrel Hill?«

Maribeth hatte keine Ahnung, wo Mount Lebanon war, glaubte aber, Squirrel Hill sei in der Nähe. »Ich wohne in Bloomfield. Ich habe zwar kein Auto, aber ich finde bestimmt heraus, wie ich mit dem Bus dahin komme.«

»Hm, wenn Sie kein Auto haben, dann kann ich auch zu Ihnen kommen. Sie wohnen in Bloomfield, sagten Sie?«

»Warum treffen wir uns nicht in Lawrenceville?«, bot Maribeth an. Sie wusste nicht warum, aber sie brauchte einen Puffer. Sie nannte den Namen eines Cafés in der Nähe der Bibliothek und sie vereinbarten, sich um fünf zu treffen.

Sie beendete das Gespräch und entschuldigte sich bei der

Apothekerin. Es war praktisch, dass sie gerade hier haltgemacht hatte. Von ihrem Statin und ihrem Betablocker hatte sie zwar noch genug für drei weitere Monate, aber vielleicht brauchte sie eine Apotheke, bei der Dr. Grant neue Medikamente für die halbfiktive M. B. Goldman bestellen konnte. In Maribeths Hinterkopf tauchte die Frage auf, ob es strafbar war, verschreibungspflichtige Medikamente unter einem falschen Namen zu bestellen. Außerdem hatte sie einen Ausschlag im Nacken. Sie zeigte ihn der Apothekerin, die meinte, es sähe nach einem Ekzem aus und ihr eine Tube Kortisoncreme empfahl.

Janice Pickering kam zwanzig Minuten zu spät zu ihrem Treffen. Sie war mit Unterlagen bepackt und entschuldigte sich wortreich. »Ich musste noch schnell nach Hause, um meine Akten zu holen, und im Tunnel gab es einen Unfall. Zwar auf der Gegenseite, aber Sie wissen ja, die Gaffer.«

»Machen Sie sich keine Gedanken«, beruhigte sie Maribeth und legte ihren neuen Roman weg. Sie hatte ihn bereits zur Hälfte gelesen. »Ich habe ein schlechtes Gewissen, weil ich Ihnen solche Umstände bereite.«

»Ach, ich bin an die Fahrerei gewöhnt. Wir haben das Haus in Mount Lebanon wegen der Schulen gekauft, aber dann habe ich die Stelle in Squirrel Hill bekommen, also fahre ich ständig hin und her.«

»Wo liegt denn Mount Lebanon?«

»Auf der anderen Seite des Flusses. Man ist schnell drüben, wenn die Straßen nicht verstopft sind.«

»Verstehe. Kann ich Ihnen einen Kaffee anbieten? Oder ein Scone?«

»Nein danke, wenn ich nach vier noch Kaffee trinke, kann ich nicht schlafen.«

»Vielleicht einen Tee?«

»Hmm, vielleicht so einen Caramel Latte, wenn es den koffeinfrei gibt? Was meinen Sie?«

»Warum nicht?«

»Dann gerne.«

Maribeth stellte sich für die Getränke an. Als sie an den Tisch zurückkehrte, hatte Janice ihre Unterlagen ordentlich aufgefächert zurechtgelegt. Maribeth reichte ihr die Tasse, aus der sie laut schlürfend einen Schluck trank, und sich dabei anhörte wie die Zwillinge bei ihrer heißen Schokolade zum ersten Schnee.

»Meine Güte, ist das dekadent. Sind Sie sicher, dass er koffeinfrei ist?«

»Steht so auf der Tasse.«

Sie tranken ein wenig und plauderten. Janice fragte Maribeth, wo sie herkam. »New York«, antwortete sie. Es erschien ihr sinnlos zu lügen, wo doch so vieles bei ihrem gemeinsamen Vorhaben – würde es ein gemeinsames werden? – persönliche Auskünfte erforderte. Außerdem sah Janice mit ihrem taubengrauen Dutt, aus dem sich einzelne Strähnchen lösten, nicht wie eine verdeckt ermittelnde Privatdetektivin aus. Wie lächerlich, zu glauben, Jason würde sie beschatten lassen.

»Haben Sie Kinder?«, fragte Janice.

»Ja, zwei. Und Sie?«

»Meine sind inzwischen erwachsen.«

»Und wo arbeiten Sie?«

»An einer Förderschule nicht weit von hier. Ich bin Sozialarbeiterin.«

Maribeth nickte lächelnd. »Also«, begann sie, »ist das hier ein Nebenjob?« Schulsozialarbeiter mussten furchtbar schlecht verdienen.

Janice lachte. Sie hatte einen winzigen Schaumbart auf der

Oberlippe. »Das ist kein Job. Eher ein Hobby. Oder vielleicht eine Berufung.«

»Aha. Also, was ist BurghBirthParents denn genau?«

Janice stellte ihre Tasse ab. »Ich nehme an, das bin ich.«

»Oh.« Maribeth war enttäuscht. Sie hatte sich von diesem Treffen so viel erwartet, und jetzt saß sie mit irgendeiner Oma beim Kaffeekränzchen.

»Sagen Sie, sind Sie nach Pittsburgh gekommen, um Ihre leibliche Mutter zu suchen?«

»Das weiß ich nicht so genau«, antwortete Maribeth.

»Verstehe. Es ist ein großer Schritt, nachdem Sie so viele Jahre Ihres Lebens darüber nachgedacht haben.«

»Aber so lange denke ich noch gar nicht darüber nach«, erwiderte Maribeth.

Janice runzelte die Stirn, als gefiele ihr Maribeths Tonfall nicht. Oder vielleicht glaubte sie ihr auch nicht. Das tat niemand. Nicht mal Jason, nicht mal ihre Eltern. Als Maribeth zur Grundschule ging, war das Broadway Musical *Annie* in aller Munde. Einige ihrer Freundinnen waren mit ihren Eltern in die Stadt gefahren, um es sich anzusehen, und wenn sie zurückkehrten, sangen sie ununterbrochen »Tomorrow«, so als würden sie sich selbst für eine Rolle im Musical bewerben. Maribeth lernte alle Songs von ihren Freundinnen und bat, ja flehte ihre Eltern an, mit ihr auch hinzugehen. Doch sie waren nie darauf eingegangen.

In der fünften Klasse bot eine Freundin Maribeth an, mit ihr und ihren Eltern hinzufahren, da sie eine Eintrittskarte übrig hatten, aber Maribeth Mutter ließ sie nicht gehen. Es kam zu einem heftigen Streit. Maribeth verstand nicht, warum sie nicht hindurfte. Manche Kinder hatten *Grease* nicht sehen dürfen, weil es anzüglich war, aber dagegen hatte ihre Mutter nichts gehabt. Warum durfte sie nicht in *Annie* gehen?

Schließlich erklärte es ihr Vater: »*Annie* handelt von einem Waisenkind, das nach seinen Eltern sucht.«

»Na und?«, fragte Maribeth.

»Deine Mutter hat Angst, es würde dich auf dumme Gedanken bringen.«

Damals wusste Maribeth bereits seit einigen Jahren, dass sie adoptiert war, aber bis zu diesem Moment war sie noch nie auf die Idee gekommen, dass sie noch ein weiteres Elternpaar haben könnte. »Mir sind diese Leute egal«, hatte Maribeth ihrem Vater erwidert, in einem letzten vergeblichen Versuch, das Stück doch noch sehen zu dürfen.

»Können Sie mir erklären, wie der Prozess vor sich geht?«, fragte Maribeth Janice. »Ich habe gelesen, die Gesetze hätten sich geändert.«

»Das stimmt, und zwar haben adoptierte Kinder mittlerweile ein Recht darauf, ihre Herkunft zu erfahren. Das bedeutet jedoch nicht, dass Ihre leiblichen Eltern Kontakt zu Ihnen wünschen. Sie müssen sogar damit rechnen, dass sie möglicherweise nicht mehr am Leben sind. Aber Ihre Herkunft können wir auf jeden Fall ermitteln, wir finden fast immer eine Spur.«

Auf jeden Fall. Fast immer. Das klang vielversprechend. »Womit fangen wir an?«

»Wissen Sie, über welche Agentur Sie adoptiert wurden?«

»Nein.«

»Können Sie sich daran erinnern, ob Sie mit Ihren Eltern zu irgendwelchen Picknicks oder Partys gegangen sind? Viele dieser Agenturen haben jedes Jahr so was veranstaltet.«

»Wir sind nach New York gezogen, als ich klein war, nachdem mein Vater hier sein Zahnmedizinstudium beendet hatte. Ich weiß nur, dass ich in Pittsburgh geboren wurde.«

Janice blätterte eine Akte durch. »Hier steht, dass Sie jüdischen Glaubens sind.«

Maribeth erstarrte. Beinahe hätte sie diese Information weggelassen, aus Angst, jemand könne ihre jüdische Identität anzweifeln, wie es Bryan Baltzer getan hatte, ein Anwalt, mit dem sie einmal zusammen gewesen war. Nach ungefähr einem Monat hatte er Maribeth erklärt, falls sie jemals heiraten wollten, müsse sie konvertieren, denn obwohl sie auf die jüdische Schule gegangen war und ihre Bat-Mizwa gefeiert hatte, könne sie sich ihrer jüdischen Abstammung schließlich nicht sicher sein. Sie trennten sich bald darauf.

»Ich verstehe nicht, was das für eine Rolle spielt«, sagte Maribeth.

»Das grenzt den Kreis Ihrer möglichen Eltern ein«, entgegnete Janice. »Es könnte nämlich bedeuten, dass Ihre leibliche Mutter Jüdin ist, und in dem Fall wäre Ihre Adoption höchstwahrscheinlich über die einzige jüdische Adoptionsagentur in Pittsburgh abgewickelt worden.«

»Ach so.«

»Aber ich greife vor. Falls Sie über eine der derzeit noch existierenden Agenturen vermittelt wurden, ob jüdisch oder nicht, erleichtert es die Sache ohnehin. Die Akten werden dort alle aufbewahrt und wir können eine Suchanfrage mit Ihren Daten einreichen. Wenn es Übereinstimmungen gibt, kann die Agentur in Ihrem Namen Kontakt zu Ihren leiblichen Eltern aufnehmen.«

»Das klingt ja ganz leicht.«

Janice lächelte nachsichtig. »Es würde manches vereinfachen, aber ansonsten ist nichts an dieser Suche unkompliziert.«

»Und wenn ich nicht über eine der derzeit noch aktiven Agenturen adoptiert wurde?«

»Die Möglichkeit besteht. Viele Adoptionsagenturen gibt es inzwischen nicht mehr, und es könnte durchaus sein, dass

Ihre Adoption von einem privaten Arzt oder Anwalt vermittelt wurde. In diesem Fall brauchen wir eine Verfügung des Vormundschaftsgerichts, um auf diesem Wege suchen zu können.«

»Des Vormundschaftsgerichts?«

»Genau. Dieses Getränk schmeckt wirklich köstlich. Wie heißt er noch mal?«

»Caramel Latte.«

»Koffeinfrei?«

»Ja, koffeinfrei«, antwortete Maribeth. »Heißt es wirklich Vormundschaftsgericht?«

»Ja«, bestätigte Janice.

Sie schwiegen eine Weile. Maribeth dachte nach, Janice schlürfte lautstark ihren Kaffee.

»Okay, noch einmal zurück zur Suche. Wie läuft sie ab?«

»Sie reichen einen schriftlichen Antrag bei Gericht ein. Ein Richter begutachtet ihn, stellt eine Verfügung aus und die Suche wird gestartet. Eine autorisierte Person sucht daraufhin in den Akten nach Übereinstimmungen. Ich bin autorisiert, daher könnten Sie mich zur Ihrer Bevollmächtigten ernennen.«

»Okay. So machen wir es.«

»Am besten lassen wir diesen Weg aber erst einmal außer Acht. Dass Ihre Adoptiveltern jüdisch ist, könnte die Möglichkeiten wirklich eingrenzen.«

Letzten Sommer hatten sie und die Zwillinge Glühwürmchen im Battery Park gejagt. Als Oscar eines erwischt hatte, guckte er ganz entsetzt, als wäre ihm erst in dem Moment bewusst geworden, was er da getan hatte. Genauso fühlte sich Maribeth jetzt.

»Was passiert dann? Falls wir sie finden, meine ich?«, fragte sie.

»Der Kontakt wird hergestellt. Ein allgemein gehaltenes Schreiben, dann ein persönlicher Brief von Ihnen, wenn Ihre leibliche Mutter dazu bereit ist. Anschließend liegt es an Ihnen beiden, wie es weitergeht.«

»Und wenn sie tot ist?«

»Es gibt immer Verwandte.«

»Und wenn sie nichts mit mir zu tun haben will?«

Janice atmete ein paar Mal tief durch, als wirke Maribeths Pessimismus entmutigend. »Das wäre durchaus möglich«, gab sie zu. »Beginnen Sie einfach mit der Suche und seien Sie zuversichtlich. Aber nur, weil Sie schon lange von einem Treffen träumen, muss das nicht bedeuten, dass es auf Gegenseitigkeit beruht.«

»Wie ich bereits gesagt habe, habe ich nicht von einem Treffen mit meiner leiblichen Mutter geträumt«, entgegnete Maribeth.

Janice runzelte die Stirn und ihr schmaler Milchbart zog sich an den Enden abwärts.

»Ich will damit nur sagen, dass es eine sehr spontane Entscheidung von mir ist, ausgelöst durch gesundheitliche Probleme. Ich bin eigentlich nur meinem genetischen Erbe auf der Spur, so ungefähr jedenfalls.«

»Aber warum sind Sie dann von so weit her gekommen, um Ihre Mutter zu finden? Sie hätten sie auch von New York aus suchen können.«

Maribeth seufzte. »Dieser Teil ist kompliziert.«

Janice lächelte freundlich. »So ist das meistens.«

Es war schon nach sechs, als Maribeth und Janice ihr Treffen beendeten, aber der Abend war mild, und daher beschloss Maribeth, zu Fuß zu ihrem Apartment zurückzukehren. Ihre leibliche Mutter war immer eine schattenhafte, abstrakte Person gewesen. Vielleicht war sie irgendwo dort draußen, vielleicht auch nicht. Aber sie konnte es nicht wissen, also warum sollte sie sich in etwas hineinsteigern? Eine ähnliche Einstellung hatte Maribeth zu Gott. Sie nahm an, das machte sie zu einer Leibliche-Mutter-Agnostikerin.

Doch jetzt bestand die Möglichkeit, tatsächlich Beweise für ihre Existenz zu finden. Wie alt sie wohl inzwischen sein mochte? Fünfundsechzig? Siebzig? Dachte sie manchmal an Maribeth? Fragte sie sich, ob sie beide dieselbe Augenfarbe hatten? (Maribeths Augen waren grau.) Oder dasselbe Haar? (Maribeths war braun und gelockt und ergraute allmählich an den Schläfen.) Knackte ihr Knie, wenn sie morgens aufwachte? Hatte sie ein ungewöhnliches Lachen? Bezeichnete es irgendjemand als ein »sexy Seehundbellen«, so wie Jason ihres beschrieb? War sie verheiratet, geschieden? Hatte sie noch andere Kinder?

Und was war mit Maribeth? Warum hatte sie sie abgegeben? Was konnte eine Mutter dazu bringen?

Dasselbe könntest du dich fragen, dachte sie.

27

Sie schrieb weiterhin Briefe an die Zwillinge, und der Papierstapel auf ihrem Nachttisch wuchs. Eines Nachmittags ging sie in einen Schreibwarenladen in Shadyside und investierte vierzig Dollar in ein Paket feines Briefpapier und weitere zwanzig in einen Füllfederhalter. Es war ihre dekadenteste Anschaffung, seitdem sie von zu Hause weggegangen war.

Sie konnte sich nicht daran erinnern, wann sie zuletzt Briefe auf Papier verfasst hatte. Möglicherweise waren die Dankeskarten für ihre Hochzeitsgeschenke die letzte handschriftliche Post gewesen. Nach der Geburt der Zwillinge hatte sie ihren Dank für die Geschenke per E-Mail verschickt. Nicht sehr persönlich, aber damals war sie froh gewesen, wenigstens das zu schaffen. Heutzutage standen Dankesschreiben in der Regel ganz unten auf ihrer To-do-Liste, außer jene an Jasons Mutter, die beleidigt war, wenn ihre Geschenke nicht angemessen und unverzüglich honoriert wurden.

Es war ein gutes Gefühl, auf Papier zu schreiben, das nach alter Bibliothek roch. Der Füllfederhalter fuhr kratzend über die Seite, während sich diese mit Worten füllte. Der Vorgang allein schien ihren Briefen mehr Substanz zu verleihen.

Lieber Oscar, liebe Liv,
hier, wo ich bin, gibt es viele Museen. Letzte Woche habe ich

angefangen, mir einige von ihnen anzusehen. Erst bin ich in ein Kunstmuseum gegangen, gestern war ich in einem naturhistorischen Museum. Dort gab es viele Dinosaurierfossilien, aber keinen Blauwal. Könnt Ihr Euch daran erinnern, wie wir im Dinosauriermuseum den Blauwal gesehen haben? Weißt Du noch, was Du gesagt hast, Liv?

Dinosauriermuseum, so nannten sie das Naturkundemuseum, denn wenn sie hingingen, dann hauptsächlich, um die riesigen Tyrannosaurus-Rex-Skelette zu bestaunen. Doch an jenem besonderen Tag – es war einer der seltenen Sonntage, an denen es weder Geburtstagsfeiern, Verabredungen mit Freunden noch Kurse gegeben hatte – hatten sie sich einmal weiter umgesehen. Sie hatten Mondgestein betrachtet und waren schließlich im Ausstellungsraum zum Thema ›Das Leben im Meer‹ gelangt, wo der gewaltige Blauwal von der Decke herabhing.

Wir haben uns alle auf den Boden gelegt, was Ihr beiden etwas verrückt fandet, und hinauf zu dem Wal geschaut. Und Du, Liv, hast gesagt: »Im Kindergarten haben wir gelernt, dass das Herz des Blauwals so groß ist, dass man hindurchgehen könnte.« Und Du, Oscar, hast gesagt: »Ich würde gern mal durch ein Herz gehen.« Und dann habe ich Eure Hände gedrückt und gesagt: »Durch meines geht ihr schon.«

Und das taten sie noch immer. Das schrieb sie allerdings nicht. Eine Frau auf Geschäftsreise hätte keinen Grund für solche Sentimentalitäten, kein Bedürfnis, die Leistungsfähigkeit ihres geschädigten Herzens zu betonen.

28

Eine Woche nach der Eis-Intervention, wie sie es mittlerweile nannte, hatte sie einen weiteren Untersuchungstermin bei Dr. Grant, um ihr Gewicht überprüfen zu lassen. Sie hatte ein Kilo zugenommen, womit Dr. Grant offenbar sehr zufrieden war, und sie war mit Todd und Sunita einkaufen gewesen, ohne an den Rand eines Nervenzusammenbruchs geraten zu sein, womit sie wiederum sehr zufrieden war.

Am Ende der Untersuchung bat sie Dr. Grant, mal einen Blick auf ihren Nacken zu werfen. »Ich dachte, es wäre ein Ekzem. Ich habe eine Creme aufgetragen, aber sie hat nichts bewirkt«, erklärte sie. »Dann habe ich anderes Duschgel und Shampoo benutzt, aber das hat auch nicht geholfen. Nach meinen Recherchen im Internet befürchte ich, dass es Vitaminmangel sein könnte.« Als sie darüber redete, spürte sie das Jucken nicht nur im Nacken, sondern am ganzen Körper. »Ich dachte, Sie könnten mich vielleicht an einen Kollegen überweisen, dem meine, äh, Versicherungssituation nichts ausmachen würde.«

»Tja. Ich kenne durchaus einen verständnisvollen Dermatologen, aber lassen Sie mich die Stelle doch erst einmal ansehen.« Er klopfte auf den Hocker. »Setzen Sie sich.«

Sie setzte sich und beugte sich nach vorn. Er teilte ihr Haar und für einen Moment wurde der Juckreiz von der Wärme einer menschlichen Berührung gelindert.

»Erst die gute Neuigkeit: Vitaminmangel ist es nicht«, sagte er.

»Und die schlechte?«

»Sie haben Läuse.« Dann fügte er hinzu: »Und zwar ziemlich viele, würde ich sagen.«

Sie ließ den Kopf in die Hände sinken. »Aber ich habe eine ganze Flasche Läuseshampoo benutzt!« Wieder kratzte sie sich am Kopf. »Das Zeug ist doch richtiges Gift!«

»Tja, es tötet aber nur die Läuse selbst, nicht die Eier. Die muss man rausziehen.« Er kratzte sich an der Schläfe, als verursache ihm schon das Reden darüber ebenfalls Juckreiz.

»Stimmt, damit kenne ich mich aus.« Sie versuchte, sich vorzustellen, dass sie ihr Haar genauso auskämmte, wie sie es mit dem der Zwillinge getan hatte. Sie dachte an diesen schrecklichen Tag zu Hause. An Niff, die die Hiobsbotschaft überbracht hatte. Daran, wie sie durch den Regen gelaufen war. Wie Liv sie gestoßen hatte. Wie sie Liv geschlagen hatte.

Sie fing an zu weinen.

»So schlimm ist es doch nicht«, sagte er. »Jeder kann Läuse bekommen. Es bedeutet nicht, dass Sie schmutzig sind.«

»Ach, das ist es nicht …«

»Was ist es dann?«

»Ich habe nur das Gefühl, als würde es niemals ein Ende nehmen.«

Sie verabscheute sich selbst. Dieses ewige Selbstmitleid war unerträglich. »Es tut mir leid.« Sie stand auf, wischte sich über die Augen und machte sich zum Gehen bereit, obwohl sie an den Besuchen bei Dr. Grant die Gespräche nach der Untersuchung in seinem Büro am meisten schätzte. »Ich muss mir schnellstens einen von diesen Kämmen besorgen.« Sie stellte sich vor, wie sie damit durch ihr dichtes, schulterlanges Haar fuhr. »Scheiße!«

»Ich habe eine bessere Idee«, sagte er. »Gehen wir rauf und ich kämme sie Ihnen raus.«

»Sie?«

»Ja, ich.«

»Lernt man während des Medizinstudiums auch Entlausen?«

»Das nicht. Aber ich habe eine Tochter, und sie hatte mehrmals Läuse.«

»Aber braucht man nicht einen speziellen Kamm?«

»Wer sagt das?«

Niff Spenser.

»Man braucht nur einen scharfen Blick und eine Menge Geduld«, fuhr er fort, »und während meine Augen nicht mehr das sind, was sie einmal waren, wächst meine Geduld mit dem Alter.«

Sie sah ihn an. Es war ihm ernst.

»Ich glaube nicht, dass ich Ihr Angebot annehmen kann. Es ist zu …« Intim, wollte sie sagen. »Eklig.«

»Mit ekligen Sachen kenne ich mich aus. Ich bin schließlich Arzt. Und Vater.«

Das brachte sie zum Lächeln.

Und als er mit sanfter Stimme hinzufügte: »Es ist in Ordnung, Hilfe anzunehmen, wissen Sie«, gab sie nach.

Er sagte Louise, dass er für heute fertig sei. Es waren keine anderen Patienten im Wartezimmer, und offenbar wurden auch keine weiteren erwartet. Maribeth fragte sich nicht zum ersten Mal, ob sie seine einzige Patientin war. Draußen ging sie den Bürgersteig entlang zu seinem Auto, aber er wandte sich in die andere Richtung und lief über den Weg durch den Garten zum Vordereingang des Hauses.

»Wohnen Sie hier?«, fragte Maribeth.

»Ja.«

»Oh.«

Er öffnete die Tür und bat Maribeth mit einer galanten Geste vorauszugehen. Sie gelangte in ein beeindruckendes Foyer; das Licht, das durch das Bleiglasfenster der Tür hereinfiel, färbte die tanzenden Staubteilchen blau und golden. Zur Rechten führte eine Mahagonitreppe nach oben, zur Linken war das Wohnzimmer mit eingebauten Bücherregalen und einem Kamin, neben dem sich ein ordentlich aufgeschichteter Holzstapel befand.

»Kommen Sie durch«, sagte er.

Kommen Sie *durch.* Ihre Freunde zu Hause würden wahrscheinlich sagen »Kommen Sie rein«, aber niemand sagte »Kommen Sie durch«, denn nur wenige Wohnungen waren weitläufig genug, um ein »durch« zu rechtfertigen. Außer vielleicht das Stadthaus von Elizabeth und Tom, aber dort war sie seit der Weihnachtsparty im letzten Jahr, bei der sie von einem Garderobier hineingeleitet worden war, nicht mehr gewesen.

Sie folgte ihm eine lange, schmale Diele entlang, in der zahlreiche gerahmte Fotos an den Wänden hingen, dann durch ein Esszimmer, wo sich auf dem Tisch Post und medizinische Zeitschriften stapelten, und dann in eine helle offene Küche mit modernen Edelstahlgeräten und feuerroten Küchenschränken. Es sah aus wie in einer Möbelhausausstellung, makellos, als wäre die Küche nie durch den schmutzigen Akt des Kochens befleckt worden.

Dr. Grant zog eine Schiebetür am anderen Ende der Küche auf. Dahinter befand sich ein Badezimmer. »Wir machen es hier«, sagte er.

Maribeth zog eine Augenbraue hoch.

»Die Läuse«, sagte er und errötete leicht. »Ich gehe mal ein paar Utensilien besorgen.«

Er kehrte mit einem Vergrößerungsglas, einer Kopflampe, einem Handtuch, einem feinzinkigen Kamm und einer Flasche Olivenöl zurück.

»Wollen Sie mir jetzt die Vorzüge einer mediterranen Ernährung erklären?«, scherzte sie.

»Na klar.« Er reichte ihr ein Handtuch. »Am meisten nutzt sie, wenn sie direkt aufs Haar aufgetragen wird.«

»Das wollen Sie mir in die Haare schmieren?«

»Ja, und damit es klappt, muss es eine Stunde einwirken. Das Öl erstickt die Läuse.« Maribeth dachte daran, wie Jean, die Babysitterin der Wilsons, Kokosöl auf den Köpfen der Zwillinge verteilt hatte. Vielleicht war es doch kein Blödsinn gewesen. »Und danach hole ich die Läuse und Nissen heraus.«

»Wie sind Sie zu einem solchen Experten geworden?«

»Dazu muss ich ein bisschen ausholen. Meine Tochter Mallory hasste es, wenn ihr Haar geflochten wurde. Sie behauptete, es täte weh. Sie trug ihr Haar lieber offen. Aber ihre Mutter, Felicity, bestand darauf, dass sie es in geflochtenen Zöpfen trug«, sagte er, während er das Öl in Maribeths Haar einmassierte.

Maribeth hörte ihm nur noch mit halbem Ohr zu. Seine Berührung hatte eine eigentümliche Wirkung auf sie, gleichermaßen beruhigend wie aufregend. Obwohl er sie schon vorher berührt hatte – schließlich war er ihr Arzt –, fühlte sich dies hier irgendwie anders an.

»Mallory hatte wunderschöne Locken, deswegen bat ich Felicity, ihr doch zu erlauben, sie offen zu tragen. Sie warf mir vor, zu nachgiebig zu sein, und sagte, wenn ich das wolle, müsse ich mich um Mallorys Haarpflege kümmern. Und so haben meine Tochter und ich ein schönes Abendritual daraus gemacht.«

Sie stellte sich vor, wie er ein kleines Mädchen badete und dabei sanft ihr Haar kämmte. »Sie klingen wie ein guter Vater.«

»Nicht wirklich. Ich war viel unterwegs, und wir haben einfach eine besondere gemeinsame Zeit daraus gemacht. Mallory war sieben oder acht, als sie zum ersten Mal mit Läusen nach Hause kam. Felicity behauptete, wenn sie ihr Haar in Zöpfen getragen hätte, wäre das nicht passiert. Daher sei ich dafür verantwortlich, die Viecher wieder loszuwerden.« Er hielt inne, als fiele ihm plötzlich etwas ein. »Ich brauche wohl nicht zu erwähnen, dass die Sitzungen zum Herausziehen der Nissen etwas weniger angenehm waren.« Dann lächelte er traurig. »Oh, wie sie geschrien hat!«

»Ja, das kann ich mir nur allzu gut vorstellen.« Maribeth hielt inne, weil ihr bewusst wurde, dass sie wieder ein wenig von sich preisgegeben hatte. Denn wer außer einer Mutter würde so etwas sagen? Und wer außer einer Mutter oder einem Vater würde derart ernsthaft von Läusen befallen sein?

Falls er diese neue Information registriert hatte, zeigte es Dr. Grant nicht. Er fuhr fort, das Öl in ihr Haar einzumassieren, und sie entspannte sich dabei.

»Die Ironie daran ist«, sagte er, »dass Mallory inzwischen immer Zöpfe trägt.«

»Wohnt sie noch hier?«, fragte Maribeth leicht betäubt.

»Nein, sie ist erwachsen und längst ausgezogen.«

»Sie wohnen hier also ganz allein?«

»Ja. Ich sollte das Haus verkaufen. Es ist zu groß für eine Person, die allein darin herumwirtschaftet.« Er seufzte. »Aber ich wohne hier schon so lange. Ich fürchte, ich sitze fest.«

Bis er das Olivenöl in ihrem ganzen Haar verteilt hatte, fühlte sich Maribeth beinahe flüssig, und sie war etwas enttäuscht, als er verkündete, er sei jetzt fertig. Ihretwegen hätte er ewig so weitermachen können. Er bot ihr eine Tasse Tee an, die sie ablehnte, und sagte, er müsse noch mal runter ins Büro, käme aber gleich wieder.

Nachdem sie allein im Haus zurückgeblieben war, ging Maribeth in die Diele und betrachtete die Fotogalerie. Dort war Dr. Grant in jüngeren Jahren abgebildet, das Haar mehr Pfeffer als Salz. Da war Mallory. Und da war Felicity, dunkle Haut, eckig gebaut, helle, lachende Augen. Sie war eine wunderschöne Frau – oder sie war es zumindest gewesen. Sie musste tot sein und Dr. Grant somit Witwer. Kein geschiedener Mann würde so viele Familienfotos aufhängen oder so liebevoll von seiner Ex sprechen.

Wieder betrachtete sie die Küche. Sie war so gut wie neu. Und es war eine typische Frauenküche. Ja, er musste Witwer sein. Und das noch nicht sehr lange.

Die Stunde ging schnell vorbei. Als er zurückkehrte, saß sie wieder im Badezimmer. »Es gibt zwei Möglichkeiten: Sie können Ihr Haar hier auswaschen, oder ich kann es einfach mit dem Öl auskämmen und Sie können später duschen.«

Der Gedanke, hier zu duschen, widerstrebte ihr. »Ich wasche es später«, beschloss sie.

»Okay.« Er setzte seine Brille auf. »Jetzt schauen wir uns das mal an.« Er fuhr mit dem Kamm durch ihr Haar. Als er hängen blieb, zuckte sie zusammen.

»Entschuldigung«, sagte er und versuchte es noch einmal. Der Kamm blieb wieder hängen. Maribeth spannte sich noch mehr an. Es tat wirklich weh. Allmählich konnte sie Liv verstehen. »Und hier haben wir die Wurzel des Übels.« Er strich mit dem Kamm über den Daumennagel zeigte ihr ein winziges Insekt. Fasziniert inspizierte sie es. Auf merkwürdige Weise war es, als sei ein Stück ihrer Kinder mit ihr gereist. Was jedoch nicht bedeutete, dass sie die Läuse nicht loswerden wollte.

Doch das erwies sich als echte Herausforderung. Dr. Grant kam mit dem Kamm einfach nicht durch ihr widerspenstiges Haar. »Es sind sehr sind viele Knoten drin«, stellte er fest.

»Ich weiß. Eine Katastrophe. Ich hatte noch keine Zeit,

mich darum zu kümmern.« Das war eine Lüge. Ein Salon bei ihr um die Ecke bot Waschen und Föhnen für fünfundzwanzig Dollar an; sie hätte es sich jeden Tag leisten können, wenn sie gewollt hätte. Stattdessen band sie ihr Haar kurzerhand zu einem Pferdeschwanz zusammen und schlief häufig damit ein, so dass es sich im Nacken verknotete. Sie ließ sich gehen, hätte ihre Mutter gesagt.

Wieder blieb er an einem Knoten hängen. »Wow, an manchen Stellen haben Sie fast schon Dreadlocks.«

»Wissen Sie was?«, sagte sie, als er versuchte, den Kamm aus dem Haar zu befreien. »Wir schneiden es einfach ab.«

»Wenn ich mit Mallorys Haar fertiggeworden bin, werde ich auch mit Ihrem fertig.«

»Ich meine ja nicht ganz. Nur ein Stück, bis hier.« Sie deutete auf ihren Nacken. »Haben Sie eine Schere da?«

»Keine Friseurschere.«

»Egal, irgendeine.«

»Ich glaube wirklich, dass ich zurechtkomme. Sie brauchen Ihr Haar nicht abzuschneiden.«

Maribeth war sich nicht sicher, ob es notwendig war, aber in diesem Moment schien es ihr dringend.

»Vielleicht werden Sie es nachher bereuen«, fügte er hinzu.

Zuletzt hatte sie ihr Haar im Sommer vor dem letzten Collegejahr abschneiden lassen, inspiriert von Demi Moore in *Ghost – Nachricht von Sam.* Ihre Mutter hatte sie gewarnt – lockiges Haar und Kurzhaarschnitte vertrügen sich nicht, wie sie sagte –, aber Maribeth hatte der kantige Look gut gefallen. Jedenfalls, bis sie Jasons Gesichtsausdruck gesehen hatte, als sie sich ein paar Wochen später am College wieder getroffen hatten. »Du hast dir die Haare abgeschnitten!«, hatte er so traurig gesagt, als hätte sie sich einen Arm oder ein Bein amputiert.

»Nein, ich werde es nicht bereuen«, erklärte sie Dr. Grant.

»Wenn Sie es nicht tun wollen, geben Sie mir einfach eine Schere. Ich schneide die zehn, zwölf Zentimeter ab, und danach können wir weitermachen.«

Sie starrten sich im Spiegel an. Dann ließ Dr. Grant die dicke Haarsträhne los, die er in der Hand gehalten hatte, und verließ das Badezimmer.

Kaum war er weg, dachte Maribeth an die rosafarbenen Schleifen in seinem Büro, die so auffällig im Bücherregal gelegen hatten. Sie hatte noch mehr in den Wohnzimmerregalen entdeckt.

Es waren Brustkrebsschleifen. Felicity musste an Brustkrebs gestorben sein. (Was sie daran erinnerte, dass auch sie dringend zur Mammographie musste.) Vielleicht war Felicitys Haar durch die Chemotherapie ausgefallen. Vielleicht hatte er es vorher für sie abrasieren müssen. Vielleicht hatte er seines aus Solidarität ebenfalls abrasiert. Deswegen hatte er ihr Haar nicht abschneiden wollen. Und jetzt hatte sie ihn quasi dazu gezwungen.

Manchmal glaubte sie wirklich, dass ihr Herz nicht länger funktionierte. Sicher, der Muskel arbeitete fehlerlos, aber der empfindsame Teil war schwer beschädigt.

»Schon gut!«, rief sie mit durchdringender Stimme. »Lassen wir's.«

»Warum? Haben Sie jetzt doch kalte Füße bekommen?« Dr. Grant kehrte mit einer Chirurgenschere zurück. Er wirkte kein bisschen traurig.

Unwillkürlich musste sie grinsen. »Nein.«

Er stand hinter ihr und befühlte die fettigen Locken. »Sollen wir zuerst das Öl ausspülen?«, schlug er vor. »Dann kann ich präziser schneiden.«

»Ich habe mein Leben lang versucht, mein Haar zu bändigen«, erwiderte sie. »Ich glaube, ich ergebe mich jetzt dem Chaos.«

Das gefiel ihm. Sie sah es ihm an. »Also, bis wohin?«, fragte er.

»Bis hier.« Sie deutete auf einen hervorstehenden Wirbel im oberen Nackenbereich.

»Das ist C5, anatomisch gesehen.« Er fasste ihr Haar zu einem Pferdeschwanz zusammen und drehte es ein. Es zog ein wenig, aber angenehm, und dieser kleine Ruck befreite sie paradoxerweise vom letzten bisschen Spannung. Sie fühlte sich wie ein Kätzchen, das bequem am Nackenfell getragen wird.

»Fertig?«, fragte er. »Eins, zwei …«

Drei.

Sie hörte, wie das dicke feuchte Haar klatschend zu Boden fiel und fühlte einen Luftzug in ihrem jetzt freien Nacken kitzeln.

Sie blickte auf. Das Jucken hatte aufgehört, obwohl sie wusste, dass sie noch immer Läuse haben musste. Und ihr Gesicht – es wirkte freundlicher, weniger ausgezehrt. Zum ersten Mal seit der Operation war ihr danach, Lippenstift aufzutragen.

»Besser?«, fragte er.

Sie antwortete nicht. Lächelte nur.

»Sollen wir es jetzt zu Ende bringen?«

»Machen Sie weiter.«

Er vollendete den Haarschnitt so gut es mit dem vielen Öl darin ging, und zog dann die Läuse und Nissen heraus. Währenddessen unterhielten sie sich angeregt. Er erzählte ihr mehr von seiner Tochter, die letztes Jahr das College abgeschlossen hatte und nun in Kalifornien lebte und ihren Platz in der Arbeitswelt eroberte. Sie wiederum erzählte ihm davon, wie sie neuerdings nach ihrer leiblichen Mutter suchte.

Maribeth spürte, wie sich unter dem Geplauder eine ganz andere Konversation vollzog. Eine über die Familie, die sie zurückgelassen hatte. Eine über die Familie, die ihn zurückgelassen hatte. Es war, als wüssten sie diese Dinge bereits voneinander und als hätten sie beide beschlossen, große Teile ihrer Geschichte zu überspringen, um gleich zum Wesentlichen zu kommen.

29

Maribeth, Todd und Sunita waren unterwegs zu ihrem wöchentlichen Einkaufstrip, als das Gespräch auf die nahenden Feiertage kam.

Thanksgiving war in vier Tagen, eine Tatsache, die Maribeth erfolgreich verdrängt hatte, bis sie kürzlich aus dem Wohnzimmerfenster geblickt und einen Ballon in Form eines Truthahns mit Steelers-Kappe entdeckt hatte. Da war ihr bewusst geworden, dass die Feiertage kurz bevorstanden. Sie war jetzt seit fast vier Wochen fort. Wie war das möglich?

Nicht, dass sie kein Zeitgefühl mehr gehabt hätte. Aber ohne Termine, ohne Teambesprechungen, ohne Elterntreffen, ohne Verabredungen der Kinder, ohne Kindergartenwoche, ohne Arbeitswoche, hatten sich die Indikatoren verändert. Sie hatte ein paar regelmäßige Termine – Besuche in der Bibliothek, Einkäufe mit Todd und Sunita, Untersuchungen bei Dr. Grant –, aber diese teilten nicht länger ihre Zeit ein. Vielmehr maß sie das Verrinnen der Tage an der zurückgehenden Schwellung ihres Beins, oder daran, wie halbvergessene Wörter wieder leichter zugänglich wurden (omnipräsent, dezidiert). Und auch an dem inzwischen daumendicken, weiter wachsenden Briefstapel an die Zwillinge.

»Ich weiß noch nicht genau, was ich mache«, sagte sie zu Todd und Sunita. »Was ist mit euch?«

»Sunnys Eltern feiern das traditionelle Thanksgivingfest eingebürgerter Amerikaner in Hyderabad«, erzählte Todd. »Und meine Familie genießt das traditionelle Thanksgivingfest einer Trennungsfamilie.«

Sunita tätschelte ihm die Schulter und drehte sich zu Maribeth um. »Seine Eltern haben sich vor fünf Jahren getrennt. Er ist immer noch nicht darüber hinweg.«

»Ich werde nie darüber hinwegkommen.« Todd seufzte dramatisch. »Mein Vater verbringt die Feiertage mit seinem Barbie-Frauchen und meine Mutter fährt mit ihrem neuen Freund nach Altoona.« Todd verzog angewidert das Gesicht. »Ich habe keine Lust, nach Altoona zu fahren.«

»Ich kann es dir nicht verübeln«, sagte Maribeth, obwohl sie noch nie in Altoona gewesen war und es genauso gut das Shangri-La Pennsylvanias hätte sein können.

»Wir überlegen, ein paar Freunde einzuladen, die nicht wissen, wo sie an dem Abend hingehen sollen«, sagte Sunita.

»Ein Fest für Thanksgiving-Waisen«, bemerkte Maribeth. Genau so etwas hatte sie früher auch jedes Jahr veranstaltet, erst mit Elizabeth, später mit Jason. Üppige Mahlzeiten mit zehn, fünfzehn, manchmal zwanzig Gästen, die sich im Loft drängten. Es wurde gewitzelt und Blödsinn geredet, der Wein floss in Strömen. Anschließend fläzten sich alle auf dem Fußboden und schauten Filme. Um Mitternacht bekamen alle noch einmal Hunger und machten jede Hoffnung auf Reste für den nächsten Tag zunichte. (Jason war dazu übergegangen, am Freitag nach Thanksgiving einen zweiten Truthahn zu braten, um Sandwiches machen zu können.)

»Ja, ein Waisen-Thanksgiving. Das gefällt mir«, sagte Todd. »Allerdings haben wir keine Ahnung, wie man einen Truthahn zubereitet.«

»Und wir dachten«, fügte Sunita hinzu, »wenn du auch

nicht weißt, was du an Thanksgiving anfangen sollst, könntest du doch auch dazu kommen.«

»Und den Truthahn braten?«, fragte Maribeth.

»Nein«, entgegnete Todd. »Wir wollen nicht, dass du uns den Fisch gibst, wir wollen, dass du uns lehrst, selbst zu fischen, Sensei.«

»Und wir würden uns wirklich freuen, wenn du kommen würdest«, fügte Sunita hinzu. »Wir waren nur nicht sicher, ob du wirklich eine, du weißt schon, Thanksgiving-Waise bist.«

An diesem Morgen hatte sie einen Anruf von Janice mit enttäuschenden Nachrichten erhalten. Die jüdische Adoptionsagentur hatte keine Unterlagen über sie. Es war nur ein kleiner Rückschlag, und dennoch hatte er Maribeth erschüttert. Einen Moment lang befürchtete sie voller Panik, ihre Existenz sei nie registriert worden. »O nein, keine Sorge! Es bedeutet nur, dass Sie auf einem anderen Weg adoptiert wurden«, hatte sie Janice beruhigt. »Wir erkundigen uns jetzt bei den anderen Agenturen und nehmen die Suche über das Vormundschaftsgericht in Angriff.«

Maribeth dachte über Todds und Sunitas Einladung nach. Sie wusste zwar nicht genau, wozu sie an dem Feiertag Lust haben würde, aber die Frage, ob sie eine Waise war, konnte sie mit einem klaren Ja beantworten.

30

Janice war spät dran. Sie hatte sich mit Maribeth um vier Uhr nachmittags am Brunnen im Hof irgendeines städtischen Gebäudes im Zentrum verabredet, doch um Viertel nach vier verdunkelte sich der bleigraue Himmel und von Janice war noch immer keine Spur zu sehen. Maribeth zitterte vor Kälte und war sauer. Sie versuchte, das Pärchen auf der Bank ihr gegenüber nicht anzustarren, dass einander heftig befummelte. Sie spürte den ersten eisigen Regentropfen; das Wetter spiegelte haargenau ihre Laune wieder.

Janice kam eine halbe Stunde zu spät, entschuldigte sich für ihre Verspätung, die sie einem defekten Drucker zuschrieb, und da sie Maribeths Unterlagen ausgedruckt hatte, konnte Maribeth sich kaum darüber beschweren.

»Perfektes Timing«, bemerkte Janice. »Gleich fängt es an zu regnen.«

»Stimmt«, sagte Maribeth mit einem Blick auf das Pärchen, das der Regen kein bisschen zu stören schien. »Lassen Sie uns reingehen.« Sie ging auf das Gebäude zu, aber Janice lotste sie wieder zurück auf die Straße.

»Das Vormundschaftsgericht liegt gegenüber«, erklärte sie. »Ich habe mich hier mit Ihnen verabredet, weil es einer meiner Lieblingsplätze in der Stadt ist. Ist er nicht wunderschön?«

»Vielleicht, wenn es nicht regnet«, erwiderte Maribeth.

»Du meine Güte. Wenn Sie sich von Regenwetter stören lassen, wird Ihnen hier gar nichts gefallen. Der Hof ist so friedlich. Man würde nie erraten, dass das Gebäude früher ein Gefängnis war.«

Ein weiteres Pärchen betrat den Hof, händchenhaltend, und blieb stehen, um sich leidenschaftlich zu küssen.

»Und was ist es jetzt?«, fragte Maribeth. »Ein Stundenhotel?«

Janice lachte. »Ein Gericht, aber gleich um die Ecke ist auch das Standesamt. Sie wissen doch, wie junge Liebe ist.«

»Ich erinnere mich schwach«, sagte Maribeth.

Mehr als schwach. Ein ähnlich knutschendes Pärchen hatte vor ihr und Jason gestanden, als sie in New York ihre Heiratserlaubnis beantragt hatten. Maribeth hatte die Augen abgewandt, aber ihre Ohren konnte sie nicht verschließen: die schmatzenden Lippen, die gehauchten Liebesworte.

»Was haben Warteschlangen nur an sich, dass die Leute sämtliche Hemmungen verlieren?«, hatte Maribeth Jason zugeflüstert.

»Ist gut gegen Langeweile«, hatte Jason erwidert. »Wir können das auch. Komm, gib mir einen Kuss, Maribeth Brinkley.« Er beugte sich mit gespitzten Lippen nach vorn.

»Maribeth *Klein*«, hatte sie erwidert und ihn weggeschubst.

»Du kannst immer noch deine Meinung ändern. Maribeth Brinkley. Klingt hübsch.«

»Klingt nach weißer, angloamerikanischer Protestantin.«

»Auf dem College hast du gesagt, du könntest es gar nicht erwarten, deinen kulturell ambivalenten Namen loszuwerden.«

Er hatte recht. Es war schon ein komischer Name. Klein klang so jüdisch. Maribeth dagegen so gojisch, so nichtjüdisch. Aber es war immer noch nicht so schlimm wie bei einem Mädchen aus ihrer Hebräischschule namens Christine Goldberg.

»Das war damals«, hatte sie erwidert. »Aber inzwischen habe ich mir in meiner Branche als Maribeth Klein einen Namen gemacht.«

»Du kannst dich doch immer noch Maribeth Klein nennen.«

»Ich will deinen Nachnamen nicht annehmen!« Ihre Stimme schallte schrill durch das hallende Foyer. Sogar das küssende Pärchen schnappte kurz nach Luft, um nachzusehen, was da vor sich ging. Mit sanfter Stimme fügte sie hinzu: »Ich meine, angenommen, wir trennen uns? Dann stehe ich da mit dem Namen.«

Er sagte eine Weile lang nichts, sondern starrte nur das Pärchen vor ihnen an, das sich inzwischen gegenseitig die Hände in die Gesäßtaschen geschoben hatte. Dann sagte er ruhig: »Wir holen unsere Heiratsgenehmigung ab, und du denkst an Trennung?«

»Tue ich nicht. Das Warten macht mich einfach nervös«, hatte sie erwidert.

Was sie nicht sagte, war: *Allerdings haben wir uns schon einmal getrennt.*

Das Vormundschaftsgericht befand sich in einem stattlichen historischen Gebäude mit viel dunklem Holz, Marmor und Messing im Inneren, alles wie frisch poliert. Zwei Bronzelöwen bewachten den Eingang und ein großes Bleiglasfenster mit dem Bildnis einer Frau schwebte über der Lobby. Es schien von einem berühmten Künstler zu stammen. »Dieses heißt *Fortuna an ihrem Rad*«, erklärte Janice, als sie auf die Aufzüge warteten. »Passt zu unserem Vorhaben, nicht wahr?«

Maribeth antwortete nicht. Ihr war ganz übel vor Nervosität, als würden sich die Türen des Aufzugs im fünften Stock öffnen und ihre leibliche Mutter davor auf sie warten.

Doch sie gelangten nur in eine weitere Lobby, hübsch, wenn

auch ein wenig schäbiger als die im Erdgeschoss. Janice kündigte sich und Maribeth an, und nach einer kurzen Wartezeit kam eine Frau, um ihre Unterlagen anzunehmen und Maribeth ein Formular unterschreiben zu lassen.

»Das war alles?«, fragte Maribeth, nachdem die Frau in ihr Büro zurückgekehrt war und versprochen hatte, sich zu melden.

»Für den Augenblick, ja«, antwortete Janice.

Maribeth fühlte sich niedergeschlagen. Dieser ganze Prozess war einfach entmutigend. Einerseits wollte sie am liebsten weit weg von Janice und all dem hier sein, und andererseits wollte sie nicht alleine sein.

Sie fanden ein beinahe leeres Café, und Maribeth bestellte einen Kaffee für sich und einen entkoffeinierten Latte mit Kürbisaroma für Janice. Dann setzten sie sich an einen Tisch in einer Ecke.

»Geht es Ihnen gut, meine Liebe?«, fragte Janice und tätschelte Maribeths Hand.

Maribeth nickte.

»Ich kann mir vorstellen, dass es eine Menge bei Ihnen auslöst, an Ihre leibliche Mutter zu denken. Und dass die Feiertage bevorstehen, macht alles nur noch schlimmer.« Sie hielt inne und schlürfte an ihrem Getränk. »Vielleicht fangen Sie schon einmal an, Ihren Brief zu schreiben.«

»Meinen Brief?«

»Den Sie an Ihre Mutter schreiben werden, wenn Sie sie gefunden haben. In dem Sie erklären, wer Sie sind und warum Sie nach ihr suchen. Es könnte Ihnen bei dem Prozess helfen.«

»Hat es Ihnen geholfen?«

Janice rührte mit dem Holzstäbchen in ihrem Getränk. Sie hatte nicht viel von sich erzählt, aber Maribeth war sich ganz sicher, dass auch sie nach ihrer leiblichen Mutter gesucht hatte.

»Ja, das hat es«, sagte sie schließlich.

»Ich weiß nicht, was ich schreiben soll«, sagte Maribeth.

»Denken Sie nicht zu viel darüber nach, folgen Sie Ihrem Herzen. Erzählen Sie ihr von sich, von Ihrer Familie. So offen, wie Sie können.«

Maribeth versuchte, sich vorzustellen, wie sie diesen Brief schrieb. Sie wusste, dass sie eigentlich die weinende, verlassene Tochter sein sollte, die Fragen über Fragen hatte, doch in Wirklichkeit wollte sie eigentlich nur wissen, ob irgendjemand in ihrer Herkunftsfamilie ein Herzleiden gehabt hatte. Sowohl für ihre Kinder als auch für sich.

»Wissen Sie«, gestand sie Janice, »ich glaube, ich habe meine Kinder an Thanksgiving empfangen.«

»Wirklich?«

Na ja, ganz sicher konnte sie nicht sein, dass es genau an diesem Tag gewesen war, und außerdem konnte man die Prozedur, mit der Dr. Simon die befruchteten Embryonen in ihrer Gebärmutter eingepflanzt hatte, nur im streng wissenschaftlichen Sinne eine Empfängnis nennen. Es war ihr vierter und letzter Versuch einer In-vitro-Fertilisation gewesen. Sie waren am Ende mit ihrer Geduld, ihrer Zeit und ihrem Geld. Sie hatten Jasons Mutter um einen Kredit von mehreren tausend Dollar bitten müssen, um diesen letzten Besuch bezahlen zu können. Nora hatte ihnen das Geld geliehen, dafür aber ein Diamantarmband, das sie offenbar Maribeth hatte vermachen wollen, Lauren zugeschrieben.

Die Implantation hatte am Dienstag vor Thanksgiving stattgefunden. Als es vorüber war, hatte Dr. Simon Maribeth den Bauch getätschelt. »Aller guten Dinge sind drei.«

»Es ist das vierte Mal«, hatte Maribeth finster erwidert.

Sie hatte nicht mehr daran geglaubt, dass es funktionieren würde. Die ganze Zeit über hatte sie keinen Alkohol getrunken, aber in diesem Jahr hatte sie sich an Thanksgiving richtig betrunken. Am nächsten Tag hatte sie sich nach dem Aufstehen übergeben. »Ich glaube, diesmal hat's geklappt!«, hatte Jason frohlockt. »Nein, es ist zu früh. Ich habe nur zu viel getrunken«, hatte sie erwidert. Doch ein paar Wochen später zeigte sich, dass sie tatsächlich schwanger war. Nicht mal dann hatte sie daran geglaubt, dass es funktionieren würde. Sie war schon mehrmals schwanger geworden, hatte aber jedes Mal noch vor der sechsten Woche eine Fehlgeburt erlitten. Als der Ultraschall zwei pochende Herzen zeigte – sie hatten bisher noch nie Herzschlag gehabt –, hatte Jason gescherzt, dass bestimmt ihr Besäufnis entscheidend gewesen sei. »Vielleicht hätten wir das schon längst tun sollen«, hatte Maribeth lachend erwidert. »Uns betrinken und auf dem Rücksitz des Autos deiner Eltern vögeln.«

Als sie Janice von den Fehlversuchen und den Fehlgeburten erzählte, bildete sich ein Kloß in ihrer Kehle. Sie spülte ihn mit lauwarmem Kaffee hinunter. »Als meine Kinder dann geboren wurden, als ich sie gesehen habe, da dachte ich: *Ja. Das war der Grund.* Es war, als wären all die anderen Zygoten, die sich nicht eingenistet hatten, von vornherein die falschen gewesen. Diese waren von Beginn an meine Kinder gewesen.«

Als sie aufblickte, stellte sie überrascht fest, dass Tränen in Janice Pickerings Augen glitzerten.

Wie verlogen sie war, sich mit der Geschichte von der liebenden Mutter derart anzubiedern. Da saß sie und war wieder ganz bei Kräften. Und dennoch war sie immer noch hier.

»Ich frage mich, ob das wirklich wahr ist, oder ob ich mir das nur eingeredet habe, um mich zu trösten«, fügte sie hinzu.

»Aber ist das denn wirklich ein so großer Unterschied?«, fragte Janice.

31

Sie versuchte es. Sie versuchte, ihrer leiblichen Mutter einen Brief zu schreiben. Aber es war, als würde sie einen Brief an den Nikolaus verfassen, als Erwachsene, und als Jüdin. Was sollte sie bloß sagen?

Sie hatte keine Ahnung. Deswegen legte sie den Brief beiseite und schrieb stattdessen an die Zwillinge.

Liebe Liv, lieber Oscar,
hier ist schon überall für Thanksgiving dekoriert. Auf der anderen Straßenseite hängt ein Truthahn aus Luftballons, nicht wie die von Macy's, sondern aus richtigen Ballons. Wisst Ihr noch, wie Oscar letztes Jahr gefragt hat, warum es an Thanksgiving keine Geschenke gibt? Ich glaube, Daddy hat gesagt, es wäre der einzige Feiertag, den die Wirtschaft noch nicht vereinnahmt hätte, und ich glaube, ich habe gesagt, dass Hanukkah und Weihnachten kurz bevorständen, so dass wir nicht auch noch an Thanksgiving Geschenke bräuchten.
Der wahre Grund ist aber, dass wir Euch beide an Thanksgiving bekommen haben. Ihr wurdet da zwar nicht geboren, aber empfangen. (Eines Tages werdet Ihr das verstehen.) Und welches Geschenk könnte schöner sein?

Sie legte den Füller hin, denn eigentlich wollte sie schreiben, dass es ihr leidtat. Weil sie ihnen Thanksgiving verdarb. Weil sie bisher jedes Thanksgiving verdorben hatte.

Sie hatte die Zwillinge nicht angelogen. Sie betrachtete sie tatsächlich als das schönstmögliche Thanksgiving-Geschenk, für das sie über die Maßen dankbar war. Deswegen war es ja gerade so merkwürdig, dass jedes einzelne Thanksgiving seit ihrer Geburt so grässlich gewesen war. Ein Jahr schlimmer als das andere.

Am ersten Thanksgiving hatten sich alle bei Jasons Schwester getroffen – das Waisen-Thanksgiving war diskussionslos aufgegeben worden. Laurens Kinder wollten die Zwillinge auf den Arm nehmen, und Maribeth wollte keine überbehütende Mutter sein, die ihnen ständig die Hände desinfizierte. Das Ergebnis war, dass Oscar und Liv sich beide erkälteten, und Maribeth die Feiertage damit verbrachte, zwei kränkelnde, weinende Kinder herumzutragen und zu versorgen. »Die Tage sind lang, aber die Jahre sind kurz«, hatte eine von Jasons Tanten gesagt. Kaum zu glauben, hatte sie gedacht, wo sich doch schon dieses Wochenende hinzog wie mindestens ein Jahr.

Am nächsten Thanksgiving waren ihre Eltern zu Besuch gekommen, um dabei zu »helfen«, das Essen vorzubereiten und auf die Kinder aufzupassen, keine leichte Aufgabe, da Oscar und Liv inzwischen fünfzehn Monate alte, zerstörende Wärmesuchraketen waren. Maribeth hatte sie den anderen für zwanzig Minuten anvertraut, um unter die Dusche zu springen, und als sie herauskam, hatte es Oscar geschafft, den abkühlenden Truthahn vom Tisch zu reißen. Es hatte eine Stunde gedauert, den Vogel zu retten, und eine weitere Stunde, Oscar zu beruhigen. Als sie schließlich beim Essen reihum sagten, wofür sie dankbar waren, hatte Maribeth trotzig »Ich passe« gesagt.

Was sie jetzt bereute. Besonders, weil ihr Vater im Jahr darauf nicht mehr bei ihnen war. Deswegen waren sie, Jason und die Zwillinge nach Florida zu ihrer Mutter geflogen. Bei ihrer Ankunft hatte ihre Mutter verkündet, dass sie nach fünfzig Jahren am Herd keine Lust mehr habe, für andere zu kochen. Maribeth, so sagte sie, sei herzlich eingeladen, sich um das Essen zu kümmern. Maribeth hatte am Abend zuvor bis zwei Uhr nachts an einem Artikel gesessen, damit sie über die Feiertage nicht arbeiten musste, und hatte tausendachthundert Dollar, auf die sie eigentlich nicht verzichten konnten, für die Flugtickets ausgegeben. Sie wusste, dass ihre Mutter in Trauer war, aber trotzdem hätte sie sie am liebsten erwürgt. Am Ende aßen sie die deprimierendste Mahlzeit aller Zeiten in einem nahezu leeren Restaurant im Zentrum von Boca.

Letztes Jahr fuhren sie ein Stück aus New York hinaus zu Jasons Vater, und das war gar nicht schlecht gewesen. Da sie jetzt bei der *Frap* arbeitete, war Maribeth gezwungen gewesen, Arbeit mitzunehmen, aber Jason und Elliot hatten sich mit den Kindern beschäftigt, damit sie sich auf die Arbeit und das Kochen konzentrieren konnte. Auf der Fahrt nach Hause versuchte sie, einen Text fertig zu redigieren. Sie blickte in den Rückspiegel, sah, dass Liv konzentriert malte, lächelte für einen Moment und genoss die Verbindung – Mutter und Tochter, eifrig bei der Arbeit.

»Hat es dir Spaß gemacht?«, fragte sie.

»Nein. Du hast gearbeitet. Du arbeitest immer«, erwiderte Liv. Ihr Ton war sanft, aber darum traf ihr Vorwurf sie umso härter.

Sie legte den Artikel für die restliche Fahrt beiseite und blieb am Abend lange auf, um ihn zu Ende zu bringen.

»Komm ins Bett«, sagte Jason.

»Noch eine Minute«, erwiderte sie und klopfte mit dem Stift auf die Seite.

»Ich dachte, du hättest das im Auto erledigt.« Als sie nicht antwortete, fragte er: »Liv?«

Irgendetwas in seinem Tonfall klang so, als würde er Maribeth sowohl einen Vorwurf machen, weil sie sich von einem dreijährigen Kind gängeln ließ, und als würde er gleichzeitig die Dreijährige dafür bewundern, dass sie eine solche Macht hatte. »Die wird uns noch ordentlich zu schaffen machen, die Kleine«, fügte Jason lächelnd hinzu.

Das sagten die Leute oft, obwohl sie es meistens nur auf Maribeth bezogen: »Die wird *dir* noch ordentlich zu schaffen machen.«

Als wüsste sie das nicht bereits.

32

Am Thanksgiving-Morgen beschloss Maribeth, ihre Dankbarkeit in diesem Jahr zu zeigen, indem sie ein Bad nahm. Ihre Operation war jetzt fast sieben Wochen her und sie erinnerte sich, in den Broschüren, die Dr. Sterling ihr gegeben hatte, gelesen zu haben, dass die Sechswochenmarke nach der Operation für die Herzpatienten wie das Erreichen der Volljährigkeit war, denn ab da waren vorher verbotene Aktivitäten – Sex, vollständiges Eintauchen in Wasser, körperliche Anstrengung – wieder erlaubt.

Während sie darauf wartete, dass die Wanne sich füllte, inspizierte Maribeth ihre nackte Gestalt im Spiegel. Obwohl sie wieder ein wenig zugenommen hatte, war sie noch immer dünner, als sie seit Jahren gewesen war – sie sah es daran, dass Licht durch die Lücke zwischen ihren Oberschenkeln fiel –, aber es war keine beneidenswerte Schlankheit. Und selbst wenn sie es gewesen wäre, waren da die Narben. Sie hatte jetzt drei: die wulstige an ihrem Bein, die böse Schwellung auf ihrer Brust und das blasse, weiße Lächeln ihres Kaiserschnitts.

»Narben sind nichts anderes als Tätowierungen mit besseren Geschichten.« Wieder wurde sie an das erinnert, was Jason zu ihr gesagt hatte, als sie ihm nach der Geburt der Zwillinge zum ersten Mal die breite Naht gezeigt hatte. Sie hatte Angst gehabt, er könne sie für entstellt halten (sie selbst empfand das so). Doch dann hatte er diesen schönen Satz gesagt.

Ihre jetzigen Narben waren schlimmer. Oder besser: Sie würden es sein. Bisher sahen sie nicht einmal wie Narben aus, eher wie Wunden. Wenn sie Geschichten zu erzählen hatten, wurden sie noch geschrieben.

Maribeth ließ sich in die Wanne gleiten und griff nach zwei der Zeitschriften, die ihr Todd gestern gegeben hatte, als sie ihm und Sunita die Thanksgiving-Einkaufsliste raufgebracht hatte. Sie hatte versprochen, den beiden dabei zu helfen, den Truthahn auszunehmen und zu füllen, aber danach würde sie ihnen den Rest überlassen. Sie würde Thanksgiving dieses Jahr ausfallen lassen.

Sie überflog gerade eine bedeutende Reportage über die modische Entwicklung von Nori Kardashian West, als sie das Hämmern an ihrer Tür hörte.

»M. B., bist du da?« Es war Todd.

»Ja, warte einen Moment.« Sie hievte sich aus der Wanne, trocknete sich ab und schlüpfte in ihre getragene Kleidung.

Todd und Sunita standen vor der Tür und schwankten unter dem Gewicht des größten Truthahns, den sie je gesehen hatte. Er sah aus wie ein gerupfter Pudel.

»Ich dachte, ihr wolltet ihn um zwölf in den Ofen schieben«, sagte Maribeth. »Aber bei der Größe braucht er vermutlich etwas länger.«

»Sehr viel länger«, erwiderte Todd.

»Er ist nämlich noch tiefgefroren«, erklärte Sunita.

»Gab es keine frischen Truthähne mehr?«

»Gestern Abend war er frisch.«

»Was ist passiert?«

»Er war zu groß für unseren Kühlschrank, deshalb hat Sunny vorgeschlagen, ihn draußen auf die Fensterbank zu legen«, antwortete Todd.

»Wir hätten auch gar nicht so einen riesigen zu nehmen

brauchen, wenn Todd schon Anfang der Woche einkaufen gegangen wäre, als die Auswahl noch größer war, wie du uns geraten hast«, sagte Sunita ebenso vorwurfsvoll.

Letzte Nacht war die Temperatur weit unter null gesunken. Maribeth klopfte kräftig auf den Vogel. Yep. Steinhart gefroren.

»Was sollen wir denn jetzt machen?«, jammerte Sunita.

»Ihn irgendwie auftauen«, riet Maribeth.

»Der passt nicht mal in unsere Spüle«, erwiderte Sunita.

Maribeth dachte an ihr Vollbad. »Dann legt ihn in die Badewanne.«

»Haben wir auch überlegt. Aber wir haben keinen Stopfen.«

»Meine Wanne hat einen. Kommt, bringt ihn rein.«

Die Badewanne war immer noch gefüllt und das Wasser mit fettigem grauem Schaum bedeckt. Todd rümpfte die Nase. »Ich will ja nicht pingelig sein, aber ich glaube, Fred hat ein frisches Bad verdient.«

»Fred?«, fragte Maribeth.

»So hat er den Truthahn getauft«, erklärte Sunita.

Maribeth ließ das Wasser ablaufen, schrubbte rasch die Wanne und füllte sie mit frischem Wasser. Sanft legte Todd den Truthahn hinein. »Das wird dich aufwärmen.«

»Ist dir klar, dass er tot ist?«, fragte Sunita.

Todd bedeckte die Flügel des Vogels mit den Händen. »Ja. Aber er weiß es nicht«, flüsterte er.

Maribeth ging sich eine Tasse Kaffee holen. Sie betrachtete ihre Küchenzeile mit demselben kleinen Ofen wie bei Todd und Sunita, und kehrte ins Badezimmer zurück.

»Ich fürchte, ihr habt größere Probleme als den gefrorenen Fred.«

»Wieso denn?«, fragten sie.

»Ich glaube nicht, dass er in den Ofen passt.«

»Oh, daran habe ich noch gar nicht gedacht!« Sunita rannte

die Treppe hinauf. Maribeth konnte hören, wie die Ofentür erst quietschend geöffnet, dann zugeschlagen wurde und Sunita schrie: »Verdammt!«

»Keine Chance«, stieß sie hervor, als sie wieder ins Badezimmer kam. »Nicht mal, wenn wir die Schienen rausnehmen. Und es kommen ungefähr fünfzehn Leute.«

»Könnt ihr nicht einen neuen Truthahn besorgen?«, fragte Maribeth.

»Im Supermarkt waren kaum noch welche übrig«, entgegnete Todd. »Deswegen mussten wir ja so einen riesigen kaufen.«

»Versucht es doch noch mal in einem anderen Laden«, schlug Maribeth vor.

»Aber wir haben unser ganzes Geld für Fred ausgegeben. Er hat fast hundert Dollar gekostet.«

»Ich kann den Truthahn bezahlen.«

»Aber du kommst doch nicht mal zum Essen«, erwiderte Sunita.

»Außerdem haben wir kein Auto«, gab Todd zu bedenken. »Miles ist heute nach Philadelphia gefahren.«

»Wir können ja mal nachsehen, was die Supermärkte in der Nähe noch so haben«, schlug Sunita vor.

»Ich gehe nicht in den ShurSave«, erklärte Todd.

»Vielleicht könnten wir ihn bei jemand anderem im Ofen braten?«, meinte Sunita. »Vielleicht bei deiner Mutter.«

»Aber du weißt doch, wie weit draußen sie wohnt. Wie sollen wir dahin kommen?«

»Mit dem Bus.«

»An Thanksgiving? Mit Fred?«

»Tja, dann bleibt uns wohl nichts anderes übrig, als das Ganze abzusagen«, seufzte Sunita.

Die beiden sahen so niedergeschlagen aus, dass Maribeth es nicht ertragen konnte.

»Ich kenne jemanden, der vielleicht helfen könnte«, sagte sie.

»Wirklich?« Sie sahen sie so hoffnungsvoll an, es war süß.

Sie hinterließ eine Nachricht auf dem Anrufbeantworter. »Es ist kein Notfall«, wiederholte sie, um ihn nicht zu erschrecken. Doch als er schon nach knapp zehn Minuten zurückrief, wusste sie, dass er mit dem Schlimmsten rechnete.

»Es ist kein medizinischer Notfall, eher ein ornithologischer.« Sie erzählte ihm von dem Truthahn, der gegenwärtig in ihrer Badewanne auftaute.

»Ah, clever. Das macht man auch mit unterkühlten Patienten.«

»Gut zu wissen, dass unser Vorgehen medizinisch einwandfrei ist. Jetzt brauchen wir aber einen Ofen, in dem wir ihn braten können. In unsere Öfen passt er leider nicht. Und da habe ich an Sie gedacht, na ja, weil Sie doch so eine große Küche haben. Aber wahrscheinlich sind Sie heute Abend gar nicht da.«

»Ich gehe nirgendwohin«, erwiderte er. »Sagen Sie mir, wo Sie sind, dann hole ich Sie und den Truthahn ab.«

»Fred«, sagte sie.

»Wie bitte?«

»Der Truthahn heißt Fred.«

33

Dr. Grant kam um zwölf. Sunita und Todd verpackten den halbaufgetauten Fred in eine Mülltüte und schleppten ihn raus auf den Bürgersteig.

»Bist du sicher, dass wir nicht mitkommen sollen?«, fragte Sunita. »Ich habe das Gefühl, dass wir dir jetzt alles aufbürden.«

»Wisst ihr, wie man einen Truthahn brät?«, fragte Maribeth.

Sunita schüttelte den Kopf.

»Ich kümmere mich um den Vogel. Ihr bereitet alles andere vor. Ich komme wieder, wenn er fertig ist.«

»Okay, aber dann musst du natürlich zum Abendessen bleiben«, sagte Sunita. »Und dein Freund muss auch kommen.« Sie winkte Dr. Grant zu. »Vielen Dank!«, rief sie.

Maribeth sagte: »Das sehen wir dann.«

Dr. Grant hatte den Ofen bereits vorgeheizt und ein Backblech mit Saftpfanne bereitgestellt.

»Oh, Sie haben schon alles vorbereitet!«

»Ich bin gerne ihr Souschef.«

Maribeth warf einen Blick in den Ofen. Er war makellos sauber. Sie und Sunita hatten bereits eine Füllung vorbereitet und in eine Schüssel gepackt, und dazu hatte Maribeth noch eine Zwiebel mitgenommen, weil sie davon ausgegangen war, dass Dr. Grant keine im Haus hatte. Damit hatte sie richtiggelegen.

Sie trug Dr. Grant auf, die Zwiebel kleinzuschneiden, während sie den Truthahn von innen salzte und zum Füllen vorbereitete.

Als sie die Füllung ganz hineingelöffelt hatte, fragte sie: »Haben Sie noch Olivenöl übrig, oder haben Sie alles über mein Haar geschüttet?«

»Ich glaube, ich habe noch etwas. Wenn nicht, dann auf jeden Fall Butter.«

»Butter! Und Sie nennen sich einen Kardiologen!«

Lächelnd reichte er ihr eine Flasche Olivenöl. »Das ganze Vieh trieft vor Fett, deswegen glaube ich kaum, dass ein bisschen Butter etwas ausmachen würde.«

Während sie die Zwiebeln anbriet, suchte sie im Küchenschrank nach getrockneten Kräutern. Die Gewürzstreuer waren mit Staub bedeckt. »Meinen Sie, dass Kräuter schlecht werden können?«, fragte sie.

»Wenn ja, dann sind sie es bereits.«

»Wann haben Sie Ihre Küche zum letzten Mal benutzt?«

»Heute Morgen. Ich habe Tee gekocht.«

»Und wann haben Sie Ihren Ofen zum letzten Mal benutzt?«

»Warum? Funktioniert er nicht?«

»Doch, er funktioniert prima.«

»Zählt eine Tiefkühlpizza?«

»Nein.«

»Dann ist es etwa zwei Jahre her.«

Also war Felicity vor zwei Jahren gestorben.

»Kommt Mallory nicht zu Thanksgiving nach Hause?«, fragte Maribeth, während sie Öl und Zwiebeln über den Truthahn goss und in Freds immer noch kühle Haut einmassierte.

Er schüttelte den Kopf. »Ich sehe sie in ein paar Wochen, wenn ich über Weihnachten nach Kalifornien fliege.«

»Und Sie hatten heute wirklich nichts vor?«, fragte sie und streute Kräuter und Salz über den Vogel.

Er wirkte fasziniert, als hätte er noch nie gesehen, wie jemand einen Truthahn zubereitet. »Louise wollte mich unbedingt einladen. Aber ich komme mir schon vor wie eines ihrer Kirchenprojekte.« Er verzog das Gesicht. »Eigentlich wollte ich den ganzen Tag lang Football schauen.«

»Das können Sie ja immer noch tun.«

»Mache ich auch vielleicht.«

»Haben Sie vielleicht Küchengarn? Oder irgendetwas anderes, um die Keulen zusammenzubinden?«

»Augenblick. Ich glaube, ich habe genau das Richtige«, antwortete er, ging in sein Büro und kehrte mit einem Paket Chirurgenfaden zurück.

Maribeth band damit die Schenkel zusammen. »Es sei denn, Sie wollen ihn vernähen.«

»Nein, ich lasse der Expertin den Vortritt«, sagte Dr. Grant.

Sie versetzte der Pfeffermühle ein paar letzte Drehungen und wollte dann das Blech mit dem Truthahn in den Ofen schieben.

»Wenn Sie erlauben«, sagte Dr. Grant.

»Ich habe die sechs Wochen überstanden«, erwiderte Maribeth.

»Hier spricht der Gentleman und nicht der Arzt.«

»Na schön.« Sie trat beiseite.

Als der Truthahn im Ofen war, stellte sie die Uhr. Es war inzwischen halb eins. Er würde mindestens fünf Stunden brauchen, wahrscheinlich länger, weil er noch nicht ganz aufgetaut war. Eigentlich musste er auch einmal pro Stunde mit Flüssigkeit bepinselt werden, obwohl es auch nicht das Ende der Welt bedeuten würde, wenn es nicht passierte. »Soll ich jetzt fahren und später wiederkommen?«, fragte sie. »Oder kann ich hierbleiben und Fred babysitten, falls Sie irgendwohin wollen? Ich will Sie nicht stören.«

»Sie stören mich nicht. Und ich muss nirgendwohin«, versicherte er ihr. »Aber Sie können den Truthahn in meiner Obhut lassen, falls Sie irgendwohin müssen.«

»Ich muss auch nirgendwohin«, sagte sie.

Als Fred fertig war, war es beinahe sechs, und Maribeth war beschwipst, ja, fast schon betrunken. Gegen drei waren sie und Dr. Grant hinunter in seinen Weinkeller gegangen und hatten mehrere Flaschen für das Abendessen ausgesucht, da sie in einer schweigenden Übereinkunft beschlossen hatten, beide hinzugehen. Irgendwann gegen vier hatten sie eine Flasche Rioja entkorkt. Irgendwann gegen fünf hatte sie aufgehört, ihn Dr. Grant zu nennen.

»Oh, Gott sei Dank!«, rief Todd, als sie mit Fred auf einer großen Platte eintrafen. »Wir dachten schon, wir müssten das Nussbrot essen.«

»Nussbrot?«, fragte Maribeth.

»Sunnys Freund Fritz hat ein Nussbrot gebacken, weil er dachte, sie als Inderin müsse Vegetarierin sein. Und weil er sie unbedingt flachlegen will.«

»Quatsch, will er nicht«, entgegnete Sunita. Sie wandte sich an Dr. Grant – Stephen – und streckte ihm die Hand hin. »Hallo, ich bin Sunita. Vielen, vielen Dank, dass Sie uns aus der Patsche geholfen haben!«

»Ich bin Stephen«, sagte er. »Und es war mir ein Vergnügen.«

»Und Sie haben sogar Wein mitgebracht! Exzellent!«, sagte Todd mit einem Wink auf die Flaschen in Stephens Hand.

»Sunnys Banausenfreunde haben alle Bier mitgebracht. Und Nussbrot.«

»Jetzt hör schon auf mit diesem Nussbrot«, schimpfte Sunita.

»Kann ich ein Glas von dem da haben?«, fragte Todd Stephen und zeigte auf den Shiraz.

»Vielleicht solltest du mir erst mal deinen Ausweis zeigen.«

»Er benimmt sich nur unreif, aber er ist volljährig«, verteidigte ihn Sunita.

»Wenn das so ist, bring mich zu deinem Korkenzieher.«

»Folge mir«, sagte Sunita.

Sobald Stephen außer Hörweite war, versetzte Todd Maribeth einen Rippenstoß: »Wer ist denn der Silberfuchs?«

»Ein Freund.«

»So so. Ein *Freund?* Ist das der Freund, für den du dir die Haare abgeschnitten hast?«

Er war der Freund, der ihr die Haare abgeschnitten hatte, aber das sagte sie nicht.

»Dein Grinsen verrät dich«, sagte Todd.

Sie biss sich auf die Lippe, aber was gab es zu verraten? Er war ihr Arzt gewesen und ihr Freund geworden. Das schien jetzt offiziell, aber hatte es sich nicht von Anfang an in diese Richtung entwickelt? Wenn man bedachte, wie ihre Termine verlaufen waren: immer kürzere Untersuchungen, gefolgt von immer längeren Unterhaltungen in seinem Büro. Und diese Unterhaltungen – metaphysisch, intellektuell, philosophisch, vielfältig – waren zum Höhepunkt ihrer Woche geworden. Sie konnte sich nicht erinnern, wann sie sich zum letzten Mal mit jemandem so gut verstanden hatte.

»Er ist mein Freund, so wie du und Sunita Freunde sind.«

»Er ist also schwul?«, fragte Todd, der sie missverstand.

»Nicht, dass ich wüsste.«

»Warum ist er dann nur ein Freund?«

Nach dem Essen, nachdem die Flaschen des australischen Shiraz, des chilenischen Pinots und eines sehr teuren französischen Burgunders geleert worden waren, nachdem alle nacheinander gesagt hatten, wofür sie dankbar waren – fast alle hatten irgendetwas gesagt, das mit den Steelers zu tun hatte, Maribeth, die inzwischen betrunken war, war herausgeplatzt mit »nicht tot zu sein«, was alle zum Lachen brachte, Stephen hatte zur allgemeinen Verwirrung »für das Unerwartete« gesagt, und Fritz hatte sein Statistikseminar genannt, worauf Todd fragte, ob das nicht das Seminar gewesen sei, in dem er Sunny kennengelernt habe, woraufhin der arme Fritz rot wie die Cranberrysauce geworden war. Nachdem Sunita und Todd versucht hatten, das Gabelbein des Truthahns auseinanderzubrechen, um sich etwas zu wünschen, und dabei eine Kerze umgestoßen hatten, die Hälfte der Gäste ins Wohnzimmer gepilgert war, um die Eagles spielen zu sehen, und die andere Hälfte in der Küche planlos das Geschirr spülte, ließ sich Maribeth aufs Sofa fallen. Sunita setzte sich neben sie, küsste sie auf die Wange und sagte, das sei das schönste Thanksgiving gewesen, das sie seit langem erlebt hätte, und Maribeth erwiderte: »Ich auch.« Erst dann dachte sie an Oscar und Liv.

Zum ersten Mal an diesem Tag.

34

Der Kater folgte, wie es Kater so an sich haben, am nächsten Tag.

Maribeth erwachte durch einen Lichtstrahl, der durch eine Ritze im Rollo fiel. In ihrem Kopf hämmerte es.

Sie griff nach ihrem Handy. Es war schon nach zwölf. Sie hatte sich immer darüber beklagt, nicht mehr ausschlafen zu können, seitdem sie Kinder hatte, aber jetzt, nachdem sie es getan hatte, fiel ihr wieder ein, dass es immer einen Grund dafür gab, warum man so lange schlief – nämlich, weil der Körper wusste, dass man das Wachsein nicht würde ertragen können.

Sie schwankte ins Bad, hielt den Kopf unter den Wasserhahn und trank. Sie putzte sich die Zähne und setzte eine Kanne Kaffee auf. Während der Kaffee durchlief, zog sie die Rollos hoch und blinzelte. Draußen war der Himmel grau und eintönig, als könne es Schnee geben. Das schien jedoch niemanden zu stören. Sogar die ruhigen Straßen von Bloomfield wimmelten von Menschen, die die günstigen Angebote am Black Friday nach Thanksgiving nutzen wollten.

Sie ließ die Rollos wieder herunter und tappte in die Küche, wo sie sich einen Topf mit Haferbrei aufsetzte, doch als es auf dem Herd blubberte und schmatzte, sah es aus wie Erbrochenes. Fast musste sie sich übergeben. Sie kippte den Brei in den Müll und machte sich einen Toast.

Dann nahm sie ihr neuestes Buch zur Hand, eine Sammlung postmoderner Kurzgeschichten, ein weiterer dicker Schmöker, den sie schon lange hatte lesen wollen. Doch während sie sich vor zwei Tagen genüsslich darin vertieft hatte, las sie an diesem Tag ein und denselben Absatz wieder und wieder.

Es war kein Tag zum Lesen. Es war ein Tag, um sich den Umständen zu fügen und zu faulenzen. Sie schenkte sich Kaffee ein, legte den Toast auf einen Teller, schleppte sämtliche im Apartment vorhandenen Decken aufs Sofa und baute sich ein Nest. Dann zappte sie durch die TV-Sender, bis sie etwas Nichtssagendes, Hirnloses fand, irgendeinen seichten Film. Sie empfing hier nicht so viele Sender wie zu Hause, dafür aber ein paar unabhängige, seltsame Kabelprogramme, die es gratis zu geben schien. Erst nach zehn Minuten wurde ihr klar, dass es um eine alkoholabhängige Mutter ging, die ihre vier Kinder im Stich gelassen hatte.

Sie hätte umschalten sollen, aber sie konnte nicht wegsehen. Sie war gefesselt von der melodramatischen Geschichte dieser auf Abwege geratenen Mutter, die in einer Telefonzelle schluchzte – wobei die Telefonzelle das Alter des Films noch deutlicher verriet, als ihre Frage nach den Gelben Seiten ihres verraten hatte – und sich selbst mit dem Hörer schlug, nachdem ihr ein R-Gespräch verweigert worden war. So tragisch, wie die Szene auch war, so wusste Maribeth doch, dass es ein Happy End geben würde. Diese Mutter würde erlöst werden, weil sie die Hauptfigur war. Nur wenn die Mutter nie präsent war, wenn sie nie gezeigt wurde, wenn sie nur über ihre Abwesenheit definiert wurde, weil sie Gerichtstermine oder Geburtstage verpasste, begriff man implizit, dass sie eine Rabenmutter war und als Figur nur der Erlösung Anderer diente.

Als der Werbeblock kam, überlegte Maribeth, wie es aussähe, wenn ihr Leben für das Fernsehen verfilmt werden würde. Was für eine Art Mutter wäre sie? Die Antwort wusste sie sofort, ohne Zweifel. Die Mutter, die ihre Familie vor einem Monat verlassen hatte, ohne ein Wort zu sagen, ja, die sich nicht einmal die Mühe gemacht hatte, noch einmal nach ihren vierjährigen Zwillingen zu sehen, obwohl sie behauptete, sie über alles zu lieben. Die sich betrunken und einen wundervollen Thanksgivingabend gehabt hatte, obwohl ihre Kinder bestimmt in ihrer Abwesenheit geweint hatten. Die Mutter, die diese Kinder nicht ein einziges Mal angerufen oder ihnen wenigstens mal eine E-Mail geschickt hatte.

Zwar hatte sie Briefe geschrieben, doch diese Briefe würden in ihrem Film niemals erscheinen. Sie würden nicht als Beweismittel für ihre Unschuld dienen können, für ihre Liebe, die sie im Augenblick nicht zeigen konnte.

In Maribeths imaginärem Film war sie die Rabenmutter.

35

In der Bibliothek war normalerweise nichts los, wenn Maribeth am späten Vormittag hinging, doch als sie sich an diesem Freitag irgendwann hinschleppte, war sie mit Teenagern überfüllt, die nicht nur sämtliche Computer in Beschlag genommen hatten – sowohl die in der Jugendabteilung als auch die zur allgemeinen Benutzung –, sondern die komplette Bibliothek. Sie unterhielten sich unangemessen laut und klebten an den Rechnern, um sich YouTube-Videos anzusehen. Als Maribeth darauf wartete, dass ein Terminal frei wurde, betrachteten sie die Jugendlichen mit jenem Misstrauen, mit dem Mütter auf Spielplätzen einsame Männer beäugten.

Sie hatte keine Ahnung, was sie ihren Kindern sagen sollte. Sie wusste nur, dass sie sich melden musste, ihnen mitteilen musste, dass sie keine so schlechte Mutter war. Sie gehörte zu den guten Müttern, zu denen, die sich den Weg zurück zu ihren Kindern erkämpften. Doch wie konnte sie ihnen das sagen und gleichzeitig erklären, warum sie nicht heimkam? Wenn sie als Indikator angesetzt hätte, ob sie es schaffte, zu Fuß zur Bibliothek und wieder zurück zu laufen, dann wäre sie jetzt an diesem Punkt angelangt. Diesen Hügel konnte sie erklimmen. Doch jetzt, wo sie oben stand, sah sie erst all die anderen Gipfel dahinter. Und sie wusste, dass sie noch nicht bereit war zurückzukehren.

Doch eines Tages würde sie es sein, und Oscar und Liv mussten das wissen. Sie mussten wissen, dass sie nicht die Böse war, diejenige, die sie für immer verlassen hatte.

Als endlich ein Computer in der Jugendabteilung frei wurde, kaperte ihn Maribeth, kurz bevor ein junges Mädchen mit pinken Strähnen und gepiercten Lippen ihn erreichte. »Hey!«, motzte das Mädchen. »Da dürfen Sie gar nicht ran.«

Maribeth ignorierte sie und loggte sich in ihren Mail-Account ein. Noch nie hatte sie so lange ihre E-Mails nicht gecheckt, und eine Welle der Nervosität und bösen Vorahnungen schwappte über sie hinweg. Es würde so viel schlimmer sein als damals, als sie in Toms und Elizabeths Ferienhaus für ein paar Tage offline gewesen war. Sie konnte nur ahnen, was Jason ihr geschrieben hatte, als sich ihre Abwesenheit immer länger hinzog. Und, o Gott, angenommen, ihre Mutter hatte jemanden gefunden, der eine E-Mail für sie verschickte?

Es war fast eine Erleichterung, als auf der ersten Seite nur Spammails erschienen: Werbung für Sonderverkäufe am Black Friday, Kreditkartenangebote, Aufrufe für Spenden zur Weihnachtszeit. Maribeth löschte sie und rief die nächste Seite auf. BrightStart bot einen Beratungstag zur Schulwahl an, von der Tribeca-Elternseite gab es endlose Infos zum Thema Bio-Essen für Kinder, es fanden sich Angebote für Zwillingsjogger, aber nichts von Jason.

Sie scrollte fünf, dann zehn, dann noch mehr Seiten im Posteingang zurück. Zwei, drei, vier Wochen. Nichts von Jason. Sie startete eine Suche, sowohl nach seiner persönlichen als auch seiner beruflichen E-Mail-Adresse. Die letzte E-Mail von Jason Brinkley stammte von Ende Oktober. Zwei Tage, bevor sie nach Pittsburgh gegangen war.

Sie war in einem kritischen Gesundheitszustand fortgegangen, zweieinhalb Wochen nach einer Notfallbypassoperation.

Und er hatte ihr nicht eine einzige E-Mail geschrieben. Nicht, um zu fragen: Geht es dir gut? Nicht, um sie zu beschimpfen: Du kannst mich mal! Nicht, um sie anzuflehen, nach Hause zurückzukehren oder ihr zu befehlen, bloß wegzubleiben.

Sie fing an zu lachen, nur das es kein richtiges Lachen war, denn nur zwei Sekunden später weinte sie. Die vorlauten Teenager sahen sie jetzt besorgt an.

»Alles okay mit Ihnen?«, fragte das Mädchen mit den pinken Haaren und dem Lippenpiercing.

»Er hat mir keine einzige Scheiß-E-Mail geschrieben!«

Das Mädchen sah sie erstaunt an, vielleicht, weil sie geflucht hatte. Oder vielleicht, weil sie noch nie erlebt hatte, dass eine Erwachsene sich so hemmungslos gehen ließ. Doch nach einem Augenblick gewann das Mädchen seine Fassung wieder, verdrehte die Augen und sagte: »Typen sind solche Arschlöcher!«

36

Am Freitagabend kochte sie vor Wut. Diese ganzen Umstände – alles bar zu zahlen, sich unauffällig zu verhalten, den Namen zu ändern –, wofür? Sie spielte Verstecken … mit sich selbst. Niemand suchte nach ihr.

Am Samstagmorgen war sie zu der Überzeugung gelangt, dass irgendjemand sich nach ihr erkundigt haben musste. Bestimmt hatte sie eine Mail übersehen, oder sie war in ihrem Spam-Ordner gelandet. Wenn man bedachte, wann sie gegangen war, wie sie gegangen war und warum, musste doch irgendjemand eine Leuchtkugel abgeschossen haben.

Nachmittags kehrte sie in die Bibliothek zurück. Diesmal war es nicht so voll und sie fand gleich einen freien Computer. Sie loggte sich in ihren E-Mail-Account ein und blätterte erneut jede einzelne Seite durch. Nichts. Sie checkte ihren Spam-Ordner. Nichts. Den Papierkorb. Nichts. Sie checkte ihren Arbeits-Account, für den Fall, dass Jason versehentlich an die falsche Adresse gemailt hatte, aber auch dort fand sie nichts von ihm. Sie öffnete Facebook. Alte Genesungswünsche und x-beliebige Postings von Leuten, die keine Ahnung hatten, was geschehen war – aber nichts von Jason oder Elizabeth.

Es war, als existierte sie nicht.

Immer wieder aktualisierte sie die Seite, unfähig, es zu begreifen. Sie nahm sich vor, bis drei Uhr zu warten, und wenn bis dahin keine Nachricht eingetroffen wäre, nach Hause zu gehen. Es wurde drei Uhr. Dann vier. Dann fünf. Nichts.

Als die Bibliothekarin die Lichter blinken ließ, um anzukündigen, dass die Bibliothek in zehn Minuten schloss, hatte sich ihr Kummer in Wut verwandelt. Ein Monat war verstrichen, und kein Wort. Sie klickte auf »Schreiben« und begann, seinen Namen einzugeben. Google ergänzte ihn automatisch.

Blöderweise habe ich mir eingebildet, ich würde Dir trotz allem etwas bedeuten.

Der Cursor blinkte am Ende der Nachricht. Eine leise Stimme im Hinterkopf warnte sie davor, es besser nicht zu tun. Es war dieselbe Stimme, die sie vor über zwanzig Jahren gehört hatte, als sie Jason im betrunkenen Zustand eine E-Mail schicken wollte, nachdem sie von der neuen Freundin in San Francisco erfahren hatte. *Konntest nicht mal warten, bis das Bett kalt war, was?*, hatte sie geschrieben.

Er hatte nie auf diese Mail geantwortet, und sie hatte bedauert, sie ihm geschickt zu haben. Aber das hielt sie nicht davon ab, jetzt diese hier zu senden.

37

Als Maribeth an jenem Tag aus der Bibliothek kam, traf sie Sunita vor dem Haus.

»Hi, wir kommen gerade vom Holiday Market«, sagte Sunita.

»Woher?«, fragte Maribeth.

»Das ist so eine Art Weihnachtsmarkt. Ich habe dir doch eine SMS geschrieben und gefragt, ob du mitkommen willst.«

»Tut mir leid, habe ich nicht gesehen. Ich war in der Bibliothek.«

»Hast du neue Bücher ausgeliehen?«

»Nein, ich habe nur den Computer benutzt.« Wobei »benutzt« nicht ganz das richtige Wort war. Sie hatte wie in Trance vor dem Bildschirm gesessen, wie eine alte Frau vor dem Spielautomaten. »Und, wie war es auf dem Markt?«

»Nicht besonders. Aber nächste Woche findet Handmade Arcade statt, das ist wirklich toll. Wie Dawanda in einer großen Veranstaltungshalle«, sagte Sunita. »Du solltest wirklich mitkommen.«

»Mal sehen. Vielleicht muss ich noch mal in die Bibliothek.«

»Aber wenn du einen Computer brauchst, kannst du dir doch jederzeit meinen Laptop ausleihen.«

»Wirklich?«

»Klar.«

»Könnte ich ihn mir jetzt sofort ausleihen?«

»Natürlich.« Sunita ging rauf und kehrte mit ihrem Laptop zurück. »WLAN müsste auch bei dir funktionieren.«

Verstohlen, so als wolle sie sich einen Porno ansehen, trug Maribeth den Computer in ihr Apartment. Sie startete ihr E-Mail-Programm und ließ es den ganzen Abend geöffnet. Immer wieder aktualisierte sie die Seite, während sie versuchte, sich mit ihrer Sammlung von Kurzgeschichten abzulenken, und, als das nicht funktionierte, wieder den Fernseher einschaltete. Es lief ein Serienmarathon von *Modern Family*, so belanglos, dass es sie nervte. Also schaltete sie zu einer Wiederholung von *Friends* um, aber das machte sie traurig, weil es eine Hochglanzfernsehversion ihrer früheren Freundschaft mit Elizabeth war. (Na ja, sie hatten in einem Loft gewohnt. Und sie waren jung gewesen.)

Bis Maribeth bei *Good Wife* angelangt war, war ihre lodernde Wut zu einer zähen Resignation heruntergekocht. Was hatte sie erwartet? So war es doch immer. Maribeth kämpfte mit Worten. Jason kämpfte mit Schweigen. Nur, weil sie wünschte, dass es anders wäre, hieß das nicht, dass es auch so sein musste. Wie ihr Vater, der Zahnarzt, immer gesagt hatte: »Wenn Wünsche Weingummis wären, wäre ich ein reicher Mann.«

Um zwei Uhr morgens gab es nichts mehr im Fernsehen, womit sie sich hätte ablenken können. Maribeth fühlte sich ausgelaugt und zittrig. Sie musste versuchen zu schlafen. Sie wollte das E-Mail-Programm schließen, aber dann konnte sie sich doch nicht mehr zurückhalten.

Du willst mich also bestrafen?, schrieb sie. *Das überrascht mich nicht. Ich habe einfach nur gehofft, dass Du dieses Mal über Deinen Schatten springen könntest und Dich der Situation gewachsen zeigen würdest. Aber ich habe mich wieder getäuscht!*

38

Am Sonntagmorgen erwachte Maribeth mit Sunitas Laptop neben sich auf dem Kissen. Bei seinem Anblick erinnerte sie sich an die E-Mails, die sie geschrieben hatte – und das, obwohl sie sich nicht mal damit rausreden konnte, betrunken gewesen zu sein. Sie stöhnte. Es war toll, dass Google es möglich machte, eine versehentlich versendete E-Mail innerhalb einer Minute zurückzurufen, aber konnten sie nicht mal eine Technik entwickeln, mit der man Mails am Morgen danach zurückholen konnte?

Maribeth trug den Computer in die Küche und schob ihn in den Küchenschrank unter eine Packung braunen Reis. Dann legte sie sich wieder ins Bett und blieb dort, bis sie über sich Schritte hörte.

Obwohl es noch keine zehn Uhr war, war Todd, als er ihr die Tür öffnete, schon komplett angezogen. Er trug seine Catering-Uniform und dazu einen Strohhut.

»Sie zwingt mich, in altmodischen Klamotten zur Blumenausstellung im Phipps Conservatory zu gehen«, flüsterte Todd. »Rette mich!«

Sunita erschien in einem Zwanziger-Jahre-Kleid und Jeans. »Ach, hör schon auf, wir haben lange genug darüber diskutiert.« Sie sah Maribeth an und fragte: »Möchtest du mitkommen?«

»Nein, danke.«

»Ganz sicher? Es wird bestimmt nett.«

»Nein, wirklich nicht.« Maribeth war nicht nach Plaudern zumute. Sie wollte nur den Computer zurückgeben. Er erschien ihr so bedrohlich wie eine geladene Waffe. »Danke fürs Ausleihen. Tschüss!«

Als sie ihre Apartmenttür aufschloss, fing ihr Handy an zu klingeln. »Vielen Dank für das Angebot«, sagte sie, in der Annahme, es sei Sunita, »aber ich habe keine große Lust, heute zu einer Blumenausstellung zu gehen.«

Schweigen. Und dann: »Aber ich weiß noch etwas viel Schlimmeres als eine Blumenausstellung.«

»Oh, Doktor … Stephen.« Sie stolperte kurz über die Anrede und die neue Realität, in der Dr. Grant – Stephen – sie anrief. »Was könnte schlimmer sein als eine Blumenausstellung?«

Wieder eine Pause. »Die Shoppingmall.«

Als sie nichts erwiderte, fuhr er fort: »Am Black-Friday-Wochenende.«

»Stimmt. Das *ist* schlimmer als eine Blumenausstellung.«

»Schön, das hätten wir ja jetzt geklärt.« Im Hintergrund konnte Maribeth den Fernseher hören. »Weißt du noch, als ich deinen Truthahn gebraten habe?«

»Streng genommen war es gar nicht meiner.«

»Stimmt, Fred hat den Kindern gehört. Trotzdem habe ich gedacht, du könntest mir dafür vielleicht einen Gefallen tun.«

»Und dieser Gefallen hat mit einer Shoppingmall am Black-Friday-Wochenende zu tun?«

»Ich weiß, das ist ziemlich viel verlangt. Dann würde ich wieder in deiner Schuld stehen.«

»Na ja, was das betrifft, bin ich noch lange nicht raus. Aber warum willst du ausgerechnet an diesem Wochenende einkaufen gehen?«

»Weil ich ein Weihnachtsgeschenk für Mallory brauche.«

»Du weißt aber schon, dass du noch vier Wochen Zeit hast, auch wenn es an diesem Wochenende Sonderangebote gibt?«

»Ich würde es eben gerne hinter mich bringen. Damit ich nicht wieder panisch werde.«

»Panisch?«

»Letztes Jahr habe ich zu lange gewartet, bin panisch geworden und habe Mallory über einen Home-Shopping-Kanal eine Lederjacke gekauft.«

»Lederjacke hört sich doch gut an.«

»Klar, nur nicht für eine Veganerin und fanatische Tierschützerin. Mallory dachte, ich wolle mich über sie lustig machen und war so beleidigt, wie es nur Einundzwanzigjährige sein können.« Er seufzte. »Ich habe die Jacke auf eBay verkauft und ihr einen Kajak-Kurs geschenkt, also hat sie sich am Ende vielleicht doch noch gefreut. Aber diesmal würde ich eine solche Katastrophe gern vermeiden. Deshalb die Shoppingmall. So machen die Leute das doch, oder?«

Maribeth hatte selten Grund, eine Mall zu betreten (ein echter Pluspunkt von New York City). Aber wenn sie es tat, zum Beispiel, wenn sie zu Besuch bei ihrer Mutter war, gingen ihr diese Läden vom ersten Moment an auf die Nerven. Die Menschenmenge raubte ihr den Atem, die Zahl der Geschäfte ließ sie schwindeln. Eine Shoppingmall am Black-Friday-Wochenende klang wie ein Albtraum. Aber vielleicht war es nur ein weiterer Beleg dafür, wie misslungen das Wochenende ohnehin schon war, und als sie Stephen schließlich sagte, sie würde sich freuen mitzukommen, war es nicht gelogen.

»Wir fahren zur Ross Park Mall«, erklärte Stephen, als sie die Thirtieth Street Bridge überquerten. »Warst du schon mal da?«

»Habe ich dir nicht gerade erklärt, wie sehr ich Shoppingmalls liebe?«, scherzte sie.

»Es heißt, es sei die beste in Pittsburgh.«

»Das ist, als würde man jemandem sagen, er hätte den besten Krebs.«

Sie schlug sich die Hand vor den Mund. Krebs. Daran war seine Frau gestorben. Was war nur mit ihr los?

»Na ja, einige Krebsarten sind tatsächlich besser als andere«, erwiderte Stephen ganz locker. »Schilddrüsenkrebs, Prostatakrebs – gute Heilungschancen.«

Maribeth versuchte, das Thema zu wechseln, bevor sie noch einmal ins Fettnäpfchen trat. »Erzähl mir von Mallory. Wie ist sie so?«

»Zweiundzwanzig. Klug, ehrgeizig, rechthaberisch. Was sie selbst von sich sagt. Sie hat sich ›Bossy Bitch‹ tätowieren lassen, mit diesem doppelten Kreuz davor.«

»Einem Hashtag?«

»Wenn du das sagst.«

»Dann ist sie Feministin, und ein klein bisschen kurzsichtig.«

»Sind nicht alle jungen Leute kurzsichtig?«, fragte er.

»Doch, ich glaube schon.«

»Und wenn schon, es sei ihr gegönnt. Sie musste in so vieler Hinsicht zu früh erwachsen werden.«

Maribeth ging davon aus, dass er auf den Tod ihrer Mutter anspielte. Wenn Mallory jetzt zweiundzwanzig war, musste sie zwanzig gewesen sein, als Felicity starb. Das war zwar nicht schön, aber mit zwanzig … immerhin besser als mit vier.

»Sie wünscht sich noch ein Tattoo, aber ich bringe es nicht über mich, ihr das Geld dafür zu schenken.«

»Was mag sie denn sonst noch?«

»Sie hat Staatswissenschaften im Hauptfach und Schauspiel im Nebenfach studiert.« Er lächelte stolz. »Sie liebt alles, was mit Bühne zu tun hat: Theater, Konzerte, Tanz. Felicity hat ihr früher oft Karten für die Oper oder das Ballett geschenkt, und dann sind sie zusammen hingegangen.«

»Und warum schenkst du ihr nicht auch so etwas?«

»Weil das irgendwie den beiden gehörte. Außerdem hasse ich Opern.«

»Und was ist mit einer Spende? Zum Beispiel für eine Organisation, die sich um Krebspatienten kümmert«, sagte sie und erwähnte diesmal absichtlich die Krankheit, aber auf sensiblere Art.

Doch sie bogen schon auf den riesigen Parkplatz ein und begannen, nach einer Parklücke zu suchen. »Du willst dich nur davor drücken, mit mir in die Mall zu gehen«, scherzte er.

Da war etwas Wahres dran. Es musste rappelvoll sein, den wenigen freien Parkplätzen nach zu urteilen. Sie mussten zweimal im Kreis fahren, bevor sie schließlich einer Familie auf dem Weg zu ihrem Auto folgten.

»Ich fühle mich wie eine Raubkatze, die sich an ihre Beute heranschleicht«, bemerkte Maribeth.

»Verstehe«, sagte Stephen, als er seitlich ranfuhr und den Blinker setzte, während die Familie Einkaufstüten in einen SUV lud. »Wenn uns irgendwer den Parkplatz wegschnappt, springst du raus und machst ihn fertig, okay?«

»O nein! Ich bin nur für die Geschenkeberatung hier.« Die Familie stieg jetzt ins Auto. »Darin bin ich übrigens ganz gut. Früher habe ich Weihnachtsgeschenkeratgeber redigiert.«

»Wirklich?«

»Ja. Früher, in meinem anderen Leben.«

Maribeths Schläfen begannen zu pochen, sobald sie die Mall betraten und die Schlange vor dem Weihnachtsdorf sahen, die sich rund um den gesamten Restaurantbereich zog. Die Kinder, mit klebrigen Gesichtern von der Zuckerwatte, waren bereits vollkommen überdreht, und ihre armen Eltern wirkten allesamt so, als könnten sie einen ausgedehnten Mittagsschlaf gut gebrauchen, den sie jedoch erst in einem Monat machen würden.

Ja, die Weihnachtsfeiertage. Maribeth war ein wenig erleichtert, dieses Jahr nicht daran teilzunehmen. Nicht, dass sie jemals besonders viel Einfluss auf den Ablauf des Weihnachtsfestes gehabt hätte, außer, dass sie die Geschenke für Jasons Familie besorgte und die Reise zu den Verwandten organisierte, bei denen gefeiert wurde. »Na ja, Weihnachten ist ja auch nicht wirklich ein Feiertag für dich, oder?«, hatte Lauren vor einigen Jahren gesagt, als Maribeth angedeutet hatte, dass möglicherweise, nur möglicherweise, fünf Geschenke pro Zwilling ein bisschen viel wären.

Sie kamen an mehreren Geschäften vorbei und Maribeth machte Vorschläge: ein Messerset von Crate and Barrel? Ein Koffer von Tumi? Eine Handtasche von Kate Spade? Aber Stephen lehnte alles ab. Mallory kochte nicht. Sie reiste mit einem Rucksack. Designertaschen seien zu spießig und außerdem aus Leder.

Sie standen vor dem Eingang von Nordstrom, als jemand mit dem stärksten Pittsburgher Dialekt, den Maribeth je gehört hatte, rief: »Dr. Grant? Dr. Grant! Sind Sie das? Schau mal, Donny, da ist Dr. Grant!«

Ein älteres Paar im Jogginganzugpartnerlook wälzte sich auf sie zu. Anders als die meisten anderen im Einkaufszentrum trugen die beiden keine Einkaufstüten, nur Wasserflaschen, die sie sich um den Bauch geschnallt hatten.

Stephen verzog die Lippen zu einem künstlichen, breiten Grinsen. Maribeth fand, dass er so wie ein typischer Arzt aussah, nicht nur wie ihr Arzt.

»Don, Susan, ich freue mich, Sie zu sehen«, sagte er. Es folgte eine Runde Händeschütteln und Schulterklopfen.

»Wie heißt denn Ihre Freundin?«, fragte Susan.

»Das ist M. B., M. B., Don und Susan waren meine Patienten.«

»Wir hatten beide einen Herzinfarkt«, sagte Don und lächelte Susan hingebungsvoll an. »Vor fünf Jahren, einer nach dem anderen.«

»Mein Herzinfarkt hat ihm seinen Herzinfarkt bereitet«, erklärte Susan.

»Mein Baby!« Dabei griff sich Don dramatisch an die Brust.

Irgendwie süß, diese eingeübte Nummer. Maribeth schloss aus der Art, wie sie ihr Programm abspulten, dass sie gar nicht auf die Idee kamen, sie könnte eine Patientin sein und ebenfalls einen Herzinfarkt erlitten haben.

»Sie sehen beide gut aus«, sagte Stephen. »Und ich habe nichts von Ihnen gehört, was ich als gutes Zeichen betrachte.«

»Ja, weil Sie ja nicht mehr in der Praxis sind. Wir sind jetzt bei diesem Dr. Garber«, erklärte Don.

»Don!«, tadelte ihn Susan und senkte die Stimme. »Wir mögen ihn nicht so sehr. Wir wären ja mit Ihnen in die neue Praxis gegangen, aber wir waren unsicher, weil alle unsere Krankenakten und Versicherungsunterlagen in der alten Praxis sind.«

»Schon in Ordnung«, sagte Stephen.

»Ich wollte nur nicht, dass Sie glauben, wir hätten gedacht …« Susan sprach den Satz nicht zu Ende. »Es war alles so furchtbar traurig.«

»Ich verstehe«, sagte Stephen, wobei Maribeth bemerkte, dass sein Doktorenlächeln an den Rändern ausfranste. »Sie absolvieren also hier Ihr tägliches Bewegungsprogramm?«

»Ja, wir kommen dreimal pro Woche her«, antwortete Susan. »Genau, wie Sie uns geraten haben. Normalerweise ist es aber nicht so voll.«

»Ich hab's dir doch gleich gesagt«, meinte Don.

»Ich dachte, vormittags wäre es schlimmer«, erwiderte Susan schnippisch.

»Sie sehen beide gut aus«, sagte Stephen erneut und wandte sich zum Gehen.

»Es geht uns auch gut. Und mein Cholesterinspiegel, Sie werden es nicht glauben!«, fuhr Don fort. »Er ist runter auf hundertvierzig, dabei ist das LDL niedrig und das HDL hoch. Wie waren noch mal die Werte, Susi?«

»Das ist wunderbar«, sagte Stephen.

»Sie sollten die Resultate sehen«, sagte Don und zog einen zerknitterten Ausdruck hervor.

Maribeth konnte es spüren, sein Unbehagen, seinen Drang, diese Leute loszuwerden, und vor allem seinen Kummer. Sie war neugierig gewesen, was in seiner alten Praxis geschehen war, hatte aber widerstanden nachzufragen. Jetzt war sie froh, dass sie nichts wusste. Es war, als könnte sie ihn so beschützen.

»Wir müssen los«, sagte Maribeth und hakte Stephen unter. »Ich bin schon spät dran.«

Stephen schien für einen kurzen Moment verwirrt. Dann sagte er: »Stimmt. Du bist spät dran. Don, Susan, hat mich gefreut, Sie wiederzusehen.«

»Wir haben uns auch gefreut, Dr. Grant. Ich bin froh, dass es Ihnen bessergeht«, sagte Susan. »Das Leben geht weiter. Es muss.«

Als Maribeth und Stephen Don und Susan zurückließen und ins Nordstrom-Kaufhaus flüchteten, wirkte Stephen bedrückt, und auch Maribeth gab sich jetzt ihrem Unbehagen hin, ohne weiter Widerstand zu leisten. Weihnachtliche Klaviermusik dudelte ihnen um die Ohren und eine Armee von übertrieben geschminkten jungen Frauen bot ihnen höflich, aber aggressiv Duftproben an. Das alles ließ Maribeth schwindelig werden.

Ihr fiel plötzlich wieder ein, wie sie einmal bei Macy's fast umgekippt wäre, als sie und Jason ihre Hochzeitsliste zusammengestellt hatten (oder besser: Als Elizabeth sie für sie zusammengestellt hatte – sie hatte angeboten »technische Unterstützung« zu leisten und war fröhlich vorausgeeilt zu Saucieren und stylischen Salzstreuern, Maribeth und Jason im Schlepptau).

In der Damenabteilung blieb Maribeth vor einem Arrangement von Kaschmirpullovern in allen Farben des Regenbogens stehen. »Wie wär's mit einem Pullover?«, fragte sie. »Kaschmir wärmt bei kaltem Wetter, eignet sich aber auch für den Übergang. Sehr vielseitig.«

»Ich weiß nicht«, erwiderte Stephen. »Klingt ein bisschen konservativ für Mal.«

»Oder vielleicht Armstulpen?«, schlug sie vor. »Die sind total hip. Die werden sie in den kalten Pittsburgh-Wintern schön warm halten.« Maribeth war jetzt ganz *Frap*-Einkaufsberaterin.

»Kann sein. Falls sie irgendwann mal nach Hause kommt.«

»Ach?«

»Ja, normalerweise besuche ich sie.«

»Wo denn?«

»San Francisco.«

»Ich hasse San Francisco!«

Sie hatte ziemlich laut geredet, und mehrere Kundinnen drehten sich mit missbilligenden Mienen um, als wären sie nicht bei Nordstrom, sondern in der Sixtinischen Kapelle, und als hätte sie nicht die Golden-Gate-City, sondern Gott gelästert.

»Was hat San Francisco dir denn getan?«, fragte Stephen.

Maribeth erinnerte sich noch daran, wie schrecklich es gewesen war, als sie Jason dort besucht hatte, als wäre es gestern gewesen. Nur wenige Monate zuvor hatte er ihr eröffnet, nach Abschluss des Studiums nach San Francisco gehen zu wollen. Maribeth war schockiert gewesen. Nicht nur, weil sie damit niemals gerechnet hätte, sondern wegen eines Ereignisses einige Wochen zuvor. Jasons Schwester Lauren hatte sie besucht und Maribeth zu einem vorgezogenen Essen anlässlich ihres zweiundzwanzigsten Geburtstags eingeladen. »Ich muss dir etwas sagen«, hatte Lauren begonnen, nachdem sie bestellt hatten. »Jason hat mich gebeten, mit dir essen zu gehen, damit ich unauffällig deine Ringgröße messen kann, aber ich habe keine Ahnung, wie ich das anstellen soll, ohne dass du etwas davon merkst. Also können wir bitte einfach nachher zu einem Juwelier gehen, und du tust später so, als wärst du überrascht?«

»Überrascht? Worüber denn?«

»Mom hat Jason ihren Verlobungsring gegeben«, erklärte Lauren. »Jetzt, wo die Scheidung durch ist, will sie ihn nicht mehr.«

»Und er will ihn mir schenken?« Es dauerte einen Moment, ehe sie begriff, was das bedeutete. Jason wollte ihr einen Antrag machen? Sie hatten darüber geredet, nach dem Abschluss gemeinsam nach New York zu ziehen – sie, um bei einer Zeitschrift anzufangen, er, um als A&R-Scout für eine Plattenfirma zu arbeiten – und vielleicht zusammenzuziehen, und ja, sie redeten viel über die Zukunft. Aber heiraten?

Sie ließ ihren Fingerumfang messen, aber nichts passierte. Ihr Geburtstag kam und ging, kein Antrag. Die Frühlingsferien kamen, und sie und Jason flogen zusammen nach New York, damit sie sich schon einmal bei verschiedenen Personalabteilungen vorstellen konnte. Kein Antrag.

Als die Wochen vergingen und immer noch kein Antrag kam, wurde sie immer besorgter und fragte sich, ob *jetzt* der richtige Moment sei. Sie erwartete ihn jeden Augenblick. Sie konnte an nichts anders mehr denken.

Als Jason ihr sagte, er habe beschlossen, nach San Francisco zu ziehen, dachte sie, der Moment sei nun endlich gekommen.

»Aber ich kann nicht nach San Francisco ziehen«, hatte sie erwidert, weil sie ihn missverstand.

»Ich weiß«, hatte er erwidert.

»Heißt das, du willst dich von mir trennen?«

»Was? Nein. Es hat nichts mit dir zu tun.« Eilig hatte Jason ihr erklärt, dass die Technikszene dort drüben boomte, Internetradio womöglich die Zukunft sei, und er als DJ würde arbeiten können. Jetzt sei der Zeitpunkt, ein Risiko einzugehen, sagte er, solange er noch ungebunden sei.

Ungebunden? Sie fühlte sich wahnsinnig erniedrigt und beschämt. Wie hatte sie an Heirat denken können, wenn Jason San Francisco im Kopf hatte?

Aber sie trennten sich nicht. Sie machten ihren Abschluss, Maribeth zog nach Manhattan und er nach San Francisco. Sie fand eine Stelle als Redaktionsassistentin bei einem Zeitschriftenverlag und er eine bei einer Zeitarbeitsfirma. Sie blieben in Verbindung, schrieben E-Mails und telefonierten zu Zeiten, wenn es wenig kostete. Als er vorschlug, Maribeth solle ihn über das lange Wochenende Anfang September besuchen kommen, fragte sie sich, ob er ihr jetzt endlich einen Antrag machen würde. Sie benutzte ihre brandneue Kreditkarte, um ein Flugticket zu kaufen.

Doch von dem Moment an, als er sie am Flughafen abholte, wusste Maribeth, dass es keinen Antrag geben würde. Ihr Kuss war verlegen. Dieses ganze Wochenende war irgendwie gezwungen und der nichtgestellte Antrag stampfte wie ein Elefant in seinem winzigen Zimmer umher. (Lauren musste ihm gesagt haben, dass sie es Maribeth erzählt hatte. Maribeth hätte ihn gern gefragt, konnte es aber nicht.) Beide waren unsicher, was sie tun, was sie sagen sollten. Ihre Sprachlosigkeit kompensierten sie mit exzessivem Sex – der auch nicht so toll war –, und dann bekam Maribeth eine Blasenentzündung. Ihre frühere Mitbewohnerin im Studentenwohnheim, Courtney, hatte gerade ein Aufbaustudium in Berkeley begonnen und sagte, sie könne ihr ein Antibiotikum besorgen, weshalb Maribeth sich Jasons Auto ausgeliehen hatte und zu ihr gefahren war. »Wie's aussieht, läuft es bei euch ja bestens«, sagte Courtney und gab ihr augenzwinkernd das Medikament. Maribeth hatte nichts gesagt.

Auf dem Weg zurück zu Jasons Wohnung hatte sich Maribeth hoffnungslos verirrt. Market. Divisadero Street. Das Presidio. Sie fuhr immer im Kreis auf der Suche nach dem Golden Gate Park, dem einzigen Orientierungspunkt, den sie kannte. Der Nachmittagsnebel rollte vom Pazifik herein. Sie hatte keine Ahnung, wo sie war, und nun konnte sie auch nichts mehr sehen. Allein im Auto, begann sie zu weinen. Ihr kam es vor, als müsse sie nun für immer umherfahren, im Nebel, mit einem unerschöpflichen Benzintank, verirrt und allein, bis sie verwelkte und starb.

Nicht lange nach ihrer Rückkehr nach New York rief sie Jason an und sagte ihm, dass sie ihn zwar noch liebe, aber die Fernbeziehung einfach nicht funktioniere. Er stimmte ihr zu. Sie trennten sich. Damals erschien ihnen alles sehr reif. Sehr freundschaftlich.

Und dann, drei Wochen später, rief Courtney an, um ihr von Jasons neuer Freundin zu erzählen, und Maribeth erlitt einen Nervenzusammenbruch auf der Toilette im Verlag.

»Keine Ahnung«, sagte sie zu Stephen. »Ich kann die Stadt einfach nicht ausstehen.«

Sie verließen die Shoppingmall mit leeren Händen und vollkommen erledigt. Als Maribeth an jenem Abend ins Bett ging, zog sie sich das Kissen über den Kopf und weinte. Wieder ein schreckliches Feiertagswochenende. Typisch Thanksgiving.

39

Am Montagmorgen wurde Maribeth von einem Klopfen an ihrer Apartmenttür geweckt. Sie schaute durch den Spion. Es war Mr Giulio, der gekommen war, um am Monatsersten die Miete zu kassieren.

Sie blätterte ihm acht Hundertdollarnoten hin, und zählte dann, nachdem er gegangen war, ihr restliches Bargeld. Einundzwanzigtausend und etwas Kleingeld. Wenn ihre monatlichen Ausgaben zukünftig vergleichbar bescheiden blieben, konnte sie wahrscheinlich ein ganzes Jahr in Pittsburgh überstehen. Sie hatte nie die Absicht gehabt, so lange wegzubleiben, doch das letzte Wochenende hatte sie gezwungen, einigen hässlichen Wahrheiten ins Auge zu blicken. Sie hatte nicht nur ihre Kinder, sondern auch ihren Ehemann verlassen. Sie hatte immer vorgehabt zurückzukehren. Aber was, wenn es nichts mehr gab, wohin sie würde zurückkehren können?

Was würde dann geschehen? Wenn die einundzwanzigtausend Dollars aufgebraucht wären? Warum hatte sie nicht vorher über die Konsequenzen nachgedacht? Sie war nicht nur von ihrer Familie weggegangen, sondern hatte auch ihren Job, ihre Karriere aufgegeben. Sie hatte die letzte Brücke hinter sich eingerissen und damit etwas aufgegeben, das ihr großer Traum gewesen war. Seitdem sie mit dreizehn die erste Ausgabe der Zeitschrift *Seventeen* (mit Brooke Shields auf dem Cover) in den Händen gehalten hatte, hatte sie mit einer seltsamen, aber tröstlichen Sicherheit gewusst, dass sie, wenn sie erwachsen wäre, dort arbeiten wollte.

Elizabeth hatte sie früher mit ihrer eingleisigen Karriereplanung geneckt. Maribeth musste daran denken, wie sie eines Tages, etwa zwei Jahre, nachdem sie sich kennengelernt hatten, zufällig beide zu einem Seminar über die Zukunft der Printmedien eingeladen worden waren, das von einem der großen Konzerne organisiert wurde. Nach der Kaffeepause, in der mit Feuereifer Kontakte geknüpft wurden, hatte Elizabeth geflüstert: »So, wir haben uns sehen lassen und ausreichend Smalltalk gemacht. Und jetzt lass uns shoppen gehen. Ich habe von einem Lacroix-Musterteileverkauf in Chelsea gehört.«

Sie waren nicht shoppen gegangen, stattdessen aber in den Central Park, wo sie sich ins frische Gras gelegt, die hochhackigen Schuhe ausgezogen, die Frühlingssonne und ihr Glück, an Arbeitstagen Zeit miteinander verbringen zu können, genossen hatten.

»Ich habe ein schlechtes Gewissen«, sagte Maribeth nach einer Weile. »Weil wir schwänzen. Diese Seminare sind heißbegehrt.«

»Du brauchst ja wohl kein Seminar, um zu wissen, wo deine Zukunft liegt«, hatte Elizabeth sie geneckt. »Sie steht doch schon auf all deinen Listen.«

Damit hatte sie recht. Auf der Highschool hatte Maribeth einer Berufsberaterin von ihrem Wunsch erzählt, eines Tages bei einer Zeitschrift zu arbeiten, und die Beraterin hatte ihr empfohlen, Journalismuskurse zu belegen, für die Schülerzeitung zu schreiben und auf ein College mit Journalismus-Angebot zu gehen. Und irgendwann könne sie dann vielleicht ein Praktikum bei einer Zeitschrift in New York City machen. Maribeth hatte alles mitgeschrieben – Zeitung, Journalismus,

College, Praktikum, New York City –, den Plan im Laufe der Jahre akribisch abgearbeitet und zwischendurch viele weitere Listen angelegt.

Und es hatte funktioniert. Nach dem Collegeabschluss hatte sie die Stelle als Springerin ergattert – wobei die sechzehntausendfünfhundert Dollar Gehalt pro Jahr kaum die Kosten für Miete und U-Bahn deckten –, bis sie ihre erste Festanstellung bei einer Kochzeitschrift bekam. Dort blieb sie anderthalb Jahre, bis sie als Redaktionsassistentin bei einer Frauen-Wirtschaftszeitschrift eingestellt wurde. Und jetzt arbeitete sie hier. Sie plante, noch ein weiteres Jahr zu bleiben und dann zu einer anderen Zeitschrift zu wechseln, wenn sie bis dahin noch nicht zur Redakteurin aufgestiegen war.

»Ich kann dir deine Zukunft voraussagen, wenn du möchtest«, fuhr Elizabeth fort. »Du arbeitest dich die Leiter rauf, und in zehn, höchstens fünfzehn Jahren bist du Chefredakteurin.«

Maribeth antwortete nicht. Genau das hoffte sie, genau so hatte sie es in ihre Listen geschrieben.

»Ich dagegen werde eine dieser bemitleidenswerten, vierzigjährigen Kellnerinnen sein. Wie die Schauspielerinnen, die es nie geschafft haben. Versteh mich nicht falsch. Ich werde in einem guten Restaurant arbeiten und viel Trinkgeld verdienen, aber ich werde Probleme mit den Füßen haben und nie ganz den Fettgeruch aus den Haaren rausbekommen.«

Maribeth lachte und trat spielerisch nach Elizabeths Bein. »Du bist so bescheuert«, sagte sie. In den zwei Jahren, die sie sich kannten, hatten sowohl sie als auch Elizabeth ihren Weg in der Branche gemacht. Elizabeth war inzwischen Redakteurin bei einem neuen, hippen Männermagazin. »Du wirst deine eigene Zeitschrift herausgeben. Das weißt du ganz genau.«

»Nein. Das weiß ich nicht. Ich habe keine natürliche Begabung für Texte, so wie du. Du lässt sie lebendig werden. Ich hab auch keine originellen Ideen für Titelthemen und Covergestaltungen. Du dagegen hast ein Gespür dafür. Dir liegt das im Blut. Ich bin nur eine Kunstgeschichtestudentin, die das Glück hatte, eine Praktikumsstelle zu bekommen.« Sie schüttelte den Kopf. »Eines Tages werden alle feststellen, was für eine Hochstaplerin ich bin.«

»Dieses Gefühl haben alle. Und du hast andere Stärken. Du hast eine Nase für Trends, du siehst immer schon den nächsten großen Hype am Horizont. Du hast eine Vision. Das lernt man nicht auf der Journalistenschule.«

Elizabeth drehte sich auf den Bauch, stützte sich auf den Ellbogen ab und pflückte winzige Blumen aus dem Gras. »Kann sein«, sagte sie. »Aber versprich mir, wenn du Chefredakteurin bist und ich nur eine arme Kellnerin, dann stellst du mich ein.«

»Solange du mir dasselbe versprichst.«

»Sei nicht albern«, erwiderte Elizabeth. »Du bist viel zu ungeschickt, um Kellnerin zu werden.«

Sie lachten. Dann gaben sie sich das Versprechen.

Maribeth und Elizabeth waren beide von Assistentinnen zu stellvertretenden Redakteurinnen und dann zu Redakteurinnen mit eigenen Ressorts aufgestiegen. Und dann hatten sich eines Tages ihre Wege getrennt. Elizabeth lernte Tom kennen, heiratete, wurde Chefredakteurin. Maribeth wurde Mutter, erlitt einen Herzinfarkt und lief von zu Hause fort.

In jeder Ausgabe der *Frap* erschien ein Feature unter dem Titel »Unbekannte Heldinnen«, wo eine gewöhnliche Frau mit einer ungewöhnlichen Geschichte vorgestellt wurde. Üblicherweise hatten diese Frauen irgendeine große Krise durchlebt, doch anstatt sich davon unterkriegen zu lassen, machten sie eine Bestandsaufnahme, strukturierten um, wuchsen an ihrer

Aufgabe, überwanden die Schwierigkeiten und gingen am Ende stets viel besser und weiser aus dem Tief hervor.

Die Leserinnen liebten diese Rubrik – Maribeth vermutete, weil das die einzigen Seiten waren, auf denen sie Frauen zu sehen bekamen, die mehr als Größe sechsunddreißig trugen –, doch sie fand diesen Teil den am wenigsten originellen der gesamten Zeitschrift, schlimmer noch als die Geschenketipps, bei denen zehn Millionen Dollar schwere Schauspielerinnen von ihrem Sechzig-Dollar-Himalayasalz schwärmten. Nicht, dass die Geschichten erfunden gewesen wären – sie waren wahr, zumindest wahrhaft –, aber diesen Zwang, jede beschissene Situation in ein Happy End münden zu lassen … den konnte sie nicht ausstehen. Es war die Zeitschriftenversion von Jasons »Alles wird gut«.

Vielleicht würde eines Tages alles gut werden. Vielleicht würde sie eines Tages all dies überwinden und einen erlösenden zweiten Akt beginnen. Vielleicht würde sie dann zurückblicken und erkennen können, dass all die Zerstörung, die sie über ihre Familie und ihre Ehe und über sich selbst gebracht hatte, es wert gewesen war. Weil sie außergewöhnlich sein würde. Weil sie eine Heldin des echten Lebens sein würde.

Doch jetzt und hier, inmitten der Trümmer, die sie selbst verursacht hatte, war das nahezu unvorstellbar.

40

Dr. Grant – Stephen? Sie war sich nicht sicher, wie sie ihn in diesem offiziellen Kontext anreden sollte – hatte Maribeth zu einer Blutuntersuchung geschickt. Die Ergebnisse besprachen sie bei ihrem nächsten Termin. Die Werte, sagte er, seien exzellent. Die Statine schlügen an. Ihre Eisenwerte seien prima. Sie brauche keinen Nachfolgetermin zu vereinbaren, es sei denn, sie habe das Gefühl, einen zu brauchen.

»Das war es dann also?«, fragte sie.

»Das war's«, antwortete er.

Irgendwie erwartete sie fast eine offizielle Verlautbarung wie: »Sie sind gesund und hiermit Ihrer Pflichten entbunden.« Oder dass er ihr mit dem Stethoskop auf die Schulter klopfte. Doch stattdessen bot er ihr schon wieder gedankenverloren Tee an, obwohl sie nicht ein einziges Mal sein Angebot angenommen hatte, weil sie keinen Tee mochte. (Irgendwie quietschten ihr danach die Zähne so unangenehm.)

»Dann sollte ich dich jetzt nicht weiter aufhalten«, sagte Maribeth, obwohl sie genau wusste, dass keiner von ihnen beiden an diesem Tag viel zu tun haben würde. Schon an normalen Tagen hatte sie nicht viel zu tun, und an den Nachmittagen einer Untersuchung plante sie nie etwas anderes ein, weil ihre anschließenden ausführlichen Unterhaltungen, die sie von einem Thema zum nächsten führten, oft bis in die Abendstunden dauerten. Und sie wusste – die Begegnung mit Don und Susan hatte es ihr noch deutlicher gemacht –, dass er wenige andere Verpflichtungen hatte. Doch sie war offiziell gesund. Es gab keinen Grund, weiter in die Praxis zu kommen.

»Oh, okay«, sagte er. Er schien etwas neben sich zu stehen. Na ja, vielleicht nicht neben sich, aber jedenfalls war er nicht wie der Mann, mit dem sie Thanksgiving verbracht hatte oder in der Mall gewesen war. »Bevor du gehst, habe ich noch etwas für dich. Es ist oben im Wohnzimmer.«

Sie stand auf und wollte ihm folgen, aber er bedeutete ihr zu warten, was ihr ebenfalls wie eine Zurückweisung vorkam. Sie war nicht länger in seine Privaträume eingeladen. »Ich komme gleich wieder.«

Er kehrte mit einem dicken, cremefarbenen Umschlag zurück, auf dem vorne ihr Name stand, oder besser: seine Version von ihrem Namen.

»Ich bin gespannt«, sagte sie.

»Musst du nicht sein. Es sind Gästekarten für einen Fitnessclub. Fünf Stück. Sie gelten nur bis Ende des Jahres, deswegen dachte ich, du könntest sie vielleicht nutzen.«

Karten für einen Fitnessclub. Wie unglaublich sinnvoll. Aber was hatte sie sich denn erhofft? Tickets zu den Bermudainseln? Schließlich war er ihr Arzt. Und nach der heutigen Untersuchung nicht mal mehr das.

Sie gaben sich die Hand. »Vielen Dank«, sagte sie. »Für alles, was du für mich getan hast.« Sie fühlte sich leer. War das wirklich alles? Nach dem Eisessen, der Haargeschichte, dem schrecklichen Shoppingtrip und ihren langen Gesprächen? Sollte das jetzt alles aufhören?

»Pass gut auf dich auf«, sagte er. »Geh ins Fitnessstudio. Und denk daran, dass Eis dich nicht umbringt.«

Tja, das war's. Und warum auch nicht? Er hatte sie an den

Punkt gebracht, an den sie kommen musste. Aber hatte er nicht noch mehr getan? War da nicht noch mehr zwischen ihnen gewesen?

Sie wollte es aussprechen, und sie wollte hören, wie er es aussprach. Da war etwas zwischen ihnen. Etwas, das über das Verhältnis von Arzt und Patientin hinausging. Etwas, das über Freundschaft hinausging. Auch wenn der heutige Tag das Ende markieren sollte, wünschte sie sich ein Zeichen dafür, dass es da gewesen war. Denn warum war er sonst so gut zu ihr gewesen? Warum sonst hatte sie zugelassen, dass er so zu ihr gewesen war?

Sie steckte den Umschlag in ihre Handtasche. Am Empfang verabschiedete sie sich von Louise. »Rufen Sie an, wenn Sie irgendetwas brauchen«, sagte Louise.

An der Bushaltestelle nahm Maribeth den Umschlag heraus und öffnete ihn. Vielleicht war ein Brief darin, irgendetwas Privates, das nur sie beide anging. Aber da war nichts, nur die Karten. Der Fitnessclub war offensichtlich ein richtig guter. Die Karten waren auf dicken Karton gedruckt und in schnörkeliger, etwas erhabener Schrift stand darauf: *Für Gäste der Familie Grant.*

Sie fuhr mit dem Finger darüber. *Für Gäste der Familie Grant.* Da war es also, das Zeichen, doch noch, wenn auch unabsichtlich. Er hatte seine Familie verloren. Sie ihre. Auf unterschiedliche Art und Weise und aus unterschiedlichen Gründen waren sie und Stephen jetzt beide Waisen.

41

Am nächsten Tag vereinbarte Maribeth einen Termin im Fitnessclub. Er war toll: die neuesten Maschinen und alle erdenklichen Kurse, von Kickboxen bis Yoga. Doch am besten gefiel ihr das Schwimmbad im Untergeschoss. Sie war sich nicht sicher, warum es sie mehr ansprach als ein Crosstrainer oder ein Vinyasa-Kurs, aber ihr war, als könne Schwimmen die Unruhe, die in ihrem Inneren wuchs, lindern. Es erschien ihr als etwas ganz Neues. Vielleicht lag es daran, dass sie im Begriff war unterzugehen und feststellen wollte, ob sie, wenn sie dazu gezwungen war, an der Oberfläche bleiben konnte.

Der Club befand sich in Squirrel Hill, schräg gegenüber der dortigen Bibliothek. Maribeth beschloss hineinzuschauen, weil sie auf ihrem Weg lag. Sie war noch nie da gewesen, hatte aber gehört, sie sei sehr gut sortiert. Die Computer würde sie nicht anfassen. Auf keinen Fall.

Nach nur fünf Minuten saß sie am Computer und checkte ihre E-Mails. Keine Reaktion von Jason. Natürlich nicht. Wieder wurde sie wütend, aber diesmal auf sich selbst. Sie war selbst schuld daran, diese Büchse der Pandora geöffnet zu haben. Fünf Wochen lang hatte Jason ihr nicht gemailt, aber da sie nichts davon gewusst hatte, war alles in Ordnung gewesen. Seit fünf Tagen wusste sie es, und es machte sie fertig.

Als sie am nächsten Morgen erwachte, beschloss sie, Computer, E-Mails und die Versuchung der Bibliothek künftig zu meiden. Stattdessen würde sie es mit Schwimmen versuchen. Sie fuhr mit dem Bus zu einem Sportladen, wo sie sich einen Badeanzug und eine Schwimmbrille kaufte, und nahm dann einen anderen Bus, der sie zum Club brachte.

Der Kleinkindschwimmkurs musste gerade zu Ende gegangen sein, weil eine Gruppe in Badetücher eingemummelter Winzlinge in die Umkleide gelotst wurde. Der Gesichtsausdruck manch einer Mutter war Maribeth nur allzu vertraut: eine Art traumatisiertes Starren. Denn welcher Erwachsene mit gesundem Menschenverstand konnte es für eine kluge Idee halten, hilflose Kinder mit tiefem Wasser zusammenzubringen?

Maribeth hatte genau zwei Mal einen Schwimmkurs mit den Zwillingen besucht. Beim ersten Mal hatte Liv ständig versucht, den Schwimmgürtel zu öffnen, der um ihre Brust befestigt war, und Oscar hatte bei jedem kleinsten Wasserspritzer laut geschrien. Der Lehrer, ein Israeli mit schütterem Haar, hatte vorgeschlagen, sie solle abwechselnd mit den Zwillingen ins Wasser gehen, aber Oscar hatte geweint, wenn sie ihn am Rand stehen ließ und Liv war im ersten unbeaufsichtigten Moment hinüber zum tiefen Ende des Beckens gewackelt und hineingesprungen.

Ein paar Tage später hatte Maribeth Elizabeth erzählt, was sie mitgemacht hatte, und die hatte sich halb totgelacht. »Das ist nicht lustig«, hatte Maribeth ihre Freundin unterbrochen.

»Doch, ein bisschen schon«, hatte Elizabeth erwidert.

Maribeth konnte nichts Witziges daran entdecken. Während all der Jahre, in denen sie versucht hatte, schwanger zu werden, hatte sie davon geträumt: Schwimmen mit ihrem Baby. Doch jetzt stellte sich das idyllische Bild, wie so vieles andere auch, als Riesenschwindel heraus.

»Warum bittest du nicht Jason, dir zu helfen?«, fragte Elizabeth.

Das war tatsächlich witzig. Von Jasons Gehalt bezahlten sie den Kurs. Sie konnten es sich nicht leisten, dass er sich freinahm, um schwimmen zu gehen.

»Ich könnte mitkommen«, schlug Elizabeth vor.

Diesmal hatte Maribeth wirklich laut gelacht, weil sie annahm, dass Elizabeth einen Scherz machte. Aber in der nächsten Woche war sie da, um elf Uhr an einem Donnerstagmorgen. Mit ihrem Chanel-Bikini und ihrer Föhnfrisur wirkte sie wie ein tropischer Fisch inmitten der Guppy-Mütter in ihren fadenscheinigen, praktischen Einteilern. Aber sie war toll mit den Kindern umgegangen, war aufgeregt mit Liv im Wasser herumgehüpft, hatte Oscar mit Liedern abgelenkt und dabei gleichzeitig Maribeth mit dem neuesten Klatsch über ihren neuen Boss versorgt, einem legendären, fünfundsiebzig Jahre alten Chefredakteur, der noch immer an den Drei-Martini-Lunch glaubte. Es war eine willkommene Abwechslung von all dem Gerede über Schlaftraining und musikalische Früherziehung.

Doch in der nächsten Woche sagte Elizabeth ab. Sie hatte vergessen, dass sie sich den Freitag freigenommen hatte, um mit Tom ein langes Wochenende zu verbringen und konnte daher nicht auch den Donnerstag freimachen. Es täte ihr sehr leid. Maribeth war enttäuscht, aber sie konnte es verstehen. Nach einer stürmischen Verliebtheitsphase hatten Elizabeth und Tom erst vor kurzem geheiratet – auf einer Yacht vor der Küste von Capri. Maribeth hatte nicht dabei sein können.

Maribeth sagte Elizabeth, sie solle die Zeit mit Tom genießen, und ging in dieser Woche nicht zum Schwimmunterricht. Doch am nächsten Mittwochabend sagte Elizabeth wieder ab. Ihr Boss habe sie zu einem seiner legendären Drei-Martini-

Mittagessen eingeladen und sie habe nicht ablehnen können. »Ich verspreche, nächstes Mal wieder mitzukommen«, sagte sie.

»Mach dir keine Sorgen. Letzte Woche habe ich es auch allein ganz gut geschafft«, log Maribeth.

Am nächsten Tag beschloss sie, es ganz mit dem Kurs zu lassen.

Maribeth wartete, bis die Kinder-Schwimmbrigade weg war, bevor sie sich bis auf den Badeanzug auszog. Der hochgeschlossene Ausschnitt bedeckte den größten Teil der Narbe auf ihrer Brust, aber ihr Bein konnte sie nicht verbergen.

Erst nachdem sie all ihre Sachen in einem Spind untergebracht hatte, fiel ihr auf, dass sie ein Vorhängeschloss hätte mitbringen müssen. Sie trug jederzeit mehrere Hundertdollarscheine für alle Fälle bei sich, und auch zur Sicherheit, falls irgendein Einbrecher all ihre Verstecke fand und sie komplett ausraubte. Auf der gegenüberliegenden Seite schloss eine Frau im Badeanzug gerade ihren Spind ab. Maribeth fragte: »Wissen Sie, ob man hier Schlösser kaufen kann?«

Die Frau starrte sie durch blau getönte Schwimmbrillengläser an. »Maribeth?«, fragte sie.

Ihr erster Gedanke war, dass Jason sie aufgrund ihrer E-Mail in Pittsburgh ausfindig gemacht hatte und sie jetzt beschatten ließ. Ihr zweiter Gedanke war, dass das unsinnig war, da er sie weder in den ersten vier Wochen kontaktiert noch auf ihre Nachricht geantwortet hatte.

Selbst nachdem die Frau ihre Schwimmbrille und die Badekappe abgestreift hatte, dauerte es noch einen Moment, bis Maribeth Janice erkannte.

»Himmel, wie schön, dich zu treffen!«, sagte Janice. »Ich wusste gar nicht, dass du hier schwimmen gehst!«

»Ich bin zum ersten Mal hier. Ein Freund hat mir Gästekarten geschenkt und ich hatte Lust, einmal etwas Neues auszuprobieren. Aber ich habe vergessen, ein Schloss mitzubringen.«

»Du kannst deine Sachen gerne mit in meinen Spind packen.«

Maribeth stopfte ihre Sachen hinein.

»Ich wollte dich ohnehin heute Nachmittag anrufen«, sagte Janice, als sie die Treppe ins Schwimmbad hinuntergingen.

»Ach ja?«

»Ja, ich wollte dir schon am Wochenende eine E-Mail schicken, habe aber festgestellt, dass ich deine Adresse gar nicht habe.«

»Oh, ich schaue momentan sowieso nicht in meine Mails, aber ich kann sie dir trotzdem geben. Warum? Gibt es etwas Neues?«

»Nein, noch nicht. Ich brauche mehr Informationen. Die Sozialversicherungsnummern deiner Eltern wären hilfreich, oder eine Kopie deiner Geburtsurkunde.«

»Oh. Okay.« Ihre Geburtsurkunde war zu Hause, aber möglicherweise befanden sich die anderen Informationen in ihrem E-Mail-Archiv. »Du hättest mich anrufen können.«

»Ich wollte dich nicht während der Feiertage stören, du hättest ja bei deiner Familie sein können.«

»War ich nicht. Bei meiner Familie.«

»Ich auch nicht«, sagte Janice.

»Was hast du so gemacht?«, fragte Maribeth.

»Hauptsächlich Papierkram.«

»Oh, das tut mir leid.« Maribeth wusste nicht genau, warum sie deswegen Gewissensbisse hätte haben sollen, und doch hatte sie welche.

»Das muss es nicht. Ich habe mir eine Truthahnbrust gebraten, ist ja sowieso der beste Teil, und ich habe sogar noch etwas übrig für Sandwiches.«

Sie kamen am Schwimmbecken an. Maribeth hatte angenommen, dass es um die Mittagszeit leer wäre, aber alle fünf Bahnen waren mit Schwimmern belegt. »Ist das voll hier.«

Janice zog mit einem Schnalzen die Gummibadekappe tiefer über die Ohren und richtete ihre Schwimmbrille. »Das ist gar nichts.« Maribeth erwartete, dass Janice die langsame Bahn wählen würde, wo die älteren Leute schwammen, aber sie nahm eine schnellere. »Viel Spaß beim Schwimmen!«, rief sie Maribeth über die Schulter hinweg zu.

Maribeth stand am Ende der langsamen Bahn. Die drei Leute, die darin schwammen, kamen ihr unglaublich schnell vor. Maribeth brauchte mehrere Minuten, um zu verstehen, nach welcher Regel sie sich in den Fluss einfügen konnte. Es erinnerte sie daran, wie sie mit fünfzehn den Führerschein gemacht hatte und all ihren Mut zusammennehmen musste, um sich in den Verkehr auf der Autobahn einzufädeln.

Als es eine Lücke zwischen den Schwimmern gab, ging sie ins Wasser und versuchte es zuerst mit Brustschwimmen, stellte aber bald fest, dass ihre noch schwache Muskulatur ihren Bewegungsradius so sehr einschränkte, dass sie kaum vom Fleck kam. Eine Schwimmerin tauchte plötzlich hinter ihr auf.

»Entschuldigung!«, rief sie.

Sie ging dazu über, wie ein Hund zu paddeln und schaffte es bis zum Ende des Beckens, wo sie sich eine Weile an der Seite festhielt, um wieder zu Atem zu kommen. Eine weitere Schwimmerin tauchte hinter ihr auf und fragte: »Darf ich? Oder schwimmen Sie weiter?« Maribeth war sich nicht sicher, ob das, was sie tat, als schwimmen bezeichnet werden konnte. Es war eher ein mühsamer Kampf gegen das Untergehen, doch bevor sie antworten konnte, vollführte die Schwimmerin eine dieser kleinen Unterwasserrollwenden und schwamm (kein bisschen langsam, wie Maribeth feststellen musste) wieder in die andere Richtung.

Als ihr Atem ruhiger ging und die Lücke zwischen ihr und den anderen Schwimmern groß genug war, stieß sie sich noch einmal ab. Diesmal versuchte sie zu kraulen, wobei kriechen wohl eine bessere Beschreibung für ihre mühsame Fortbewegungsart gewesen wäre. Zwei Schwimmerinnen zogen an ihr vorbei, bevor sie das andere Ende erreicht hatte. In der Zeit, die sie für die nächste Bahn brauchte – sie musste zwischendurch innehalten und sich hinstellen – hatten sie alle anderen Schwimmer überholt. Sie spürte die Ungeduld der anderen, als würde sie vom Wasser übertragen. Langsame Bahn hin oder her: Sie war hier offenbar fehl am Platz. Sie war die alte Dame, die mit sechzig Stundenkilometern über den Highway kroch.

Als sie das andere Ende erreicht hatte – sie hatte jetzt vier Bahnen geschafft –, keuchte sie heftig und war kurz davor, ohnmächtig zu werden. Sie wurde von Panik erfasst, und man musste es ihr ansehen, denn der Schwimmmeister sprang von seinem Hochsitz und rief quer über das Schwimmbecken: »Madam, geht es Ihnen nicht gut?«

Sie war vierundvierzig Jahre alt, hatte einen Herzinfarkt gehabt und eine Bypassoperation überstanden. Sie war von zu Hause weggelaufen und weder ihr Ehemann noch ihre beste Freundin hatten versucht, sie zu erreichen. Und sie konnte nicht schwimmen. Nein, es ging ihr, verdammt nochmal, überhaupt nicht gut!

»Alles okay«, keuchte sie.

Sie schaffte es, sich aus dem Becken zu hieven und die Treppe wieder hinaufzusteigen, ohne zusammenzubrechen. Oben in der Umkleide wurde ihr klar, dass all ihre Sachen in Janice' Spind waren. Und sie hatte vergessen, ein Handtuch mitzunehmen.

Sie saß zitternd auf der Bank, als ihr plötzlich ein Handtuch um die Schultern gelegt wurde. »Da bist du ja.«

Maribeth konnte nicht antworten. Nicht nur, weil sie immer noch außer Atem war und zitterte, sondern auch, weil sie sich schon wieder in eine peinliche Situation gebracht hatte. Sie konnte sich im Wasser treiben lassen, sie konnte Wasser treten, sie konnte paddeln und in etwa die Armbewegungen machen, aber sie konnte nicht richtig schwimmen. Wieso hatte sie das nicht gewusst?

»Komm, du musst dich aufwärmen«, sagte Janice und ging mit ihr zu den Duschen. Dort blieb Maribeth lange unter dem heißen Wasserstrahl stehen, der die Kälte und die Leere aus ihr herausspülte. Als sie sich endlich abtrocknete, hatte sie das Gefühl, als wäre sie tagelang am Stück geschwommen.

Janice war bereits angezogen und hatte ihre Sachen zusammengepackt. Maribeth entschuldigte sich.

»Wofür entschuldigst du dich?«, fragte Janice.

Als Maribeth nicht antwortete, fragte sie: »Wie lange ist die Operation her?«

Maribeth war im ersten Augenblick überrumpelt. Doch natürlich war sie jetzt nackt und ihre medizinische Vorgeschichte war wie ein Relief in ihre Haut geätzt. »Sieben Wochen.«

»Aber das ist ja gar nichts!«

Selbst wenn sie richtig hätte schwimmen können, zeugte es von einer Art Vermessenheit zu denken, dass sie einfach so ins Becken springen und loslegen konnte. Dieselbe Art Vermessenheit, die sie hatte glauben lassen, dass sie weglaufen konnte, ohne dass es auch nur irgendeine Auswirkung gehabt hätte.

Sie gab Janice das Handtuch zurück. Es war weiß, weiß wie die Fahne der Kapitulation.

42

Später an jenem Nachmittag loggte sich Maribeth in ihren E-Mail-Account ein, um nach den Sozialversicherungsnummern ihrer Eltern zu forschen. Die Hoffnung auf eine Nachricht von Jason hatte sie inzwischen aufgegeben. Als sie seine E-Mail sah, fragte sie sich für einen kurzen Moment, ob er absichtlich mit dem Senden seiner Nachricht genau so viele Tage gewartet hatte, wie sie gebraucht hatte, um alle Stadien der Trauer zu durchlaufen und sich mit seinem Schweigen abzufinden.

Nein, das war paranoid.

Außerdem hätte sich Jason nicht so viele Gedanken gemacht.

Es gab keinen Betreff, aber einen Anhang. Hatte er ihr einen Brief geschrieben, in dem er sie anflehte, nach Hause zu kommen? Hatte er ihr Scheidungspapiere geschickt?

Okay. Zehnmal tief durchatmen. Eins, zwei …

Nein, sie hielt es nicht mehr aus, öffnete mit fliegenden Fingern die Mail und lud den Anhang herunter. Sie fing an zu lesen. Die erste Zeile war ihr in ekelerregender Weise vertraut.

Sie spürte, wie ihr der Mageninhalt hochkam und stieß sich vom Tisch ab, um sich nicht auf den Bibliothekscomputer zu übergeben.

Fünf Wochen nach ihrer Flucht und fast eine Woche nach ihrer Mail an ihn bestand Jasons Antwort darin, ihr die Nachricht zurückzuschicken, die sie ihm an dem Tag geschrieben hatte, als sie fortgegangen war. Einfach so. Zurück an den Absender.

So wenig bedeutete sie ihm? So wenig bedeutete ihm ihre Abwesenheit? So wenig, dass er nichts Neues zu sagen hatte? Dass er sich zu nichts weiter herabließ, als ihr ihre eigenen Worte zurückzuwerfen?

Sie konnte sich nicht daran erinnern, was genau sie bei ihrem überstürzten Aufbruch an jenem Morgen geschrieben hatte, aber als sie diese erste Zeile wiedersah … Sie schloss das Fenster, löschte die E-Mail und leerte den Papierkorb, radierte alle Spuren aus.

Aber sie konnte nicht ausradieren, was Jason getan hatte. Es machte sie fassungslos.

Doch als sie dort saß und ihre Tränen zu juckenden Streifen trockneten, wurde es ihr klar. Warum sollte Jason antworten? Warum sollte er plötzlich bereitwillig einen Großteil der Verantwortung übernehmen, wenn er es nie zuvor getan hatte? Warum sollte er jetzt damit anfangen, nachdem sie so unverschämt gewesen war, jeglichen Anspruch auf Märtyrertum aufzugeben und geschickt ihm zu überlassen? Auf einem Silbertablett. So wie immer.

Sie wusste nicht, warum sie sich mehr erhofft hatte, aber sie hatte es.

Sie wusste nicht, was sie erwartet hatte, aber das jedenfalls nicht.

43

Liebe Liv, lieber Oscar,
~~es tut mir leid.~~
~~Bitte hasst mich nicht.~~
~~Ich werde immer Eure Mutter sein.~~
~~Ich musste~~
~~Ich bin gegangen, weil~~

44

Am nächsten Tag lag sie wieder in ihrem Nest aus Decken vor dem quäkenden Fernseher auf dem Sofa. Janice hatte angerufen und sie eingeladen, mit ihr schwimmen zu gehen, aber sie hatte abgelehnt. Todd und Sunita hatten ihr geschrieben, dass sie heute Abend ihren wöchentlichen Einkauf erledigen würden, doch sie hatte nicht geantwortet. Janice hatte noch einmal angerufen und gefragt, ob sie zufällig die Informationen gefunden habe, die sie benötige, aber sie hatte sie vertröstet. Todd hatte angerufen, aber sie war nicht rangegangen. Janice hatte noch ein drittes Mal angerufen, um ihr Bescheid zu sagen, dass sie möglicherweise Neuigkeiten hatte, und ob sie sich nicht morgen im Schwimmbad treffen und darüber reden sollten. Maribeth hatte »Vielleicht« geantwortet. Sunita hatte ihr geschrieben und gefragt, ob sie nicht am Samstag mit zu einem trendy Kunsthandwerksmarkt kommen wolle. Maribeth hatte nicht geantwortet.

Geht es dir gut?, schrieb Sunita.

»Keine Ahnung«, sagte Maribeth laut.

Und dann schrieb Stephen. *Wollte mich mal erkundigen, wie's dir geht. Gerate langsam in Panik wegen Mallorys Geschenk. Hätte ihr beinahe einen Schaukelstuhl gekauft.*

Da musste sie zum ersten Mal seit längerer Zeit lächeln. Genau genommen, seit sie Stephen zum letzten Mal gesehen hatte.

Sie dachte an den Kunsthandwerksmarkt, den ihr Sunita in schillernden Farben beschrieben hatte. Es klang so, als wäre das der geeignete Ort, um nach einem Geschenk für Mallory zu suchen.

Lass das mit dem Schaukelstuhl, schrieb Maribeth zurück und strampelte die Decken von sich weg.

Jason konnte sie mal.

45

Als Janice vorgeschlagen hatte, sich mit Maribeth im Fitnessclub zu treffen und dort über die Suche nach ihrer leiblichen Mutter zu sprechen, hatte Maribeth angenommen, sie hätte es aus rein praktischen Gründen getan. Der Club lag um die Ecke von der Schule, an der Janice arbeitete. Sie ging oft in der Mittagspause zum Schwimmen hin. »Denk diesmal an deine Flipflops«, erinnerte sie Maribeth. »Du willst dir doch keinen Fußpilz einfangen.« Obwohl Maribeth keineswegs vorhatte, sich noch einmal ins Schwimmbecken zu wagen, packte sie Janice zuliebe einen Badeanzug ein.

In der Umkleide zog sich Janice aus und Maribeth folgte ihrem Beispiel, weil sie sich sonst seltsam vorgekommen wäre.

»Es könnte sein, dass wir einen entscheidenden Schritt weitergekommen sind, aber ich will dir nicht allzu große Hoffnungen machen. Noch ist nichts sicher«, begann Janice.

»Was hast du denn gefunden?«, fragte Maribeth.

»Das Allegheny Kinderheim, eine der ältesten noch aktiven Adoptionsagenturen in Pittsburgh, hat eine Akte über ein kleines Mädchen mit deinem Geburtsdatum.«

»Könnte ich das sein?«, fragte Maribeth.

»Es wäre möglich«, erwiderte Janice. »Wir brauchen aber zusätzliche Informationen, um ganz sicherzugehen. Die Sozialversicherungsnummern deiner Eltern wären hilfreich.«

»Ich besorge sie so bald wie möglich«, versprach Maribeth.

»Sobald wir sie haben, können wir weiterrecherchieren. Der Antrag beim Vormundschaftsgericht ist eingereicht, aber ich rechne nicht damit, dass sich vor dem neuen Jahr etwas tut.«

Maribeth seufzte.

Janice tätschelte ihr den Arm und warf dann einen Blick auf ihre nackten Füße. »Hast du deine Flipflops dabei?«

»Nein. Aber ich glaube auch nicht, dass ich heute ins Wasser gehe.«

»Ach, Quatsch. Du hast doch schon deinen Badeanzug an!«

»Ja, schon, aber …«

»Schau mal, ich habe extra ein zweites Paar Schlappen mitgebracht«, sagte Janice und gab Maribeth ein paar orangefarbene Gummilatschen. »Wenn sie dir passen, kannst du sie behalten.«

»Aber ich möchte wirklich lieber nicht schwimmen gehen.«

»Probier sie an. Passen sie?«

Die Schlappen waren ein bis zwei Nummer zu groß, aber sie taten es.

»Perfekt«, sagte Janice. »Und was das Schwimmen angeht, könnte ich dir vielleicht ein paar Tipps geben.«

»Tipps?« Maribeth vermutete allmählich, dass das Treffen im Schwimmbad nicht nur praktische Gründe hatte. Janice hatte sie reingelegt.

»Ich bin ausgebildete Rettungsschwimmerin. Meine Lizenz ist zwar abgelaufen, aber ich habe etlichen Kindern das Schwimmen beigebracht.«

»Ich bin kein Kind«, erwiderte Maribeth.

»Stimmt«, sagte Janice. »Aber ich bin sicher, dass ich es dir auch beibringen kann.«

Fünf Minuten später gab Janice Maribeth ein Schwimmbrett.

»Damit?«, fragte Maribeth.

»Ja. Ich würde gerne ganz von vorne anfangen.«

»Aber ich dachte, ich bräuchte nur ein paar Tipps, wie du schon gesagt hast, um wieder in Form zu kommen. Weil ich ja immer noch nicht wieder ganz fit bin nach meiner Operation.«

»Das stimmt. Aber manchmal muss man, bevor man richtig loslegen kann, sich erst ein paar schlechte Gewohnheiten abgewöhnen«, erwiderte Janice.

»Welche schlechten Gewohnheiten?«

»Oh, keine bestimmten.«

»Aber es ist nicht so, als wäre ich noch nie geschwommen.« Vielleicht konnte sie nicht besonders gut schwimmen, aber sie konnte schwimmen. Mehr oder weniger.

»Wenn man etwas richtig lernen will, ist es manchmal sinnvoll, noch einmal ganz von vorne anzufangen.«

»Na schön.« Maribeth griff nach dem Schwimmbrett.

Janice hielt es fest. »Nicht so hastig. Beherrschst du den Beinschlag korrekt?«

Maribeth war beleidigt. »Natürlich!«

»Ich meine nur, dass die meisten Leute die Knie angewinkelt lassen. So.« Sie machte es mit gekrümmten Fingern vor. »Dabei sollte man die Beine durchstrecken und aus der Hüfte heraus schließen, so.« Sie zeigte es mit gestreckten Fingern.

Maribeth sagte nichts. Sie hatte die Knie immer angewinkelt.

Janice zeigte ihr noch einmal die richtige Technik und gab ihr dann das Brett. »Und vergiss nicht, auch die Füße zu strecken, anmutig wie eine Ballerina.«

Maribeth begann zu strampeln. Das Brett kippte und sie mit. Anmutig wie ein Wasserbüffel.

»Hier«, sagte Janice und gab ihr das Brett wieder. »Halte es mit gestreckten Armen vor dich. Dann bewegst du die Beine aus der Hüfte heraus. Ganz leicht. Du brauchst nicht gegen das Wasser anzukämpfen.«

Nach ein paar Versuchen wackelte das Brett nicht mehr so sehr, und irgendwann schaffte es Maribeth schließlich, nur mit der Bewegung ihrer Beine geradeaus zu schwimmen, erst eine Bahn, dann zwei. Hin und zurück. Ihre Oberschenkel und Waden brannten und ihre gestreckten Füße verkrampften sich. Nichts davon war anmutig, nichts davon machte Spaß. Doch für ein, zwei Augenblicke war sie so konzentriert, dass sie weder an ihre leibliche Mutter noch an Jason oder die Kinder dachte.

Dann nahm ihr Janice das Schwimmbrett ab und sagte, es sei genug für heute.

»Aber ich habe doch nur mit den Beinen gestrampelt«, erwiderte Maribeth.

»Das ist schon viel für einen Tag«, entgegnete Janice.

Nun, wenigstens stand sie diesmal nicht kurz vor einer Ohnmacht. In der Umkleide erinnerte Janice sie daran, die Informationen über ihre Eltern zu besorgen. Maribeth versprach, sie bis Montag zu beschaffen. Da hatten sie sich zu ihrer nächsten Schwimmstunde verabredet. Maribeth war nicht sicher, wie sie es finden sollte, aber für einen Rückzieher war es zu spät.

46

Am Samstagmorgen schrieb Maribeth an Stephen: *Holst du mich um elf ab oder treffen wir uns direkt beim Kunsthandwerksmarkt?*

Kurz darauf klingelte ihr Handy. Es war Stephen. »Ich schaffe es nicht«, entschuldigte er sich.

Dabei war er so begeistert gewesen, als sie ihm vor ein paar Tagen vorgeschlagen hatte, mit ihr dorthin zu gehen. »Medizinischer Notfall?«, fragte sie.

»Kann man so sagen.« Er hörte sich schlimm an, so heiser, als hätte er mit Glasscherben gegurgelt.

»Bist du krank?«

»Wenn ich das bin, dann ist es selbstverschuldet.«

»Was heißt das?«

Er hustete. »Ich habe einen Kater, M. B. Einen ganz üblen.«

»Ich komm rüber«, sagte sie.

»Ich bin nicht gesellschaftsfähig«, entgegnete er.

»Macht mir nichts aus.«

»Ich bin in einem wirklich schlimmen Zustand.«

»Hast du mir nicht mal gesagt, es wäre in Ordnung, um Hilfe zu bitten?«

In der Leitung herrschte Stille. Dann sagte er: »Komm vorbei.«

Er war grau. Sein Haar, seine Haut, sein zerknittertes, säuerlich riechendes T-Shirt, alles war grau. Sie wusste, dass er fast sechzig war, aber zum ersten Mal fand sie, dass er alt aussah.

Der Grund für sein Elend stand auf der Küchenablage: drei leere Weinflaschen und irgendeine andere halbleere Flasche.

Maribeth sah ihm an, dass er sich für sein Besäufnis schämte und es ihm peinlich war, dass sie ihn so erlebte. Beiläufig, als wäre sie die Putzfrau, nahm sie die Flaschen und brachte sie hinaus zum Glascontainer. Sie fragte sich, ob das der Grund war. Alkohol? Ein saufender Kardiologe. Solche Nachrichten verbreiteten sich schnell, auch wenn sie nicht bis zu ihr vorgedrungen waren.

Als sie wieder hereinkam, kauerte er über einer großen Tasse kaltem Kaffee.

»Soll ich ihn für dich aufwärmen?«, fragte sie.

Er schüttelte den Kopf.

»Kriegst du ihn nicht runter?«

Wieder das traurige Kleine-Jungen-Kopfschütteln.

Maribeth goss den Kaffee weg, füllte ein Glas mit Wasser und stellte es vor ihn hin. »Hast du Alka-Seltzer im Haus?«

»Oben. Im Nachttisch.«

Auf dem Weg die Treppe hinauf ächzten die Stufen, als litte das ganze Haus. Sie fand sein Schlafzimmer mit dem zerwühlten Doppelbett und blieb in der Tür stehen. Sie nahm seinen vertrauten Duft nach Bergamotte und Leder wahr, gemischt mit dem säuerlichen Geruch von Erbrochenem.

Auf Zehenspitzen schlich sie zu seinem Nachttisch. Jedenfalls nahm sie an, dass es seiner war, denn darauf stapelten sich medizinische Fachzeitschriften. Sie öffnete die Schublade. Darin lagen weitere medizinische Zeitschriften, ein Kartenspiel, ein Kindle, ein paar Notizzettel, aber keine Alka-Seltzer.

Auf dem anderen Nachttisch stand nur ein verstaubtes

Hochzeitsfoto. Maribeth fühlte sich wie ein Eindringling, als sie die Schublade öffnete. Darin lag neben Kosmetiktüchern und einem eselsohrigen Band mit Kurzgeschichten von Junot Díaz eine Schachtel Alka-Seltzer.

Hatte Felicity sie gebraucht, um nach der Chemotherapie ihren Magen zu beruhigen? Hatte sie die Kurzgeschichten gelesen, um sich von der trüben Realität abzulenken? Der Ungewissheit ihrer Zukunft?

Im angrenzenden Badezimmer roch es stark nach Erbrochenem. Maribeth hielt die Luft an, durchsuchte den Arzneischrank, fand eine Packung mit Schmerztabletten und ging wieder hinunter. Stephen saß am Tisch und starrte ins Leere. Von dem Wasser hatte er nichts getrunken. Maribeth löste eine Tablette darin auf, klopfte ihm leicht auf die Hand und legte ihm dann drei Schmerztabletten auf die Handfläche. »Schlucken«, befahl sie. »Trinken.«

Er trank mit geschlossenen Augen das Glas in einem Zug leer. Beinahe hätte Maribeth »braver Junge« gesagt. Als er aufstieß, wäre sie von seiner Fahne fast selbst betrunken geworden.

»Besser?«, fragte sie.

Er verzog das Gesicht mühsam zu einer Grimasse, dem Ansatz eines Lächelns. »Ein bisschen.«

»Ich brate dir jetzt Eier. Etwas Fettiges tut gut. Das Fett absorbiert den restlichen Alkohol in deinem Körper.«

»Wer ist jetzt hier der Arzt?«, erwiderte er schwach.

»Hast du Eier im Haus?«

Er wies mit einem Nicken zum Kühlschrank. Der war so gut wie leer, doch Maribeth fand sechs Eier, etwas Milch und ein bisschen Butter.

»Was ist mit scharfer Sauce?«, fragte sie.

Er deutete mit dem Kinn zur Vorratskammer. Sie kramte

darin herum und fand mehrere Flaschen CaJohn, einer Spezialität aus Trinidad. Sie fragte sich, ob Felicity aus Trinidad gekommen war. Doch vielleicht hatten sie sie auch nur im Urlaub gekauft oder mochten einfach scharfe Sauce.

»Ich mach uns ein Omelette«, sagte sie. »Hast du noch irgendwo Brot?«

»Schau mal im Tiefkühlfach nach.«

Maribeth fand ein paar Hamburgerbrötchen und legte sie zum Auftauen heraus. Sie schlug die Eier mit Milch, Salz und Pfeffer auf, erhitzte eine Pfanne, schmolz ein Stück Butter und gab die Eimasse hinein.

»Wie kommt es, dass meine Küche immer nur dann gut riecht, wenn du da bist?«, fragte Stephen.

»Dir scheint es schon besser zu gehen, wenn du denkst, dass Essen gut riecht.« Maribeth legte die Brötchen in den Minibackofen, wendete die Eier mit dem Pfannenwender und sprenkelte etwas scharfe Sauce darüber.

»Wo hast du Kochen gelernt?«

»Das ist nur ein Omelette, Stephen. Das kann doch jeder.«

»Schon, aber du weißt, wie man richtig kocht. Das kann ich sehen.«

»Stimmt. Ich hab's von einer Zeitschrift gelernt.«

»Wie tüchtig.«

»Nicht, weil ich sie gelesen habe, sondern weil ich bei einer gearbeitet habe. Mein erster Job nach dem Studium war bei einer Kochzeitschrift. Davor konnte ich nur Nudeln mit Tomatensauce aus dem Glas machen.«

»Wie hast du dann eine Stelle bei einer Kochzeitschrift bekommen?«

»Weil ich so getan habe, als könnte ich kochen. In der Woche vor meinem Vorstellungsgespräch habe ich Kochbücher und Zeitschriften gewälzt und mir Kochshows im Fernsehen angesehen, so dass ich, als ich zum Termin erschien, quasi ein Profi war.«

»Wie lange hast du dort gearbeitet?«

»Lange genug, um Spaß am Kochen zu finden.«

»Das sehe ich.«

»Das war, was ich an der Arbeit in Zeitschriftenredaktionen besonders gemocht habe. Dass man für ein paar Jahre zum Experten auf einem bestimmten Gebiet wurde. Preisgünstige Reisen, Weltgeschehen, Promi-Lifestyle.«

»Alleskönner.«

»Nirgends Meister.« Was stimmte. Als Redakteurin war sie hochkompetent, auf allen anderen Gebieten eher eine Dilettantin. Aber jetzt war sie nicht einmal mehr Redakteurin.

Sie klappte das Omelette zusammen, ließ es auf einen Teller gleiten und übergoss es mit noch mehr scharfer Sauce. Er hob abwehrend die Hand. »Ich glaube, das reicht jetzt.«

»Du musst mir vertrauen«, erwiderte sie. »Ich kenne nicht die medizinische Begründung, weshalb Scharfes gegen Kater hilft, aber ich weiß, dass es so ist.«

»Vielleicht sollten wir einen Artikel darüber veröffentlichen.«

»Dafür müssen wir unsere Theorie aber erst erhärten.«

Sie stellte den Teller vor ihn hin. Er verzog das Gesicht.

»Komm, iss wenigstens ein bisschen. Eben hast du noch gesagt, es würde gut riechen.«

Er griff zur Gabel, nahm einen kleinen Happen, kaute, schluckte.

»Siehst du«, sagte sie. »Du bist nicht gestorben.«

»Warte ein paar Minuten.«

»Ha, du kannst schon wieder Witze machen! Versuch's mit einer zweiten Gabel. Nur kleine Happen.«

»Du bist eine ausgezeichnete Ärztin.« Er lächelte schwach. »Oder vielleicht sollte ich Krankenschwester sagen.«

Sie zog eine Augenbraue hoch. »Degradiert nach einem Bissen?«

»Befördert«, konterte er. »Krankenschwestern sind die wahren Heilerinnen.« Dann, als wolle er sie überzeugen, fügte er hinzu: »Felicity war Krankenschwester.«

»Oh«, sagte sie. »Habt ihr euch so kennengelernt?«

»Nein, sie hat in der Kinderonkologie gearbeitet.«

»Onkologie.« Maribeth schüttelte den Kopf. »Was für eine Ironie des Schicksals.«

Stephen schob jetzt schon einen größeren Happen Ei auf seine Gabel. »Ich glaube, es funktioniert tatsächlich«, sagte er. »Aber warum Ironie des Schicksals?«

Maribeth befürchtete schon, er wolle ihr mit dieser Frage bedeuten, dass sie versuchte, zu tief in seine Privatangelegenheiten vorzudringen. Aber er hatte schließlich das Thema aufgebracht. Also stotterte sie etwas davon, wie ironisch es doch sei, dass eine Onkologieschwester an Krebs starb.

Stephens Gabel schlug gegen den Teller. »Felicity ist nicht an Krebs gestorben.«

»Nein?«

»Wie bist du denn auf die Idee gekommen?«

Maribeths Gesicht, Hals und Arme wurden heiß. »Keine Ahnung. Sie war so jung und hübsch.« Sie merkte selbst, wie lächerlich das klang. »Und wegen der vielen rosa Schleifen in deinem Sprechzimmer.«

Fast lächelte er. »Mallory arbeitet für das Brustkrebsüberlebendennetzwerk als Eventplanerin. Ich unterstütze sie. Tut mir leid, ich dachte, du wüsstest Bescheid. Weil hier alle Bescheid wissen. Und wegen dem, was du in dem Eiscafé gesagt hast.«

Was hatte sie gesagt? Etwas von einem Deal. Er sollte nicht nach ihren Geheimnissen fragen, dann würde sie nicht nach seinen fragen.

»Ich wusste es nicht«, stammelte Maribeth. »Wirklich nicht.«

»Es ist kein Geheimnis. Es stand schließlich in der Zeitung. Ich dachte, du hättest dich gründlicher über mich informiert.«

Sie schüttelte den Kopf. Sie hatte ihn nicht einmal gegoogelt. Sie hatte für sich entschieden, dass sie es gar nicht wissen wollte, falls er etwas Schlimmes getan hatte.

»Felicity ist bei einem Autounfall gestorben. Das an sich ist nicht erwähnenswert. Vielen Leuten passiert das. Nur, dass ich schuld an diesem Unfall war.«

Ihr Herz tat etwas Merkwürdiges, es schlug eine Welle, abrupt unterbrochen von einem heftigen Schlag. Sie wusste, dass das nichts mit ihrer Herzerkrankung zu tun hatte. »Du warst schuld?«

»Vielleicht nicht im juristischen Sinne. Aber das ändert nichts daran, oder?« Er stieß ein bitteres Lachen aus, ganz untypisch für ihn, dachte Maribeth. Ein solches Geräusch passte eher zu ihr.

»Was ist passiert?«

»Pech. Schlechtes Karma. Wer weiß?« Er warf die Arme in die Luft, als klage er das Universum an. »Wir waren nach Cleveland gefahren, um einen ihrer früheren Patienten mit seinem Orchester auftreten zu sehen. Sie besuchte ständig Schultheateraufführungen, Hochzeiten oder Konzerte ehemaliger Patienten und schleppte mich jedes Mal mit. Es war ein ewiger Streitpunkt zwischen uns. Ich war der Meinung, es sei unsere Aufgabe, die Patienten zu behandeln und zu heilen, damit sie ihr eigenes Leben weiterführen konnten, und nicht, um sie in unseres zu integrieren. Aber Felicity sammelte regelrecht ihre Überlebenden. Manchmal machte sie mir Vorwürfe: Ich wäre ein besserer Arzt, wenn ich nicht so klinisch wäre. So distanziert, sagte sie.« Wieder stieß er ein bellendes, bitteres Lachen aus.

»Jedenfalls hatte ich sie lustlos zu dem Konzert begleitet und anschließend noch zu einer Feier, zu der man uns – oder besser sie – eingeladen hatte. Ich setzte mich an die Bar, während Felicity wie immer zum Mittelpunkt der Party wurde. Wir brachen erst nach Mitternacht auf, was bedeutete, dass wir nicht vor zwei Uhr morgens zu Hause wären.

Im Auto meckerte ich sie an, weil es so spät geworden war, und sie war sauer, weil ich einen solchen Stress machte, obwohl wir am nächsten Tag nichts vorhatten. Dann regte sie sich darüber auf, dass ich zu schnell fuhr, und unser Streit eskalierte. Ich war abgelenkt, und als sich der Verkehr vor uns staute, bemerkte ich es zu spät. Ich machte eine Vollbremsung, brachte den Wagen aber nicht mehr rechtzeitig zum Stehen.«

»O Gott, es tut mir so leid!«

»Nein«, sagte Stephen und hob die Hand. »Das war noch nicht alles. Uns war nichts passiert. Es war nur ein kleiner Auffahrunfall.«

Der Knoten in Maribeths Bauch verhärtete sich. »Was ist dann passiert?«, flüsterte sie.

»Was passiert ist? Anstatt an den Straßenrand zu fahren oder den Warnblinker einzuschalten, vergeudete ich die letzten Momente von Felicitys Leben damit, ihr Vorwürfe zu machen, weil ich ihretwegen einen Unfall gebaut hatte. Ich schrie noch auf sie ein, als der Wagen von hinten in uns hineinkrachte. An unserem Auto brannten nicht mal die Bremsleuchten, weil ich die Handbremse angezogen hatte.«

»O nein, Stephen. Nein!«

»Ich erlitt eine Gehirnerschütterung und kugelte mir die Schulter aus. Felicity dagegen …« Er hielt inne, um sich zu räuspern. »Ihre Seite des Autos … war nicht mal mehr als Auto zu erkennen.«

Und er erzählte Maribeth die ganze grauenvolle Geschichte:

Wie er Felicity gegenüber gesessen hatte, eingeklemmt im Unfallwagen, wie er sie angefleht hatte, bei ihm zu bleiben, und mitansehen musste, dass sie es nicht konnte. Maribeth fing an zu weinen.

Er gab ihr eine Serviette und erzählte weiter, ohne eine Träne zu vergießen. Maribeth hatte das Gefühl, dass er gar nicht mehr mit ihr sprach, sondern zu ihr, dass sie sein Schutz war, mit dem er es ertrug, sich selbst die Geschichte zu erzählen. Ganz ähnlich der Art, wie sie an die Zwillinge schrieb.

»Danach nahm ich mir einen Monat frei, und als ich in die Praxis zurückkehrte, hatte ich bereits einige Patienten verloren. Und dann verlor ich noch mehr, weil ich, so könnte man wohl sagen, schroff geworden war. Obwohl, schroff bin ich schon immer gewesen, aber ich wurde wohl ziemlich unerträglich.

Vielleicht kamen deshalb diese Gerüchte in Umlauf. Felicity war beliebt gewesen. Ich nicht. Sie war tot. Ich nicht. Manche behaupteten hinter vorgehaltener Hand, ich sei betrunken gewesen. Das war ich nicht, allerdings war ich es seither an vielen Abenden.« Mit einer Handbewegung deutete er zur Ablage, wo die leeren Flaschen gestanden hatten. »Aber die Leute schienen irgendwie meine Schuld an der Sache zu wittern. Vielleicht wollten sie aber auch einfach nicht mit der ganzen Tragik konfrontiert werden. Wer kann es ihnen verübeln? Die Praxis begann darunter zu leiden. Mir wurde nahegelegt, eine Auszeit zu nehmen, wobei wir alle wussten, dass diese nicht nur vorübergehend sein würde.«

Er schob den Teller mit dem Omelette weg. »Vielleicht war es besser so. Die Medizin erfordert ein gewisses Maß an Selbstbetrug, einen Glauben an die eigene Unbesiegbarkeit. Doch als ich zusah, wie Felicity starb, in meinem Beisein, und ich unfähig war, auch nur das Geringste daran zu ändern, nun, da hab ich auch ihn verloren.«

Das war es also. Kein Kunstfehler. Kein Alkoholproblem. Nicht mal ein Skandal, jedenfalls nicht ein solcher, wie sie vermutet hatte. Es war ein verletztes Herz, das sich selbst aufzehrte. Das war etwas, was sie gut verstand.

Stephen schwieg jetzt, aber seine Hände zitterten. Maribeth nahm sie in ihre und hielt sie fest, bis das Zittern aufhörte. Dann küsste sie ihn.

47

Vor ihrem Schwimmunterricht am Montag ging sie in die Bibliothek in Squirrel Hill, um ihre E-Mails nach den Sozialversicherungsnummern ihrer Eltern zu durchsuchen. Seitdem sie die Nachricht von Jason gelöscht hatte, ohne darauf zu reagieren, rechnete sie nicht damit, noch etwas von ihm zu hören. Doch da war sie, eine weitere E-Mail von ihm, im Betreff ein ominöses P.S.

Vielleicht: P.S.: Ich hasse dich? P.S.: Komm bloß nie wieder? P.S.: Du bist die schlechteste Mutter der Welt?

P.S.: Du scheinst zu glauben, dass ich Dich bestrafen will. Nur um das klarzustellen, es war Thanksgiving, und wir waren auf dem Land, und dann ist Oscar krank geworden, und ich bin mit ihm zu Hause geblieben, und diese E-Mails gingen an meine Arbeitsadresse, weswegen ich sie erst am Montagabend gefunden habe. Entschuldige, dass ich einen verdammten Tag gebraucht habe, um das alles zu verarbeiten, nachdem Du einen ganzen Monat lang kein einziges Wort von Dir hast hören lassen. Verdammt nochmal, Maribeth, ich lasse Dich in Ruhe. Ich tue ALLES, worum Du mich gebeten hast. Ich weiß nicht, was ich Deiner Meinung nach sonst noch sagen soll.

Sie überprüfte das Datum. Die E-Mail war einen Tag, nachdem sie die erste E-Mail von ihm erhalten hatte, abgeschickt worden. Zwei Tage, bevor sie Stephen geküsst hatte.

Sie hatte an diesen Kuss mit einer seltsamen Mischung aus Zärtlichkeit und Verwirrung gedacht, aber jetzt kam noch rückwirkend Schuldgefühl hinzu. Denn hätte sie Stephen geküsst, wenn sie diese zweite E-Mail von Jason vorher gelesen hätte? Hatte sie ihn geküsst, um Jason eins auszuwischen? Nein, so war es nicht gewesen. Wenn sie überhaupt in dieser Küche an einen anderen Partner gedacht hatte, dann an Felicity.

Sie las die Nachricht noch einmal. Sie waren auf dem Land gewesen? Und was hatte Oscar gehabt?

Ist mit Oscar alles okay?, schrieb sie sofort und klickte auf Senden, ohne weiter darüber nachzudenken.

Jason musste am Schreibtisch sitzen, weil er sofort antwortete. *Es geht ihm gut.*

Jason war noch nie ein Mann für Details gewesen. Sie interessierten ihn nicht, wobei Maribeth nie dahintergekommen war, was genau für ihn eine große Sache ausmachte. Galt zum Beispiel ihr Weglaufen?

Doch dass Oscar krank gewesen war, bereitete ihr Sorgen. Mittelohrentzündung? Paukenerguss? Oscar hatte spät angefangen zu sprechen – jeder dachte, weil Liv stets die Fragen für sie beide beantwortete –, bis Lauren bemerkt hatte, dass er sehr oft »Was?« fragte, und sich erkundigte, ob sie sein Gehör hatten testen lassen. Wie sich herausstellte, waren Oscars Ohren so voller Flüssigkeit, dass er kaum etwas hören konnte und deswegen nicht sprach. Es war Maribeth wahnsinnig unangenehm gewesen, einerseits, weil sie sich nicht genügend um Oscar gekümmert hatte und andererseits, weil Lauren seine Schwerhörigkeit aufgefallen war, bevor sie sie bemerkt hatte. (»Komm schon«, hatte Jason gesagt, »sie hat schließlich vier

Kinder.«) Oscar bekam Paukenröhrchen und eine Sprachtherapie und holte im Sprechen rasch auf, aber im Laufe des Sommers waren die Paukenröhrchen herausgefallen und die Halsnasenohrenärztin hatte Maribeth ans Herz gelegt, die Ohren ihres Sohnes regelmäßig untersuchen zu lassen.

Also schrieb Maribeth noch eine längere E-Mail zurück: Hatte Oscar Probleme mit den Ohren gehabt? Hatte Jason einen Termin bei der Halsnasenohrenärztin vereinbart? Hatte er mit der Sprachtherapeutin gesprochen? Jetzt, wo sie einen Zugang zu ihm hatte, stellte sie auch allgemeinere Fragen: über den seelischen Zustand der Kinder, ihre körperliche Gesundheit, ihre Termine beim Kinderarzt, ihre Frisuren. Als sie fertig war, hatte sie den ganzen Bildschirm mit Fragen gefüllt.

Jasons Antwort kam zu schnell, um gründlich durchdacht worden zu sein. *Es geht ihnen gut*, schrieb er.

Könntest Du Dich ein bisschen genauer ausdrücken?, schrieb sie zurück.

Oscar geht es gut. Liv geht es gut. Ich kümmere mich um alles Nötige. Uns geht es gut.

Gut? Alles, was sie an Jason störte, konnte man auf dieses eine unschuldige Wort herunterbrechen. Es bestand zu einem Teil aus Wunschdenken und zu zwei Teilen aus Faulheit. Ja, alles war immer gut gewesen. Weil sie da gewesen war, um sicher zu stellen, dass es so war.

Aber jetzt war sie nicht da. Wie also genau war alles gut? Er behauptete, er wolle sie nicht bestrafen, aber wenn sie und Jason sich stritten, reagierte er genau wie jetzt: Er wurde zu einer Schildkröte, umgeben von einem harten Panzer. Das war der perfekte Schutz und die perfekte Waffe. Sie verlor jedes Mal.

Sie konnte nachvollziehen, dass sie seinen Zorn verdient hatte. Sie versuchte nicht, sich herauszuwinden. Sie verlangte weder Vergebung noch Absolution. Sie wollte einfach nur wissen, wo sie stand. Dieses eine Mal wollte sie wissen, wo sie wirklich stand. Denn wie konnte sie auch nur daran denken zurückzukehren, wenn sie das nicht wusste? Solange sie keinen festen Boden unter den Füßen hatte, wie konnte sie dann jemals hoffen, wieder mit beiden Beinen auf der Erde zu stehen?

Gut? Wie konnte sie einem so substanzlosen Wort trauen? Wie konnte sie einem so substanzlosen Mann trauen? Der nie sagte, was er wirklich meinte. Meinte er gut im Gegensatz zu kurz vor dem Untergang oder gut im Sinne von alles läuft wie geschmiert?

Doch dann traf sie der Schock der Erkenntnis wie eine Faust die Magengrube. Angenommen, Jason sagte etwas vollkommen anderes? Dass es ihnen gutging. Ohne sie.

48

Pittsburgh war nicht so kalt, wie Maribeth erwartet hatte – sie hatte mit Bergen von Schnee gerechnet –, doch als der Winter näher rückte, verschwand der blaue Himmel dauerhaft hinter einer grauen Wolkendecke, durch die ihr die Kälte bis ins Mark kroch. Maribeth hatte ihren Wintermantel mitgebracht, aber er bot ihr keinen ausreichenden Schutz vor dem eisigen Wind beim langen Warten an der Bushaltestelle. Daher hielt sie sich hauptsächlich in ihrem Apartment auf, sah noch mehr fern und fühlte sich insgesamt unruhig und niedergeschlagen. Bis sie eines Tages einknickte und zu dem schicken Secondhandladen in Shadyside ging, wo sie fünfzehn Dollar in einen dieser dicken Daunenmäntel investierte, von denen sich Elizabeth und sie geschworen hatten, sie niemals zu tragen.

Bevor sie das Geschäft verließ, schlüpfte sie in den neuen Mantel und steckte ihren stylischen, aber zu dünnen Wintermantel in die Plastiktüte. Als sie hinaustrat, wusste sie sofort, dass sie bis dahin etwas falsch gemacht hatte. Mit dem Daunenmantel war es, als würde sie in einem Schlafsack herumlaufen. Die Kälte biss ihr in Nase und Ohrläppchen, konnte ihr aber ansonsten nichts anhaben. Wie hatte sie bloß 44 Jahre ohne so ein Ding überlebt?

Nach ihrer nächsten Schwimmstunde – wieder mit dem Schwimmbrett, um die gleichmäßige Atmung zu üben –, fühlte sich Maribeth so kuschelig in ihrem neuen Mantel, dass sie beschloss, zu Fuß von Squirrel Hill zurück nach Bloomfield über Shadyside zu laufen. Shadyside war das schickste Viertel Pittsburghs, das sie bisher kannte, mit überfüllten Asia-Schnellrestaurants, Bio-Cafés, Eisdielen mit selbstgemachten Spezialitäten und zahlreichen Boutiquen. Abgesehen von Briefpapier – und ihrem neuen Mantel – hatte sie bisher noch nichts in Shadyside gekauft, ja, sie hatte überhaupt noch nichts eingekauft außer dem strikt Notwendigen. Doch manchmal, wenn sie ihr Zuhause vermisste und einen Hauch New York City schnuppern wollte, spazierte sie gern durch diese Gegend.

Als sie an jenem Tag durch die Walnut Street lief und dabei in die Schaufenster schaute, blieb sie vor einer Parfümerie stehen. Auf einer Klapptafel neben dem Eingang wurden Kosmetikbehandlungen angeboten.

Eine der Angestellten kam an die Tür, exotisch schön wie Björk, mit hohen Wangenknochen und grünen, mandelförmigen Augen. »Das kleine Make-up ist kostenlos«, sagte sie, »aber es gibt auch das ganze Programm mit Pflegeprodukten im Wert von fünfzig Dollar.«

Schon seit der Lausbehandlung und dem Haarschnitt hatte sich Maribeth vorgenommen, einen Lippenstift zu kaufen, vielleicht auch neue Mascara, oder endlich zum Friseur zu gehen und sich eine richtige Frisur schneiden zu lassen. Doch wie so viele Dinge, die sie sich vorgenommen hatte – ins Kino gehen oder mittags mal ins Restaurant – hatte sie es sich versagt. Selbst für den allerkleinsten Genuss von ihrer asketischen Lebensweise abzuweichen, fühlte sich falsch an.

Aber warum bestrafte sie sich derart? Wenn es ihrer Familie doch so gut ohne sie ging? Sie folgte der jungen Frau in den Laden zu einem Drehstuhl, der vor einem großen, beleuchteten Spiegel stand.

»Gibt es irgendwelche Produkte, die Sie bevorzugen?«, fragte die junge Frau. Auf ihrem Namensschild stand Ash.

»Nein, eigentlich nicht.« Die meisten ihrer Produkte waren Kosmetikpröbchen, die in die Redaktion geschickt wurden: mal Revlon, mal La Mer.

Ash streifte Maribeths Haar mit einem Band zurück, und für einen kurzen Augenblick sah Maribeth das Gesicht einer anderen im Spiegel.

»Sie haben einen wundervollen Teint, deswegen würde ich gern bei einem natürlichen Look bleiben«, sagte Ash. »Vielleicht ein wenig getönte Tagescreme, etwas pastellfarbenen Lippenstift und einen Hauch Mascara.«

Es tat so gut, berührt zu werden, dass Maribeth sich der Behandlung ganz hingab. Selbst wenn Ash ihr ein komplettes Gothic-Make-up empfohlen hätte, hätte sie wahrscheinlich zugestimmt.

Ash kehrte mit einigen Produkten zurück und drehte Maribeth mit dem Stuhl zu sich, während sie verschiedene Cremes auf ihr Handgelenk tropfte, um den richtigen Farbton zu finden. »Sie haben wirklich eine wundervolle Haut und noch viel Kollagen«, sagte Ash und zog die Haut von Maribeths unterer Kinnpartie ein wenig zurück. »Wissen Sie, ob Sie eventuell skandinavische Vorfahren haben?«

Maribeth schüttelte den Kopf. Sie spürte ein angenehmes Brummen in der Brust. »Nein, das weiß ich nicht.«

»Ich habe gehört, dass skandinavische Haut langsamer altert, weil sie nicht so viel der Sonne ausgesetzt ist. Hat sich Ihre Mutter auch so lange jung gehalten?«

»Ich weiß es nicht«, antwortete Maribeth. »Ich meine, ich weiß es, aber ich weiß es nicht. Ich bin adoptiert.«

»Ich auch!«, sagte Ash und lächelte über das ganze Gesicht. »Ich stamme aus Kasachstan.«

»Kasachstan?«, fragte Maribeth. »Ich weiß nicht mal genau, wo das liegt.«

Die junge Frau lachte. »In Zentralasien, zwischen China, Russland und der Mongolei.«

»Klingt weit weg.«

»Ja, das stimmt. Wenn ich nächstes Jahr mit der Ausbildung fertig bin, fahre ich mit meinen Eltern hin.«

»Wollen Sie Ihre leibliche Mutter suchen?« Eine derart persönliche Frage hätte Maribeth noch vor einem Monat nicht mal im Traum zu stellen gewagt.

»Nein, eher nicht. Man hat mich mitten in der Nacht in einem Pappkarton vor einem Waisenhaus gefunden. Ich möchte einfach nur wissen, wo ich herkomme, verstehen Sie?«

Maribeth nickte. »Ja, das verstehe ich. Sie haben Glück, dass Ihre Eltern Sie so unterstützen.«

»Sie freuen sich sogar noch mehr auf die Reise als ich. Sie mussten zwei Monate lang in Almaty bleiben, bis sie mich mitnehmen durften, und es hat ihnen dort so gut gefallen, dass sie ganz aufgeregt sind, wieder hinzukommen.«

Maribeth hatte die Sozialversicherungsnummern ihrer Eltern bisher nicht in ihren E-Mail-Ordnern gefunden und einen Augenblick lang überlegt, ihre Mutter danach zu fragen. Doch dann hatte sie sich an die vielen versteckten Anspielungen in ihrer Kindheit erinnert und an das Drama, als sie sich *Annie* ansehen wollte.

Einmal hatte sie sich mit ihrer Mutter schrecklich gestritten, als sie später als vereinbart nach Hause gekommen war, weil das Auto ihrer Freundin Stacy eine Panne gehabt hatte. Ihre Mutter war eine Woche lang böse auf sie gewesen. Maribeth hatte versucht, ihr zu erklären, dass es nicht ihre Schuld gewesen war, aber als ihre Mutter nicht nachgeben wollte, hatte sie eine Tasche gepackt und war wütend aus dem Haus gestürmt.

Weit war sie nicht gekommen, nur zehn Straßen entfernt bis zu Stacys Haus, wo man sie einlud, zum Abendessen zu bleiben. Mitten im Essen kam ihr Vater, entschuldigte sich für die Störung und forderte Maribeth auf, nach Hause zu kommen. Sofort.

In eisigem Schweigen fuhren sie zurück, und als sie in die Auffahrt einbogen, sagte ihr Vater: »Deine Mutter hat gedacht, du wärst weggelaufen.«

»Gut so!«, hatte Maribeth erwidert, zufrieden, dass sie ihrer Mutter einen Schrecken eingejagt hatte und bereit, zur nächsten Runde in den Ring zu steigen. Denn ihre Mutter war ja so ungerecht!

»Sie dachte, du wärst weggelaufen, um sie zu finden«, hatte ihr Vater erklärt.

Es hatte einen Moment gedauert, bis Maribeth klar wurde, wer *sie* war. Ihre leibliche Mutter. Und da war aller Kampfgeist aus Maribeth gewichen. Sie war hineingegangen, hatte sich auf Drängen ihres Vaters bei ihrer Mutter entschuldigt und die Strafe auf sich genommen.

»Diese Creme passt perfekt zu Ihnen«, sagte Ash. »Dazu nehme ich einen braunen Mascara und einen glänzenden, pflaumenfarbenen Lipgloss, es sei denn, Sie möchten lieber etwas Auffälligeres.«

»Nein, machen Sie nur.«

»Schauen Sie nach oben rechts.« Fachmännisch trug Ash die Wimperntusche auf und fragte Maribeth beiläufig, ob sie ihre leibliche Mutter kenne.

»Nein. Aber ich glaube, ich stehe kurz davor zu erfahren, wer sie ist.«

»Das ist ja toll! Pressen Sie mal Ihre Lippen aufeinander. So, und jetzt abtupfen.« Sie reichte Maribeth ein Kosmetiktuch. »Bestimmt wird sie sich riesig freuen, von Ihnen zu hören.«

»Da bin ich mir nicht so sicher«, erwiderte Maribeth. »Vielleicht möchte sie gar nichts von mir wissen. Schließlich hat sie mich abgegeben.« Als ihr klarwurde, dass sie mit einem Mädchen sprach, das man in einem Pappkarton ausgesetzt hatte, fügte sie hinzu: »Bitte entschuldigen Sie.«

»Ach, ist schon gut. So wie ich es sehe, muss es für meine Mutter das Allerschlimmste auf der Welt gewesen sein, mich vor dem Waisenhaus auszusetzen. Und außerdem, wer würde sich nicht freuen, von Ihnen zu hören? Sie sind so hübsch!« Mit einem dramatischen Schwung drehte Ash Maribeth zum Spiegel.

Das Make-up hatte ihr Gesicht verwandelt, es sah anders aus, jünger. Als sie sich im Spiegel musterte, sah sie wieder dieses Gesicht, ähnlich wie ihres und doch wieder nicht. Und obwohl sie es nicht wissen konnte, hatte sie das Gefühl, gerade einen Blick auf ihre Mutter erhascht zu haben.

49

Lieber Oscar, liebe Liv,
wisst Ihr noch, wie wir letzten Sommer an dem Lieferwagen mit den vielen Hunden vorbeigekommen sind, die ein Zuhause suchten, und Du, Liv, die Frau gefragt hast, ob man sie kaufen könne, und sie gesagt hat, die Hunde könne man nicht kaufen, sondern nur adoptieren? Dann hast Du, Oscar, gefragt: »Können wir einen mitnehmen?« Und die Frau hat nein gesagt, so einfach sei das nicht, wir müssten erst Formulare ausfüllen und Geld bezahlen. Da hast Du, Liv, gesagt: »Aber Sie haben doch gerade gesagt, dass man die Hunde nicht kaufen kann.« Und die Frau hat erwidert, das sei etwas anderes, sie sei kein Zooladen. Diese Hunde seien zur Adoption freigegeben, weil niemand sie haben wolle.

Maribeth war von dieser Erklärung nicht begeistert gewesen, wollte aber nicht diskutieren. Außerdem interessierten sich die Zwillinge längst nicht mehr für die einzelnen Aspekte einer Adoption, sondern bettelten um einen Hund. (Das kam nicht in Frage; in ihrem Haus waren Hunde verboten und der Besitzer wartete ohnehin nur auf einen Grund, sie vor die Tür zu setzen und ihre Wohnung teurer zu vermieten.

Doch die Kinder mussten Jason von der Sache mit den Hunden erzählt haben, denn einige Tage später fragte er sie vor dem

Zubettgehen, warum sie den Zwillingen nicht erzählt habe, dass sie adoptiert worden sei. »Ich fand, das war kein passender Vergleich, ihre Mutter und ein unerwünschter Pitbull. Außerdem sind sie noch zu klein«, hatte sie geantwortet. Sein Schweigen hatte ihr verraten, dass er anderer Meinung war.

Es gibt etwas, was Ihr nicht über mich wisst. Als ich ein kleines Baby war, konnte mich die Mutter, die mich geboren hatte, nicht behalten. Deswegen hat sie mich zur Adoption freigegeben und Oma und Opa wurden meine Eltern. Sie sind meine Eltern. Aber ich habe noch andere Eltern. Ich weiß nichts über sie, aber jetzt möchte ich zum ersten Mal doch etwas über sie erfahren, um mehr über mich selbst und damit auch Euch herauszufinden.

50

Die Suche nach Maribeths leiblicher Mutter läge erst einmal solange auf Eis, bis sie zusätzliche Informationen über ihre Adoptiveltern hätten, sagte Janice. Es war frustrierend, da Maribeth genau wusste, wo diese zu finden waren, nämlich zu Hause auf ihrem Laptop, in gutsortierten Dateien.

Sie konnte einfach Jason darum bitten.

Vielleicht würde er sie ignorieren. Andererseits, was hatte sie an diesem Punkt noch zu verlieren?

Ich habe eine etwas merkwürdige Bitte, schrieb sie. *Meinst Du, Du könntest mir die Sozialversicherungsnummern meiner Eltern geben?* Sie erklärte ihm, wo sie zu finden waren.

Er schickte ihr die Informationen noch am selben Tag, und Maribeth leitete sie an Janice weiter. Jason hatte ihre Bitte weder kommentiert noch hinterfragt, und sie war ihm keine Erklärung schuldig, und doch fühlte sie sich irgendwie dazu verpflichtet. Jason konnte gut mit Unklarheiten leben, Maribeth jedoch nicht. Sie brauchte Klarheit. Auch jetzt. Auch im Verhältnis zu ihm.

Falls Du Dich wunderst, ich will keinen neuen Pass beantragen oder sonst was in der Art. Ich bin auf der Suche nach meiner leiblichen Mutter.

Und weil sie keine Angst mehr hatte, ihren Aufenthaltsort zu verraten – es war offensichtlich, dass sie niemand zurückholen wollte –, fügte sie hinzu: *in Pittsburgh.*

Ich dachte mir schon, dass Du dort bist, schrieb er.

Das überraschte sie. Selbst für eine Person mit viel Einfühlungsvermögen wäre ihr Aufenthaltsort schwer zu erraten gewesen, und Jason war kein sehr einfühlsamer Mensch.

Du wusstest also, dass ich in Pittsburgh bin?

Er erwiderte: *Woher hätte ich irgendetwas wissen sollen, Maribeth? Ich habe es nur angenommen. Wegen Deiner Nachricht.*

Was hatte sie geschrieben, das ihn auf die Idee gebracht hatte, sie würde hierher fahren? Sie war in panikartiger Aufbruchsstimmung gewesen, als sie sie geschrieben hatte, und als sie letzte Woche die erste Zeile wiedergesehen hatte, war es wie ein übelkeiterregendes Déjà-vu gewesen. Es war ihr genauso auf den Magen geschlagen wie damals vor vielen Jahren, als sie ihren Artikel über Jason schwarz auf weiß in der College-Zeitung gelesen hatte.

Meiner Nachricht?, fragte sie.

Jason erwiderte: *Ja. Deiner Nachricht. Über die ich immer noch nicht hinweggekommen bin. Es geht nicht darum, dass Du mich völlig unerwartet und ohne Vorwarnung verlassen hast, auch wenn das überhaupt kein Spaß war. Aber dass Du davon ausgegangen bist, dass Du als Einzige das Recht hast, Angst zu haben, weil Du die Mutter bist … Ich weiß, worauf Du hinauswolltest, aber mein Gott, Maribeth, hast Du das wirklich geglaubt? Glaubst Du das immer noch? Auch jetzt noch?*

Sie wusste nicht, was sie geglaubt hatte, weil sie nicht mehr wusste, was sie geschrieben hatte. Aber, was sie wusste, was sie aus dem Bildschirm heraus spüren konnte, war Jasons Wut. Und es war merkwürdig, denn die hatte sie sich immer vorgestellt, sie ihm übelgenommen, sich vor ihr gefürchtet, seit Beginn seines Schweigens – eigentlich seitdem sie gegangen war –, aber jetzt, wo sie tatsächlich da war, empfand sie nichts als Erleichterung.

51

Das Allegheny Kinderheim hatte im Archiv Unterlagen über ein kleines Mädchen, das am 12. März 1970 geboren und von Mr und Mrs Klein adoptiert worden war.

Janice verkündete ihr die frohe Botschaft nach ihrer vierten Schwimmstunde – wieder mit dem Schwimmbrett, jetzt, um an Maribeths Armtechnik zu arbeiten –, während sie gemütlich ein Dampfbad nahmen. Als sie die Neuigkeit hörte, fiel Maribeth in Ohnmacht.

Es ging ihr gut. Es war nicht ihr Herz. Es hatte an der Hitze gelegen. Und am Schock. Es ging ihr gut. Wirklich.

»Ich hätte warten sollen, bis wir wieder raus sind, aber ich konnte es nicht mehr für mich behalten. Ich habe die E-Mail auf meinem Handy gelesen, als ich eben meinen Kulturbeutel aus dem Spind geholt habe«, sagte Janice und rang die Hände. »Ich dachte, das Dampfbad würde dich entspannen und es wäre ein guter Zeitpunkt, es dir zu erzählen. Ich habe schreckliche Gewissensbisse!«

Der Manager des Fitnessclubs war keine Hilfe. »Ich brauche ein ärztliches Attest, wenn Sie weiterhin das Dampfbad benutzen wollen«, sagte er. »Das war unverantwortlich.«

»Es war mein Fehler«, beharrte Janice. »Es war meine Idee, ins Dampfbad zu gehen.«

»Ich bin erwachsen, Janice. Es ist nicht deine Schuld.« Maribeth wandte sich an den Manager. »Ein ärztliches Attest, wirklich?«

»Aus rechtlichen Gründen«, erklärte der Rettungssanitäter, der sie untersuchte.

»Tatsächlich wäre es mir sogar lieber, wenn Sie sich eine Bescheinigung besorgen, bevor Sie das nächste Mal wieder in den Club kommen«, sagte der Manager.

Gut. Sie war morgen zum Mittagessen mit Stephen verabredet.

Als Maribeth nicht mehr in unmittelbarer Gefahr zu schweben schien, erlaubte man ihr, sich anzuziehen. »Komm, lass uns gehen«, sagte sie zu Janice. »Ich geb dir irgendwas Entkoffeiniertes, Aufgeschäumtes aus.«

»Nein, ich bin dran. Schließlich bin ich schuld, dass du in Ohnmacht gefallen bist.«

Sie gingen in einen nahe gelegenen Coffeeshop. Janice war immer noch im Selbstbestrafungsmodus und bestellte sich deshalb nur einen einfachen Tee. »Ich hätte dir nie erlauben dürfen, ins Dampfbad zu gehen«, sagte sie.

»Es geht mir wieder gut. Ich bin schon ein großes Mädchen«, erwiderte Maribeth, obwohl sie sich in Wahrheit eher wie ein kleines Mädchen fühlte, das es kaum erwarten konnte, die große, bunt verpackte Schachtel zu öffnen. »Wie geht es denn jetzt weiter?«

»Das Allegheny Kinderheim hat die vollständige Adoptionsakte. Sie müssen sie jetzt nur noch zensieren und uns dann eine Kopie geben.«

»Zensieren?«

»Ja, sie schwärzen Namen und Angaben, durch die man die betreffenden Personen identifizieren könnte. Und dann, wenn du willst, setzt sich die Agentur mit deiner leiblichen Mutter in Verbindung und vielleicht können wir dann einen Kontakt herstellen.«

»Wann kann ich die Akte bekommen?«

»Ungefähr in einer Woche. Aber da ist noch etwas.«

»Was denn?«

»Deine Mutter hat die Zeit bis zur Entbindung im Beacon Mütterheim verbracht.«

»Wo?«

»In einem Heim für ledige Mütter. Damals waren viele junge Frauen während ihrer Schwangerschaft dort. Wir haben schon fast vergessen, wie verpönt es bis vor gar nicht allzu langer Zeit war, unverheiratet ein Kind zu bekommen.«

»Sie war also nicht in diesem Kinderheim?«

»Nein, dort hast du wahrscheinlich mehrere Monate verbracht, während die Adoptionsformalitäten abgewickelt wurden.«

»Mehrere Monate?« Maribeth hatte immer geglaubt, es wäre schneller gegangen. Sie war geboren und gleich adoptiert worden.

»Ja, so lange hat es üblicherweise gedauert«, erklärte Janice. »Manchmal bis zu einem Jahr.«

Als Maribeth Kind gewesen war, hatten ihre Eltern immer zu Hause in der Diele Fotos von ihr aufgehängt – Fotostudioporträts der frühen Jahre, später ergänzt durch Kindergarten- und Schulfotos. Das erste Bild zeigte sie mit etwa einem Jahr, schon mit vier Milchzähnen und dichtem Haar. Maribeth hatte immer angenommen, die Fotos seien jährlich, etwa um ihren Geburtstag herum, aufgenommen worden, eine Art Galerie der Meilensteine. Jetzt fragte sie sich, ob es einfach keine früheren Fotos von ihr gab.

Wie lange hatte Maribeths Mutter schon gewusst, dass Maribeth ihr Kind sein würde, bevor sie sie zu sich nehmen konnte?

Wie war das für sie gewesen? Zu wissen, dass sie dort in diesem Kinderheim war, sie aber nicht im Arm halten zu können? Sie nicht spüren, nicht trösten zu können? Hatte sie Angst gehabt, ihre leibliche Mutter könne ihre Meinung ändern? Sie vielleicht zurückhaben wollen? Maribeth dachte an ihre Schwangerschaft mit den Zwillingen und wie beruhigend es gewesen war, sie immer bei sich zu haben, in ihrem Bauch. Sie hatte sich schon lange vor ihrer Geburt als ihre Mutter gefühlt.

»Wir sind nah dran«, sagte Janice. »Es kann sein, dass du schon alle notwendigen Gesundheitsinformationen in den Unterlagen findest, aber wenn du mehr wissen willst …« Sie beendete ihren Satz nicht.

Wollte sie mehr? Sie wusste es nicht. Vielleicht. Vielleicht war es in Ordnung, mehr wissen zu wollen.

»Ich bin mir nicht sicher«, sagte sie zu Janice.

»Aber wenn du es möchtest«, fuhr Janice fort, »wird es Zeit, deinen Brief zu schreiben.«

52

Sie traf sich mit Stephen zum Mittagessen in einem Bistro in einem aufstrebenden Stadtviertel namens Highland Park. Das Lokal war luftig und hell, und die Kellner boten ihnen Spezialitäten des Tages an mit Zutaten wie Enten-Confit und Lammfleisch aus der Region.

Stephen erzählte Maribeth, er habe ein Weihnachtsgeschenk für Mallory gefunden. »Ich habe beschlossen, uns tatsächlich Eintrittskarten zu kaufen. Für ein Musical, in das Felicity bestimmt nicht mit ihr gegangen wäre, das Mallory aber bestimmt gefällt«, erzählte er. »*The Book of Mormon.* Wir gehen am Silvesterabend. Um zehn ist es vorbei, und dann kann ich alter Mann in mein Hotel zurückkehren, und sie kann ausgehen.«

»Hört sich an, als hättest du ein schönes Geschenk gefunden«, sagte Maribeth höflich.

Es war das erste Mal, dass sie sich seit dem Kuss sahen, und vielleicht war deshalb alles so förmlich, so nett.

Sie erzählte Stephen davon, wie sie im Dampfbad ohnmächtig geworden war. Sie hatte angenommen, es wäre eine amüsante Anekdote, doch stattdessen reagierte er höchst beunruhigt. Wenn er seinen Arztkoffer dabei gehabt hätte, hätte er sie wahrscheinlich auf der Stelle untersucht. (Dabei wusste Maribeth nicht einmal, ob er überhaupt einen Arztkoffer besaß; er wirkte einfach nur wie einer dieser altmodischen Mediziner, die einen hatten.)

»Es war nichts«, beruhigte sie ihn. »Es war nur …« Beinahe hätte sie *der Schock* gesagt. Aber sie schreckte davor zurück, ihm zu erzählen, dass sie ihre leibliche Mutter gefunden hatte. Irgendwie war das zu intim, nachdem sie die Grenze zu einer anderen Art von Intimität überschritten hatten. »Die Hitze«, beendete sie ihren Satz.

»Du musst vorsichtig sein«, sagte er.

»Ich weiß. Ich darf auch so lange nicht mehr in den Fitnessclub, bis ich eine Unbedenklichkeitsbescheinigung von meinem Arzt beibringe.« Sie hielt inne. »Das bist doch immer noch du, oder?«

»Wenn du dich immer noch für mich entschieden hast.«

»Was?« Sie hatte Jason bisher nicht erwähnt, nicht seine Existenz und erst recht nicht die Tatsache, dass sie wieder in Verbindung standen. Und Maribeth hatte Stephen schließlich nur einmal geküsst. Sie wusste nicht, ob das bereits eine Diskussion über Entscheidungen rechtfertigte.

Sanft erinnerte er sie daran, was sie selbst bei ihrem ersten Termin zu ihm gesagt hatte. »O ja. Ich hab mich immer noch für dich entschieden«, sagte sie. Aber die Aussage kam ihr jetzt irgendwie heuchlerisch vor.

»Ich faxe die Bescheinigung rüber«, sagte er. »Ich kenne den Manager.«

»Danke.«

»Nichts zu danken.«

So setzten sie ihr Gespräch fort, mit leisen Stimmen und ungefährlichen Themen, bis Stephen um die Rechnung bat.

Draußen war der Himmel klar und die Luft roch nach Schnee. Die Ladeninhaber streuten Salz auf die Bürgersteige. Stephen bot Maribeth an, sie nach Hause zu fahren, aber sie wollte lieber zu Fuß gehen. In der Nähe lag ein Park, und sie mochte den Rundweg um den Weiher. Um dorthinzukommen, musste sie erst einen steilen Hügel hinauflaufen, aber das machte ihr inzwischen nichts mehr aus.

Bevor sie auseinandergingen, trat eine verlegene Pause ein.

»Ich denke immer, dass ich dich vielleicht nicht wiedersehen werde«, gestand Maribeth. »Jetzt, wo wir keine wöchentlichen Termine mehr haben.«

»Aber wir können uns doch einmal die Woche zum Essen treffen«, schlug er vor. »Oder öfter. Ich habe Zeit.«

»Das hat mich immer gewundert. Hast du überhaupt noch andere Patienten?« Jetzt, wo sie draußen in der eisigen Kälte standen, war es, als könnten sie wieder sie selbst sein und offen miteinander reden.

»Die meisten meiner Patienten sind mit mir gegangen, aber ich nehme nicht mehr viele neue an. Aber ja, ich habe andere Patienten«, antwortete Stephen. »Ich hatte Louise nur gebeten, dich als Letzte einzuplanen.«

»Warum?«

»Aus demselben Grund, aus dem ich das Dessert zum Schluss esse.«

»Du hattest eben gar kein Dessert.«

Er lächelte. »Es kam mir überflüssig vor. Und bei diesem ersten Termin schien es mir, als bräuchtest du, ich weiß nicht, einen warmen Ort, um auszuruhen.«

»Hast du mich deshalb wöchentlich einbestellt? Und mir so wenig berechnet?«

»Ich habe dir das berechnet, was mir auch die Krankenkasse gezahlt hätte.«

»Du hast mir immer noch nicht meine Frage beantwortet.«

»Und du hast mir immer noch nicht gesagt, wer du wirklich bist«, erwiderte er.

»Doch, ich habe dir die ganze Zeit erzählt, wer ich wirklich bin.«

Er wirkte nicht ganz überzeugt. Was, so nahm sie an, nur gerechtfertigt war.

»Wollen wir über diesen Kuss reden?«, fragte er.

»Welchen Kuss?«

Er nahm ihr Kinn in die Hand und der Kuss, der folgte, war so zart und flüchtig wie die Schneeflocken, die zu fallen begannen.

»Diesen«, sagte er.

53

Fünfmal fing sie an, einen Brief an ihre leibliche Mutter zu schreiben. Ein Anfang war schlechter als der andere.

Mein Name ist Maribeth Klein und vor 45 Jahren hast Du mich zur Adoption freigegeben. Ich bin Dir nicht böse. Ich erwarte auch keine Erklärungen oder Rechtfertigungen, ich hätte nur gerne ein paar Antworten auf meine Fragen. Vor kurzem habe ich einen Herzinfarkt erlitten und …

Nein, das klang wie ein Bewerbungsschreiben. Sie zerriss das Blatt Papier.

Ich bin die Tochter, die Du zur Adoption freigegeben hast. Ich hatte bisher ein gutes Leben. Ich bin nicht böse auf Dich. Vor vier Jahren bin ich selbst Mutter geworden und meine Kinder haben Eigenschaften, die ich mir nicht erklären kann …

Warum brachte sie die Zwillinge zur Sprache? Angenommen, ihre leibliche Mutter würde sie eines Tages kennenlernen wollen?

Am 12. März 1970 haben Sie ein kleines Mädchen geboren. Dieses Mädchen war ich. Ich weiß nicht, warum ich noch nie zuvor versucht habe, mich mit Ihnen in Verbindung zu setzen. Ich bin Ihnen nicht böse, aber vor kurzem hatte ich …

Irgendwie hatte sie bei alldem kein gutes Gefühl. Und warum betonte sie ständig, dass sie ihr nicht böse war?

Über sich hörte sie lautes Jubeln und Schreien. Stimmt, es war Sonntag. Footballtag. Todd und Sunita hatten sie nicht eingeladen, aber sie wusste, dass sie nicht unwillkommen sein würde, und sie brauchte Ablenkung. Sie schob den Schreibblock unter die Mappe, die sie vor ein paar Tagen gekauft hatte, um ihre Briefe an die Zwillinge aufzubewahren, und ging hinauf.

Todd öffnete die Tür, in seinem Fanpullover und mit schwarzgeschminkten Augen. »Dieses Spiel macht mich fertig!«

»So schlimm?«

»Es ist so spannend, ich halte es nicht mehr aus! Ich hasse die Falcons.«

»Ist das M. B.?«, rief Sunita.

»Ja, ich glaube, sie möchte sich mit uns das Footballspiel anschauen. Oder?«, fragte Todd misstrauisch.

»Ja, gerne. Aber würde es euch etwas ausmachen, wenn ich erst noch meine E-Mails checke?«

Er schnaubte verächtlich. »Du kannst das Geheuchel auch einfach sein lassen und gleich zugeben, dass du uns ausnutzt und nur unser Internet willst.«

»Ich nutze euch wegen eures Internets aus, genauso wie ihr mich wegen meiner Kochkünste ausnutzt.«

Er grinste. »Tut gut, sich mal auszusprechen, oder?« Mit einem Nicken wies er auf den Laptop. »Du kennst dich ja aus.«

Maribeth setzte sich, und Todd kehrte ins Wohnzimmer zurück. Drei Tage – und eine weitere Schwimmstunde – waren vergangen, seitdem sie Jasons E-Mail erhalten hatte, und sie hatte ihm bisher nicht geantwortet. Sie schob es nicht direkt vor sich her; sie wusste nur nicht, was sie schreiben sollte. Wo sie anfangen sollte. *Ich bin so froh, dass Du sauer auf mich bist, weil wir uns dann wenigstens nichts vormachen* hörte sich nicht gerade gut an.

Doch sie brauchte gar nicht weiter darüber nachzudenken, was sie erwidern sollte, denn als sie sich in ihren Account einloggte, wartete bereits eine Nachricht von Jason auf sie. Der Betreff lautete *»Ehrliche Worte«*.

Weißt Du noch, als Du schwanger warst, und ich solche Albträume hatte? Vielleicht hast Du es vergessen. Ich hab immer versucht, sie runterzuspielen. Ich wollte Dich nicht verängstigen, aber sie waren sehr heftig, Maribeth. So heftig, dass ich zu einer Therapeutin gegangen bin. Ihrer Meinung nach bedeuteten die Träume, dass ich Angst hätte, Dich an die Babys zu verlieren. Aber ich erwiderte, nein, ich hätte tatsächlich Angst, Du würdest bei der Geburt sterben, ja, ich war geradezu besessen davon. Als die Kinder auf der Welt waren, und Du nicht gestorben warst, verschwanden die Träume, und ich beendete die Therapie.

Als dann während Deiner Operation der Arzt zu mir ins Wartezimmer kam, um mir mitzuteilen, es hätte ein Problem gegeben, dachte ich, er würde mir sagen, dass Du tot bist. Sein Gesichtsausdruck, Maribeth, ließ mich das Schlimmste befürchten. Ich dachte, mein eigenes Herz hätte aufgehört zu schlagen. Das dachte ich wirklich. Aber er sagte, Du seist nicht tot, sie hätten Dich am offenen Herzen notoperieren müssen. Ich hatte schreckliche Angst.

Und dann schreibst Du in Deiner Nachricht, ich wüsste nicht, was Angst bedeutet – das, Maribeth, hat mich, glaube ich, am meisten aufgebracht, abgesehen davon, dass Du einfach weggegangen bist. Möglicherweise habe ich nicht genau dasselbe empfunden wie Du damals, als die Zwillinge Babys waren, aber

ich habe die Liebe gespürt, und ich habe die Angst kennengelernt.
Jason

P.S.: Noch etwas: Nachdem Du Deine Operation gut überstanden hattest, habe ich bei meiner Therapeutin von damals angerufen, eigentlich um ihr zu sagen, dass sie einen Scheißjob gemacht hat und sie mir mein Geld zurückgeben soll, weil meine Träume prophetisch gewesen sind. Dr. Louis rief mich zurück, wartete, bis ich ausgeschimpft hatte, und fragte dann, ob ich vielleicht noch mal vorbeikommen und über ein paar Dinge reden wolle. Seitdem gehe ich regelmäßig zu ihr.

P.P.S.: Dr. Louis war diejenige, die mir gesagt hat, dass ich mir über all das erst im Klaren sein muss, bevor ich Deinen Alleinanspruch in Sachen Angst anfechten kann.

»Touchdown!«, brüllten Todd und Sunita.

»Falken?! Wohl eher Spatzen!«, schrie Sunita. »M. B., du verpasst das ganze Spiel!«

»Komme gleich«, antwortete sie.

Jason machte eine Therapie? Ihr Jason? Während der Trennung seiner Eltern, damals, als sie noch aufs College gegangen waren, hatte Maribeth befürchtet, er würde depressiv werden, und hatte ihn gedrängt, mit jemandem bei der Beratungsstelle zu sprechen, aber Jason hatte erwidert, er könne es nicht ertragen, sich über all das reden zu hören. Das wirke so wehleidig. »Aber du bist DJ«, hatte Maribeth entgegnet. »Du hörst dich die ganze Zeit reden.« »Das ist was anderes«, hatte er erwidert.

Jason war bei einer Therapeutin. Er war schon während ihrer Schwangerschaft dort gewesen, und auch, bevor sie von zu Hause weggegangen war.

»Willst du denn gar nichts von dem Spiel mitkriegen?«, rief Todd aus dem Wohnzimmer.

»Ich glaube, die kommen auch ohne mich zurecht«, erwiderte Maribeth.

»Du nutzt uns also doch bloß wegen des Internets aus.«

»Ich dachte, das hätten wir geklärt.«

Sie las Jasons Brief noch einmal und loggte sich aus, ohne zu antworten.

Sie betrat das Wohnzimmer in dem Moment, als Todd den Fernseher ausschaltete. »Super Timing. Es ist vorbei.«

»Haben wir gewonnen?«

»Du kannst nicht ›wir‹ sagen, wenn du gar nicht geguckt hast«, beschwerte er sich.

»Wir haben gewonnen«, sagte Sunita. »Hör nicht auf ihn. Und natürlich kannst du den Computer benutzen, wann immer du willst. Hast du gefunden, wonach du gesucht hast?«, fragte sie und wechselte einen Blick mit Todd.

Jason hatte solche Angst gehabt, dass sie sterben würde, dass er eine Therapie begonnen hatte. Schon damals, und jetzt wieder.

Warum hatte er ihr das nicht gesagt?

Was hatte er ihr sonst noch verschwiegen?

»Ich bin mir nicht sicher«, antwortete sie.

54

Von: MBK31270@gmail.com
An: jasbrinx@gmail.com
Betreff: Therapie?
Ich wünschte, Du hättest es mir gesagt.

Von: jasbrinx@gmail.com
An: MBK31270@gmail.com
Betreff: Therapie?
Ich weiß nicht, warum ich es Dir nicht gesagt habe. Das ist eine gute Frage für meine Therapeutin.

Von: MBK31270@gmail.com
An: jasbrinx@gmail.com
Betreff: Therapie?
Muss ich mich dafür schämen, wenn ich den Gedanken, dass Du eine Therapie machst, merkwürdig beglückend finde? Ich wünschte, ich könnte behaupten, es sei aus rein altruistischen Gründen, weil ich froh darüber bin, dass Du gesünder / glücklicher wirst. (Und wenn Du es bist, bin ich es auch.) Aber in Wirklichkeit fühle ich mich dadurch weniger allein. Mir gefällt der Gedanke, dass ich vielleicht nicht die einzige Gestörte in der Familie bin.

Von: jasbrinx@gmail.com
An: MBK31270@gmail.com
Betreff: Therapie?
Ich glaube, Dr. Louis hätte ihre Einwände gegen die Vorstellung, dass in Therapie zu sein bedeutet, gestört zu sein. Abgesehen davon bin ich bereit zu gestehen, dass ich es vermasselt habe. Wir sind eine Familie von Losern. Außer vielleicht die Kinder. Die sind Loser im Training.

Von: MBK31270@gmail.com
An: jasbrinx@gmail.com
Betreff: Therapie?
»Loser im Training« klingt wie eine Band, die Du früher unterstützt hättest.

Von: jasbrinx@gmail.com
An: MBK31270@gmail.com
Betreff: Therapie?
Das gefällt mir. Loser im Training. Wir könnten rumziehen wie die Partridge-Family. Oscar könnte Gitarre spielen, Liv singen.

Von: MBK31270@gmail.com
An: jasbrinx@gmail.com
Betreff: Therapie?
Hast Du Liv mal singen gehört? Nein, den Gesang müssten Du und Oscar übernehmen. Liv wird die Managerin, wie Reuben Kincaid, nur viel, viel schlimmer.

Von: jasbrinx@gmail.com
An: MBK31270@gmail.com
Betreff: Therapie?

Okay, Liv wird Managerin, Oscar und ich singen. Und welche Rolle übernimmst Du?

Von: MBK31270@gmail.com
An: jasbrinx@gmail.com
Betreff: Therapie?
Ich überlege noch. Vielleicht die Mutter, Shirley Partridge. Aber sie war verwitwet. Wenn wir die Partridge-Familie nachmachen, müsste einer von uns sterben, und ich bin die wahrscheinlichere Kandidatin.

Von: jasbrinx@gmail.com
An: MBK31270@gmail.com
Betreff: Therapie?
Das ist nicht lustig, Maribeth.

Von: MBK31270@gmail.com
An: jasbrinx@gmail.com
Betreff: Therapie?
Tut mir leid. Deine Therapeutin würde vielleicht sagen, ich überspiele Unbehagen mit Humor.

Von: jasbrinx@gmail.com
An: MBK31270@gmail.com
Betreff: Therapie?
Jedes Mal, wenn das Telefon klingelt, befürchte ich, dass Dir etwas passiert ist.

Von: MBK31270@gmail.com
An: jasbrinx@gmail.com
Betreff: Therapie?
Kein Wunder, dass Du nie drangehst.

(Entschuldige. Ich könnte vielleicht auch ein bisschen Therapie gebrauchen.)

Von: jasbrinx@gmail.com
An: MBK31270@gmail.com
Betreff: Therapie?
Eigentlich könnte jeder etwas Therapie gut gebrauchen. Das ist mir klargeworden.
Und übrigens gehe ich jetzt immer gleich beim ersten Klingeln dran.

55

Janice hatte die Unterlagen der Adoptionsagentur immer noch nicht erhalten. Und nach etlichen Schwimmstunden benötigte Maribeth auch immer noch das Brett.

»Manche Dinge brauchen eben Zeit«, lautete Janice' Erklärung für beides.

Darauf, wann sie die Unterlagen erhalten würde, hatte Maribeth keinen Einfluss, aber was das Schwimmen anging, war sie sich sicher, dass sie bereit war, es alleine zu versuchen.

»Übung macht den Meister«, erwiderte Janice.

»Stimmt, aber manchmal muss man seinen Ansatz auch überdenken.«

»Du bist nicht die Erste, der ich das Schwimmen beibringe, Maribeth.«

»Ich weiß, ich bin eben ungeduldig.«

»Alles klar. Wenn du glaubst, du bist bereit, dann probier es.« Janice legte das Schwimmbrett an den Rand.

»Gut, ich versuch's.«

»In Ordnung. Dann schwimme ich jetzt auch mal ein paar Bahnen.«

Janice hatte ihr eigenes Training Maribeth zuliebe vernachlässigt, und Maribeth machte sich Vorwürfe, weil sie so kratzbürstig zu ihr gewesen war. »Viel Spaß!«, sagte sie noch schnell.

»Dir auch«, antwortete Janice, die ihr nicht böse zu sein schien.

Die Bahn, auf der die langsamen Schwimmer unterwegs waren, war fast leer. Das war gut, denn jedes Mal, wenn Maribeth einen anderen Schwimmer dicht hinter sich bemerkte, geriet sie in Panik, als fürchte sich ein archaischer Teil ihres Gehirns vor einem Raubtier.

Sie drückte sich ab, die Beine gestreckt, die Bewegung aus der Hüfte heraus, die Arme gerundet, das Gesicht nur knapp über dem Wasser. Genauso, wie sie es gelernt hatte. Siehst du, Janice? Siehst du, was für eine gute Schülerin ich bin? Doch nach etwa drei Zügen atmete sie ein, als sie eigentlich hätte ausatmen sollen, schluckte Wasser und geriet ins Stocken. Sie erholte sich kurz, versuchte es noch einmal, und alles schien gutzugehen, bis sie von ihrer Bahn abwich und einer anderen Schwimmerin in die Quere kam. »Passen Sie doch auf!«, zischte diese.

»Entschuldigung.« Als Reaktion darauf übertrieb es Maribeth und schwamm so schnell und kraftvoll, dass sie mit dem Kopf gegen den Beckenrand stieß.

Sie schwamm zurück ans andere Beckenende und streckte dabei ihre Zehen derart übertrieben, dass sie einen Krampf im Fuß bekam. Außerdem bekam sie Wasser in der Nase. Sie war vollkommen außer Atem.

Während sie sich ausruhte, erhaschte sie einen Blick auf Janice, wie sie in der schnellen Bahn mit absoluter Eleganz durchs Wasser glitt.

Maribeth beobachtete sie einige Minuten lang. Dann zog sie das Schwimmbrett vom Rand und machte sich wieder an die Arbeit.

56

Todd und Sunita hatten Streit. Maribeth sah es ihnen schon von weitem an, als sie sich zum Wocheneinkauf am Auto trafen. Todd fuhr normalerweise, während Sunita auf dem Beifahrersitz saß und Radio-DJ spielte – Miles' Auto hatte keinen iPod-Anschluss. Diesmal setzte sich Sunita jedoch auf Maribeths Platz hinten in den Wagen, und es herrschte finsteres Schweigen.

»Komm, M. B., setz du dich heute neben mich, solange Sunita darauf besteht …«

»… solange Todd in der Trotzphase ist«, unterbrach ihn Sunita.

»Du musst nicht mitkommen, wenn du nicht willst. M. B. und ich können auch ohne dich fahren. Haben wir schließlich schon mal gemacht. Du findest bestimmt allein zum Asia-Markt. Oder frag doch Fritz, ob er dich hinfährt.«

»Sollte ich wohl lieber machen.« Sunita öffnete den Sicherheitsgurt.

»Augenblick«, sagte Maribeth. »Jetzt hört mal auf. Was ist los?«

»Todd ist stinksauer, weil ich mit Fritz ausgegangen bin.«

»Sie hatten ein Date«, fügte Todd hinzu, als begründe das seinen Ärger.

»Na und?« Sunita hob die Hände. »Wir hatten ein Date, was ist denn dabei?«

»Von dem du mir nichts erzählt hast.«

»Von dem ich dir nichts erzählt habe.«

»Obwohl es unser Serienabend war.«

»Aber wir können ›Outlander‹ doch streamen. Ich kapier' immer noch nicht, warum du dich so aufregst.«

»Ich habe dich noch nie versetzt, nur weil ich mit Miles ausgehen wollte.«

»Oh, tut mir leid, ist Miles etwa dein Freund? Ich hatte keine Ahnung. Du lässt uns ja kaum mal allein in einem Zimmer sitzen.«

»Genau! Damit du dich nicht ausgegrenzt fühlst!«

»Ach, du tust das also meinetwegen?« Sunita warf sich gegen die Rückenlehne.

»Allerdings!«, gab Todd zurück. »Ist doch allgemein bekannt, dass ein Partner das Aus für eine Freundschaft bedeutet.«

»Das ist das Bescheuertste, was ich je gehört habe.«

»Ach, wirklich? Frag doch mal M. B. Ich wette, die erzählt dir dasselbe.«

Maribeth fühlte sich einen Augenblick lang ertappt, als wüsste Todd alles über ihr Leben. Dabei ging er wahrscheinlich nur davon aus, dass sie alt war und deshalb die nötige Lebenserfahrung besaß.

»Tja, ich hatte tatsächlich eine beste Freundin, und dann habe ich mich in einen Typen verliebt, und es hat die Sache kompliziert gemacht.«

»Siehst du?«, sagte Todd zu Sunita.

»Kompliziert heißt aber noch lange nicht, dass die Freundschaft daran kaputtgegangen ist«, erwiderte Sunita.

»Doch, genau das bedeutet es«, entgegnete Todd.

Beide sahen Maribeth an.

»Stimmt's?«, bohrte Todd.

»Ich weiß nicht genau, was es bedeutet«, sagte Maribeth. »Elizabeth, so heißt meine Freundin, hat diesem Typen anfangs misstraut und wollte mich vor ihm beschützen. Aber mit der Zeit haben sie sich einander angenähert, und wir waren alle drei befreundet. Einmal hat sie ihm sogar geholfen, für mich …«, sie hielt inne. »Ein Geburtstagsgeschenk auszusuchen.«

Was sie fast gesagt hätte, war, dass Elizabeth geholfen hatte, ihren Verlobungsring auszusuchen. Und dies hatte sich mehr als alles andere wie eine Art Elizabeth-Ford-Gütesiegel angefühlt, am Ende eines langsamen Auftau- und Annäherungsprozesses zwischen Elizabeth und Jason, oder besser von Elizabeth zu Jason. Jason wirkte ihr gegenüber jedoch immer ein wenig eingeschüchtert, obwohl Maribeth ihm nie erzählt hatte, was Elizabeth gesagt hatte, als er wieder Kontakt zu ihr aufgenommen hatte – über eine Facebook-Nachricht, fast zehn Jahre, nachdem sie sich getrennt hatten. Sie hatte ihr nämlich geraten: »Antworte nicht. Sprich nicht mit ihm. Reagiere überhaupt nicht. Er hat dir einmal das Herz gebrochen, er hat keine zweite Chance verdient.«

Doch bis sie sich verlobt hatten, waren auch Elizabeth und Jason Freunde geworden. Manchmal gingen sie zu dritt aus, zum Essen oder ins Theater, und einmal hatten sie im August zusammen eine Ferienwohnung auf Fire Island gemietet. Nachdem Jason Maribeth einen Antrag gemacht und Maribeth ihn angenommen hatte, hatte Elizabeth in ihrer Wohnung eine Verlobungsparty für die beiden steigen lassen. Es war eine wunderschöne, opulente Feier gewesen, der Elizabeth in vielfacher Weise eine persönliche Note verliehen hatte. Sie hatte Jason zuliebe außergewöhnliche Musiker engagiert – eine Mandolinenspielerin und einen Kontrabassisten – und den Catering Service angewiesen, das ganze Essen in kleinen Gläsern zu servieren, weil Maribeth immer Probleme hatte, einen Teller zu balancieren, wenn sie im Stehen aß. Obwohl es eine Party für sie und Jason gewesen war, hatte Maribeth das Gefühl gehabt, sie gelte ihnen allen dreien. Besonders als Jason in seiner Ansprache einen Witz darüber gemacht hatte, dass Maribeth ein so guter Fang war, dass er für sie sogar bereit gewesen sei, von einem Ende Amerikas ans andere umzuziehen, zu einem Maroon-5-Konzert zu gehen und sich mit der Tatsache abzufinden, dass sie bereits verheiratet war.

Die meisten Gäste hatten höflich gekichert, weil sie den Witz nicht ganz verstanden hatten, und vielleicht dachten sie, es sei eine Anspielung auf eine bestimmte Fernsehshow. Maribeth jedoch hatte einen Blick zu Elizabeth hinübergeworfen, und diese hatte ihr zugezwinkert und den filigranen Goldring angetippt, den ihr Maribeth zum 25. Geburtstag geschenkt hatte. Sie hatte ihn immer am Ringfinger getragen, bis Tom mit seinem dicken fetten Smaragdring gekommen war. Maribeth hatte ihrerseits ihren Verlobungsring berührt, ein Saphirband. Sie hatte nie herausgefunden, was mit dem Ring von Jasons Mutter geschehen war, und weder er noch der geplante, nie ausgesprochene Antrag waren je erwähnt worden. Nicht, dass es ihr noch wichtig gewesen wäre. Sie mochte diesen Ring so viel lieber.

»Und was ist passiert?«, fragte Sunita. »Mit der Freundin?«

Trotz alldem, was sie eben zu Todd gesagt hatte, machte Maribeth manchmal Jason für die Entfremdung zwischen ihr und Elizabeth verantwortlich. Jason hatte sie zusammengeführt und wieder auseinandergebracht. Nicht, weil er irgendetwas Bestimmtes getan hätte, sondern einfach, weil man nicht beides haben konnte – einen Ehemann und eine Ehefrau.

Wenn Maribeth an die Verlobungsparty zurückdachte, erinnerte sie sich hauptsächlich daran, wie ruhig und sicher sie sich gefühlt hatte. Sie war im Begriff gewesen, Jason zu heiraten, wie sie es seit dem College gewollt hatte, aber war es nicht gut zu wissen, dass sie auch Elizabeth hatte? Sie stellte sich ihr Trio wie einen dreibeinigen Hocker vor, so solide wie sonst nichts im Leben.

Aber dann war ein Bein abgebrochen. Und dann noch eines. Und dann war alles in sich zusammengestürzt.

57

Von: MBK31270@gmail.com
An: jasbrinx@gmail.com
Betreff: Näher
Wir haben sie gefunden. Meine leibliche Mutter. Die Unterlagen müssen jeden Tag kommen. Was ich wohl erfahren werde?
Wer weiß, vielleicht ist sie inzwischen an einem Herzinfarkt gestorben. Manchmal glaube ich, es wäre leichter, wenn es so wäre. Weniger kompliziert. Ich hätte das herausgefunden, was ich wissen wollte. Definitiv.
Ich bin eine schreckliche Person.
Erzähl meiner Mutter NICHT davon.

Von: jasbrinx@gmail.com
An: MBK31270@gmail.com
Betreff: Näher
Du bist keine schreckliche Person. Du bist nur menschlich. Und außerdem glaube ich nicht, dass Du das ernst meinst.
Und mach Dir keine Sorgen um Deine Mutter. Es wird sich um sie gekümmert.

Von: MBK31270@gmail.com
An: jasbrinx@gmail.com

Betreff: Näher
Um sie gekümmert? Habt Ihr sie in der Vorratskammer eingesperrt?
Und wahrscheinlich hast Du recht. Denn wenn meine Mutter – die andere – an einem Herzinfarkt gestorben wäre, würde ich mir noch größere Sorgen darüber machen, was ich den Zwillingen vererbt habe. Es würde dann unausweichlich scheinen.

Von: jasbrinx@gmail.com
An: MBK31270@gmail.com
Betreff: Näher
Mein Vater hatte einen Herzinfarkt. Herzprobleme gibt es auf beiden Seiten. Du kannst nicht alles Dir zuschreiben.
Und nichts ist unvermeidlich.

Von: MBK31270@gmail.com
An: jasbrinx@gmail.com
Betreff: Näher
Ganz sicher nicht.
Und ich will auch nicht alles mir zuschreiben. Jedenfalls nicht die ganze Schuld.

Von: jasbrinx@gmail.com
An: MBK31270@gmail.com
Betreff: Näher
Davon gibt es überall mehr als genug.
Nach Deiner Operation habe ich nicht in dem Maße Verantwortung übernommen, wie ich es hätte tun sollen. Ich dachte, ich hätte es getan, aber jetzt weiß ich, dass es nicht so war. Es tut mir leid.

Von: MBK31270@gmail.com
An: jasbrinx@gmail.com
Betreff: Näher
Wow. Ich glaube ich mag diese Dr. Louis.

Von: jasbrinx@gmail.com
An: MBK31270@gmail.com
Betreff: Näher
Darauf bin ich von ganz allein gekommen. Zu meiner Verteidigung muss ich sagen, dass ich gar nicht begriffen habe, was Du hier alles leistest, bis ich es selbst tun musste. Die Therapeutin meint, ich wollte unbedingt, dass alles so ist wie vor Deiner Erkrankung, weil ich mich ansonsten mit den Gedanken hätte auseinandersetzen müssen, wie es schlimmstenfalls hätte kommen können. Und dazu war ich einfach nicht in der Lage.

Von: MBK31270@gmail.com
An: jasbrinx@gmail.com
Betreff: Näher
Die Angst?

Von: jasbrinx@gmail.com
An: MBK31270@gmail.com
Betreff: Näher
Genau. Die Angst.

58

Maribeth hatte es wirklich nicht so gemeint, als sie sagte, sie würde Todd und Sunita nur ausnutzen, weil sie ihren Internetzugang brauchte. Sie mochte sie aufrichtig gern. Aber sie hatte tatsächlich ihre Großzügigkeit seit Thanksgiving ganz schön strapaziert, besonders seitdem Jasons E-Mails regelmäßig eintrafen, und das kalte Wetter den Gang zur Bibliothek so viel weniger attraktiv machte.

Sie beschloss, ihre Dankbarkeit zu zeigen, indem sie noch einmal für sie kochte. Sie hatten die Paella neulich komplett verspeist, vielleicht konnte sie dieses Mal eine Bouillabaisse machen. Es war die Woche der Abschlussklausuren, und soweit Maribeth sich erinnerte, machte Studieren hungrig.

Sie schickte ihre Einladung per SMS.

Kommt der Silberfuchs auch?, schrieb Todd zurück.

Maribeth hatte seit ihrem Mittagessen letzte Woche nicht mehr mit Stephen gesprochen. Ihn jetzt zu sehen, außerhalb der Praxis, jetzt, wo sie sich geküsst hatten, jetzt, wo sie mit Jason mailte, fühlte sich irgendwie anders an. Er hatte sie auch nicht angerufen. Sie spürte, dass der Ball jetzt in ihrem Feld lag, aber sie hatte ihn noch nicht zurückgespielt. Was nicht bedeutete, dass sie ihn nicht sehen wollte. Sie wollte ihn gerne sehen. Und sie nahm an, dass auch er sie gerne sehen wollte. Eine Einladung zum Abendessen erschien ihr eine unverfängliche Möglichkeit zu sein, also schrieb sie ihm eine Nachricht: *Meine Küche wird morgen ab ungefähr 5 gut riechen, wenn Du zum Abendessen kommen möchtest. Die Kinder von oben kommen auch.*

Ich bringe eine angemessene Menge Wein mit, schrieb er zurück.

Er kam an, als Maribeth noch die Venusmuscheln schrubbte.

»Du bist früh dran«, sagte sie. »Und ich ziemlich spät.«

»Ich habe keine Vieruhr-Patientin mehr«, erwiderte er lächelnd. »Also weiß ich nicht, was ich mit meinen Nachmittagen anfangen soll.«

»Du könntest es mit Golf versuchen. Ich habe gehört, Ärzte mögen das. Oder eine neue Patientin annehmen.«

»Nein, momentan nehme ich keine neuen Patienten an.«

»Warum hast du mich angenommen?«

»Um das Kopfgeld zu kassieren, wenn ich dich zurück ins Cambridge-Springs-Gefängnis bringe, ist doch klar.«

»Klar.«

Er trat ein. Maribeth nahm auf einmal einiges bewusst wahr: ihr Apartment, leer, das Bett im anderen Zimmer. Sie und Stephen. Zwei Küsse. Jason.

»Was ist das?«, sagte er und nahm die Mappe in die Hand, die die Briefe an die Zwillinge enthielt.

Maribeth nahm sie ihm ab. »Nur eine Sammelmappe«, sagte sie ausweichend und legte sie in eine Schublade. »Nicht besonders interessant.«

Sie sah, wie er sich umblickte, ganz ähnlich wie sie damals in seinem Haus nach Hinweisen auf seine Persönlichkeit gesucht hatte. Sie sah das Apartment jetzt mit seinen Augen: die nackten Wände, die billigen Kunstdrucke, das Fehlen jeglicher persönlicher Gegenstände – Diplome, Fotos. Es gab keine Hinweise auf ihr Leben. Was womöglich der größte Hinweis von allen war. Im Grunde war es eher ein Fuchsbau als ein Apartment. Aber Stephen würde das verstehen. Auch er lebte in einem Fuchsbau, wenn auch in einem, der wesentlich schöner eingerichtet war.

»Brauchst du Hilfe in der Küche?«, fragte er.

»Wie gut kannst du mit einem Messer umgehen?«

»Ich bin zwar kein Chirurg, aber notfalls könnte ich wohl einen Blinddarm entfernen.«

»Dann kannst du die Shrimps entdarmen.«

Sie arbeiteten in geselligem Schweigen, öffneten eine Flasche Cabernet um die respektable Zeit von sechs Uhr, und als sie mit dem Tischdecken fertig waren, platzte Sunita herein. »Noch ein Semester und ich bin hier raus!« Sie boxte triumphierend mit der Faust in die Luft.

Todd folgte ihr. »Ja, reib es mir noch unter die Nase.«

»Du bist doch nur ein Semester unter mir«, sagte sie. »Oh, irgendwas riecht hier aber extrem köstlich, M. B.«

»Danke«, sagte Maribeth.

»Könnte ich etwas Wein haben?«, fragte Sunita Stephen. »Ich habe gerade meine letzte Statistikklausur geschafft.«

»Klar, weil du so viel mit Fritz gelernt hast«, neckte sie Todd. »Er hätte diesen Statistikkurs wahrscheinlich gar nicht mehr gebraucht und hat ihn nur gewählt, um mit dir lernen zu können.«

»Und wenn schon«, erwiderte Sunita.

Todd legte die Hände unter sein Kinn und neigte den Kopf schief wie ein Engel. Dann wandte er sich an Maribeth und Stephen. »Er hat sie zu einer Hanukkah-Feier mit seiner ganzen Familie eingeladen. Sie haben sich gerade erst kennengelernt, und schon will er sie der Familie vorstellen. Ich halte es für meine Pflicht, das Chandra und Nikhil zu melden.«

»Aber es ist nicht so, wie du denkst. Wir haben uns über

Diwali unterhalten und darüber, dass es auch ein Lichterfest ist, genau wie Hanukkah, das jetzt, glaube ich, bald anfängt.«

»Es hat schon vor zwei Tagen angefangen«, sagte Maribeth.

Überrascht sahen sie alle an.

»Was ist? Ich bin Jüdin.«

Todd, Sunita und Stephen wechselten einen vielsagenden Blick.

»Was denn?«, fragte Maribeth.

»Die geheimnisvolle Frau gibt einen Hinweis«, flüsterte Todd wie im Film.

»Was ist daran geheimnisvoll? Ich heiße Goldman mit Nachnamen.«

»Woher sollen wir das wissen?«, fragte Sunita. »Du bekommst keine Post.«

»Und wie heißt du mit Vornamen, M. B.?«, fragte Todd.

Stephen zog eine Augenbraue hoch.

»Ich necke dich nur«, sagte Todd. »Ich finde das cool. Die meisten, die wir kennen, geben ständig viel zu viel von sich preis. Du hältst dich eben zurück. Ich schätze das.«

»Ich bin wirklich nicht so geheimnisvoll.«

»Wir haben dich zuerst für eine Drogendealerin gehalten«, sagte Sunita.

Die Muschel, die Maribeth gerade öffnete, flutschte ihr aus der Hand. »Für eine Drogendealerin?«

»Ja, weil du immer mit Hundertern bezahlst, und weil du ein billiges Prepaid-Handy hast, dessen Nummer du nicht auswendig weißt, und weil du keinen eigenen Computer hast«, ergänzte Sunita.

»Und du hast gesagt, du wärst Beraterin«, fuhr Todd fort. »Und welche Beraterin hat keinen Computer?«

»Ich habe natürlich einen Computer, ich habe ihn nur nicht dabei, und ich bin *keine* Drogendealerin.«

»Das wissen wir inzwischen auch«, sagte Todd. »Es kommt nie jemand her.«

»Und außerdem mailen Drogendealer nicht so viel«, bemerkte Sunita.

»Das tun junge Verliebte«, scherzte Todd. »Oder auch ältere.«

Alle sahen Stephen an, der leicht errötete. »M. B. kommuniziert ausschließlich über SMS mit mir«, sagte er und trank einen Schluck von seinem Wein. »Ich habe nicht mal ihre E-Mail-Adresse.«

»Ach so?«, sagte Sunita, die es nicht kapierte.

»Ach so«, sagte Todd, der es kapierte.

»Ja«, sagte Stephen, der längst kapiert, ja zumindest vermutet haben musste, dass es irgendwo eine Familie gab. Und einen Ehemann.

»Bitte entschuldigt mich«, sagte Maribeth und rannte hinaus.

Stephen fand sie draußen auf der Eingangsstufe. Sie hatte keinen Mantel an, deshalb legte er ihr seinen über die Schultern.

»Du solltest vorsichtiger sein«, sagte sie. »Ich bin eine entflohene Gefangene aus Cambridge Hall.«

»Cambridge Springs«, korrigierte er.

»Egal. Ich bin bewaffnet und gefährlich.«

»Bewaffnet scheinst du nicht zu sein«, erwiderte er. »Genauso wenig, wie ich ein strahlender Stern bin.«

»Du bist der strahlendste Stern am ganzen Himmel.« Sie deutete hinauf, um es ihm zu zeigen, aber es war bewölkt.

»Du warst eine Patientin. Ich habe die Grenzen verwischt.«

»M. B. Goldman war eine Patientin. Das bin nicht wirklich ich.«

»Also, wer bist du?«

»Eine Versagerin. Eine Ausreißerin. Eine Person mit furchtbar schlechtem Urteilsvermögen«, sagte sie.

»Schlechtem Urteilsvermögen? Ich bin der Arzt, der seine Patientin geküsst hat.«

»Die Patientin hat dich zuerst geküsst.«

»Und ich bin froh, dass sie es getan hat.«

»Ich bin auch froh, dass sie es getan hat.«

Beim ersten Mal hatte sie ihn geküsst. Beim zweiten Mal hatte er sie geküsst. Beim dritten Mal küssten sie einander. Und dieses Mal fühlte es sich falsch an. Sie wich zurück.

»Es tut mir leid«, sagte Stephen.

»Nein, mir tut es leid«, sagte Maribeth. »Ich glaube, ich kann trotz allem mit unscharfen Grenzen nicht gut umgehen.«

»Nein, ich auch nicht«, sagte er.

Als sie in Maribeths Apartment zurückkehrten, fanden sie einen aufgebrachten Todd vor, der seine Wut am Geschirr ausließ.

»Ganz ruhig!«, sagte sie, als er einen Teller in die Spüle knallte.

Er sagte nichts, sondern attackierte den Teller mit dem Schwamm.

»Todd«, sagte Maribeth und berührte ihn am Arm, aber er zog ihn weg.

»Sein Vater hat seine Mutter wegen der Sekretärin verlassen«, erklärte Sunita und suchte in den Küchenschränken nach Tupperschüsseln. »Er ist immer noch nicht darüber hinweg.«

Todd versuchte jetzt, mit Stahlwolle einen Mord zu begehen.

»Lass«, sagte Maribeth. »Bevor du diesen armen Topf umbringst.«

»Du sollst nicht ehebrechen«, murmelte er.

Sie seufzte. »Stephen ist mein Arzt.«

»Dein Arzt?«, fragte Todd. Er gab seine sture Haltung auf und wirkte ehrlich erschrocken. »Bist du krank?«

»Nein, aber ich war es.« Sie erzählte ihnen daraufhin von ihrem Herzinfarkt und ihrer OP, ohne allerdings die Tatsache zu erwähnen, dass all das in einer anderen Stadt und in einem anderen Leben geschehen war.

Doch dann fragte Sunita: »Wenn es dir wieder so viel bessergeht, warum triffst du dich dann immer noch mit ihm?«

Die bessere Frage wäre gewesen: Wenn es ihr besserging, was tat sie dann immer noch hier?

»Und«, fügte Todd hinzu, »wenn du nicht mit ihm gemailt hast, mit wem dann?«

Diese Frage konnte sie beantworten.

»Mit meinem Ehemann«, sagte sie.

59

Liebe Liv, lieber Oscar,
als ich von zu Hause fortgegangen bin, habe ich nicht viel mitgenommen. Hauptsächlich Kleidung und Medikamente. Ich bin überstürzt aufgebrochen, wie es eben so ist, wenn man wegläuft. Aber ein Foto von Euch habe ich mitgenommen. Vielleicht ist Euch der leere Bilderrahmen aufgefallen. Es war letzten Sommer, um Euren Geburtstag herum, als dieser Mann uns fotografiert hat. Könnt Ihr Euch noch an diesen Tag erinnern?

Der Mann war ein berühmter Fotograf, bekannt für seine Porträts von Promi-Kindern. Elizabeth hatte gedacht, es wäre toll, einmal zu zeigen, wie er »echte« Familien präsentierte, und Maribeth hatte sich freiwillig gemeldet, weil Elizabeth gesagt hatte, es käme nur ein kleines Foto auf der Doppelseite und Maribeth würde ein Familienporträt im Wert von 10 000 Dollar erhalten.

Der Fotograf wollte im Battery Park Bilder von ihnen schießen, im Nachmittagslicht, auf einem Hocker, im Hintergrund die Skyline von Manhattan. »Nett und unkompliziert«, sagte er. Berühmte letzte Worte.

Oscar hatte den Ausdruck »ein Foto schießen« missverstanden, er glaubte, es sollte mit einer Waffe auf ihn geschossen werden, und er reagierte absolut hysterisch. Liv hatte ihren Mittagsschlaf verpasst und war dementsprechend tyrannisch. Um die Kinder zu beruhigen, hatte Jason begonnen, Handstand auf dem Rasen zu machen, und Maribeth hatte sich zu ihrem ersten Radschlag seit zwanzig Jahren hinreißen lassen. Oscar hörte auf zu weinen, und Liv hörte auf zu quengeln. Beide fingen an, Purzelbäume zu schlagen. Der Fotograf machte halbherzig ein paar Aufnahmen von ihren akrobatischen Übungen, bevor das Licht schwand.

»Nichts, was wir gebrauchen können«, hatte die Bildredakteurin über die wenigen Abzüge gekritzelt, die sie in Maribeths Ablage gelegt hatte. Maribeth wunderte sich nicht. Die Fotos waren chaotisch. Oscars Anzug war schmutzig und Livs Unterhose guckte hervor. Es war nicht die Art von Bildern, wie sie in der *Frap* veröffentlicht wurden.

Ich glaube, das Foto von Euch, auf dem Ihr Purzelbäume schlagt, ist mein allerliebstes Familienfoto. Das klingt vielleicht komisch, weil nicht die ganze Familie darauf ist, sondern nur Ihr beide. Aber irgendwie sind es doch tatsächlich wir vier. Ich sehe Papa und mich außerhalb des Bildrands, wie wir auf Händen laufen. Das ist das Verrückte an Fotos. Manchmal erzählt das, was Du siehst, nur einen Teil der Geschichte.
Ich liebe Euch beide.
Mommy

60

Bei Maribeths nächstem Schwimmunterricht machte Janice zwei wichtige Ankündigungen. Die angeforderten Unterlagen waren fertig, und wenn alles gutging, konnten sie sie noch am selben Abend bekommen, spätestens jedoch am Montag. Und mit der gleichen Ernsthaftigkeit verkündete sie, dass Maribeth bereit sei, ohne das Brett zu schwimmen. »Es wird Zeit, alle Teile zusammenzufügen«, sagte Janice.

Anfangs schien es wieder eine Katastrophe zu werden. Maribeth fuchtelte wild mit den Armen und fand ihren Atemrhythmus nicht. Die Beine bewegte sie erst zu schnell, dann zu langsam, mit angewinkelten Knien. Entweder, sie bekam nicht genug Luft, oder sie atmete zu hastig ein und begann zu hyperventilieren. Es fühlte sich an, als versuche sie, ein Kleid nach den verschiedensten Mustern zu nähen. Kein Teil passte richtig zum anderen, und sie war sich sicher, dass sie lächerlich aussah.

»Es funktioniert nicht«, sagte sie zu Janice.

»Versuch's weiter.«

Das tat sie. Wieder und wieder. Es wurde nicht besser. Die Schulkinder, die gerade Unterricht hatten, schwammen in Kreisen um sie herum. Sie beobachtete sie bewundernd. Schwimmen erschien ihr manchmal genauso kompliziert zu sein, wie ein Flugzeug im Schneesturm zu landen. Nicht, dass sie damit irgendwelche Erfahrungen gehabt hätte.

»Mir reicht's«, sagte Maribeth schließlich.

»Nur noch fünf Minuten«, erwiderte Janice.

Und in diesen letzten Minuten geschah es. Sie hatte keine Ahnung, ob es daran lag, dass sie sich einfach nicht mehr so abmühte, oder weil sie wusste, dass es gleich vorbei war. Doch plötzlich dachte sie nicht mehr nach. Sie hörte nur noch auf den Rhythmus ihres Atems und das Gurgeln des Wassers; es war etwas so Selbstverständliches daran, dass sie sich ganz darin verlor. Und auf einmal kämpfte sie nicht länger gegen das Wasser an, sondern glitt über es hinweg. Bestimmt kostete es Mühe und Anstrengung, aber sie spürte es nicht. Es war nicht schwer. Überhaupt nicht.

Als sie am Beckenrand stoppte, sah sie, dass Janice sie strahlend anblickte.

»Du bist gerade vier Bahnen geschwommen!«, verkündete sie.

»Wirklich?«, erwiderte Maribeth.

Janice nickte.

Maribeth war begeistert und wurde von den freigesetzten Endorphinen durchflutet.

»Ich habe an nichts mehr gedacht«, sagte sie. »An überhaupt nichts mehr.«

Janice nickte, als hätte Maribeth ein Geheimnis entdeckt.

Als sie sich anzogen, war Maribeth ganz aufgekratzt. Sie konnte es kaum glauben. Sie wusste, dass es albern war, so begeistert zu sein, weil man vier Bahnen geschwommen war, aber sie hatte gedacht, dass Schwimmen anstrengend sein müsse, anstrengender als Joggen. Deswegen sollte es ja so gut für die Gesundheit sein.

Janice lachte, als Maribeth ihr das sagte. »Es ist nur dann anstrengend, wenn man es falsch macht.«

Auf dem Weg hinaus sprach sie der Clubmanager an.

»Dr. Grant hat sich bei mir gemeldet«, sagte er lächelnd. »Seinen Segen haben Sie. Sie dürfen das Dampfbad wieder nutzen.«

»Ach, wirklich?«

Der Clubmanager war fast schon unterwürfig. »Ich wusste gar nicht, dass Sie eine Freundin der Grants sind. Nun ja, von Dr. Grant, jetzt ja nur noch.«

»Dr. Grant ist mein Kardiologe.«

»Ja, natürlich«, sagte der Manager. »Er kommt zurzeit nicht mehr oft. Seine Frau war ein häufiger und gerngesehener Gast. Wir vermissen sie sehr. Sagen Sie, dürfen wir Sie bald auch als Mitglied begrüßen?«

»Ich weiß nicht«, erwiderte Maribeth. Janice hatte Maribeth ebenfalls ihre fünf Gästekarten überlassen. Sie würden bis Ende des Jahres reichten. Janice hatte ihr bereits auch schon ihre Gästekarten für das nächste Jahr angeboten. Stephen hatte gesagt, er wolle seine Mitgliedschaft kündigen, aber er hatte auch gesagt, dass er schon seit einer ganzen Weile damit drohe.

»Jetzt ist der ideale Zeitpunkt, Mitglied zu werden. Wir bieten noch bis Monatsende Sonderkonditionen an. Die Aufnahmegebühr wird Ihnen erlassen, und der erste Monat ist umsonst.«

»Ehrlich gesagt weiß ich nicht, wie lange ich noch in Pittsburgh bleibe.«

»Wir haben verschiedene Mitgliedschaftsangebote, jährlich oder monatlich. Wenn Sie Ihre Gästekarten aufgebraucht haben, könnten Sie für ein oder zwei Monate beitreten. Was meinen Sie?«

Maribeth war unschlüssig. Ihr ganzes Leben lang war sie so strukturiert, planvoll und zielstrebig gewesen. Sie hatte die Mahlzeiten eine Woche im Voraus geplant, um die Einkäufe sinnvoll zu koordinieren. Storys der *Frap* plante sie sechs Monate im Voraus. Sie hatte alles im Kopf gehabt: Wer wann wohin musste, wer was aß und wer was schrieb.

Aber jetzt? Sie wusste nicht mal, was nächsten Monat geschehen würde. Ja, nicht einmal nächste Woche. Sie wusste nicht, wie es mit Jason weitergehen würde. Mit Stephen. Mit ihren Kindern. Mit ihrer leiblichen Mutter. Noch vor einem Jahr hätte sie ein solches Ausmaß an Ungewissheit umgebracht. Ihre Listen, ihre Pläne – sie waren ihr Rettungsschirm, der sie vor dem freien Fall bewahrte.

Jetzt befand sie sich im freien Fall. Und es brachte sie nicht um. Tatsächlich begann sie sich zu fragen, ob sie es bisher nicht einfach aus dem falschen Blickwinkel betrachtet hatte. Diese ganze Konzentration auf den Fall … Vielleicht müsste sie dem Frei mehr Beachtung schenken.

61

Am Nachmittag rief Janice an. »Ich habe sie! Ich hab die Unterlagen! Wir haben Elternabend, deswegen kann ich sie dir heute noch nicht geben, aber wie wär's mit morgen?«

»Kannst du sie mir nicht einfach vorlesen?«

»Nein. Das möchte ich nicht. Komm gleich morgen früh bei mir vorbei.«

»Morgen erst?«

»Ich weiß, es ist schwer, aber jetzt hast du schon so lange gewartet. Einen Tag wirst du noch überstehen.«

Da war sich Maribeth nicht so sicher. Sie klopfte bei Todd und Sunita an.

»Bitte sagt mir, dass ein Spiel läuft«, sagte sie. »Irgendetwas. Ich muss mich ablenken.«

»Höchstens das Spiel einer Collegemannschaft«, erwiderte Sunita. »Aber wir gehen nachher ins Kino. Eine Doppelvorstellung. Komm doch einfach mit.«

»Es sind Actionfilme«, warnte Todd. »Wenn dein Herz das aushält.«

Im ersten Moment dachte sie, er würde es ernst meinen, aber dann sah sie sein ironisches Grinsen. Unbemerkt hatte er irgendwann angefangen, sie genauso zu behandeln wie Sunita. Das fand sie spannend.

»Kino wäre ideal«, sagte sie.

»Wir müssen erst in einer Stunde los«, sagte Todd und deutete auf den Computer. »Wenn du etwas zu tun haben willst, warum mailst du nicht an deinen Mann?«

Von: MBK31270@gmail.com
An: jasbrinx@gmail.com
Betreff: Bei der Arbeit?

Von: jasbrinx@gmail.com
An: MBK31270@gmail.com
Betreff: Bei der Arbeit?
Ich arbeite von zu Hause aus. Lust zu chatten?

Von: MBK31270@gmail.com
An: jasbrinx@gmail.com
Betreff: Bei der Arbeit?
Ich glaube, wir sind offiziell zu alt zum Chatten. Unsere Computer werden schmelzen, wenn wir es versuchen.

Von: jasbrinx@gmail.com
An: MBK31270@gmail.com
Betreff: Bei der Arbeit?
Weißt Du, ich mag es, gefährlich zu leben, Grandma.

Einige Sekunden später erschien die Nachricht, dass Jinx gerne mit ihr chatten wolle.

Jinx. Sie musste lächeln.

17:40

Jinx: Hi.

Ich: Hi.

Jinx: Ich glaub's nicht, wir chatten wie die Teenager.

Ich: Ehe wir uns versehen, snapchatten wir auch noch.
Jinx: Keine Ahnung, was das ist.
Ich: Ich auch nicht.

17:47 Uhr
Ich: Die Unterlagen sind endlich da. Über meine leibliche Mutter. Ich kann sie mir morgen früh anschauen.
Jinx:!
Jinx: Wie geht's Dir damit?
Ich: Eher schlecht.
Ich: Vor Nervosität. Hat nichts mit dem Herz zu tun.
Ich: Was, wenn sie tot ist? An einem Herzinfarkt gestorben? Was, wenn sie eine schreckliche Person war? Was, wenn sie vergewaltigt wurde? Es könnten so viele schlimme Sachen sein.
Jinx: Aber wenn Du Klarheit hast, wird das auf jeden Fall Deine Angst lindern.
Ich: Oder sie verschlimmern.
Jinx: Nein, das glaube ich nicht. Es hat was, sich seiner Angst zu stellen. So ging es mir, als ich Deine Nachricht gelesen habe: Einerseits war es schrecklich, andererseits beruhigend, weil ich meine Ängste in Deinen gesehen habe. Es war wie ein Beweis dafür, dass ich nicht verrückt war.

17:52 Uhr
Jinx: Bist Du noch da?
Ich: Ja.
Jinx: Ich dachte schon, ich hätte Dich verschreckt.
Ich: Nein. Ich überlege nur, wie ich Dir sagen kann, dass ich gar nicht mehr weiß, was ich in der Nachricht geschrieben habe. Als Du sie mir zurückgeschickt hast, bin ich ausgeflippt und habe sie gelöscht.

Jinx: Wirklich? Warum?
Ich: Es fühlte sich so an, als würdest Du sie mir ins Gesicht schleudern. Diese erste Zeile … Sie klingt so hysterisch.
Jinx: »Ich habe Angst, dass ich sterben werde.«
Ich: Bitte nicht. An diesen Teil kann ich mich erinnern.
Jinx: Aber an den Rest nicht?
Ich: Sagen wir, ich war nicht wirklich bei mir, als ich die Nachricht geschrieben habe.
Jinx: Ich war wohl auch nicht ganz bei mir, als ich sie Dir zurückgeschickt habe. Ich war ziemlich sauer, also habe ich sie Dir wohl tatsächlich auf eine Art ins Gesicht geworfen. Du haust ab, dann einen Monat lang nichts, und dann hagelt es Vorwürfe. Aber vor allem wollte ich, dass Du siehst, in Deinen eigenen Worten, was Du von mir verlangt hast.
Ich: Es tut mir leid.

17:57 Uhr

Jinx: Schon in Ordnung. Ich weiß nicht, ob es hilfreich ist zu wissen, aber ich habe nicht gedacht, dass Du hysterisch bist. Ich hatte den Eindruck, dass Du ehrlich bist. Und offensichtlich hatten wir beide Angst. Ich hatte auch Angst, dass Du sterben würdest.

18:01 Uhr

Ich: Jase? Würdest Du mir die Nachricht noch mal schicken?
Jinx: Jetzt?
Ich: Jetzt. Kannst Du sie mir mailen?
Jinx: Ich kann sie als Anhang schicken, wenn Du möchtest, und wir können sie zusammen lesen.
Ich: Wirklich? Okay. Mach das.

Sofort erschien ein Anhang im Chat-Fenster. Maribeth klickte ihn an und las die Worte, die sie am schlimmsten aller Tage geschrieben hatte.

Ich weiß, Du denkst, es ginge mir gut, aber ich habe Angst, dass ich sterben werde.
Und es ist nicht der Tod, vor dem ich Angst habe. Alles, woran ich denken kann, sind die Zwillinge, dass sie noch zu klein sind, um ohne Mutter aufzuwachsen, und was mit ihnen passiert, wenn ich jetzt sterben würde.
Und dann denke ich an die Nacht nach ihrer Geburt, als sie in ihren Babyschalen auf dem Tisch schliefen. Kannst Du Dich an diese Nacht erinnern? Ich war so überwältigt von der Liebe zu ihnen, dass ich nicht aufhören konnte zu weinen. Du hast gelacht und gesagt, das wären die Hormone, aber das war es nicht. Es war die Angst! Ich hatte das Gefühl, als wäre mein Innerstes nach außen gekehrt. Wie war es möglich, zwei kleine menschliche Wesen so sehr zu lieben? Es macht einen unglaublich verletzlich. Damals habe ich das dunkle Geheimnis der Mutterliebe begriffen: Du schützt Deine Kinder, um Dich selbst zu schützen.
Doch wie kann ich beides schaffen? Sie und mich zu schützen? Sie vor mir zu schützen?
Deshalb muss ich fortgehen. Um für mich zu sorgen. Um für sie zu sorgen.
Es tut mir leid. Hass mich nicht. Lass mich das tun. Lass mich für eine Weile in Ruhe. Du hast gesagt, Du würdest mir eine Blase machen. Ich brauche eine noch größere.

Maribeth

18:09 Uhr
Jinx: Bist Du noch da?

Ich: Ja.
Jinx: Bist Du okay?
Ich: Ja. Und Du?
Jinx: Ja.
Ich: Hasst Du mich?
Jinx: Ich habe Dich nie gehasst.
Jinx: Hasst Du mich?
Ich: Falls ich es getan habe, dann jetzt nicht mehr.

18:17 Uhr
Jinx: Maribeth?
Ich: Ja?
Jinx: Die Kinder und ich müssen los.
Ich: Oh
Jinx: Alles okay?
Ich: Ja.
Jinx: Sagst Du mir morgen Bescheid, wie es gelaufen ist? Ich checke auf jeden Fall meine E-Mails.
Ich: Mach ich.

»Hast du etwa gechattet?«, fragte Todd und schaute ihr über die Schulter. »Mit deinem Mann?«

Maribeth schloss das Chat-Fenster.

»Du kleines Luder«, sagte Todd.

Sie fuhren ins Kino. Fritz und der unglaubliche Miles wollten zum zweiten Film dazukommen.

»Dann lerne ich Miles endlich mal kennen«, bemerkte Maribeth.

»Er arbeitet viel«, sagte Todd. »Ist ja nicht so, dass ich ihn verstecke oder so.«

»Wirklich? Bist du sicher?«

»Meistens schon. Aber wenn du nett bist, erlaube ich dir, mit ihm zu reden.«

»Ich bin immer nett. Vielleicht gebe ich sogar Popcorn aus.«

Todd grinste. »Dann darfst du vielleicht sogar neben ihm sitzen.«

Sie sahen sich einen dieser Hobbitfilme an, die unterhaltsam, aber ziemlich lang waren. Anschließend trafen sie sich mit Fritz, der – da hatte Todd völlig recht – Sunita offensichtlich anhimmelte, und Miles, der, wie Maribeth feststellte, gar nicht so alt war. Vielleicht Ende zwanzig. Und offenbar sehr verliebt in Todd.

Obwohl sie das Popcorn ausgegeben hatte, ließ Maribeth die Paare nebeneinander sitzen, und sie setzte sich zwischen Sunita und Todd. Der zweite Film war der dritte Teil eines dystopischen Blockbusters. Da Maribeth Teil eins und zwei nicht gesehen hatte, flüsterten ihr Todd und Sunita Erklärungen ins Ohr, damit sie verstand, worum es in dem Film ging.

»Zuerst war sie verliebt in Gale«, erklärte Sunita. »Aber jetzt liebt sie auch Peeta. Eine klassische Dreiecksbeziehung.«

»Ich dachte, so was gäbe es nur in Büchern«, flüsterte Todd, »bis ich dich kennengelernt habe.«

»Ich bin in keiner Dreiecksbeziehung«, flüsterte Maribeth zurück.

»Das hat Katniss auch behauptet«, erwiderte Todd.

62

ALLEGHENY KINDERHEIM

ADOPTIONSVERMITTLUNGSBERICHT

EINWEISUNG:

Kindsmutter wurde am 8. Januar 1970 ins Allegheny Kinderheim überführt aus dem Beacon Mütterheim, wo sie sich seit dem 27. Dezember 1969 aufhielt. Bei der Aufnahme ins Mütterheim war die Mutter im sechsten Schwangerschaftsmonat; ihr dortiger Verbleib sollte sowohl auf ihren eigenen Wunsch als auch auf den ihrer Familie bis zur Geburt erfolgen.

MUTTER:

Die Mutter ist 20 Jahre alt und stammt aus dem Pittsburgher Stadtteil [redacted]. Sie ist klein, zierlich (5 Fuß 4,108 Pfund Gewicht vor der Schwangerschaft) und gepflegt, hat regelmäßige Gesichtszüge, blaue Augen, helle, leicht sommersprossige Haut, eine kleine Nase und braunes Haar, das sie in einer modernen

Frisur trägt. Die Körperhaltung ist aufrecht und gerade, das Gebiss regelmäßig, gesund und ebenfalls sehr gepflegt.

Väterlicherseits hat die Mutter schwedische und englische, mütterlicherseits polnische und deutsche Vorfahren.

Die Mutter ist bei bester Gesundheit. Außer einer Rötelinfektion in der Kindheit hatte sie bisher keine ernsten Krankheiten. Vor der Schwangerschaft war sie sportlich aktiv (Feldhockey, Eislauf). Mutter ist allergisch gegen Penicillin und Erdbeeren.

Persönlichkeit der Mutter wirkt ausgeglichen. Sie ist intelligent, mit besonderem Interesse an Kunst und dem aktuellen Weltgeschehen.

Auf der Highschool gehörte sie zu den Jahrgangsbesten und war Mitglied des Debattierclubs. 1969 immatrikulierte sie sich am [redacted] Community College mit dem Ziel, danach ein vierjähriges Universitätsstudium zu absolvieren. Am College lernte sie den mutmaßlichen Vater ihres Kindes kennen.

Nachdem die Mutter im Mütterheim anfangs schüchtern und reserviert war, zeigte sie nach Aussage des Personals nach einigen Wochen ein fröhlicheres, offeneres Wesen. Während sie dem Personal und den Sozialarbeitern gegenüber weiterhin distanziert blieb, fand sie rasch Freundinnen unter den anderen Bewohnerinnen. Sie organisierte mehrere Veranstaltungen, darunter einen Spieleabend. Sie inszenierte sogar eine Theaterkomödie, bei der sie selbst das Manuskript schrieb und Regie führte.

Die Schwangerschaft war das Resultat einer Affäre zwischen der Mutter und dem mutmaßlichen Vater, einem verheirateten Professor an [redacted]. Die Mutter spricht relativ offen über die Affäre und deren außereheliche Natur, weigert sich jedoch, den Namen des mutmaßlichen Kindsvaters zu nennen oder persönliche Details über ihn preiszugeben. Es ist unklar, ob der mutmaßliche Vater, der laut der Mutter bereits eine Familie hat, von der Schwangerschaft weiß.

Die Mutter hat die feste Absicht, das Kind zur Adoption freizugeben. Sobald sie die Schwangerschaft bemerkte - erst im fünften Monat, was angesichts der geringen Gewichtszunahme glaubwürdig erscheint -, erzählte sie ihrer Familie davon und wurde daraufhin ins Mütterheim gebracht.

Die Mutter hat vier Brüder, einen älteren und drei jüngere, um die sie sich seit dem Tod ihrer Mutter kümmerte. Der plötzliche Verlust der Mutter vor einigen Jahren sowie die Sorge für die jüngeren Brüder scheint sie stark zu belasten.

Die Eltern der Mutter sind katholisch und evangelisch; sie selbst bezeichnet sich als nichtreligiös. Seit dem Tod ihrer Mutter ist sie nicht mehr in die Kirche gegangen.

FAMILIE:

Der Vater der Kindsmutter ist 57 Jahre alt und bei guter Gesundheit. Er betreibt ein Restaurant in [redacted]. Er wird als hochgewachsen, hellhäutig und athletisch beschrieben.

Die Mutter der Kindsmutter, die nach ihrer Aussage hochintelligent mit einer Tendenz zur Depression war, ist im Alter von 42 (Kindsmutter war 16), unerwartet verstorben, vermutlich infolge eines Herzinfarktes. Vorher war sie bei guter Gesundheit gewesen.

<u>Geschwister:</u> Die Kindsmutter hat vier Brüder, 22, 17 und 14 Jahre alt (die jüngsten sind Zwillinge). Sie beschreibt ihre Brüder als lebhaft, liebenswert und sportlich, ohne schulische Ambitionen.

Der älteste Bruder dient derzeit beim Militär in Vietnam. Der 17-jährige Bruder arbeitet im familieneigenen Restaurant; die jüngeren Brüder gehen noch zur Schule.

<u>Tante väterlicherseits, 51</u>: unverheiratet, lebt seit dem Tod der Mutter bei der Familie. Bei guter Gesundheit bis auf einseitige Taubheit infolge einer Meningitis in der Kindheit. Das Verhältnis zwischen Tante und Kindsmutter scheint seit dem Tod der Mutter angespannt zu sein.

<u>Onkel väterlicherseits, 54</u>: Milchbauer, wohnhaft in [redacted]. Bei guter Gesundheit.

<u>Tante mütterlicherseits, 47</u>: wohnhaft in [redacted], bei guter Gesundheit.

Großeltern: Großmutter mütterlicherseits, 72, gebrechlich, lebt im Pflegeheim. Großvater mütterlicherseits verstorben, Todesursache unbekannt. Großmutter väterlicherseits, verstorben an Lungenkrebs. Großvater väterlicherseits, verstorben bei Autounfall.

Mutmaßlicher Vater: Der mutmaßliche Vater ist Professor am [redacted], das die Mutter besucht hat. Die Kindsmutter weigert sich, weitere Einzelheiten preiszugeben, wahrscheinlich aus Angst vor beruflichen und persönlichen Nachteilen für den Vater, da dieser verheiratet ist.

BEURTEILUNG:
Kindsmutter erscheint als intelligente, aber noch ein wenig kindlich-naive junge Frau, die eine außereheliche Affäre eingegangen ist, über die sie wenig Bedauern zeigt, abgesehen davon, dass sie infolge der Schwangerschaft das College verlassen musste. Sie äußert großen Stolz darüber, das erste Mitglied ihrer Familie zu sein, das eine Hochschulbildung erwirbt, scheint sich aber nicht im Klaren darüber zu sein, dass sie sich diesen Weg durch ihre eigene Unbedachtheit höchstwahrscheinlich verbaut hat. Dies beweist, dass sie entweder nicht bereit oder unfähig ist, die volle Verantwortung für ihr Handeln zu übernehmen. Sie glaubt, nach der Schwangerschaft ans College zurückkehren zu können, was ihr Vater und die Tante jedoch bezweifeln.

Die Kindsmutter äußert mehrfach den Wunsch, das familiäre Umfeld zu verlassen. Es ist nicht auszuschließen, dass sie die Schwangerschaft zu einer Flucht benutzen wollte. Es ist deutlich, dass die Kindsmutter noch nicht die nötige Reife zur Erziehung eines Kindes besitzt, was für sie unter anderem ein Grund dafür ist, warum sie die Elternschaft aufgeben will. Dies wiederum beweist Verantwortungsbewusstsein.

ZUSÄTZLICHE INFORMATION:
Die Kindsmutter wünscht ausdrücklich, dass das Kind nicht von einem streng katholischen Paar adoptiert wird.

INFORMATIONEN ZUR GEBURT:
Am 12. März 1970 um 10:55 Uhr brachte die Mutter im Shadyside-Krankenhaus ein gesundes Mädchen zur Welt, drei Wochen vor dem errechneten Geburtstermin. Das Geburtsgewicht des Kindes betrug gesunde sieben Pfund und vier Unzen, was auf einen möglicherweise falsch berechneten Geburtstermin hindeutet. Die Kindsmutter, die während der Schwangerschaft zumeist distanziert blieb, zeigte sich nach der Geburt ungewöhnlich emotional und nachdenklich. Während sie vorher nicht den Wunsch geäußert hatte, dem Kind einen Namen zu geben, bestand sie nach der Geburt darauf. Das Kind blieb für fünf Tage im Krankenhaus, bevor es für die Trennungszeit auf die Säuglingsstation

des Allegheny Kinderheims verlegt wurde, bis die Schutzfrist abgelaufen und die notarielle Einwilligung in die Adoptionsfreigabe erfolgt war.

INFORMATION DES JUGENDAMTES:
Die Anhörung der Kindsmutter und die notarielle Einwilligung zur Freigabe des Kindes erfolgten am 17.Mai 1970. Die Mutter erschien ohne Begleitung und wirkte ruhig. Die Elternrechte der leiblichen Mutter endeten am 8.Juli 1970.

63

Maribeth las den Bericht im Wohnzimmer von Janice' ordentlichem kleinen Backsteinhaus. Sie musste die Unterlagen auf den Schoß legen, weil ihre Hände zu sehr zitterten, um sie festzuhalten.

»Alles in Ordnung, Liebes?«, fragte Janice aus respektvollem Abstand.

»Ja, alles gut«, hörte sich Maribeth sagen.

»Ein Glück, dass sie im Beacon war.« Janice hielt inne. »Glück ist vielleicht das falsche Wort, aber ich kann dort am Montag einen Termin vereinbaren und Einsicht in die Akten beantragen. Vielleicht finden wir dort noch mehr über deine Mutter, zum Beispiel über dieses Theaterstück, das sie inszeniert hat.«

Maribeth hörte ihr gar nicht richtig zu. »Okay.«

»Am Montag kümmere ich mich darum, versprochen.«

»Könnte ich vielleicht deinen Computer benutzen?«, bat Maribeth.

»Natürlich«, sagte Janice. »Er steht im Büro.«

Wie in Trance ging Maribeth den Flur entlang. Janice rief ihr nach: »Kann ich dir etwas bringen? Tee? Whisky?«

»Nein, alles gut«, wiederholte Maribeth.

Sie hielt die Unterlagen in ihrer immer noch zitternden Hand. Sie sagten ihr alles – ihre Großmutter war mit 42 an einem Herzinfarkt gestorben –, und andererseits sagten sie ihr nichts. Der Bericht las sich fast so, als sei ihre Mutter froh gewesen, sie loszuwerden. Andererseits hieß es, sie sei nach ihrer Geburt emotional geworden. Was hatte das zu bedeuten? Hatte sie sie geliebt? Hätte sie sie vielleicht doch lieber behalten? Hatte sie später bedauert, sie abgegeben zu haben?

Sie öffnete ihr E-Mail-Programm und gab Jasons Adresse ein.

Ich hab sie gefunden, war was sie schreiben wollte. Irgendwas in der Art.

Doch stattdessen schrieb sie: *Warum hast Du mich verlassen?*

Sie starrte auf dem Bildschirm, auf die Frage, die all die Zeit tief in ihrem Herzen verborgen gelegen hatte. Dann fing sie an zu weinen.

Sie blieb den ganzen Nachmittag über bei Janice. Sie schauten sich alte Folgen von »Verliebt in eine Hexe« im Fernsehen an und aßen Mikrowellen-Popcorn. Als Maribeth bei einer Deo-Werbung anfing zu weinen, reichte ihr Janice wortlos ein Taschentuch.

Maribeth blieb zum Abendessen, das sie ohne viel zu sagen gemeinsam zubereiteten. Nach dem Essen, als Maribeth beim Abwasch half, blickte sie sich in Janice' Haus um. Janice hatte erzählt, sie hätte es vor dreißig Jahren gekauft, aber dennoch erinnerte es an Maribeths anonymes, möbliertes Apartment, wenn auch mit wesentlich mehr Topfpflanzen.

Es gab keine Familienfotos. Keinen Hinweis auf einen Ehemann oder Kinder. Keine eingerahmten Urkunden oder angestoßenen Tassen mit verblassten Fotos. Die einzigen Bilder an der Wand waren die jährlichen Klassenfotos ihrer Schüler.

Und plötzlich erkannte Maribeth, dass sie Janice ganz falsch verstanden hatte. Wie so vieles in letzter Zeit.

»Du hast BurghBirthParents gar nicht gegründet, weil du adoptiert worden bist, oder?«, fragte Maribeth.

»Stimmt«, sagte Janice.

»Du hast ein Kind abgegeben?«

»Ein kleines Mädchen, geboren am 25. Juni 1975.«

»Und danach hast du keine weiteren Kinder mehr bekommen?«

»Leider nein.«

»Aber warst du nicht verheiratet? Hast du nicht gesagt, du und dein Mann, ihr hättet dieses Haus gekauft, weil die Schulen in der Nähe lagen?«

»Das haben wir.« Sie lächelte traurig.

»Aber dann hast du keine Kinder bekommen.« Sie korrigierte sich: »Keine weiteren Kinder.«

»Leider nein.«

»Warum nicht?«, fragte Maribeth.

»Ich bin nicht schwanger geworden, kaum zu glauben, oder?«, sagte Janice. »Es lag nicht an mir. Das ist wohl ziemlich klar, obwohl Richard, mein Exmann, darauf beharrte, dass es meine Schuld sei. Ich musste mich vielen fürchterlichen Untersuchungen unterziehen, weil er natürlich nicht Bescheid wusste. Als ich einfach keine weiteren Tests und Anschuldigungen mehr ertragen konnte, hab ich es ihm erzählt.« Sie hob die Handflächen und drehte die Hände dann, als schöbe sie die Erinnerung weg. »Er sagte, es sei dasselbe, als hätte ich ihn betrogen. Obwohl das alles geschehen war, lange bevor wir uns kennengelernt hatten. Er war kein besonders verständnisvoller Mann.« Sie seufzte tief. »Trotzdem kann ich ihn irgendwie verstehen. Ich hätte vielleicht ehrlicher sein sollen. Ich bin nicht immer gut darin, über unangenehme Dinge zu reden.«

»Ich auch nicht«, gestand Maribeth. »Und deine Tochter, weiß sie, dass du nach ihr suchst?«

Janice nickte. »Ja, sie weiß es. Sie hat sich bereit erklärt, Briefe von mir zu empfangen. Aber sie hat nicht geantwortet. Noch nicht.«

»Noch nicht …«, wiederholte Maribeth.

»Noch nicht«, sagte Janice mit Nachdruck. »Manche Dinge brauchen eben etwas mehr Zeit.«

Janice klappte das Sofa im Arbeitszimmer aus und machte Maribeth ein Bett. Sie zog frische Laken auf, die nach Lavendel dufteten, und stellte ihr ein Glas Wasser und eine Schachtel Kosmetiktücher auf den Beistelltisch.

Maribeth versuchte zu schlafen, konnte aber nicht. Der Computer lief die ganze Nacht, sein Summen klang wie ein leiser Vorwurf.

Wieder war Maribeth von ihren Gefühlen überrumpelt worden. Obwohl sie es eigentlich nicht hätte sein sollen.

War dieses Wissen nicht immer schon da gewesen? Hinter der verschlossenen Tür in ihrem Kopf, wo sie die unangenehmen Dinge versteckt hielt, dort, wo sie sich einredete, ihre Brustschmerzen wären Blähungen? War ihr nicht klar gewesen, dass sie und Jason nicht einvernehmlich auseinandergegangen waren, sondern dass er sich von ihr getrennt hatte? Sie hatte ihn geliebt, und er hatte sie verlassen. Genau wie ihre Mutter sie verlassen hatte. Wie Elizabeth sie verlassen hatte. Wie am Ende jeder sie verlassen würde.

Sie weinte, weinte, bis das Bettzeug ganz durchnässt war. Vor der Tür hörte sie Janice auf und ab gehen, ohne aber zu ihr hereinzukommen. Es war, als hielte sie Wache und lasse Maribeth in dieser Nacht mit ihrer Trauer allein, damit sie Zeit hätten, miteinander vertraut zu werden.

Da Janice keinen Kaffee im Haus hatte, fuhren sie am nächsten Morgen zu einem Starbucks Drive-in und bestellten einen großen Latte Macchiato für Maribeth und einen koffeinfreien Caramel Latte mit Vollmilch für Janice.

Sie tranken ihren Kaffee im Auto, auf dem Parkplatz, mit eingeschalteter Heizung. Die Fenster beschlugen, und es war gemütlich.

»Tut mir leid, dass ich dich nie gefragt habe«, sagte Maribeth. »Nach deiner Tochter.«

»Mir tut es leid, dass ich es dir nie gesagt habe«, erwiderte Janice.

»Wie lange wartest du schon auf eine Antwort von ihr?«

»Den ersten Brief habe ich vor zehn Jahren abgeschickt. Den letzten vor zwei Jahren. Ich denke die ganze Zeit, ich müsste nur die richtigen Worte finden, dann würde sie vielleicht auch antworten. Ich habe versucht, ihr noch einen Brief zu schreiben, aber irgendwie fallen mir die richtigen Worte nicht ein.«

»Kann ich mir vorstellen«, erwiderte Maribeth. »Es ist schwer.« Sie dachte einen Moment nach. »Vielleicht kann ich dir helfen.«

»Schlägst du dich nicht noch mit deinem Brief herum?« Janice leckte sich den Milchschaum von der Oberlippe.

Maribeth lächelte. »Ich konnte schon immer besser Redigieren als Schreiben. Das habe ich übrigens früher beruflich gemacht.«

»Du bist Redakteurin?«, fragte Janice.

»Na ja, ich war es, über zwanzig Jahre lang.«

»Das erklärt, warum du eine solche Perfektionistin bist.«

»Kann schon sein, aber auch das bin ich nicht mehr.«

»Redakteurin oder Perfektionistin?«, fragte Janice.

Maribeth zuckte mit den Schultern. »Vielleicht beides.«

Als es für Maribeth Zeit wurde, nach Hause zu fahren, sagte Janice: »Komm doch morgen ins Schwimmbad.« Bitter lächelnd fügte sie hinzu: »Im Wasser sieht keiner deine Tränen.«

Janice hatte beim Schwimmen geweint? Welche Geheimnisse die Leute mit sich herumtrugen!

»Tut es dir sehr leid?«, fragte Maribeth. »Dass du sie abgegeben hast?«

»Jeden einzelnen Tag«, erwiderte Janice. »Trotzdem hätte ich es immer wieder getan.«

»Wirklich?« Maribeth konnte es kaum glauben. Vielleicht wollte sie es auch nur nicht. Doch Janice' Gesichtsausdruck war resolut und ruhig. »Ich befand mich in keiner glücklichen Lage. Ich wurde zu Hause misshandelt. Wenn ich sie behalten hätte, wären wir beide dazu verurteilt gewesen, so zu leben.« Sie drehte den Kopf und schaute zum Fenster hinaus. Der Parkplatz war belebt, voll mit Leuten, die den Feiertag zum Einkaufen nutzten. Unter den Frauen dort draußen hätte Janice' Tochter sein können. Oder Maribeths Mutter. »Manchmal ist es der größte Liebesbeweis, jemanden zu verlassen.«

»Glaubst du das wirklich?«, fragte Maribeth.

»Ich muss es.«

»Ich habe meine Kinder verlassen. Auch ich habe sie verlassen.«

Janice drückte ihre Hand. »Dann musst auch du daran glauben.«

64

Von: jasbrinx@gmail.com
An: MBK31270@gmail.com
Betreff:
Frage mich nicht, warum ich Dich verlassen habe.
Frage mich, warum ich zurückgekommen bin.

Von: MBK31270@gmail.com
An: jasbrinx@gmail.com
Betreff:
Was meinst Du damit?

Von: jasbrinx@gmail.com
An: MBK31270@gmail.com
Betreff:
Frage mich, warum ich zurückgekommen bin, Maribeth. Frage mich, warum ich zurück nach New York gekommen bin.

Von: MBK31270@gmail.com
An: jasbrinx@gmail.com
Betreff:
Ich weiß, warum Du zurückgekommen bist. Für den Job. Deinen Traumjob.

Von: jasbrinx@gmail.com
An: MBK31270@gmail.com
Betreff:
Das ist nicht mein Traumjob. Deswegen bin ich nicht zurückgekommen.

Von: MBK31270@gmail.com
An: jasbrinx@gmail.com
Betreff:
Wovon sprichst Du?

Von: jasbrinx@gmail.com
An: MBK31270@gmail.com
Betreff:
Ich habe mir einen Job in New York City gesucht, um zu Dir zurückkommen zu können.

Von: MBK31270@gmail.com
An: jasbrinx@gmail.com
Betreff:
Das ergibt keinen Sinn.

Von: jasbrinx@gmail.com
An: MBK31270@gmail.com
Betreff:
Denk mal darüber nach, Maribeth. Und wenn Du mir nicht glaubst, frag meinen Vater. Ich war unglücklich in San Francisco, schon seit Jahren, habe mich gefragt, warum mein Leben so aus dem Ruder gelaufen war. Mein Vater sagte, es läge daran, dass ich Dich hätte gehen lassen. Und er hatte recht. Aber es war mir klar, dass ich Dir nicht einfach von San Francisco aus eine E-Mail schreiben oder Dich über Facebook kontaktieren konnte.

Ich musste den Fehler wiedergutmachen. Ich musste nach New York gehen und versuchen, Dich zurückzugewinnen.

Von: MBK31270@gmail.com
An: jasbrinx@gmail.com
Betreff:
Das ergibt keinen Sinn.

Von: jasbrinx@gmail.com
An: MBK31270@gmail.com
Betreff:
Denk darüber nach. Es ergibt Sinn.

65

Sie dachte darüber nach.

Sie dachte über viele Dinge nach.

So viele Dinge, die nie einen richtigen Sinn ergeben hatten.

Zum Beispiel darüber, wie Jason sich damals über Facebook bei ihr gemeldet hatte. Noch kurz zuvor war Jason gar nicht bei Facebook angemeldet gewesen. Maribeth wusste das, weil sie schon früh einen Account gehabt und regelmäßig nachgesehen hatte, ob Jason ein Profil erstellt hatte. Drei Monate, bevor er geschrieben hatte, hatte er noch keines gehabt. Aber dann las sie auf einmal diese Nachricht, in der er mitteilte, ihm wäre sein Traumjob in New York City angeboten worden, es wäre ein Angebot, das er einfach nicht ablehnen könne. Er würde also nach New York ziehen. Ob sie sich auf einen Drink mit ihm treffen wolle?

Maribeth war immer davon ausgegangen, dass er für seinen Traumjob umgezogen war. Dass das das Angebot gewesen war, das er nicht hatte ablehnen können. Deswegen war sie ja immer so sauer auf seine Firma gewesen. Warum hatte sie ihn nach New York City versetzt, wenn sie ihm dann nicht genug zahlten, damit er dort gut leben konnte?

Und jetzt stellte sich heraus, dass er gar nicht nach New York versetzt worden war. Warum hätte die Firma das auch tun sollen? Jason arbeitete für eine Nonprofitorganisation, ein riesiges Unternehmen. Es gab vermutlich zahllose Absolventinnen und Absolventen der Musikhochschulen von New York, die diese Stelle hätten besetzen können.

Jedenfalls hatten sie sich daraufhin zum ersten Mal wiedergetroffen. Es war die reinste Katastrophe gewesen. Sie hatten sich nach der Arbeit auf einen Drink in irgendeiner trostlosen Bar im Zentrum verabredet. Doch es fühlte sich nicht wie ein Date an, eher so wie eine Trauerfeier, bei der sie Leute betrauerten, die es nicht mehr gab. Sie erzählten einander in groben Zügen von ihrem Leben in den letzten zehn Jahren. Ihr Umgang miteinander war steif und förmlich, und schon nach einer Stunde saß sie wieder in der U-Bahn, auf dem Weg zurück nach Downtown. Elizabeth erwartete sie auf dem Sofa mit einer geöffneten Flasche Wein. »Mit dem treffe ich mich garantiert nicht noch mal«, sagte Maribeth zu ihr, was schon durch ihre frühe Rückkehr ziemlich offensichtlich wurde. Elizabeth, die ganz entgegen ihrer Gewohnheit versucht hatte, Maribeth schon im Voraus von dem Treffen abzubringen, verbarg ihre Erleichterung nicht. »Sei froh, dass du den los bist«, sagte sie.

Doch dann hatte Jason am nächsten Tag angerufen. Maribeth war ganz schockiert gewesen, als sie die Mailbox abgehört hatte. Nicht nur, weil Jason damit die eisernen Dating-Regeln verletzt hatte – die überall in den Zeitschriften ausgewalzt wurden, und die Maribeth unbewusst verinnerlicht hatte –, sondern weil ihr erstes Treffen so enttäuschend gewesen war. Dennoch hatte er sie erneut eingeladen, mit ihm auszugehen. Am Freitagabend. Zwei Tage später.

So etwas taten Männer normalerweise nicht. Jedenfalls keine attraktiven, ungebundenen Männer. Und eines musste gesagt werden: Jason Brinkley war immer noch attraktiv, vielleicht sogar mehr als das; sein Haaransatz war nicht mehr so dicht und um die Augen zeigten sich die ersten feinen Linien, doch sein Blick funkelte immer noch humorvoll, und seine Lippen schienen zum Küssen wie gemacht zu sein. Er hatte aufgehört, Marihuana zu rauchen, und angefangen zu joggen, wodurch sein schlaksiger Körper muskulöser geworden war. Nein, Jason war zweifellos begehrenswert.

Er war mit ihr in Joe's Pub zum Konzert eines Singer-Songwriters gegangen, von dem sie noch nie gehört hatte. Es war ätherische Musik mit einer Gitarre und einem Synthesizer, der wie ein Saiteninstrument klang, und während sie der Musik lauschte und dazu Jason, der ihr von der Musik erzählte, spürte sie, wie sie auftaute. Wodurch ihr zum ersten Mal auffiel, dass sie seit geraumer Zeit eingefroren gewesen war.

Nach dem Konzert waren sie essen gegangen, hatten sich einen Krug Bier und ein paar einfache Speisen geteilt und über alles Mögliche geredet. Maribeth hatte davon erzählt, wie es nach den Anschlägen des 11. September gewesen war, in der Zeitschriftenbranche zu arbeiten, und dass sie gedacht hatte, die Inhalte würden von da an substanzvoller und tiefer gehend werden, dass die Tendenz aber genau in die andere Richtung gegangen war. Er hatte berichtet, dass seine Mutter irgendeinen reichen Baulöwen aus Südkalifornien geheiratet und sich zu der Person entwickelt hatte, die sie immer hatte sein wollen, und wie das seinen Vater in eine tiefe existentielle Krise gestürzt hatte, nicht etwa, weil er Nora vermisste, sondern weil es eine so deutliche Bestätigung seines Versagens als Ehemann war. Sie redeten über New York und darüber, wie es sich verändert hatte. Über San Francisco und wie es sich verändert hatte. Darüber, wo sie gerne wohnen würden, und was sie gerne tun und wer sie gerne sein wollten. Sie redeten über Politik, Bücher, Theaterstücke und Musik. Sie redeten schnell, atemlos, gierig, als hätten sie in den letzten zehn Jahren so vieles angesammelt, was sie einander erzählen mussten.

Sie blieben in dem Restaurant sitzen, bis es schloss, und redeten dann auf den Bürgersteigen der allmählich ruhiger werdenden New Yorker Straßen weiter, und sie erinnerte sich daran, was er zu ihr gesagt hatte, bevor er sie geküsste hatte: »Kann ich immer noch dein Superman sein, Lois?« Sie hatte das für eine kalkulierte, charmante Bemerkung gehalten und angenommen, dass diese Sehnsucht, die sie dabei spürte – mein Gott, er war magnetisch und sie aus Metall – nur ihre eigene war.

Als sie sich geküsst hatten, war es, als hätte jemand den Stromschalter in einem verlassenen Haus umgelegt, und dann entdeckt, dass die Leitungen nicht nur immer noch funktionierten, sondern durch die Stilllegung noch effektiver geworden waren.

Immer noch glaubte sie, nur ihr erginge es so. Denn sie hatte die ganze Nacht über daran denken müssen, wie es war, mit Jason Sex zu haben: sein Hang, sie an unmöglichen Stellen zu küssen, in der Ellbogenbeuge, auf die Fußsohlen. Seine erregende Unvorhersehbarkeit als Liebhaber, der in einem Moment ihr Haar streichelte und im nächsten ihre Hände über ihrem Kopf festhielt.

Das Zimmer, das Jason in einer Wohnung im East Village gemietet hatte, war voller unausgepackter Kartons gewesen, so als wäre er gerade erst eingezogen –, und tatsächlich war er ja gerade erst eingezogen gewesen. Die Decke auf dem gemachten Bett war leicht aufgeschlagen, wie eine Einladung.

Kaum waren sie in diesem Zimmer gewesen, hatte Jason die Tür zugeknallt und sie mit seinem Mund, seinen Händen, mit allem, was er hatte, verschlungen.

Und sie dachte daran, wie sie vor ihm gestanden hatte, ihr Kleid um ihre Füße, wie sie angefangen hatte zu zittern, und wie ihre Knie geschlottert hatten, als wäre sie Jungfrau, als wäre es ihr erstes Mal. Denn falls sie sich erlaubt hatte, Hoffnungen zu hegen, hätte sie sich genau das erhofft. Und jetzt geschah es. Und das machte ihr große Angst.

Jason hatte ihre Hand genommen und sie auf seine nackte Brust gelegt, auf sein Herz, das wie wild hämmerte, im Takt mit ihrem. Sie hatte geglaubt, er wäre nur aufgeregt und erregt.

Ihr war nicht in den Sinn gekommen, dass vielleicht auch er Angst gehabt hatte.

66

Von: MBK31270@gmail.com
An: jasbrinx@gmail.com
Betreff: Warum …
… hast Du mir nichts gesagt?

Von: jasbrinx@gmail.com
An: MBK31270@gmail.com
Betreff: Warum …
Ich wollte es. Aber dann sind wir wieder zusammengekommen und alles lief so gut, und ich hatte Angst, alles zu verderben, wenn ich davon angefangen hätte, was gewesen war, bevor ich nach San Francisco gegangen bin. Du hättest Dich an das erinnert, was ich getan habe, und dann hättest Du mich nicht mehr gewollt. Oder Elizabeth hätte Dich davon abgebracht, es noch einmal mit mir zu versuchen.

Von: MBK31270@gmail.com
An: jasbrinx@gmail.com
Betreff: Warum …
Hast Du geglaubt, ich hätte es vergessen?

Von: jasbrinx@gmail.com
An: MBK31270@gmail.com

Betreff: Warum …
Das nicht, aber ich habe mir irgendwie eingeredet, es würde keine Rolle mehr spielen. Wir haben geheiratet. Kinder bekommen. Wir haben uns weiterentwickelt. Aber als Du gegangen bist, war ich zwar einerseits aufgebracht und wütend, aber andererseits auch ein bisschen erleichtert. Es war, als hätte ich damit gerechnet. Jetzt waren wir quitt. Ich glaube, Du warst nicht die Einzige, die immer mit dem Schlimmsten gerechnet hat.

Von: MBK31270@gmail.com
An: jasbrinx@gmail.com
Betreff: Warum …
Du dachtest, ich wäre gegangen, um es Dir heimzuzahlen?

Von: jasbrinx@gmail.com
An: MBK31270@gmail.com
Betreff: Warum …
Ich dachte, es gäbe viele Gründe, es zu tun. Die Gründe, die Du genannt hast, und die, die Du nicht genannt hast. Weil wir über nichts davon jemals geredet haben.

Von: MBK31270@gmail.com
An: jasbrinx@gmail.com
Betreff: Warum …
Mit »nichts davon« meinst Du wohl, warum Du mich verlassen hast.

Von: jasbrinx@gmail.com
An: MBK31270@gmail.com
Betreff: Warum …
Ja. Warum ich Dich verlassen habe.

Von: MBK31270@gmail.com
An: jasbrinx@gmail.com
Betreff: Warum …
Warum hast Du mich verlassen, Jason?

Von: jasbrinx@gmail.com
An: MBK31270@gmail.com
Betreff: Warum …
Es war nicht überlegt. Ich war erst 22. Meine Eltern steckten mitten in ihrer schrecklichen Scheidung. Einerseits habe ich Dich geliebt und wollte gerne mit Dir zusammen sein. Aber wir waren noch so jung. Angenommen, Du wärst nicht die Richtige gewesen? Angenommen, wir wären so geendet wie meine Eltern? Vielleicht wollte ich gar nicht unbedingt Schluss machen, sondern mir einfach noch etwas Zeit lassen.

Von: MBK31270@gmail.com
An: jasbrinx@gmail.com
Betreff: Warum …
Das hat ja geklappt. Zehn Jahre sind eine ziemlich lange Zeit.

Von: jasbrinx@gmail.com
An: MBK31270@gmail.com
Betreff: Warum …
Ich weiß, ich hab's versaut. Ich hatte Angst. Und dann habe ich auf ziemlich dilettantische Weise versucht, es wiedergutzumachen. Was soll ich sagen, Maribeth? Ich bin nicht perfekt.

Von: MBK31270@gmail.com
An: jasbrinx@gmail.com
Betreff: Warum …

Ich auch nicht. Wie mir scheint, habe ich das wohl zweifelsfrei bewiesen.

Von: jasbrinx@gmail.com
An: MBK31270@gmail.com
Betreff: Warum …
Ich erwarte nicht, dass Du perfekt bist.

Von: MBK31270@gmail.com
An: jasbrinx@gmail.com
Betreff: Warum …
Ich denke, ich hab es vielleicht immer von mir selbst erwartet.

Von: jasbrinx@gmail.com
An: MBK31270@gmail.com
Betreff: Warum …
Du kannst aber nicht bei unserer Tourband »Loser im Training« mitmachen, wenn Du perfekt bist.
Also, meinetwegen kannst Du mich dafür killen, wenn ich das sage, aber als wir wieder zusammengekommen sind, zehn Jahre später, inzwischen älter und verantwortungsbewusster, da hatte ich das Gefühl, dass alles so gekommen war, wie es sein sollte.

Von: MBK31270@gmail.com
An: jasbrinx@gmail.com
Betreff: Warum …
Alles wird gut.

Von: jasbrinx@gmail.com
An: MBK31270@gmail.com
Betreff: Warum …
In diesem Fall ja.

Von: MBK31270@gmail.com
An: jasbrinx@gmail.com
Betreff: Warum …
Glaubst Du das immer noch?

Von: jasbrinx@gmail.com
An: MBK31270@gmail.com
Betreff: Warum …
Kommt darauf an.

Von: MBK31270@gmail.com
An: jasbrinx@gmail.com
Betreff: Warum …
Worauf?

Von: jasbrinx@gmail.com
An: MBK31270@gmail.com
Betreff: Warum …
Ob Du es auch glaubst.

67

An dem Tag, an dem Stephen nach Kalifornien aufbrechen wollte, rief er Maribeth an und machte ihr ein Angebot. »Ich weiß, ich komme damit in letzter Minute, aber ich wollte dir anbieten, mein Auto zu benutzen, während ich nicht da bin«, sagte er. »Du könntest auch in meinem Haus wohnen, wenn du möchtest.«

Maribeth hatte keine Lust dazu, in seinem Haus zu wohnen, egal, wie schön es sein mochte. Was das Auto anging, zögerte sie. Sie hatte sich daran gewöhnt, mit dem Bus zu fahren. Ohne einen Laptop, ein Smartphone zu leben. Es war wirklich erstaunlich, wie wenig man brauchte.

»Es würde hier nur herumstehen«, fügte Stephen hinzu. »Und du würdest mir die Parkgebühren am Flughafen ersparen.«

»Aha, um die Parkgebühren geht es dir also?«

»Nein. Eher darum, dich noch einmal sehen zu wollen, bevor ich fliege.«

»Dann mach das.«

Leichter Schnee fiel, als er sie an jenem Nachmittag abholte. »Ist es für dich okay, bei Schnee zu fahren?«, fragte er.

»Ja, das geht schon«, antwortete Maribeth. Dann sah sie sein besorgtes Gesicht. »Wenn es schlimmer wird, können wir dein Auto immer noch am Flughafen stehen lassen, aber ich kann bei Schnee gut fahren.«

»Ja, wirklich?«

»Ja. Ich bin in der Nähe von New York aufgewachsen.«

»Wieder ein neues Puzzleteil.«

»Bin ich wirklich ein Puzzle?«

»Ja, aber ich habe Puzzle schon immer gemocht.«

Sie fuhren durch den Fort Pitt Tunnel. Gestern, auf dem Rückweg von Janice, war Maribeth zum ersten Mal auf diesem Weg in die Stadt gefahren.

»Jetzt sehe ich endlich mal, worum sich die ganze Begeisterung dreht«, hatte sie zu Janice gesagt, als die dramatische Silhouette der Stadt vor ihnen lag, die Gebäude, der schiefergraue Fluss, die Eisenbrücken.

»Ja, es ist eine beeindruckende Skyline«, hatte Janice geantwortet.

Das stimmte. Doch es war der Überraschungsfaktor, der Maribeth am besten gefallen hatte. Wenn man aus den sanften Hügeln Pennsylvanias in den Tunnel hineinfuhr, hatte man keine Ahnung, was einen am anderen Ende erwartete.

Aber das wusste man schließlich nie, oder? Doch das musste nicht beängstigend sein. Vielleicht war das Leben einfach so.

»Wann kommst du zurück?«, fragte Maribeth Stephen.

»Am 3. Januar, obwohl Mallory mich drängt, länger zu bleiben.«

»Wie viel länger?«

»Warum? Meinst du, du wirst mich vermissen?«

Am Ziehen in ihrer Magengrube merkte Maribeth, dass es so sein würde.

»Sie liegt mir dauernd in den Ohren, ich solle zu ihr nach San Francisco ziehen. Sie behauptet, ich bräuchte einen Neuanfang. Hier gäbe es zu viele Gespenster.«

»Gespenster haben die Angewohnheit, einen zu verfolgen«, warnte Maribeth. Sie dachte an ihre leibliche Mutter, den stillen Geist, der ihr ihr ganzes Leben lang gefolgt war. Es war zwei Tage her, seitdem sie den Bericht gelesen hatte. Janice hatte sie gefragt, ob sie den nächsten Schritt gehen wolle, und sie die Agentur darum bitten solle, einen Brief an ihre leibliche Mutter weiterzuleiten. Aber Maribeth war noch nicht bereit dazu.

»Ich nehme an, du hast recht«, sagte er. »Andererseits bedeutet es mir sehr viel, dass Mallory mich in ihrer Nähe haben möchte. Deswegen habe ich einen Termin mit einem Kollegen gemacht, der inzwischen Dekan an der medizinischen Fakultät der UCSF ist.« Er warf ihr einen Seitenblick zu. »Also, wie sehr hasst du San Francisco?«

»Wie die Pest.«

»Schade. Du weißt doch, dass ich Mallory zu Weihnachten Eintrittskarten für das Musical ›Book of Mormon‹ schenke?«

»Ja, für den Silvesterabend, stimmt's?«

Er nickte. »Ich habe noch eine dritte Karte gekauft.« Er spielte an den Heizungsreglern, obwohl die Temperatur angenehm war.

»Ach«, sagte sie.

»Ich weiß, dass das ziemlich gewagt war«, sagte Stephen, als Maribeth nicht antwortete. »Angesichts der Tatsache, dass du San Francisco nicht ausstehen kannst.«

Sie waren am Flughafen angekommen und er fuhr direkt zum Abflugterminal, nicht in die Tiefgarage. »Möchtest du nicht, dass ich mit reinkomme?«, fragte sie.

»Nein, du kannst mich draußen absetzen«, erwiderte er. »Mir ist lieber, du fährst gleich wieder los, bevor der Schnee dichter wird.«

Er fuhr in die Kurzparkzone und öffnete den Kofferraum. Darin lag ein großer Koffer.

»Sieht so aus, als würdest du eine Weile wegbleiben.«

Er zuckte mit den Schultern, als wüsste er noch nicht, wann er zurückkehren würde. »Denk mal über Silvester nach. Natürlich gehört auch ein Flugticket dazu. Obwohl das voraussetzen würde, dass du mir deinen richtigen Namen verrätst.«

»Maribeth«, sagte sie. »Ich heiße Maribeth.« Sie zupfte an seinem Schal. »Danke, Stephen, dass du dich so gut um mich gekümmert hast.«

»Und du dich um mich, Maribeth.«

Er klappte den Kofferraum zu. Sie sahen sich einen Moment lang an, und Maribeth wusste, dass sie es eigentlich ungesagt lassen konnte, denn Stephen würde es verstehen. Doch diesmal wollte sie nichts verschweigen.

»Finde jemand anderen für die dritte Eintrittskarte, Stephen. Wenn nicht gleich, dann bald. Es wird Zeit. Du hast es verdient, glücklich zu sein. Ich glaube, Felicity würde es auch wollen.«

Er blinzelte ein paarmal und lächelte dann. »Genau das hat Mallory auch gesagt.« Er klopfte seine Taschen nach seinem Portemonnaie und seinem Smartphone ab, bevor er ihr den Autoschlüssel gab. »Du kannst ihn bei Louise hinterlegen, wenn du das Auto nicht mehr brauchst.«

Sie sah ihm nach, als er zum Terminal ging. Er winkte noch ein letztes Mal, bevor er im Inneren verschwand.

68

Abends rief Janice an. »Du wirst nicht glauben, was ich gefunden habe.« Ihre Stimme zitterte.

»Was denn?«

»Ich sollte es dir eigentlich nicht zeigen, aber ich kann nicht anders. Kann ich vorbeikommen?«

»Ich habe jetzt ein Auto. Ich kann zu dir kommen.«

Sie hatte ein eindeutiges Indiz erwartet. Noch einen Herzinfarkt oder eine Erklärung dafür, warum ihre Mutter sie abgegeben hatte. Aber es waren nur weitere Unterlagen. Maribeth rätselte, warum Janice so aufgeregt war.

»Schau mal!«, sagte sie und deutete auf eine bestimmte Stelle. »Da!«

Es war eine Art Tagebucheintrag auf einem einzelnen Blatt. In einer schnörkeligen Schrift.

Ich weiß, dass es ein Mädchen wird. Alle sagen, dass mein Bauch so klein ist, und dass es deshalb ein Junge wird, und außerdem gibt es viele Jungen in unserer Familie, aber ich weiß es einfach. Ich höre die Stimme meiner Mutter. Und sie sagt, es wird ein Mädchen.

Ich habe das niemandem erzählt, weil die anderen Mädchen so schrecklich sentimental wegen ihrer Babys sind. Sie glauben alle, dass sie eines Tages Präsident werden! Und sie reden von ihnen, als würden sie sie kennenlernen. »Mein Kind wird …«

Sie wird nicht meine Tochter sein. Aber ein Teil von ihr schon. Ich habe beschlossen, sie nach mir und meiner Mutter zu nennen. Auch wenn sie in eine neue Familie kommt, und ich ihren Nachnamen nie erfahren werde, so wird es wenigstens ihr Vorname sein. Auf diese Weise wird sie immer noch mir gehören. Am Anfang ihres Lebens und für immer. Sie wird Mary Beth heißen.

»Was soll das bedeuten? Mary Beth? Heißt sie so? Heißt so meine Mutter?«

»Nein, deine Mutter heißt Beth«, erwiderte Janice. »Aber sie hatte dir den Namen Mary Beth gegeben.«

Von: MBK31270@gmail.com
An: jasbrinx@gmail.com
Betreff: Meine leibliche Mutter
hieß Beth. Und ihre Mutter Mary.
Sie hat mich Mary Beth genannt.
Ich bin Maribeth.

Von: jasbrinx@gmail.com
An: MBK31270@gmail.com
Betreff: Meine leibliche Mutter
Das Geheimnis Deines kulturell wirren Namens ist gelöst. Hast Du sonst noch etwas über sie herausgefunden?
Und wie geht es Dir?

Von: MBK31270@gmail.com
An: jasbrinx@gmail.com
Betreff: Meine leibliche Mutter

Ich bin in erster Linie durcheinander. Meine richtige Mutter, nicht Beth, sondern Evelyn, hat den Namen beibehalten, den mir meine leibliche Mutter gegeben hat, und der aus ihrem eigenen Vornamen und dem ihrer Mutter zusammengesetzt ist. Ein ganzes Leben lang hat sie meine leibliche Mutter als Bedrohung empfunden, als könne sie nie ganz glauben, dass ich wirklich ihr gehöre. Also warum hat sie es getan? Den Namen behalten, den mir meine leibliche Mutter gegeben hat, und der auch ihr eigener Name war. Das muss sie doch ständig daran erinnern, dass ich nicht ihre richtige Tochter bin?

Von: jasbrinx@gmail.com
An: MBK31270@gmail.com
Betreff: Meine leibliche Mutter
Oder daran erinnern, dass Du zugleich die Tochter einer anderen bist.

Von: MBK31270@gmail.com
An: jasbrinx@gmail.com
Betreff: Meine leibliche Mutter
Ich kann nicht glauben, dass sie das getan hat, und dass sie es all die Jahre vor mir verheimlicht hat.

Von: jasbrinx@gmail.com
An: MBK31270@gmail.com
Betreff: Meine leibliche Mutter
Willst Du versuchen, Dich mit ihr zu treffen? Mit Beth?

Von: MBK31270@gmail.com
An: jasbrinx@gmail.com
Betreff: Meine leibliche Mutter
Ich weiß nicht. Im Moment will ich mich einfach nur hier aus-

ruhen. Zum ersten Mal frage ich mich, ob sie mich vielleicht geliebt hat, Jason. Vielleicht hat sie mich ein klein wenig geliebt.

Von: jasbrinx@gmail.com
An: MBK31270@gmail.com
Betreff: Meine leibliche Mutter
Fällt es Dir so schwer, das zu glauben?

69

Schon stand der nächste Abschied bevor. Sunita flog über Weihnachten und Silvester zu ihren Eltern nach Indien. Am Abend vor ihrer Abreise hatte sie ein paar Leute zum Essen eingeladen, darunter auch Maribeth. »Diesmal übernehme ich das Kochen!«, verkündete sie stolz.

»Kochen, das klingt optimistisch«, sagte Todd. »Wir sind ihre Versuchskaninchen.« An Maribeth gewandt fuhr er fort: »Sie will ihrer Mutter beweisen, dass sie es kann, damit sie sie als gute Partie anpreisen können, wenn es Zeit wird, sie zu verheiraten. Das wird Fritz das Herz brechen.«

»Ach, halt doch die Klappe!«, erwiderte Sunita und schubste ihn. Zu Maribeth sagte sie: »Schon die Ehe meiner Eltern war nicht mehr arrangiert. Als ob die mich verheiraten würden!«

»Da wird Fritz aber erleichtert sein«, sagte Todd.

»Warum bist du so eklig zu mir?«, fragte Sunita.

»Weil du weggehst.«

»Ach so«, sagte Sunita versöhnlicher. »Aber ich komme doch wieder. Sunny kommt immer wieder.«

»Und wenn nicht?«, fragte Todd. »Was ist, wenn du da bleibst, so wie deine Eltern?«

Sunita verdrehte die Augen. »Ich muss zurückkommen, schon um mein Studium abzuschließen. Und ich will mir hier einen Job suchen.«

»Und wenn du da drüben einen Job findest?«

»Dann musst du einfach mit mir nach Indien ziehen.«

Das schien Todd zu beschwichtigen.

»Was soll ich mitbringen?«, fragte Maribeth.

»Wein, wenn du willst«, antwortete Sunita. »Falls Wein zu Curry passt. Und Stephen ist natürlich mit eingeladen.«

»Er ist in Kalifornien, aber ich könnte vielleicht jemand anders mitbringen?«

»Du hast drei Typen am Start?«, warf Todd ein.

»Nicht direkt.«

Abends kamen sie alle zusammen. Fritz und Miles, und noch zwei andere Leute, die auch schon an Thanksgiving dabei gewesen waren. Sunita trug einen wunderhübschen Salwaar Kamiz, Todd einen Smoking.

»Ich wusste nicht, dass wir uns schick machen sollen«, sagte Maribeth.

»Ich komme gerade von der Arbeit«, erwiderte Todd. »Eine Weihnachtsfeier nach der anderen, kannst du dir ja denken.«

»Er schiebt dauernd Extraschichten, vor lauter Kummer, dass Sunita ohne ihn verreist«, erklärte Miles.

»Bist du eifersüchtig?«, fragte Todd.

»Ein bisschen«, antwortete Miles. »Bei der Konkurrenz.«

»Das hat mein Mann auch immer über meine beste Freundin gesagt«, bemerkte Maribeth.

»Ach, jetzt verheiratest du mich also?«, fragte Todd.

»Warum sollte ich die Einzige sein, die verheiratet wird?«, scherzte Sunita.

Janice traf ein. Maribeth stellte sie als eine Freundin aus dem Schwimmverein vor. Dass Janice sie Maribeth nannte, schien niemandem aufzufallen.

Sie tranken Wein und Sunita servierte ein Tablett mit knusprigen Papadams, indischen Linsenkräckern. »Die habe ich nicht selbst gemacht«, erklärte sie. »Die sind gekauft. Aber alles andere ist selbstgekocht.«

Das ganze Apartment duftete nach Gewürzen und gebratenen Zwiebeln. »Was gibt es denn?«, fragte Janice.

»Hähnchen Jalfrezi«, sagte Sunita. »Es ist ein bisschen scharf geraten.«

»Aber diesmal sind dir wenigstens die Zwiebeln nicht angebrannt«, erwiderte Todd. »Sie hat wirklich den ganzen Herbst über geübt.«

Sunita brach sich ein Stück Papadam ab und sagte: »Ich war seit über fünfzehn Jahren nicht mehr in Indien. Ich bin ganz schön aufgeregt.«

Das Hühnchen war nicht nur ein bisschen scharf, sondern es brannte wie Feuer. Maribeth und Todd tranken sehr viel Wasser. Janice ließ nach kurzem, tapferem Versuch das Curry stehen und aß nur noch Reis und Brot. Sie erklärte Maribeth und Todd, dass Wasser gegen die scharfen Gewürze nichts nützte, leerte ihre Weingläser und goss ihnen Milch ein.

»Ich habe keine Milch mehr getrunken, seitdem ich fünf Jahre alt war«, bemerkte Maribeth.

»Wirklich?«, fragte Janice. »Ich trinke viel Milch, als Vorbeugung gegen Osteoporose.« Sie goss sich auch ein Glas ein, trank und hatte danach einen dünnen Milchbart. Maribeth verdächtigte sie allmählich, es darauf anzulegen.

Nachdem sie das Geschirr gespült hatten, schlüpfte Sunita in Jeans und Pulli, da sie mit Todd und den anderen noch auf eine Party gehen wollte. Als sich alle voneinander verabschiedeten, legte Maribeth einen Umschlag für Todd und Sunny auf den

Fernseher. Er enthielt zwei Eintrittskarten für das Musical »Der Zauberer von Oz«, das im Februar nach Pittsburgh kam.

Janice und sie blickten den jungen Leuten nach, bis sie verschwunden waren. Dann gingen sie in Maribeths Apartment, denn auch sie hatten noch Pläne.

70

Meine liebste Tochter,
dies ist der dritte Brief, den Du von mir erhältst. Drei Briefe scheinen nicht viel zu sein in den zehn Jahren, seitdem ich Dir den ersten geschickt habe, und schon gar nicht in den beinahe 40 Jahren seit Deiner Geburt. Ich dachte, es wäre eine gute Gelegenheit, Dir von den vielen Briefen zu erzählen, die ich Dir geschrieben, aber nicht abgeschickt habe.
Ich habe Dir an Deinem ersten Geburtstag geschrieben. Keine richtige Karte; ich war noch zu traurig und aufgewühlt, um mich auf so konkrete Weise an Deine Geburt zu erinnern. Aber ich stellte mir eine Karte vor, die ich Dir gerne geschickt hätte. Ich schrieb »Ich hab Dich lieb«, aber ohne Unterschrift, weil ich nicht wusste, als was ich mich bezeichnen sollte.
An anderen Geburtstagen habe ich tatsächlich eine Karte für Dich gekauft. Eine zum Beispiel zu Deinem 16. Darauf sind ganz viele Geburtstagskerzen, zusammengebunden wie zu einem Strauß, und darunter steht: »Meine Tochter, 16 Kerzen. Von jetzt an wird es immer heller.«
An jedem Deiner Geburtstage habe ich eine Karte gekauft oder mir eine ausgedacht, natürlich eine ganz besondere zu Deinem Dreißigsten, und ansonsten ganz normale, zum Beispiel zu Deinem 23. Manchmal kam ich mir dumm vor, wenn ich die Karten kaufte, dann wieder war ich stolz. Besonders, wenn die

Verkäufer die Karte sahen, ein bisschen Smalltalk machten und dabei vielleicht ihre eigenen Töchter erwähnten.
Ich schrieb Dir auch Briefe, manchmal echte und manchmal nur in meiner Phantasie. Vor ein paar Monaten war der Nachthimmel einmal besonders schön anzusehen. Der Mond stand voll am Himmel, die Venus leuchtete hell, und als ich hinaufsah, stellte ich mir vor, dass Du auch hinaufschautest, wo immer Du gerade sein mochtest. Es war sehr tröstlich für mich, mir vorzustellen, dass derselbe Nachthimmel uns beide überspannte. Als ich nach Hause kam, habe ich Dir darüber geschrieben.
Ich muss gestehen, es sind nicht immer glückliche Anlässe, aus denen heraus ich Dir schreibe. Als meine Mutter starb – an Altersschwäche; ich kann Dir zum Glück sagen, dass alle in unserer Familie sehr alt werden –, dachte ich an Dich, an die Linie der Frauen, die sich mit Dir fortsetzt. Ich fragte mich, ob Du eine Tochter hast.
Ich habe schon früher über die schwierigen Umstände geschrieben, die zu meiner Entscheidung geführt haben, Dich abzugeben, also glaube ich, dass Du inzwischen weißt – wenn auch vielleicht nicht ganz verstehst –, in welcher Art von Zuhause ich aufgewachsen bin und warum ich Dich an diesem Ort nicht großziehen konnte und auch, warum ich nicht im Entferntesten reif genug war, mich alleine um Dich zu kümmern. Aber ich habe Dir noch nicht viel von meiner eigenen Mutter erzählt, die dieses Leben ebenfalls ausgehalten hat. Vielleicht konnte sie nicht anders. Sie war nicht in der Lage, sich gegen meinen Vater aufzulehnen, und sie konnte mich nicht schützen, sie musste die Verhältnisse ertragen. Am Ende hat sie ihn überlebt. Sie überlebte die ganze Misere. Ihre letzten Jahre verbrachte sie in einem Altenheim. Man erzählt sich viel Schlechtes über diese Heime, aber meine Mutter hat dort die schönsten Jahre ihres Lebens verbracht. Sie konnte tun, was sie wollte. Sie ging wieder schwim-

men. Sie konnte ein Buch lesen, wenn ihr danach war. Sich im Fernsehen ansehen, was immer ihr gefiel. Niemand schlug sie. Niemand beschimpfte sie mit unflätigen Ausdrücken.
Und sie begann, von Dir zu reden, obwohl sie nach Deiner Geburt sehr hässliche Dinge zu mir gesagt und im Laufe der Jahre so getan hat, als würdest Du nicht existieren. Doch jetzt weiß ich, dass auch sie nur aufgrund der schlimmen Umstände so reagiert hat. Am Ende sprach sie liebevoll von Dir und stellte sich Dich in allen möglichen Lebenssituationen vor. Sie nannte Dich bei dem Namen, den ich Dir gegeben hatte, und ich erkannte, dass Du auch in ihr all die Jahre weitergelebt hast. Ich habe mich gefragt, ob meine Mutter in ihrem Kopf auch Briefe an Dich geschrieben hat. Ich hatte das Gefühl, dass wir irgendwie doch auch eine Familie sind.
Ich werde Dir weiterhin Briefe schreiben, echte und imaginäre. Vielleicht wirst Du mir eines Tages erlauben, sie mit Dir zu teilen; und wenn nicht, ist das für mich auch in Ordnung. Aber mir bedeutet es viel, sie zu schreiben, und die Vorstellung tröstet mich, dass sie Dich erreichen, ob Du sie liest oder nicht.

Janice Pickering

Als Janice geendet hatte, weinten sie beide.

»Ich danke dir«, sagte Janice. »Danke, dass du mich dazu überredet hast, ihr von den Briefen zu erzählen.« Sie deutete auf die Mappe mit den Briefen an die Zwillinge, die Maribeth ihr gezeigt hatte. »Und, schickst du die Briefe an deine Kinder ab?«

Sie nahm die Mappe in die Hand. Durch die vielen Briefe, die Maribeth geschrieben hatte, lag sie schwer und bedeutungsvoll in der Hand.

Maribeth vermutete, dass Janice recht hatte. Dass es das

Schreiben war, das zählte. Maribeth stellte sich gerne vor, dass ihre Liebe den Weg zu ihren Kindern fand, und dass auch sie ihren Weg zu ihnen finden würde.

»Eines Tages«, sagte sie.

71

In jener Nacht erwachte sie plötzlich. Sie setzte sich im Bett auf, eine Hand auf dem Herzen.

Mist.

Sie hatte Schmerzen. In der Brust. Ein Brennen, das über den ganzen Rumpf und den Arm ausstrahlte. Den linken Arm.

Während sich ihr erster Infarkt am Schreibtisch im Büro diffus und schleichend angekündigt hatte, war dieser so deutlich wie ein Schlag ins Gesicht.

Nein! Sie hatte doch schon einen Infarkt gehabt, hatte ihr Herz testen, mit Kontrastmittel durchspülen, aus ihrer Brust nehmen und anhalten, operieren und ins Leben zurückschocken lassen. Sie hatte all das durchgemacht, um zu verhindern, dass dies erneut passierte.

»Ein Folgeinfarkt … Tödlich …«, hörte sie Dr. Sterling mit seiner blöden quietschigen Stimme verkünden.

Raus aus meinem Kopf, Dr. Sterling. Ich habe Sie gefeuert.

Ihr Herz schlug jetzt wie wild und flatterte in ihrer Brust wie ein gefangener Vogel.

Beruhige dich!, sagte sie sich. *Beruhige dich. Atme zehnmal tief durch.*

Eins, zwei, drei.

Das Atmen tat weh. Sie musste ins Krankenhaus. Sie musste jemanden benachrichtigen. Handy. Wo war ihr Handy?

Sie fand es, es lag neben dem Bett zum Aufladen. Notruf? Nein, erst Jason. Mist, die Mailbox. »Hey, hier ist Jason. Ihr habt leider nur die Mailbox erwischt. Hinterlasst mir eine Nachricht.«

Zum ersten Mal seit Monaten hörte sie seine Stimme. Und dann ausgerechnet als Ansage auf seiner bescheuerten Mailbox.

»Du hast gesagt, du würdest beim ersten Klingeln drangehen!« Sie klang hysterisch. »Ich bin's. Maribeth. Ich habe einen Herzinfarkt. Ruf mich zurück. Ich habe Angst!«

Zehnmal tief durchatmen. Wo war sie gewesen? Drei? Vier. Weiter atmen. Die 911 anrufen.

»911, Sie wollen einen Notfall melden?«

»Ja, ich glaube, ich habe einen Herzinfarkt.« Ihre Stimme war nur noch ein Flüstern.

»Könnten Sie bitte lauter sprechen, Madam?«

»Herzinfarkt. Ich habe einen Herzinfarkt. Das ist mein zweiter.«

»Sagen Sie mir bitte genau, wo Sie jetzt sind.«

Sie nannte ihre Adresse.

»Bleiben Sie bitte ganz ruhig. Haben Sie Aspirin im Haus? Ja? Dann nehmen Sie jetzt bitte etwas ein. Ich bleibe am Apparat.«

Während Maribeth nach den Tabletten suchte, begann sie zu weinen.

»Sind Sie noch da?«

»Ich bin ganz alleine«, schluchzte Maribeth. »Ich weiß, dass wir alle alleine sterben, aber ich will nicht alleine sein.«

»Sie werden nicht sterben, und Sie sind nicht allein. Ich bin da.«

»Sie zählen nicht. Oh, Entschuldigung. Jeder zählt.«

»Ist schon in Ordnung.«

»Aber ich möchte nicht allein sein. Kann ich bitte meine Nachbarn holen, Todd und Sunita?«

»Ja, holen sie Todd und Sunita.«

»Sie sind sehr nett. Wie heißen Sie?«

»Kirsten.«

»Das ist ein hübscher Name.«

»Ich bleibe am Apparat, und Sie gehen Todd und Sunita holen.«

Maribeth hämmerte an ihre Tür. Vielleicht waren sie noch auf ihrer Party. Sie hatte keine Ahnung, wie spät es war.

Eine verschlafene Sunita öffnete in ihrem Steelers-Nachthemd die Tür. »Oh, M. B. Alles in Ordnung?«

»Nein, ich glaube, ich habe einen Herzinfarkt!«, sagte Maribeth.

»Was? Todd! Wach auf!«, rief sie, aber Todd war schon da. »M. B. hat wieder einen Herzinfarkt!«

»Ruf einen Krankenwagen!«, rief Todd.

»Habe ich schon gemacht«, sagte Maribeth, und da hörten sie auch schon die Sirene in der Stille der Nacht. »Ich glaube, da kommt er.«

»Ich zieh' mir schnell was über«, sagte Sunita. »Ich komme mit dir.«

»Ich auch«, sagte Todd.

Maribeth ging wieder ans Handy. »Meine Freunde Todd und Sunita begleiten mich.«

»Das ist gut. Sie scheinen gute Freunde zu sein.«

»Ja, das sind sie.«

Todd nahm die Sanitäter, eine Frau und einen Mann, vor dem Haus in Empfang, und als er mit ihnen in das Apartment kam, hatte er ihnen bereits alles erklärt.

»Zweiter Herzinfarkt?«, fragte die Sanitäterin und legte Maribeth das Pulsmessgerät an. Maribeth nickte.

»Den ersten hatte sie im Oktober und danach eine Bypassoperation«, erklärte Todd.

»Irgendwelche anderen Symptome vor heute Abend?«, fragte der stämmige Sanitäter.

Todd sah Maribeth an.

»Nein. Ich bin eben mit Schmerzen in der Brust und im Arm wach geworden. Im linken Arm.«

»Noch andere Symptome außer Brustschmerzen? Kurzatmigkeit? Schwindel? Übelkeit?«

»Ich weiß nicht. Vielleicht ein bisschen.«

»Okay.« Die Sanitäterin sprach in das Mikrophon an ihrem Kragen. »Patientin, 44 Jahre, vermutlich Herzinfarkt, Vitalfunktionen stabil, Transport ins UPMC.«

Sie gaben ihr Sauerstoff, legten sie auf eine Rollliege und schoben sie zur Tür. Draußen wartete der Rettungswagen mit blinkendem Blaulicht.

Todd und Sunita rannten hinter ihr her, die Sorge stand ihnen ins Gesichter geschrieben.

»Können wir mitfahren?«, fragte Sunita. »Im Rettungswagen?«

»Und dein Flug?«, fragte Maribeth zurück.

»Geht erst morgen«, erwiderte Sunita. »Also, können wir mitkommen?«

»Und Sie sind?«, fragte der Sanitäter.

»Wir sind ihre …«, begann Todd.

»Kinder!« Maribeth hob den Kopf von der Trage. »Sie sind meine Kinder.«

Die beiden Sanitäter sahen einander an und verdrehten die Augen.

»Was? Er ist bio, ich bin adoptiert«, sagte Sunita.

Keiner der beiden Rettungskräfte wirkte überzeugt, aber sie ließen sie trotzdem in den Rettungswagen einsteigen.

Auf der Fahrt zum Krankenhaus hielten Todd und Sunita Maribeth die Hand.

»Wenn ich sterbe …«, begann Maribeth.

»Du wirst nicht sterben!«, unterbrach sie Todd.

»Aber falls, muss ich euch noch etwas sagen. Ich heiße Maribeth. Maribeth Klein. Mein Ehemann heißt Jason Brinkley. Er lebt in New York.«

»Okay, Maribeth Klein«, sagte Todd. »Jetzt kannst du gar nicht sterben, denn Sunita und ich haben gewettet, wie dein richtiger Name lautet, und ich habe gerade zehn Mäuse gewonnen, und es wäre taktlos, sie einzufordern, wenn du tot wärst.«

»Bringt mich bitte nicht zum Lachen«, bat Maribeth und umklammerte ihre Brust. »Das tut weh.«

»Dann stirb nicht«, sagte Todd.

Im Krankenhaus wurden Todd und Sunita ins Wartezimmer geschickt und Maribeth kam in die Notaufnahme. Sie erklärte ihre medizinische Vorgeschichte, die kürzliche Bypassoperation.

»Wer ist Ihr behandelnder Kardiologe?«, fragte die Schwester in der Aufnahme.

Maribeth wusste nicht, was sie sagen sollte. Stephen war in Kalifornien, und Dr. Sterling hatte sie gefeuert.

»Im Moment habe ich keinen.«

Sie kannte die Routine jetzt schon. EKG. Blutuntersuchung. Warten. Todd und Sunita durften nicht zu ihr rein, aber sie schrieben ihr dauernd SMS aus dem Wartezimmer. *Wie geht's Dir?*

Bin noch nicht tot, schrieb Maribeth zurück.

Immer noch nicht tot.

Sunita, gib Todd zehn Dollar.

Nicht, bis Du hier rausmarschiert bist, schrieben sie zurück.

»Gut, gut, gut, alles sieht gut aus«, sagte der Kardiologe. Er war groß, sah müde aus und trug einen breiten, buschigen Schnäuzer, der ihn Maribeth sofort sympathisch machte. »Das EKG, Ihre Blutwerte, Ihre Sauerstoffwerte, alles vollkommen normal.«

»Das war beim letzten Mal auch so«, erwiderte sie. »Man hat den Infarkt nicht gleich erkannt.«

»Deswegen behalten wir Sie jetzt für ein paar Stunden zur Beobachtung hier. Sagen Sie, sind die Schmerzen ähnlich wie bei Ihrem ersten Infarkt?«

»Nein. Der verlief eher schleichend. Diesmal bin ich davon aufgewacht.«

»Wie würden Sie das Gefühl beschreiben? Ist es ein Druckschmerz?«

»Nein, eher ein Brennen. Aber es hat bis in den linken Arm ausgestrahlt.«

»Ein Brennen. Okay. Haben Sie in den letzten 24 Stunden etwas Ungewöhnliches gegessen?«

Das Hühnercurry. »Gestern Abend habe ich indisch gegessen.«

»Scharf?«

»Sehr scharf.«

»Das könnte die Ursache sein«, sagte er. »Es könnte Sodbrennen sein. Ich gebe Ihnen ein Antiacidum dagegen. Der Schmerz könnte auch mit dem Heilungsprozess Ihres Herzens zusammenhängen. Wir behalten Sie eine Weile im Auge. Angesichts dessen, dass Ihre Operation noch nicht lange zurückliegt, und alle Werte so gut aussehen, mache ich mir keine großen Sorgen.«

»Also sterbe ich nicht an einem Herzinfarkt.«

»Im Moment nicht.«

»Meinen Sie, ich könnte meine Freunde sehen?«, fragte sie.

»Ach, Sie meinen Ihre Kinder da draußen?« Er lächelte. »Die kratzen schon die ganze Zeit an der Tür. Soll ich sie reinlassen?«

»Ja, bitte!«

»O mein Gott, ich fühle mich furchtbar schuldig!«, sagte Sunita. »Mein Essen hat dich krank gemacht!«

»Sieh zu, dass sich das in Hyderabad nicht rumspricht«, riet Todd. »Sonst findest du nie einen Ehemann. Moment mal. Fritz könnte das Kochen übernehmen! Nussbrot.«

Maribeth lachte. Sie hatte nicht aufgehört zu lachen, seitdem sie hereingekommen waren, um ihr Gesellschaft zu leisten. Es tat nicht mehr weh. Nachdem sie das Antiacidum genommen hatte, hatten die Schmerzen deutlich nachgelassen.

Gegen sechs Uhr morgens sah Sunita auf ihr Handy. Ihr Flug ging um eins, aber sie musste um zehn am Flughafen sein.

»Ihr solltet jetzt los«, sagte Maribeth. »Du musst deinen Flieger erwischen. Und du, Todd, solltest ein paar Stunden schlafen, bevor du dich auf den Weg nach Altoona machst.«

Er schlug die Hände vor die Brust. »Altoona! Musst du mich daran erinnern?!«

»Du wirst bestimmt eine schöne Zeit haben«, sagte Maribeth zu Todd. »Und du auch«, sagte sie zu Sunita. »Und ich werde es mir auch schön machen. Alles wird gut.«

Abrupt hielt sie inne, erschrocken darüber, dass sie das gesagt hatte. Und vielleicht noch erschrockener darüber, dass sie es tatsächlich glaubte.

72

Sie wartete bis halb sieben, um Jason anzurufen, weil sie ihn nicht wecken wollte. Andererseits wollte sie auch nicht, dass er beim Aufwachen ihre Nachricht auf der Mailbox abhörte. Sie wollte ihm sagen, dass es ihr gutging und sie gesund war.

Sie fischte ihr Handy aus ihrer Tasche und sah, dass sie mehrere verpasste Anrufe mit der Vorwahl 413 hatte. Eine Nummer in Pittsburgh, dachte sie, aber eine unbekannte. Vielleicht war es Stephen, obwohl es nicht seine Handynummer war, oder Sunita oder Todd, die sie von einem öffentlichen Telefon aus angerufen hatten, obwohl das auch keinen Sinn ergab, weil mehrere der Anrufe zu der Zeit eingegangen waren, als die beiden noch bei ihr gewesen waren.

Sie rief zurück. Als die Anruferin sich meldete, dachte sie im ersten Moment, sie hätte vielleicht doch einen Herzinfarkt gehabt und halluziniere jetzt, denn die Stimme, die laut rief: »Maribeth, bist du das?«, gehörte weder Todd noch Sunita. Sie gehörte Elizabeth.

»Maribeth, wo bist du?«, fragte Elizabeth. »Jason dreht durch!«

Elizabeth hatte sie angerufen? Warum? Und woher wusste sie das von Jason?

»Maribeth, sag doch was!«, rief Elizabeth.

»Elizabeth?«, fragte Maribeth verwirrt. »Wo bist du?«

»Wo ich bin? Auf dem Land. Wo bist du? Geht es dir gut?«

Maribeth starrte auf ihr Handy. Die Vorwahl von Pittsburgh lautete 412, nicht 413, und in diesem Moment fiel ihr ein, dass das Elizabeths Vorwahl in den Berkshires war. Das erklärte, wo Elizabeth war, machte aber alles andere umso rätselhafter.

»Hast du mich angerufen?«, fragte Maribeth.

»Nein, Jason hat dich angerufen. Er versucht schon seit Stunden, dich zu erreichen.«

»Jason ist bei dir?«, fragte Maribeth.

»Er war es, bis eben. Jetzt versucht er verzweifelt, irgendwo Handyempfang zu finden, falls du ihn auf dem Handy zurückrufst. Er sagte, du hättest einen zweiten Herzinfarkt gehabt.«

»Hatte ich nicht. Vermutlich war es nur Sodbrennen. Wo ist er?«

»Er ist nach Lennox gefahren, oder nach Pittsburgh. Ich weiß es nicht. Er verliert den Verstand, Maribeth. So habe ich ihn noch nie erlebt! Du weißt ja, wie schlecht hier oben der Handyempfang ist, aber deine Nachricht auf der Mailbox hat er noch bekommen. Dann hat er versucht, dich zurückzurufen, dich aber nicht erreicht. Er hat die Kinder mit in die Stadt genommen, um dich anzurufen, oder dir eine E-Mail zu schicken. Oder vielleicht eine Brieftaube. Ich habe Tom gesagt, dass wir hier draußen dringend WLAN brauchen, aber du weißt ja, dass er es rustikal mag.«

Sie waren auf dem Land? Jason und die Kinder? Bei Elizabeth und Tom?

»Warum?«, fragte Maribeth.

»Ich habe keine Ahnung! Weil er sich hier vom Alltagsstress erholen will.«

»Nein, ich meine: Warum sind Jason und die Kinder bei dir?«

»Oh. Weil morgen Weihnachten ist«, erwiderte Elizabeth, als würde das alles erklären.

»Aber … Wieso?«, wiederholte Maribeth.

»Sie waren an den Wochenenden oft hier draußen, auch an Thanksgiving«, erklärte Elizabeth.

Das musste Maribeth erst mal verarbeiten. Jason und die Zwillinge. Bei Elizabeth. An den Wochenenden. An Thanksgiving.

Elizabeth fuhr fort: »Wir haben uns überlegt, zusammen ein ruhiges Weihnachtsfest zu feiern, im engsten Familienkreis, nur, dass du nicht hier bist, obwohl deine Mutter glaubt, du wärst es.«

»Moment. Wie bitte? Ist meine Mutter immer noch in New York?«

»Um Gottes willen, nein. Jason wusste, dass sie völlig ausflippen würde, wenn sie erführe, was du getan hast. Deswegen hat er gesagt, du würdest dich ein paar Wochen hier draußen erholen, und sie solle nach Florida zurückfliegen. Sie glaubt, du wohnst immer noch hier, und Jason und die Zwillinge besuchen dich regelmäßig an den Wochenenden, dass du aber ansonsten momentan mit niemandem reden willst. Ich rufe sie regelmäßig an und halte sie auf dem Laufenden. Im Moment überlegt sie, sich selbst eine Weile zurückzuziehen. Das hat ihr Freund Herb offenbar auch getan.«

»Das habt ihr arrangiert, du und Jason?«

»Ja, wir haben ein Komplott geschmiedet.« Sie kicherte leise. »Das war das einzig Spaßige an der ganzen Sache.«

Auf einmal verstand Maribeth. Und als sie es tat, begann sie zu weinen.

»Ach, Schätzchen«, sagte Elizabeth. »Bitte weine nicht. Das wollte ich nicht. Es war so schön, Zeit mit den Zwillingen zu verbringen. Und es geht ihnen gut. Wirklich. Jason hat die doofe Babysitterin gefeuert und eine wunderbare neue Kinderfrau engagiert, die die beiden sehr gernhaben. Er ist viel zu Hause, Niff kommt abends oft und mehrere Leute aus eurer Zwillingsgruppe sind regelmäßig eingesprungen. Und ich bin da. Ich weiß, dass ich schon früher viel häufiger hätte da sein sollen, und es tut mir so leid, dass ich es nicht war. Aber jetzt bin ich da, also kannst du mir glauben, dass es Oscar und Liv gutgeht. Sie geben einander Halt, wie es oft bei Zwillingen ist. Aber sie vermissen dich, sie vermissen dich sehr – das tun wir alle. Jason zeigt den Kindern jeden Abend ein Video von dir, und sie malen dir Bilder in Erwartung deiner Rückkehr. Sie wissen, dass du wiederkommst. Bitte sei nicht traurig.«

Aber Maribeth weinte gar nicht, weil sie traurig war. Sie dachte an den Abend ihrer Verlobungsparty, als sie sich Elizabeth, Jason und sich als das stabile Dreibein eines Hockers vorgestellt hatte. Stabil genug, um ihr Halt zu bieten. Und sogar, wie sich jetzt herausstellte, ihrer ganzen Familie.

So war das also. Man begegnete auf seinem Lebensweg Menschen, von denen einige blieben, andere nicht. Manche entfernten sich für eine Weile, kehrten dann aber wieder zurück. Wie Elizabeth. Wie Jason. Und jetzt auch wie Maribeth, die genauso fortgegangen war wie ihre eigene Mutter, die aber zurückkehren würde, was ihre Mutter nicht konnte.

Und da wusste sie, dass es Zeit war. Zeit, zu Jason zurückzukehren. Zu Oscar und Liv. In ihr Leben, obwohl sie keine Ahnung hatte, wie dieses Leben jetzt aussehen würde. Alles daran kam ihr unfertig vor. Wie eine Narbe, die noch nicht ganz verheilt war, oder vielleicht eine Geschichte, die noch geschrieben wurde.

Er musste wieder Handyempfang haben. Denn diesmal ging Jason beim ersten Klingeln dran. Und da war sie, diese Stimme, in die sie sich vor über fünfundzwanzig Jahren verliebt hatte und die sie nie aufgehört hatte zu lieben.

»Jase«, sagte sie. »Ich bin es.«

»Lois«, brachte er hervor, und dann versagte ihm die Stimme. Maribeth hörte nur noch seine zittrigen Atemzüge, das lautlose Weinen ihres Mannes.

»Es geht mir gut«, sagte sie. »Ich hatte keinen Herzinfarkt. Es geht mir gut.«

Er sagte immer noch nichts. Im Hintergrund hörte sie den groovigen Sound der Musik-CD, mit der sie auf längeren Fahrten die Kinder unterhielten.

»Jason, hör mir zu. Ich komme nach Hause. Elizabeth ist schon unterwegs, um mich abzuholen. Heute Abend bin ich wieder da.«

»Warum halten wir an, Daddy?« Oscars Stimme klang hell und klar durchs Telefon. »Mit wem redest du?«

Und dann hörte sie ihre Tochter. »Mommy?«, fragte Liv. Als sei es das Normalste von der Welt, dass Maribeth anrief. »Bist du's, Mommy?«

Danksagung

Vor einigen Jahren, als die Idee für dieses Buch in mir aufkeimte, sprach ich darüber mit einem Kardiologen, der einen Belastungstest bei mir durchführte, und er erklärte sich bereit, mir behilflich zu sein. Jahre später, als ich einen ersten Entwurf geschrieben hatte, rief ich Dr. Stephen Weiss eines Abends an, und tatsächlich hielt er sein Versprechen. Außerdem hatte ich das Glück, Dr. Kirsten Healy zu begegnen, einer Kardiologin und vielbeschäftigten Mutter zweier kleiner Töchter, die mir sowohl die medizinischen als auch die emotionalen Aspekte von Maribeths Zwangslage nahebrachte. Zudem möchte ich mich bei Dr. Lucy M. Painter und Dr. Mukesh Prasad für ihre technischen Tipps und ihre Großzügigkeit bedanken.

Kristin Thompson vom Children's Home of Pittsburgh erklärte mir liebenswürdig und geduldig die Besonderheiten der Adoptionsgesetzgebung in Pittsburgh und Pennsylvania sowie Einzelheiten der Suche nach den leiblichen Eltern adoptierter Kinder. Als geborene Pittsburgherin gab sie außerdem wichtige Hinweise zum Schauplatz. Dies tat auch Siobhan Vivian, die sich trotz ihrer vielen Verpflichtungen als Autorin und Mutter die Zeit nahm, mir eine Stadtführung zu geben und mich dabei auf die vielen erstaunlichen Besonderheiten Pittsburghs hinzuweisen.

Stephen Melzer erklärte mir genau, was passiert, wenn man

seine Steuern nicht pünktlich zahlt (man wird nicht sofort verhaftet), und wie man eine große Geldsumme vom Konto abhebt (kein Problem). Joe Dalton stellte sicher, dass ich den Prozess der Archivierung korrekt beschrieb (Datenmigration!). Sarah Patzwahl ist zwar etwa vierzig Jahre jünger als Janice, setzte aber dennoch das Schwimmbrett genauso häufig ein wie diese, als sie mir das Schwimmen beibrachte, und mich damit nicht nur zu einer Romanfigur inspirierte, sondern auch eine neue Leidenschaft in mir entfachte. Ich danke auch Courtney Sheinmel für ihre frühe Ermutigung, Eshani Agrawal für ihre schnelle und scharfsinnige Lektüre sowie Karen Forman für ihr akribisches Korrekturlesen. Stephanie Perkins danke ich für ihre wie immer phantastischen Anmerkungen, Robin Wasserman für die Titelvorschläge, Deb Shapiro für strategische Brillanz, Emily Mahon für die wunderbare Jacke, Courtney Stevens für ihr riesengroßes Herz und Tori dafür, dass sie wieder einmal der rettende Engel war.

Mein dreibeiniger Hocker hat so viele Stützen, dass er besser als Metapher denn als Möbelstück funktioniert. Wenn ich weglaufe, oder, wie wir es nennen, »auf Dienstreise gehe« (tatsächlich!), kann ich mich auf zahlreiche Menschen verlassen, die in dieser Zeit für mich einspringen, darunter Beth Ann Kurahara und unsere tollen Nachbarn (in geographischer, nicht alphabetischer Reihenfolge): die Wilsons, die Clarkes, die Iannicellis und die Brost-Wangs.

Außerdem stärken mich täglich die Intelligenz, der Humor und die Ehrlichkeit meiner liebsten Freundinnen: Tamara Glenny, Marjorie Ingall, Kathy Kline, Isabel Kyriacou, E. Lockhart und Tamar Schamhart. Ganz besonders hervorheben möchte ich Libby Bray, die mir zugehört hat, als ich ihr ungefähr das halbe Buch laut vorgelesen habe, und zwar nicht chronologisch. Du meine Güte!!

Weitere Menschen, auf deren Intelligenz, Humor und Ehrlichkeit ich zählen kann: Michael Bourret ermuntert mich, mich beim Schreiben verletzlich zu zeigen und daraus Kraft zu schöpfen. Ich danke auch Lauren Abramo, Erin Young und dem gesamten Team bei Dystel & Goderich sowie Caspian Dennis und Dana Spector.

Es ist ein Klischee, als Schriftstellerin zu behaupten, der Verlag sei wie eine Familie, aber auf mein Verhältnis zu Algonquin Books trifft das zu – na ja, vielleicht nicht ganz, aber jedenfalls fühle ich mich dazugehörig wie zu einem Familienbetrieb. Ich danke Jackie Burke, Steve Godwin, Brunson Hoole, Debra Linn, Annie Mazes, Micheal McKenzie, Lauren Moseley, Craig Popelars, Kendra Poster, Elisabeth Scharlatt, Ina Stern und Anne Winslow für ihre Gastfreundlichkeit, und ich danke Amy Gash, deren fotografisches Gedächtnis für Details, tiefes Verständnis für Charaktere und hemdsärmelige Hingabe zum Arbeitsablauf nur noch von ihrem Humor übertroffen wird. Liebe Amy, als Geschenk an dich habe ich diesmal in meiner Danksagung ganz auf Kursivschrift verzichtet.

Und jetzt kommen wir zur Familie. Ich danke aus tiefem Herzen allen Formans, Tuckers und Schamharts, ganz besonders Ruth Forman. Meine Mutter hatte mit 48 ihre erste Bypassoperation, und auch wenn ich dieses Buch meinen Töchtern gewidmet habe, so wurde ich doch von ihr inspiriert.

Und zum Schluss zu meinen Töchtern Willa und Denbele, und zu ihrem Vater Nick, meinem Ehemann und Partner seit inzwischen so vielen Jahren: Ihr seid mein Dreh- und Angelpunkt.